ANTJE WINDGASSEN

Die Hexe von Hamburg

Teuflische Zauberey 2. Juli 1622. Vor dem Dorf Neumühlen bei Hamburg fliegt eine auf Reede liegende spanische Galeone in die Luft. Die Explosion fordert viele Todesopfer – unter ihnen scheinbar auch Philipp Claen, ein leichtsinniger junger Mann aus einer angesehenen Hamburger Kaufmannsfamilie. Da er den Brüdern Stolten, drei zwielichtigen Burschen aus Altona, viel Geld schuldet, wenden sie sich mit ihren Forderungen nun an die Claens, die ihr Ansinnen jedoch brüsk zurückweisen. Die Brüder schwören Rache. Ein am Elbufer gefundenes mysteriöses Goldamulett, das einer Teufelsfratze gleicht, soll ihnen dabei helfen. Sie bestechen eine Hausmagd, das Amulett in das Schlafzimmer Anneke Claens, der Tochter des Hauses, zu schmuggeln und zeigen das junge Mädchen beim Rat der Stadt als Zauberin an. Am nächsten Tag sind die Hausmagd und der älteste der Stolten-Brüder tot. Vor Anneke Claen liegt nun das Martyrium einer als Hexe beschuldigten Frau und die abenteuerliche Suche nach dem Beweis ihrer Unschuld …

Antje Windgassen ist in Hamburg geboren und aufgewachsen. Nach einem 14-jährigen Abstecher ins Nordrhein-Westfälische lebt die Historikerin heute mit ihrer Tochter in einem kleinen Ort in Schleswig-Holstein. Seit 1986 schreibt sie vorrangig als freie Autorin und Fachjournalistin für Magazin- und Zeitschriftenverlage. Schwerpunktthemen ihrer bisher publizierten Bücher sind historische Frauenfiguren. Als echtes »Nordlicht« liebt Windgassen das Meer und dann und wann auch eine »steife Brise«. Ein scharfer Ostwind, so behauptet sie, ist wie geschaffen dafür, einem die nötige Standfestigkeit um die Ohren zu pfeifen.

ANTJE WINDGASSEN

Die Hexe von Hamburg

Historischer Roman

GMEINER

Die automatisierte Analyse des Werkes, um daraus Informationen insbesondere über Muster, Trends und Korrelationen gemäß § 44b UrhG (»Text und Data Mining«) zu gewinnen, ist untersagt.

Bei Fragen zur Produktsicherheit gemäß der Verordnung über die allgemeine Produktsicherheit (GPSR) wenden Sie sich bitte an den Verlag.

Die Veröffentlichung dieses Werkes erfolgt auf Vermittlung von BookaBook, der Literarischen Agentur Elmar Klupsch, Stuttgart.

Immer informiert

Spannung pur – mit unserem Newsletter informieren wir Sie regelmäßig über Wissenswertes aus unserer Bücherwelt.

Gefällt mir!

Facebook: @Gmeiner.Verlag
Instagram: @gmeinerverlag

Besuchen Sie uns im Internet:
www.gmeiner-verlag.de

Im Ehnried 5, 88605 Meßkirch
Telefon 07575/2095-0
info@gmeiner-verlag.de

4. Auflage 2025

Lektorat: Claudia Senghaas, Kirchardt
Satz: Mirjam Hecht
Umschlaggestaltung: U.O.R.G. Lutz Eberle, Stuttgart
unter Verwendung des Bildes »Portrait of a lady« eines unbekannten Künstlers, © http://commons.wikimedia.org/wiki/File:Portrait_of_a_lady_-_Collectie_Smidt_van_Gelder.jpg
und © Antje Windgassen (historische Karte)
Druck: Custom Printing Warschau
Printed in Poland
ISBN 978-3-8392-1734-4

Für Angela, Iris, Marianne, Petra und Wolfram

Eine alte Weisheit besagt: ›Viele Menschen gehen im Leben ein und aus, aber nur ein Freund hinterlässt auch Fußabdrücke‹.

Vielen Dank für eure tiefen Abdrücke.

Prolog

Die neue Welt – im Jahr des Herrn 1519

Man schrieb den 18. Februar. Die spanischen Conquistadores unter dem ehrgeizigen Hernán Cortés verließen Havanna und segelten, auf der Suche nach einem sagenhaften Goldschatz, der unbekannten Küste Mittelamerikas entgegen.

Eine Flottille von elf Schiffen stach in See: neben dem Flaggschiff Santa Maria de la Conception drei weitere Karavellen und sieben kleinere Brigantinen.

Cortés umfuhr die östliche Spitze von Yucatán und segelte dann in nördlicher Richtung an der Küste entlang. Am 12. März erreichte die Expedition das Mündungsgebiet des Tabasco, zehn Tage später den Rio Grijalva. Am 24. März, in aller Frühe überfielen die Spanier die Ortschaft Pontonchan. Sie setzten die Binsenboote am Strand sowie die Grasdächer der einfachen Lehmhütten in Flammen.

Als die Eingeborenen aus dem Schlaf erwachten, brannte das ganze Dorf bereits lichterloh. Sie weinten, beteten, liefen um ihr Leben und wurden dennoch gnadenlos niedergemetzelt – Männer, Frauen und Kinder. Nur wenigen gelang die Flucht.

Der Priester des Dorfes hatte sich in den unterirdischen Teil des Tempels zurückgezogen, fand jedoch auch hier nur für kurze Zeit Sicherheit. Er wusste, dass er mit seinem

Dorf würde sterben müssen, wusste, dass der große Gott Itzamná nicht mehr helfen konnte.

Doch ungestraft sollten die Fremden nicht davonkommen. Seine Hände zitterten ein wenig, als er die Flüssigkeit mischte und in eine Schale gab. Dann nahm er das goldene Abbild Itzamnás, das er an einem blauen Sisalband um seinen Hals trug, und tauchte es in die milchige Substanz.

Als die Spanier in den Tempel eindrangen, war der Priester bereits tot. Um seine Hand war noch das blaue Sisalband geschlungen, an dem, im qualmenden Licht der Fackeln gut zu erkennen, eine goldene Figur schimmerte.

Erschrocken wichen die Soldaten zurück. Sie wussten nichts über den Glauben der Eingeborenen, wussten nicht, dass Itzamná für sie der Gott des Himmels war, der Herr des Ostens und des Westens, der ihnen sowohl die Kunst des Schreibens als auch Mais und Kakao geschenkt hatte.

Auf die Spanier wirkte das Amulett wie eine Fratze Satans – Furcht einflößend und Unheil verkündend.

Immerhin, es war aus purem Gold. Das einzige Gold, das die Conquistadores in Pontonchan erbeuten konnten. Und so entschied Cortés, die Figur mitzunehmen und sie dem Schatz hinzuzufügen, den er seinem König nach Europa senden wollte …

Die alte Welt – im Jahr des Herrn 1622

Es war finster in Europa, finster und kalt. Das 17. Jahrhundert brachte den Menschen nicht nur Hungersnöte und Seuchen, sondern auch den Krieg der Kriege, der bereits vor vier Jahren entbrannt war. Der Dreißigjährige Krieg war eine der größten Katastrophen der europäischen Geschichte. Er verwüstete blühende Landschaften und kostete Millionen Menschen das Leben. Ganze Landstriche wurden in Schutt und Asche gelegt, Unschuldige gefoltert, vergewaltigt und vertrieben.

Feldherren wie Wallenstein, Tilly und der Schwedenkönig Gustav II. Adolf führten riesige Armeen durch das Land, die, ständig auf der Suche nach Nahrung, wogende Felder zermalmten und nichts als verheertes Land und erschlagene Bauern zurückließen. Hungersnöte und Seuchen folgten den Truppen.

Immer schneller drehte sich die Spirale der Gewalt – zum Krieg gegen das eigene Land, die eigenen Leute, jeder gegen jeden.

Eine der wenigen Städte, die bisher von den Schrecken des »Großen Krieges« unbehelligt geblieben war, war die Hansestadt Hamburg, die sich seit 1618 zudem »Freie Reichsstadt« nennen durfte und demnach nur noch dem Kaiser und keinem Landesfürsten unterstellt war. Zwar hatte Dänenkönig Christian IV. gegen den Spruch des obersten Gerichtes des Heiligen Römischen Reiches Berufung eingelegt, weil er Hamburg als Teil Holsteins und damit als sein Eigentum betrachtete, konnte sich mit seinen Ansprüchen dem Kaiser gegenüber aber nicht durchsetzen.

Nun galt Hamburg mit seinen 40 000 Einwohnern als die größte Stadt des Reiches – und als die reichste. Der Handel blühte, und der Wohlstand war so groß, dass es viele neue stattliche Häuser gab.

Gut zwei Jahrzehnte zuvor hatte man das Rathaus an der Trostbrücke vergrößert. Es trug jetzt als einzigen Schmuck das Hamburger Wappen, nicht mehr das der Grafen von Holstein und Stormarn. Das war Hamburgs Antwort an den Dänenkönig Christian IV., der die hansischen Kaufleute als »hochmütige Krämer und Pfeffersäcke«, »schmierige Heringshändler« und »Bärenhäuter« beschimpft hatte.

1618 war die Hamburger Bank, als erste Deutschlands überhaupt, gegründet worden. Sie hatte ihren Sitz im Rathaus gleich neben der Börse. Der gut verschlossene Silberkeller wurde rund um die Uhr bewacht.

Um die Ecke, am Neß, stand ein gleichfalls stattliches Gebäude: das Gasthaus Kaiserhof – eine wahrhaft hochherrschaftliche Unterkunft für vornehme Reisende. Der Pächter des Kaiserhofs hatte von der Stadt die ausdrückliche Genehmigung erhalten, jede Kammer mit einem Ofen auszustatten. Außerdem durfte er im Winter Maskenbälle veranstalten.

Immer mehr Kaufleute ließen sich Häuser bauen, die offen ihren Reichtum zeigten, und ab 1611 waren sogar alle Straßen des Stadtgebiets gepflastert.

Ja, der Wohlstand war so groß, dass sich der Rat der Stadt genötigt sah, eine Verordnung gegen die übertriebene Kleiderpracht der Bürger und gegen unangemessen hohe Ausgaben bei Festen zu erlassen.

Auch die Armen wurden nicht vergessen, ein Waisen- und ein Pesthaus waren neu errichtet worden, und in der Spitalerstraße gab es mehrere Hundert neue Gotteswohnungen.

Das Geld für ein modernes Werk- und Zuchthaus wurde auf ganz neuartige Weise zusammengebracht: Hamburg hatte 1614 eine Lotterie veranstaltet. Über dem Tor des Gebäudes, das in der Nähe der Binnenalster stand, war in Stein gemeißelt: LABORE NUTRIOR, LABORE PLEC-

TOR (Durch Arbeit werde ich ernährt, durch Arbeit werde ich gezüchtigt).

Die Gelehrtenschule des Johanneums, 1529 von Johannes Bugenhagen, dem Gesandten Martin Luthers, gegründet und an der Großen Johannisstraße gelegen, hatte bereits mehr als 1100 Schüler, und seit drei Jahren gab ein gewisser Johann Meyer die »wöchentliche zeitung aus mehrerley örther« heraus.

Um das alles vor den benachbarten Dänen und den ständig näher rückenden Wirren des Großen Krieges zu schützen, hatte die Stadt beschlossen, Hamburg zur stärksten Festung Deutschlands auszubauen. Anstelle der Stadtmauern umgaben jetzt gewaltige sternförmig angeordnete Wälle das Stadtgebiet, das nach Westen hin um das Doppelte vergrößert worden war.

Sechs Jahre dauerten die Arbeiten unter der Leitung des niederländischen Baumeisters Johan van Valckenburgh bereits an, und noch war ein Ende nicht absehbar …

Kapitel 1

2. Juli 1622 – Mariä Heimsuchung

»Wonach hältst du Ausschau?« Neugierig musterte Philipp seine Schwester, als er in ihr Zimmer trat.

Anneke, die am Fenster saß, wandte sich zu ihm um. Sie lächelte schuldbewusst.

»Nach nichts Bestimmtem«, erwiderte sie. »Ich verstecke mich nur vor Mutter und Gertrude, um mich ein wenig ausruhen zu können. Es gibt für das große Fest morgen noch so viel zu tun.«

Philipp lachte und trat neben sie.

»Meine brave Schwester drückt sich vor der Arbeit? Wer hätte das gedacht.«

»Du hast es grad not, dich lustig zu machen«, wehrte Anneke ab. Sie war es gewohnt, sich gegen ihre großen Brüder zur Wehr zu setzen, und von Philipp, der dem lieben Gott ohnehin die Zeit stahl und von der Arbeit weniger hielt als ein Klumpen Blei, musste sie sich gewiss keine Vorhaltungen machen lassen.

Philipp reagierte nicht, sondern schaute interessiert aus dem Fenster.

»Sieh nur, das alte Weib. Wie eine neugierige Katze streicht sie durch das Viertel und kommt schon zum dritten Mal die Straße entlang. Kennst du sie?«

Anneke schüttelte den Kopf, blickte nun aber auch neugierig hinab.

Philipp öffnete das Fenster, um besser sehen zu können. Schwer auf ihren Stock gestützt, humpelte die Alte am Haus der Claens vorbei und murmelte leise vor sich hin.

»Richtig unheimlich ist sie«, fand Anneke schaudernd.

In diesem Augenblick blickte das Weib zu ihnen herauf, bemerkte sie und hob ihren Stock.

»Will sie uns etwa drohen?«, wunderte sich Philipp belustigt.

»Gewiss nicht«, widersprach Anneke. »Wahrscheinlich ist sie nicht ganz helle im Kopf.«

»Nein«, stellte Philipp erstaunt fest. »Sieh nur, sie gibt uns Zeichen, herunterzukommen. Ich möchte wirklich wissen, was sie von uns will.«

Ohne auf seine Schwester zu warten, verließ Philipp das Zimmer und lief die breite reich geschnitzte Treppe hinunter, die in die große Halle des weitläufigen Hauses führte.

Anneke zögerte kurz, entschied sich dann aber doch, ihm nachzueilen.

Gemeinsam traten sie aus der Haustür, direkt auf die Alte zu.

»Meine Reverenz, hübsche Jungfer und gnädiger Herr«, sagte sie. »Wie gefällig von Euch, mich alte Frau zu begrüßen. Mein Name ist Azadeh, und ich stamme nicht von hier. Meine Heimat liegt weit entfernt. Habt Ihr schon einmal von einer Stadt namens Algier gehört?«

Philipp antwortete nicht. Als Sohn eines Kaufmanns wusste er, dass Algier zum Osmanischen Reich gehörte, noch immer ein Piratennest war und am Mittelländischen Meer lag. Doch ihn interessierte eine ganz andere Frage.

»Was willst du von uns und warum fuchtelst du mit deinem Stock vor unserem Haus herum?«

»Zu Eurem Nutzen, gnädiger Herr. Es gibt nur wenige Frauen, die wie ich aus der Hand eines Menschen das Schicksal lesen können, gleichwohl dem Apotheker in seinem Rezeptbuch. Wie viel gebt Ihr mir, wenn ich Euch die Zukunft weissage?«

Anneke hatte sich bisher zurückgehalten und einen Schritt hinter ihrem Bruder gestanden. Doch nun mischte sie sich ein.

»Wir haben kein Geld bei uns«, sagte sie abweisend. »Und außerdem ist es verboten, zauberische Wahrsagekünste anzuwenden und entgegenzunehmen. Wir können dafür alle aus der Stadt gestäupt werden.«

Besorgt sah sie sich um.

Philipp lachte laut auf.

»Du Hasenherz, wer sollte uns denn anklagen? Weit und breit ist doch niemand zu sehen.«

Er suchte bereits in der Tasche seines schwarzen Überrocks nach ein paar Schillingen.

»Mich würde meine Zukunft jedenfalls sehr interessieren«, erklärte er und fügte gleich darauf kleinlaut hinzu: »Geld habe ich allerdings nicht dabei. Ich müsste schnell noch einmal ins Haus …«

»Das macht nichts«, erklärte die Alte hastig. »Ihr seid so freundlich, dass ich Euch die Zukunft umsonst weissagen will.«

Sie hieß die Geschwister, ihr die linke Hand vorzuweisen.

Philipp gab ihr seine sofort, seine Schwester zögerte. Doch dann siegte die Neugier, und sie streckte der Fremden gleichfalls ihre Linke entgegen.

Diese betrachtete die Hände eine Weile und brummte dann: »Merkwürdig, Ihr habt beide die gleichen Linien wie ich, die für ein rastloses Leben und weite Reisen stehen. Und bei Euch, Jungfer …« Sie stockte und schaute Anneke erschrocken ins Gesicht.

»Was ist mit mir«?, wollte das Mädchen erstaunt wissen. »Werde ich wirklich weite Reisen machen?«

Die Alte gab ihre Hand frei.

»Dass Euch Hören und Sehen vergeht«, murmelte sie. »Und der gnädige Herr noch weitere. Doch es wird ein großes Unglück über diese Familie …«

»Treibst du dich noch immer vor unserem Haus herum, alte Gaunerin?« Plötzlich stand Hausmagd Gertrude wie aus dem Boden gewachsen neben ihnen.

Die Wahrsagerin nahm sich nicht einmal die Zeit, sich zu verabschieden, sondern humpelte sofort und so schnell sie konnte davon.

Anneke wollte ihr hinterher, wollte wissen, was die unheilschweren Worte zu bedeuten hatten, doch Gertrude hielt sie zurück.

»Mit solch dreckigem Gesindel musst du nicht sprechen«, sagte sie streng. »Heute Morgen war sie schon einmal da, ich habe sie hinausgeworfen. Außerdem habe ich mich nach ihr erkundigt. Sie ist eine schmutzige Diebin, verrückt und böse. Und es schadet dem Ruf des Hauses, mit ihr auch nur gesehen zu werden. Hat sie euch wenigstens nicht bestohlen?«

Unwillkürlich griff sich Anneke an den Arm.

Ein Seidenband, das der Mode gemäß ihre weiten Ärmel teilte und von einer mit Perlen verzierten Rosette gehalten wurde, war verschwunden.

»Na also«, giftete Gertrude. »Das wird euch beiden hoffentlich eine Lehre sein.«

Obwohl sie nur eine Magd war, nahm sie sich das Recht heraus, so streng mit Anneke und Philipp zu sprechen.

Immerhin stand sie schon länger in Diensten der Claens, als die jungen Herrschaften an Jahren zählten.

»Hol dir rasch ein neues Band, Anneke«, ordnete sie an. »Danach, lässt dir deine Mutter ausrichten, sollst du auf den Markt gehen und ein paar Besorgungen machen.«

Bevor noch jemand auf die Idee kommen konnte, ihn gleichfalls einzuspannen, zog Philipp es vor, sich eilig zu verabschieden.

»Ich muss mich um meine Geschäfte kümmern«, murmelte er und entfernte sich in Richtung Hafen.

Gertrude schüttelte nur den Kopf.

»Geschäfte?«, wiederholte sie geringschätzig. »Das wird bestimmt nichts Gescheites sein.«

*

Zu Füßen der majestätisch aufragenden Backsteinkirche St. Nikolai, die dem Heiligen Nikolaus, dem Schutzpatron der Seefahrer, geweiht war, lag der Hopfenmarkt, der quirligste Markt der Kaiserlich Freien Reichs- und Hansestadt Hamburg. Hier herrschte stets ein buntes Leben und Treiben, standen die Händler bei ihren Körben und Schrangen und priesen lautstark ihren für die Bierstadt Hamburg so wichtigen Hopfen an. Doch auch Obst und Gemüse aus den Vierlanden, Eier, Butter und Milch von der Insel Wilhelmsburg und natürlich Brot und Fleisch wurden angeboten. Es gab kaum ein Lebensmittel, das man auf dem Hopfenmarkt nicht erstehen konnte.

Dieser Markt war mehr als nur Einkaufsmöglichkeit der Hamburger. Man sah und wurde gesehen, machte Geschäfte, tauschte Neuigkeiten aus und hielt gern einen kleinen Klönschnack, wenn die Gelegenheit sich bot.

Danach stand Anneke jedoch heute nicht der Sinn.

Einen schönen Braten sollte sie kaufen für das große Fest, das am nächsten Tag im Haus ihrer Familie gefeiert werden sollte, und steuerte daher zielstrebig auf die Fleischschrangen der Knochenhauer zu, die in langer Reihe aufgebaut waren.

Ohne zu zögern trat Anneke an den Stand von Piet Wieland; die Claens pflegten ihr Fleisch immer bei ihm zu kaufen.

»Ah, die Jungfer Anneke!«

Der Knochenhauer strahlte über das ganze Gesicht.

Bei Gott, eine wahre Augenweide war sie wieder mit ihren dunklen lockigen Haaren, den veilchenblauen Augen und dem schlichten, jedoch aus feinstem Tuch gefertigten Kleid in eben der gleichen Farbe. Ihr einziger Schmuck war der große weiße Spitzenkragen, der ihr über die Schultern fiel, und die zarten aufgestülpten Spitzenmanschetten an den weiten gebauschten Ärmeln.

Anneke war der Blick des Fleischhauers nicht entgangen; da er es jedoch trotz aller Bewunderung niemals an der erforderlichen Höflichkeit mangeln ließ, lächelte sie nur und kam auf ihr Anliegen zu sprechen:

»Denkt Euch, Meister Wieland, wir feiern morgen ein großes Fest zu Ehren meines Großonkels …«

Der Knochenhauer wusste Bescheid.

»Des Herrn Joachim, unseres neuen Bürgermeisters!«

»Ja genau. Und seine Wahl soll gebührend gefeiert werden. Dafür brauchen wir einen guten Festbraten.«

»Da habe ich genau das Richtige«, nickte der Knochenhauer. »Vor wenigen Tagen erst sind fette Ochsen im Küterhaus am Heilig Geist geschlachtet worden. Ganz frisch und sehr gute Ware.«

Meister Wieland schnitt ein prächtiges Bratenstück aus einer Rinderkeule und präsentierte es Anneke. »Etwas Besseres bekommt Ihr nirgends.«

Sie nickte zufrieden und holte einen großen Schmortopf aus ihrer Markttasche.

»Gebt mir das Fleisch nur in den Topf«, bat sie. »Ich werde es gleich zum Bäcker bringen.«

Bevor Anneke ihren Topf jedoch wieder in der Markttasche versorgen konnte, wurde er ihr aus den Händen genommen.

»Lasst mich Euch helfen, Jungfer Anneke.«

»Maarten!«

Sie lächelte den jungen Mann, der so plötzlich vor ihr stand, überrascht und erfreut zugleich an.

Zu erfreut, wie sie sofort selbst feststellte. Für eine brave Jungfer ziemte sich mehr Zurückhaltung. Daher fuhr sie rasch in vorwurfsvollem Ton fort: »Müsst Ihr nicht mit Eurem Herrn auf den Wällen stehen und die Erdarbeiten beaufsichtigen?«

Der junge Niederländer schmunzelte.

Ihm war wohl bewusst, dass die Geduld der Hamburger, was den Ausbau der Befestigungsanlagen betraf, fast erschöpft war. Allenthalben hielt man seinen Meister, Johan van Valckenburgh, zur Eile an.

Er zog seinen Filzhut mit der breiten Krempe und der Reiherfeder vom Kopf und deutete eine galante Verbeugung an.

»Wir geben uns die größte Mühe, Hamburg und die Jungfer Claen zufriedenzustellen. Doch um Eure Frage zu beantworten: Ich habe Besorgungen für den Herrn Baumeister zu erledigen und ritt gerade vorüber, als ich Euch sah.«

»Und anstatt pflichtbewusst Eurem Auftrag nachzukommen, stiegt Ihr vom Pferd?« Auch Anneke musste nun lächeln.

»Oh, ein wenig Zeit kann ich schon erübrigen«, gab Maarten van Aelst zurück. »Gerade genug, um Euch zum Bäcker zu geleiten und Euch anschließend eine kleine Überraschung anlässlich des heutigen Tages zu bereiten.«

»Eine Überraschung?«

Neugierig sah Anneke zu dem jungen Niederländer auf.

18 Lenze zählte er und war damit nur ein Jahr älter als sie. Doch während sie als behütete Tochter einer wohlhabenden Familie aufwuchs, war Maarten schon früh zur Waise geworden und hatte sein Leben selbst in die Hand nehmen müssen. Vielleicht wirkte er deshalb trotz seiner Jugend so bedeutend älter und reifer als sie.

Zum Bäcker war es nicht weit. Auf dem Weg warf Anneke immer wieder verstohlene Blicke zu ihrem Begleiter hinüber, der mit der einen Hand sein Pferd führte und in der anderen die Markttasche trug.

Nicht zum ersten Mal stellte sie fest, wie gut er aussah, groß und kräftig, mit seinen schulterlangen blonden Locken, aufgeweckten grünen Augen und einem Mund …

Anneke rief sich selbst zur Ordnung.

*

Nachdem der Braten beim Bäcker abgegeben war, verließen sie die Stadt durch das Steintor. Auf dieser Seite waren die Befestigungsarbeiten Hamburgs fast abgeschlossen. Tiefe wassergeflutete Gräben hatte man ausgehoben und hohe Wälle angeschüttet, die von insgesamt elf Ravelings und 22 Bastionen verstärkt wurden.

Jede einzelne Bastion trug den Namen eines Mitglieds des Hamburger Rates. Und Anneke war sehr stolz darauf, dass die Bastion Joachimus, zwischen Dammtor und

Millerntor gelegen, nach ihrem Großonkel benannt worden war.

Natürlich verschlang der Bau der Wallanlagen sehr viel Geld, das von der Stadt durch großzügige Stiftungen und eine Sondersteuer, dem sogenannten Grabengeld, aufgebracht wurde.

Doch nicht nur Geld mussten die Hamburger Bürger geben, sondern sich auch an den Festungsarbeiten beteiligen. Ferner hatte man alle Männer der Stadt zwischen 18 und 60 Jahren zu einer Bürgerwache mobilisiert und jedem Einzelnen vorgeschrieben, welche Waffen er zu seiner Verwendung besorgen musste. Darüber hinaus standen 3000 Söldner in Lohn und Brot.

Ja, in Hamburg durfte man sich sicher fühlen. Und Sicherheit war in diesen Tagen ein seltenes, kostbares Gut. Dafür mussten die Hamburger wohl oder übel Opfer bringen und in Kauf nehmen, dass ihre Stadt seit Jahren einer riesigen Baustelle glich.

*

Hinter dem Steintor befand sich der Lämmermarkt, begannen die Landstraßen, die nach Lübeck und Berlin führten. Schwere Fuhrwerke rumpelten auf ihnen dahin.

Maarten würdigte sie jedoch keines Blickes, sondern schlang den Zügel seines Pferdes um den Stamm einer jungen Birke und trat unter das Laubdach eines kleinen Gehölzes. Mit gesenktem Kopf schritt er dahin und schien offensichtlich etwas zu suchen.

Als Anneke ihn aus den Augen verlor, setzte sie sich an das mit Gras bewachsene Ufer des Wassergrabens, um dort auf ihn zu warten.

Sie war ein wenig beunruhigt, weil sie schon längst wieder hätte daheim sein müssen, und sich die Aale, die sie auf dem Fischmarkt erstehen sollte, noch nicht in ihrer Markttasche befanden.

Um sich die Wartezeit zu vertreiben, beobachtete sie angelegentlich ein Schwanenpärchen, das seine ruhige Bahn durch den Graben zog. Wie schön diese Tiere waren, wie graziös und elegant sie sich bewegten.

Doch plötzlich, als würden sich die Schwäne durch die Beobachterin gestört fühlen, hoben sie mit kräftigen Flügelschlägen und Paddeltritten von der Wasserfläche ab und flogen in Richtung Alstersee davon.

Nachdenklich blickte Anneke ihnen nach. Sie wusste wohl, dass ihre Vaterstadt ein besonderes Verhältnis zu diesen stolzen Vögeln hatte, um ihr Wohlergehen besorgt war und sie im Winter sogar mit Getreide fütterte.

Eigentlich war das Halten von Schwänen ausschließlich ein Privileg des Hochadels. Doch Hamburg als Freie Reichsstadt nahm dieses Recht gleichfalls in Anspruch – nicht zuletzt, um Dänenkönig Christian IV., der sich die Stadt an Alster und Elbe nur allzu gern einverleibt hätte, eine lange Nase zu drehen.

Schon deshalb galten die Schwäne in Hamburg als Symbol der Freiheit und Unabhängigkeit.

»Jungfer Anneke?«

Als sie Maartens Stimme hinter sich hörte, wandte sie sich um. Er trat auf sie zu, die Hände zu einer Schale geformt, die mit duftenden roten Früchten gefüllt war.

»Die ersten Walderdbeeren«, lächelte er. »Und wie es sich geziemt, zu Mariä Heimsuchung gepflückt.«

*

Das Claen'sche Anwesen gehörte zu den stattlichsten Häusern der Deichstraße. Die prächtige Fassade mit ihren geschnitzten Knaggen war zwar schmal, doch das Gebäude, das mit der Rückseite direkt an den Mündungsarm der Alster grenzte, hatte genügend Tiefe, um ausreichend Platz für Wohnung, Kontor und Lager zu bieten.

Durch ein reich verziertes Eingangsportal gelangte man am Kontor vorbei in die große lichte Diele, die das gesamte Erdgeschoss einnahm.

Hier wurden Waren angeliefert, registriert, gewogen, neu verpackt und wieder verschickt oder mit der Haspelwinde ins Lager befördert, das sich unter dem Dach befand.

Von diesem Speicher aus ließ sich eine Luke öffnen, die zum Fluss hinausging, und durch die, gleichfalls mittels einer Winde, Waren direkt von den Schuten und Ewern gelöscht werden konnten.

Die Diele mit ihren kostbaren Kronleuchtern, der aufwendig bemalten Holzdecke, den mit Schnitzwerk verzierten großen Schränken und Truhen und dem wuchtigen gleichfalls verzierten Kamin bot viel Platz für lange Tafeln und war daher der Raum für jedwede gesellschaftlichen Anlässe – von der Kindstaufe bis zum Leichenschmaus.

Eine hölzerne Treppe mit reich geschnitztem Geländer führte zur Galerie hinauf, von der die Wohn- und Schlafräume der Familie abgingen. Darüber, über eine einfache Stiege zu erreichen, lagen die Räume der Dienstboten.

Die Küche befand sich auf halber Treppe. Ebenso wie das Kontor verfügte sie über Fenster, die den Blick auf die Diele boten und somit den Eindruck erweckten, ein Haus im Haus zu sein.

Und in eben diese schlüpfte Anneke gerade in dem

Augenblick, als es von St. Nikolai zur fünften Nachmittagsstunde schlug.

Schnell versorgte sie die Markttasche samt Aalen und hoffte, ungesehen in ihr Schlafzimmer zu gelangen. Doch Gertrude hatte sie bereits bemerkt.

»Da bist du ja endlich. Wo warst du? Warum kommst du so spät? Glaubst du, die Arbeit macht sich von allein?«

Schuldbewusst senkte das Mädchen den Blick. Da sie nicht einschätzen konnte, was die Magd von ihrem kleinen Ausflug mit Maarten halten mochte, stotterte sie verlegen:

»Ich war … ich habe …«

Gertrude hatte jedoch keine Zeit für lange Erklärungen. »Deck schon einmal den Tisch für das Nachtmahl, und dann geh dich umkleiden. Wenn deine Mutter dich so liederlich bei Tisch sieht, wird sie verärgert sein.«

Anneke sah an sich herab.

Der Staub auf den Straßen hatte ihre Schuhe und den Saum ihrer Röcke beschmutzt, die gleichfalls hässliche grüne und rote Flecken aufwiesen.

Schnell blickte sie zu Gertrude hinüber.

Hatte sie die Gras- und Erdbeerflecken etwa bemerkt?

Doch die Magd beugte sich gerade über den Kochkessel, in dem eine köstlich duftende Ochsensteertsuppe brodelte, und schenkte ihr im Augenblick keine weitere Aufmerksamkeit.

Bevor sich das wieder änderte, schlüpfte Anneke schnell aus der Küche, zog es jedoch vor, um auch weiterhin unbequemen Fragen zu entgehen, sich zuerst umzukleiden.

Als sie schließlich sauber und adrett, wie es sich für eine Tochter aus gutem Hause geziemte, die Treppe in die Diele hinabstieg, erwies sich schnell, dass ihre Vorsicht durchaus begründet gewesen war.

»Da bist du ja, Anneke!« Vom Fuß der Treppe sah ihr die Mutter entgegen. »Hast du alle Besorgungen erledigt, die ich dir aufgetragen habe?«

Elisabeth Claens Stimme klang weich und leise. Sie pflegte niemals laut zu sprechen, verschaffte sich aber dennoch Gehör.

»Ja, Frau Mutter«, entgegnete Anneke. »Einen vorzüglichen Rinderbraten habe ich kaufen können. Und die Aale sind frisch und fett, wie es sich gehört.«

»Gut, gut.«

Wohlwollend nickte Elisabeth ihrer Tochter zu.

»Und jetzt richtest du den Tisch für das Nachtmahl? Lass dir von Hinnerk bei Wein und Bier helfen, damit wir pünktlich essen können. Ich habe ihn eben noch hinten an der Waage gesehen.«

»Bin schon zur Stell', bin schon zur Stell'.«

Der stets gut gelaunte Hausknecht hatte die Anweisung vorausgeahnt und setzte bereits zwei Krüge auf den langen Esstisch – einen mit schäumendem Bier und einen mit würzigem rotem Portugieser.

Anneke lächelte ihm zu.

»Du bist fix heute, Hinnerk«, sagte sie, als sie an einen großen Schrank trat, in dem das weiß glasierte Fayenceservice und das schlichte Alltagsbesteck verwahrt wurden.

Der Knecht lachte.

»Ich habe ja auch großen Hunger, Jungfer Anneke. Und je eher die hohen Herrschaften bei Tische sitzen, umso schneller wird mir die Gertrude meinen eigenen Teller füllen. Hauptsache, es gibt heute nicht schon wieder Lachs.«

Sein eben noch lachendes Gesicht nahm plötzlich einen besorgten Ausdruck an.

Anneke lächelte belustigt.

Vor ein paar Jahren hatten die Hamburger Dienstboten

beim Rat der Stadt Klage geführt, weil sie stets und ständig von ihren Herrschaften Lachs vorgesetzt bekamen – eine billige Speise, da es großen Überfluss an Lachsen gab.

Der Rat hatte seinerzeit verfügt, dass die Herrschaften ihren Mägden und Knechten nicht häufiger als zweimal wöchentlich Lachs zu essen geben durften. Im Hause Claen hielt man sich streng an diese Verordnung.

»Keine Sorge, Hinnerk. Ich habe vorhin in Gertrudes Küche keinen Lachs gesehen.«

Das Gesicht des Hausknechtes erhellte sich so schnell, wie es sich vorher verdüstert hatte.

»Wenn ihr mich nicht mehr braucht, Jungfer, würde ich gern selbst einen Blick in die Küche tun«, erklärte er augenzwinkernd.

»Ja geh nur, Hinnerk«, lachte Anneke. »Aber lass dich nicht von Gertrude erwischen. Du weißt doch, Pottkieker kann sie gar nicht leiden.«

*

Der Tisch war fertig gedeckt.

Als Anneke Brot und geräucherte Würste auftrug, kamen ihr Vater und ihr Großvater aus dem Kontor. Freundlich nickte Ludwig Claen seiner Enkelin zu.

»Nun, mein Kind. Was wird Gertrude uns heute Feines auftischen?«

Bei allem Respekt für das Oberhaupt ihrer Familie und des erfolgreichen Handelshauses stellte Anneke belustigt fest, dass er ebenso neugierig war wie sein Hausknecht.

»Ich weiß es nicht genau«, entgegnete sie lächelnd, »aber ich habe Ochsensteertsuppe in Madeirawein gerochen und etwas von Stubenküken munkeln hören.«

Ihr Großvater nickte zufrieden und setzte sich auf seinen Stuhl am Kopfende der Tafel.

»Das hört sich vielversprechend an«, meinte er.

Die Claens pflegten gern und gut zu speisen. Besonders zum Abendessen, der Hauptmahlzeit des Tages und einzigen Gelegenheit, zu der die ganze Familie zusammentraf, ließen sie alles auftischen, was Hamburgs Märkte zu bieten hatten.

Nach und nach trafen auch die anderen ein: Mutter Elisabeth und Annekes ältere Brüder Friedrich und Philipp.

Sobald alle Platz genommen hatten, begannen Gertrude und ihre Gehilfin Hanna die warmen Speisen aufzutragen: die Suppe und die knusprig gebratenen Stubenküken, dazu gebackene Pastinake, Erbsmus, gebratene Eier und zum Nachtisch einen prächtigen »Großen Hans«, ein in einer geschlossenen Form im Wasserbad gegarter Teig aus Mehl, Butter, Eier und Rosinen, der heute zu Ehren Mariä Heimsuchung mit Erdbeeren aufgetischt wurde.

Nachdem Ludwig Claen das Tischgebet gesprochen und dem Herrgott für seine reichen Gaben gedankt hatte, reichte man die wohlgefüllten Schüsseln herum.

Doch plötzlich wurde die Stille, die durch den Genuss der ersten Bissen entstanden war, von einer lauten Kanonensalve zerrissen.

Zunächst erschrocken, dann erstaunt sahen sich die Tischgenossen an.

»Das war doch keine Signalkanone«, stellte Leopold Claen stirnrunzelnd fest.

»Nein«, stimmte sein Sohn Friedrich zu. »Dazu war es zu laut. Aber wer schießt denn den Abschiedsgruß als volle Breitseite?«

Auch Ludwig schüttelte verwundert den Kopf.

»Das ist das eine. Und das andere: Ich wüsste kein Handelsschiff, das heute Abend noch den Hafen …«

Er wurde von einer erneuten Kanonensalve unterbrochen.

»Das kommt nicht vom Hafen«, stellte Leopold fest. »Das könnte vielleicht aus Altona sein oder gar aus Neumühlen …«

Polternd sprang Philipp vom Tisch auf. Er war rot vor Zorn.

»Diese Tölpel!«, knurrte er böse. »Diese verdammten Tölpel!«

»Mäßige dich, Philipp«, rief Elisabeth ihren Sohn sofort zur Ordnung. »Dies ist ein gottgefälliges Haus. Hier wird nicht geflucht.«

Doch Philipp sah seine Mutter nicht einmal an. Wie es schien, war er ganz außer sich und stürmte ohne ein Wort der Entschuldigung oder Erklärung hinaus auf die Straße.

Als er die Tür hinter sich ins Schloss warf, ertönte die dritte Salve.

»Was sind das nur für Sitten?«, rügte Ludwig vorwurfsvoll.

Die Tischrunde war sich nicht sicher, ob er damit seinen Enkel Philipp oder die Seeleute des Schiffes meinte, die in derart lautstarker Manier den Drei-Salven-Abschiedsgruß, den jedes Schiff, das auf große Fahrt ging, der Stadt gebot, gefeuert hatten.

Sowie der eine als auch die anderen hatten auf jeden Fall despektierlich gehandelt. Da war man sich einig, und darüber musste kein weiteres Wort verloren werden.

Bevor sich die Claens jedoch wieder ihrem Abendessen widmen konnten, geschah es: Eine laute Detonation ließ die

Fensterscheiben klirren. Ein roter Schein erhellte den Himmel im Westen und tanzte flackernd auf den vor Schreck versteinerten Gesichtern der Anwesenden.

Einen Augenblick saßen sie starr, dann stürzten alle ans Fenster.

Glocken begannen zu läuten, und ein Ruf pflanzte sich fort: »Es brennt! Es brennt!«

*

»Ich lauf schnell zum Hafen, um in Erfahrung zu bringen, was geschehen ist«, stieß Friedrich hervor.

»Ich komme mit«, ließ sich auch Leopold vernehmen. »Bisher sind keine Flammen zu sehen, also scheint für unser Haus keine unmittelbare Gefahr zu bestehen. Aber vielleicht können wir an anderer Stelle helfen.«

Auch Anneke wollte sich anschließen, wurde von ihrer Mutter jedoch zurückgehalten: »Du weißt doch, dass wir Frauen bei Bränden nicht auf die Straße dürfen.«

Die Jungfer hielt inne und sah Vater und Bruder, die gerade das Haus verließen, enttäuscht hinterdrein.

»Ach ja, die neue Feuerordnung«, meinte sie gedehnt. »Die habe ich ganz vergessen. Aber das ist schließlich kein Wunder, so unsinnig, wie sie abgefasst ist.«

Elisabeth, die sich kein Urteil über den Beschluss des ehrenwerten Hamburger Rates anmaßte, sah ihre Tochter tadelnd an.

»Es ist doch wahr«, ereiferte sich Anneke. »Uns Frauen wird vorgeworfen, nur aus Neugier hinauszulaufen und überall im Weg zu stehen. Als wenn wir nicht gleichfalls helfen könnten.«

»Die Ratsleute werden gewiss ihre Gründe für diese Entscheidung gehabt haben. Punktum«, beendete ihre Mutter die Diskussion.

Anneke seufzte.

»Dann lauf ich eben nach oben. Vielleicht kann man an der Speicherluke mehr sehen als von hier …«

Eine weitere Detonation, die noch lauter als die erste war und sogar das große Haus erzittern ließ, unterbrach sie. Erschrocken fuhren die beiden Frauen zusammen.

Während Elisabeth und ihr Schwiegervater zurück ans Fenster stürzten, lief Anneke, so schnell ihre Füße zu laufen vermochten, die drei Treppen zum Speicher hinauf. Als sie den großen mit Ballen, Säcken und Fässern vollgestopften Raum atemlos betrat, fand sie Gertrude und die junge Hilfsmagd Hanna bereits vor, die gleich ihr die Idee gehabt hatten, sich von hier oben einen Überblick zu verschaffen.

»Kann man erkennen, was geschehen ist?«

Gertrude schüttelte den Kopf, und Hanna, die sich weit aus der Luke beugte, berichtete: »Nur eine große dunkle Rauchwolke ist zu sehen. Sie ist aber jenseits der Stadtgrenze.«

Anneke blickte der Magd über die Schulter.

»Das Feuer scheint in Altona zu toben oder sogar noch dahinter«, stellte sie erstaunt fest. »Da wundert es mich doch sehr, dass wir die Kanonaden und Detonationen hier so laut hören konnten. Was, um alles in der Welt, mag dort passiert sein?«

Diese Frage ließ sich vom Speicher des Claen'schen Hauses aus nicht klären. Wohl oder übel würde man sich also bis zur Rückkehr von Leopold und Friedrich Claen gedulden müssen, um Genaueres zu erfahren.

Nachdenklich blickte Anneke auf die Rauchwolken im Westen.

»Was sagt die neue Feuerverordnung über Brände, die außerhalb der Stadt wüten? Müssen wir Frauen trotzdem im Haus bleiben?«

Weder Gertrude noch Hanna wussten eine Antwort auf diese knifflige Frage.

Kapitel 2

Der Ehrentag Joachim Claens

In der Gröningerstraße, ganz in der Nähe der schmucken Katharinenkirche, stand das Englische Haus, aus massivem Backstein erbaut mit prächtiger Fassade und hohem Staffelgiebel. Hamburg hatte es der englischen Kaufmannsgilde zur Verfügung gestellt; daher trug es seinen Namen.

Und eben hier hatte Kurfürst Friedrich von der Pfalz unlängst, als er in Hamburg zu Besuch weilte, ein üppiges Festbankett gegeben.

Natürlich war auch Bürgermeister Vincent Möller unter den geladenen Gästen gewesen, ein Mann, der sich bei Essen und Trinken noch nie als Kostverächter erwiesen hatte. Dieses Mal schien er des Guten jedoch zu viel genossen zu haben, denn Vincent Möller starb an den Folgen dieser ausgedehnten dienstlichen Zecherei.

Was dem einen sin Uhl, ist dem anderen aber bekanntlich sin Nachtigall. Jedenfalls war der Weg frei für Joachim Claen, der bereits seit sechs Jahren dem Rat der Stadt angehörte, Hamburg erfolgreich bei schwierigen Verhandlungen mit den Dänen und den Holsteinern vertreten hatte und nun zum Bürgermeister gewählt worden war.

Und genau das sollte heute im Hause Ludwig Claens gefeiert werden.

Doch nach dem schrecklichen Unglück vom Vortag schien

ein ausgelassenes Fest nicht angemessen, auch wenn die Clasens noch immer nicht wussten, was genau geschehen war.

Ein Schiff, das auf der Reede vor Neumühlen gelegen hatte, sollte explodiert sein, hatten Leopold und Friedrich in Erfahrung gebracht. Und viele Tote hätte es dabei gegeben.

Auch wenn man bisher mehr nicht wusste, war das Wenige schon Grund genug, die Feier abzusagen. Doch dann entschied man sich, zumindest das Festmahl abzuhalten, das immerhin seit Tagen vorbereitet wurde.

Essen und trinken musste der Mensch, egal, was sonst auf der Welt geschah.

*

Joachim Claen, seine Frau Margaretha und sein Sohn Erich kamen zur verabredeten Stunde in das Haus an der Deichstraße. Und während die Dienerschaft die Speisen bereitete und die festliche Tafel herrichtete, zogen sich die Herren auf einen Krug Bier ins Kontor zurück und die Damen auf ein Gläschen Likör in die gute Stube des ersten Stocks.

Da Mägde und Knechte alle Hände voll zu tun hatten, übernahm es Anneke, den Herren das Bier aufzutragen. Sie versah diesen Dienst nicht ungern und ließ sich viel Zeit dabei, weil sie insgeheim hoffte, etwas über das gestrige Unglück zu erfahren. Wenn einer über die Geschehnisse Bescheid wusste, dann war es ja wohl der Herr Bürgermeister.

Natürlich konnte Anneke ihren Großonkel nicht selbst um Aufklärung bitten. Als junge unvermählte Frau hatte sie in dieser Herrenrunde sittsam zu schweigen.

Aber wie erwartet griff ihr Großvater das Thema auf, sobald sich die Herren niedergesetzt hatten. Und Joachim

Claen ließ sich auch nicht lange bitten, sondern begann in aller Ausführlichkeit zu berichten:

»Eine spanische Galeone ist es gewesen, die vor Neumühlen lag und mit voller Ladung nach Malaga segeln wollte. Da man noch auf die Ebbe warten musste, um auszulaufen, wurde ein fröhlicher Umtrunk gehalten – vom Kapitän und seinem Schiffsvolk, aber auch von Händlern, deren Waren die Galeone geladen hatte und ihren Freunden und Bekannten. Während man ausgelassen Abschied feierte, ließ der Kapitän zur allgemeinen Ergötzung alle Kanonen des Schiffes abfeuern …«

»Ja, und sie waren nicht zu überhören«, knurrte Ludwig.

Sein Bruder nickte.

»Das laute Spektakel wird gewiss auch den anwesenden Hamburger Händlern sauer aufgestoßen sein. Doch bevor sie noch Einspruch erheben konnten, wurde bereits die zweite Salve abgeschossen. Und weil aller guten Dinge drei sind, schließlich auch die dritte. Dabei muss dann wohl Feuer ins Pulverfass geraten sein – vermutlich durch eine Unachtsamkeit des betrunkenen Constablers. Und eben das hat die erste Explosion ausgelöst.«

Um sich die Kehle für seinen weiteren Bericht anzufeuchten, griff Joachim nach seinem Bierkrug und nahm einen kräftigen Schluck.

»Herr van Valckenburgh und sein Gehilfe sind gerade eingetroffen«, meldete Gertrude in die Redepause hinein.

Leopold erhob sich sofort und ging den neuen Gästen entgegen.

Anneke zupfte derweil aufgeregt an ihrer Schürze herum, die einige unschöne Bierflecken aufwies. Sollte sie rasch nach oben laufen, um die Schürze zu wechseln, oder das verschmutzte Kleidungsstück einfach ablegen?

So wollte sie Maarten jedenfalls nicht gegenübertreten. Dass er den holländischen Baumeister begleitete, daran zweifelte sie keinen Augenblick.

Da sie vor der Tür zum Kontor bereits Stimmen hörte, blieb ihr keine Wahl mehr. Rasch nahm sie also die Schürze ab, schlug sie zusammen und legte sie hinter sich auf ein Stehpult.

Und da traten die Herren auch schon ein.

Joachim Claen erhob sich höflich. Auch wenn er der Bürgermeister war, galt der Baumeister, der Herr über die neuen hamburgischen Verteidigungsanlagen, doch ebenfalls als sehr respektable Person.

»Valckenburgh, wie schön, dass Ihr uns die Ehre erweist. Schließlich wissen wir, wie knapp Eure Zeit bemessen ist.«

Die Herren tauschten ihre Höflichkeiten aus und nahmen dann wieder Platz.

»Anneke«, wies der Vater die Tochter an, »bring unseren Gästen Bier. Oder hättet Ihr lieber einen guten Port, Valckenburgh?«

Die Neuankömmlinge entschieden sich für den in Hamburg so beliebten Gerstensaft. Und während die Tochter des Hauses zwei weitere Humpen auf den Tisch stellte, blickte sie unauffällig zu Maarten hinüber.

Wie gut er heute wieder aussah in seinem schwarzen Rock mit dem weißen die Schultern fast vollständig bedeckenden Spitzenkragen.

Als er ihren Blick bemerkte und ihr zulächelte, wich sie seinen Augen jedoch aus und griff hastig nach dem Bierkrug, um den Gästen einzuschenken.

Nein, Vertraulichkeiten wollte sie dem jungen Holländer auf keinen Fall gestatten. Was sollten denn Vater und Großvater von ihr denken? Von dem Herrn Bürgermeister und Herrn van Valckenburgh ganz zu schweigen.

Stattdessen konzentrierte sie sich auf die Rede ihres Großonkels, der seinen Bericht wieder aufgenommen hatte:

»Dass der spanische Segler ein Schmugglerschiff war, das unter den deklarierten Waren wie Tuch, Amidam und Messinggeschirr in Fässern verpackte Musketen, viele, mit einem gut erkennbaren böhmischen Punzzeichen versehene Acht-Kilo-Kupferbarren und große Mengen an Schießpulver geladen hatte, wussten zu jener Zeit nur Eingeweihte. Dieses Schießpulver wurde durch die erste Explosion entzündet. Mit schrecklichem Donnerkrachen und feuriger Lohe flog die Galeone in die Luft samt all den feiernden Menschen, die sich darauf befanden. Sogar zwei mit Korn beladene Ewer, die gerade vorbeifuhren, wurden von der Explosion ergriffen und gingen ebenfalls zugrunde. Die Leute, die am Ufer standen, wurden mit verbranntem Getreide überschüttet und von durch die Lüfte wirbelnden Kupferbarren getroffen. Insgesamt hat man bisher 44 Tote gezählt, die teils durch die Explosion zerstückelt, zerrissen oder verbrannt wurden. Und noch heute treiben auf der Elbe abgetrennte Gliedmaßen umher. Sogar in einem nahen Kornfeld fand man ein halbes Bein. In der Hosentasche steckte ein Kontorschlüssel, durch den man herausfand, dass es sich um den angesehenen Kaufmann Franz Denzel handelte, den auch Ihr kennt, wie ich meine«, wandte er sich an Bruder und Neffen.

Die drei nickten bedrückt.

»Nun«, seufzte Joachim, »seiner Familie bleibt nur, dieses Bein zu Grabe zu tragen. Die Trauer ist groß, aber Gottes Wege sind unergründlich.«

*

Die Tafel war auf das Feinste gedeckt, und das frisch polierte Silbergeschirr glänzte hell im Licht der Kerzen, als Elisabeth die Gäste zu Tische bat. Einige angesehene Kaufleute hatten sich noch eingefunden und sogar vier Ratsherren mit ihren Frauen. Eine vornehme Tischrunde. Nur einer fehlte: Philipp Claen.

»Hast du deinen Bruder gesehen?«, wollte Elisabeth in flüsterndem Tone von ihrer Tochter wissen, doch Anneke konnte nur mit dem Kopf schütteln.

»In seinem Zimmer ist er nicht, da habe ich bereits nachgeschaut.«

Elisabeth war erzürnt.

»Was sich der Junge nur denkt. So eine Respektlosigkeit dem Großonkel gegenüber! Der Vater ist auch schon ganz ungehalten.«

»Ich verstehe es nicht«, gab Anneke leise zurück. »Das letzte Mal habe ich ihn gesehen, als er gestern so plötzlich vom Tisch aufgesprungen und aus dem Hause gelaufen ist. Spät am Abend, ich lag schon im Bett, ist er zurückgekehrt. Ich habe ihn in seiner Kammer rumoren hören. Und heute Morgen muss er schon in aller Frühe aufgebrochen sein.«

Elisabeth nickte.

»Auch wenn wir es gewohnt sind von Philipp, dass er seiner eigenen Wege geht, diesmal treibt er es auf die Spitze. Ich hoffe nur, ihm ist nichts zugestoßen.«

Das Gespräch zwischen Mutter und Tochter wurde jäh unterbrochen, als Martha, die Gattin des Ratsherrn Erich Stoltow, auf sie zutrat und sich über Elisabeths neuen Tafelaufsatz aus Silber begeistert zeigte.

»Eine hervorragende Arbeit, und wie fein sich diese schmückende Blumenranke ausnimmt. Ja wirklich, zu diesem Silberstück kann man Euch nur beglückwünschen.«

Bei Tisch drehten sich die Gespräche zunächst nur um das gestrige Unglück, um die Personen, die das Festmahl abgesagt hatten, weil sie in unmittelbarer Beziehung zu einem der unglücklich Verstorbenen standen, und um Geschichten, die sich im Zusammenhang mit dem schrecklichen Ereignis abgespielt hatten.

»Denken Sie sich nur«, wusste Margaretha Claen zu berichten. »Von allen, die sich an Bord des Schiffes befunden haben, überlebten nur zwei: eine Frau in gesegneten Umständen und ein Bootsknecht. Nach der ersten abgefeuerten Salve wurde es der Frau so übel, dass sie darum bat, an Land gehen zu dürfen. Der Bootsknecht ruderte sie zum Strand hinüber. Und nachdem sie ihre Füße gerade auf das feste Land gesetzt hatte, kam es zur Explosion. Einer der herumfliegenden Kupferbarren hat sie zwar gestreift, doch bis auf den kleinen Kratzer blieb sie ebenso wie ihr Fährmann unverletzt.«

Auch Martha Stoltow wusste eine Geschichte zu erzählen: »Die Witwe Krampen, sie lebt auf dem Brook, hatte ein einziges Kind, eine Tochter, sehr wohlerzogen, von lieblicher Gestalt und bei jedermann wohlgelitten. Sie war einem Hinrich Kräfting versprochen, der als Handlungsdiener bei einem Tuchhändler beschäftigt war. Dieser Kaufmann war auf die Unglücks-Galeone geladen und hieß den Kräfting, mit ihm zu gehen. Der junge Mann wiederum bat nun seine Verlobte, ihn zu begleiten, um sie bei dieser heiteren Gelegenheit seinem Prinzipal vorstellen zu können. Die Jungfer weigerte sich jedoch, konnte allerdings keinen Grund für ihre Ablehnung benennen. Da drang die Mutter in sie und überredete die Tochter mit viel Mühe, mit ihrem Hinrich zu gehen. Das brave Mädchen gehorchte – und ist nun tot. Die Mutter, die es nur gut gemeint hatte, macht sich nun die größten Vorwürfe, bezichtigt sich selbst, die Mörderin ihres Kindes zu sein, und ist vom Gemüt her schwer erkrankt.«

Diese und andere Geschichten waren noch eine Weile Thema bei Tisch. Und als es nichts mehr dazu zu sagen gab, hing man einem anderen Gedanken nach, der gleichfalls alle Hamburger bewegte: der nicht enden wollende Ausbau der Wallanlagen. Und da der Baumeister dieser Arbeit mit am Tische saß, wurde die Gelegenheit genutzt, Fragen zu stellen.

»Wie lange glaubt Ihr, Valckenburgh, wird es noch dauern, bis die Befestigungen endgültig fertiggestellt sind?«, wollte Leopold Claen wissen.

»Nun, ich denke, dass Ihr Euch noch drei Jahre gedulden müsst«, gab der Holländer zurück. »Diesen Termin hatte ich von Anfang an genannt, und da wir mit den Arbeiten richtig im Zeitplan sind, wird er aller Voraussicht nach auch eingehalten werden können.«

Der Bürgermeister schmunzelte.

»Unser lieber Valckenburgh will uns damit sagen, dass der Festungsbau nicht früher fertig sein wird, egal, wie oft wir fragen.«

»Ganz recht«, nickte der Holländer ernst. »Und er will Euch den Rat geben, zu unserem Herrgott zu beten, dass der Große Krieg Hamburg nicht früher erreichen möge.«

Um das Gesprächsthema nicht wieder in Trauer und Sorge abgleiten zu lassen, warf Elisabeth schnell ein: »Ich werde mich wohl nie dran gewöhnen, dass am Ende der Steinstraße nicht mehr das Steintor steht, sondern dass man erst einen Bogen über die Mühren machen muss, um es zu erreichen.«

Obwohl ihr Ausspruch eigentlich nur eine Ablenkung sein sollte, fühlte Johan van Valckenburgh sich angegriffen:

»Da die Steinstraße direkt auf eine der vorgesehenen Bastionen zuführte, blieb keine andere Wahl, als das Tor zu versetzen«, murmelte er, und es war offensichtlich, dass er es überdrüssig war, diese Erklärung abzugeben.

»Aber natürlich, Herr van Valckenburgh«, beeilte sich Elisabeth zu versichern. »Um das Tor im Falle eines Angriffs schützen und verteidigen zu können, musste es nach Norden …«

Sie hielt inne. Hatte es nicht gerade an der Haustür geklopft? Als sie sich umwandte, bemerkte sie, dass Gertrude bereits öffnen ging.

Zwei Büttel waren es, die Einlass begehrten. Und einer von ihnen trug einen breitkrempigen Filzhut in der Hand, der mit einer Feder und einer auffällig gestickten Schmuckborte verziert war. Philipps Hut!

Den ganzen Tag über hatte sich bei Elisabeth der Ärger über ihren unpünktlichen Sohn mit der Sorge um ihn abgewechselt. Nun aber, da sie die beiden Büttel sah, glaubte sie fast die eisige Hand zu spüren, die nach ihrem Herzen griff.

Hastig wollte sie von ihrem Stuhl aufspringen, aber ihre Beine schienen ihr den Dienst zu versagen.

Auch ihr Gemahl hatte nun die Ankunft der beiden hamburgischen Ordnungshüter bemerkt und ging ihnen entgegen.

»Mein Name ist Leopold Claen«, erklärte er mit seiner befehlsgewohnten Stimme. »Was ist der Grund für Ihren Besuch?«

»Bitte verzeiht, dass wir Euer Fest stören«, sagte der Büttel, der den Hut in seiner Hand hielt und sich höflich verneigte – auch in Richtung seines obersten Dienstherrn, dem Bürgermeister. »Aber wir müssen uns erkundigen, ob Euch dieser Hut bekannt erscheint.«

Leopold nickte. »Es ist ohne Zweifel der Hut meines Sohnes Philipp. Wo steckt der Nichtsnutz? Was hat er jetzt wieder angerichtet?«

Elisabeth trat nun gleichfalls heran.

»Bitte reden Sie doch. Ist unserem Sohn Übles geschehen?«

»Das wissen wir nicht genau«, entgegnete der Büttel, der bisher das Wort geführt hatte. »Aber es ist ein junger Mann am Elbstrand, unweit des Altonaer Fischmarktes, aufgefunden worden. Sein Kopf ist so böse verletzt, dass sein Gesicht nicht mehr erkennbar ist, und …«

»Ist er – tot?« Elisabeths Stimme klang verzweifelt, als sie den Büttel unterbrach.

»Ja, meine Dame«, nickte dieser. »Wie es scheint, ist auch er ein Opfer der Schiffs-Auffliegung vor Neumühlen geworden. Und da er in seinen Taschen nichts bei sich trägt, was auf seinen Namen und seine Herkunft schließen lässt, wird er wohl nur an seiner Kleidung und eben diesem Hut, der neben ihm lag, zweifelsfrei benannt werden können.«

»Wo ist er jetzt?«, wollte Leopold mit tonloser, aber beherrschter Stimme wissen.

»Er liegt im Wachhaus am Millerntor«, gab der Büttel zurück. »Ein Leutnant der Bürgerwache hat den Toten gefunden und, weil er den Hut erkannte, dorthin schaffen lassen. Ein Mitglied der Familie Claen muss nun bezeugen, ob es sich bei dem Unglücklichen tatsächlich um einen der Ihren handelt oder nicht.«

Leopold nickte. »Es ist gut. Ich begleite Euch. Wartet, ich hole nur schnell Hut und Mantel.«

»Ich werde ebenfalls mitgehen«, ließ sich Elisabeth vernehmen, doch ihr Mann schüttelte den Kopf.

»Hast du vergessen, dass wir Gäste haben?«

»Nein«, gab sie zurück. »Aber ein jeder von ihnen wird es verstehen. Ich bin schließlich Philipps Mutter.«

»Und ich bin sein Vater. Es wird ausreichen, wenn ich den Toten identifiziere«, erklärte Leopold mit einer Stimme, die keinen Widerspruch duldete.

Solange sie verheiratet waren, hatte Elisabeth dieser Stimme gehorcht. Doch heute wollte sie das Wort ihres Mannes nicht gelten lassen.

»Ich gehe mit«, sagte sie entschlossen.

Auch der Büttel versuchte nun, sie zum Bleiben zu bewegen.

»Der Tote sieht wahrhaft grausig aus, meine Dame. Das ist fürwahr kein Anblick für eine Frauensperson.«

»Ich gehe mit«, wiederholte Elisabeth nur. »Ich bin seine Mutter.«

Und dieses Mal duldete ihre Stimme keinen Widerspruch.

*

Nachdem die Eltern und die Büttel gegangen waren, hätte Anneke die Gäste am liebsten aufgefordert, ebenfalls das Haus zu verlassen. Aber das widersprach natürlich der Gastfreundschaft, zumal sich alle Anwesenden offensichtlich bemüßigt fühlten, mit ihrem Großvater, ihrem Bruder und ihr auf die Rückkehr von Mutter und Vater zu warten.

Noch immer stand sie in der Nähe der Tür und versuchte, ihre Gedanken zu ordnen. Philipp sollte tot sein? Nein, das war unmöglich. Das konnte gar nicht stimmen. Er war doch stark, gesund und sprühend vor Leben, ein richtiger Draufgänger und …

Maarten trat zu ihr.

»Kommt, Jungfer Anneke«, sagt er leise und mit deutlicher Besorgnis in der Stimme. »Setzt Euch zu uns. Ihr seid bleich wie die Wand und solltet vielleicht zur Stärkung einen Schluck Wein zu Euch nehmen.«

Mit Tränen in den Augen sah sie zu ihm auf.

»Philipp kann nicht der Tote sein, der im Wachhäuschen liegt«, sagte sie. »Er hat das Haus gestern doch nur wenige Minuten vor der Explosion verlassen. In der kurzen Zeit kann er unmöglich bis zum Elbstrand in Altona gekommen sein.«

»Vielleicht hat er ein Pferd genommen«, gab Maarten zu bedenken.

»Ja vielleicht«, stimmte Anneke zu. »Aber auch dann wäre die Zeit zu knapp bemessen gewesen, zumal er in diesem Fall erst zum Stall musste, um sein Pferd zu holen, es zu satteln … Nein, das kann nicht sein. Außerdem habe ich ihn spät am Abend noch in seiner Kammer gehört. Wenn er da tatsächlich schon tot gewesen wäre, wer sollte denn dort rumort haben? Sein … sein Geist vielleicht?«

Erschrocken schlug sie die Hände vor den Mund.

*

Der Büttel hatte nicht übertrieben, der Tote sah tatsächlich schrecklich aus. Anstelle seines Gesichtes fand sich nur noch eine blutige Masse, der Schädel war gespalten und die Haare waren völlig abgesengt. Aber es waren Philipps Stulpenstiefel, die er trug, seine schwarze unter den Knien gebundene Hose, sein Rock und sein Lederkoller. Ohne Zweifel war der Tote exakt gekleidet wie Philipp, als er gestern aus dem Haus gestürmt war.

»Diese Gegenstände haben wir in den Taschen und im Beutel des Mannes gefunden«, sagte einer der Büttel und legte einige Münzen, ein Kartenspiel, eine grün glasierte Tonpfeife und einen ledernen Tabakbeutel auf den roh gezimmerten Tisch des Wachhauses.

Die Tränen liefen Elisabeth über das Gesicht, als sie die Pfeife aufnahm, die sie so oft in den Händen ihres Sohnes gesehen hatte. Neben seinem so außergewöhnlich bestickten Hut war sie stets sein ganzer Stolz gewesen – und vermutlich die einzige grüne Tabakpfeife Hamburgs.

Hilfe suchend sah sie ihren Mann an. Leopold griff tröstend nach ihrem Ellenbogen. Er musste sich räuspern, bevor er sprechen konnte.

»Ja, bei dem Toten handelt es sich um Philipp Claen, unseren Sohn«, sagte er dann mit bemüht fester Stimme. »Es besteht kein Zweifel.«

*

Das stattliche Haus in der Deichstraße wurde nun zum Trauerhaus. Alle Spiegel waren verhängt, denn wenn ein Toter sich spiegelt, so hieß es, folgt ein weiterer Todesfall. Alle Uhren waren angehalten, weil der Tote das Zeitliche verlassen hatte und seine Ruhe finden sollte. Alles Wasser in Becken, Eimern und Krügen war ausgegossen, damit die Seele nicht durch das Wasser gehen konnte. Und aus dem gleichen Grund hatte man auch alle Feuer gelöscht. Um die Totenruhe nicht zu stören, waren alle Arbeiten eingestellt worden. Niemand im Haus durfte waschen oder kochen, und die notwendigen Mahlzeiten brachten, wie es Brauch war, die Nachbarn ins Trauerhaus.

Der Raum, in dem Philipp aufgebahrt wurde, war in warmes Kerzenlicht getaucht und duftete zudem sacht nach Veilchen. Der Tote lag friedlich da, war fein und ordentlich angezogen. Über sein geschundenes Gesicht war ein weißes Leinentuch gebreitet. Friedrich, Vater Leopold und Großvater Ludwig – drei Generationen Claen-Männer – hielten die Totenwache.

Am nächsten Tag kamen die Familie, Freunde und Nachbarn, um Philipp die letzte Ehre zu erweisen und Abschied zu nehmen.

Anneke war eine der Letzten, die den Raum betrat. Leise kam sie näher, legte eine weiße Margerite, die sie in der Neustadt gepflückt hatte, auf die Brust ihres Bruders und setzte sich dann auf einen Stuhl neben seinem Lager.

Wie weiß seine Hände sind, dachte sie, und welche Ruhe sein Körper ausstrahlt, so, als wolle er mich beruhigen, mir sagen, dass alles gut wird, dass ich nicht weinen soll und dass er mich liebt.

Stumm hielt Anneke in Gedanken Zwiesprache mit ihrem Bruder und verabschiedete sich von ihm.

Doch plötzlich begriff sie, das es das letzte Mal sein würde, dass sie ihn sah, dass sie ihn berühren, über seine Hände streichen konnte. Die Endgültigkeit des Abschieds wurde ihr erst jetzt so richtig bewusst. Leise begann sie zu weinen.

Als Elisabeth den Raum betrat und die Tochter so vorfand, legte sie tröstend den Arm um die zuckenden Schultern des Mädchens.

Sie war jetzt sehr gefasst.

»Der Heiland hat gesagt: Ich bin die Auferstehung und das Leben. Wer an mich glaubt, wird leben, auch wenn er stirbt, und jeder, der lebt und an mich glaubt, wird auf ewig nicht sterben«, sagte sie leise und fuhr nach einer kurzen Pause fort: »Philipp ist nun in einer besseren Welt, in der es keinen Krieg gibt, keine Krankheit, keine Armut und keinen Hunger. Wir sollten nicht traurig sein, sondern uns vielmehr für ihn freuen. Sola fide, sola gratia, solus Christus.«

Philipp Claen wurde noch am gleichen Tage auf dem Kirchhof beigesetzt. Die Trauerrede hielt Magister Hardkopf, der Hauptpastor von St. Nikolai zu Hamburg. Er schilderte den Verstorbenen als lebenslustigen jungen Menschen, der stets Heiterkeit und Frohsinn verbreitet hatte.

Darüber, dass Philipp Claen ein leichtsinniger junger Mann war, ohne jede Strebsamkeit, der seine Zeit am liebsten mit süßem Nichtstun verbrachte und allerlei Flausen im Kopf hatte, verlor der Magister kein Wort.

Schließlich sollte man über Tote nichts Schlechtes reden, sondern sie in Frieden ruhen lassen.

*

Fast lautlos tauchte der große Schatten aus dem Nebel auf – ein hoher Schiffsrumpf, graue Segel, weit ausgestreckte Rahen. Gleitend zog die Dreimast-Karacke, an deren Bug der Name »Nuestra Señora« prangte, dem offenen Meer entgegen. Leise knarrten Stagen und Ruder. Als der Handelssegler die Insel Neuwerk passierte, sprang der auffrischende Wind auf West um und jagte die niedrig liegenden Nebelfetzen gegen das Festland davon. Vor dem Bug spritzten nun die Wasser hoch, und in das Brausen des Windes und das Klatschen der Wellen mischte sich der kreischende Schrei der Möwen, die aufs Meer niederstießen. Das bisher stille Wasser der Nordsee begann sich zu kräuseln, und aus der Trichtermündung der Elbe schoben sich, nun deutlich erkennbar, die hellen Fluten des Stromes in das offene graugrüne Meer.

Philipp Claen stand an der Reling und blickte zurück: Die Insel Neuwerk mit ihrem mächtigen Wehrturm, das letzte Stückchen Hamburg, verschwand langsam am Horizont. Ein wenig wehmütig war ihm schon zumute, zumal er wusste, dass er niemals zurückkehren konnte.

Mit seinem vorgetäuschten Tod hatte er alle Brücken hinter sich abgebrochen.

Kapitel 3

Die Brüder Stolten

Im Jahre 1429 lebte in Pinneberg der junge holsteinische Graf Otto aus dem Hause Schauenburg. Er war ein freundlicher Nachbar von Hamburg, und da er des Öfteren in seiner Vogtei Ottensen nach dem Rechten sehen musste, kam er hin und wieder auch in die Hansestadt herüber geritten. Dann saß er mit dem Bürgermeister und den Ratsherren im Ratskeller und ließ es sich bei einem guten Tropfen wohl sein.

Eines Tages begab es sich jedoch, dass die Runde besonders ausgelassen tafelte und seine Zechgesellen sorgfältig darauf achteten, dass der Becher des Grafen niemals leer wurde. Die Folge war, dass der Schauenburger die Stunde verpasste, zu der die Stadttore geschlossen wurden. Er grämte sich jedoch nicht weiter, sondern nahm gern die Einladung des Bürgermeisters an, die Nacht in dessen Haus zu verbringen. Als er dort ankam, war bereits eine großartige Tafel mit den köstlichsten Speisen und Weinen gedeckt. Die Bürgermeisterin – sie war eine feine, schöne Frau – hieß ihren Gast auf das Herzlichste willkommen und bewirtete ihn freundlich.

Als der Wein seine weitere Wirkung tat, bat die Bürgermeisterin den jungen Grafen, ihr doch das kleine Räumchen zu schenken, »dat lütte Rümeken« zwischen dem

Millerntor und dem Bach, der zur Elbe läuft, der Altenau, weil die Hamburger Frauen dort gern ihr Linnen bleichten. Und da sie so artig bat und der Graf ein ritterlicher – und nicht ganz nüchterner – Herr war, der einer schönen Frau nichts abschlagen konnte, entsprach er ihrer Bitte.

In diesem Augenblick kam – natürlich rein zufällig – der Herr Notarius Kreyenberg dazu, legte eine fertig ausgestellte Abtretungsurkunde vor und ließ sie auch sofort von dem Grafen unterschreiben und siegeln.

Am nächsten Tag ritt der Schauenburger auf seinem Heimweg über das abgetretene »lütte Rümeken« und wunderte sich doch sehr über dessen Größe. Da er jedoch ein edelmütiger Herr war, der auch einen Spaß vertragen konnte, lachte er nur über die List seiner Gastgeber und ließ die Sache auf sich beruhen.

Auf diese Weise, erzählte man sich, sollte Hamburg an seine westliche Vorstadt gekommen sein, die den Namen Hamburger Berg trug. Um freies Schussfeld vor den Mauern des Millerntores zu bekommen, hatte der Hamburger Rat unlängst beschlossen, dass dieses Gebiet nicht mehr bebaut werden dürfe und alle Hütten, die hier im Lauf der Jahre entstanden waren, abzureißen wären. Nur Gebäude, die in der Stadt unerwünscht waren wie der Pesthof, eine Tranbrennerei, eine Glashütte und eine Ölmühle durften sich hier ansiedeln.

Um Material für die Errichtung der neuen außerordentlich hohen Festungswälle zu gewinnen, hatte ein weiterer Beschluss gelautet, sollten die Hügel des Hamburger Berges Stück für Stück abgetragen werden. So wurde das Gelände vollends planiert, fiel nur noch mit dem Geesthang steil zur Elbe hin ab und gab den Blick frei auf die Nachbargemeinde Altona, die bereits auf dem Gebiet der schauenburgischen Grafen von Pinneberg lag, Lehnsherren Dänenkönigs Christian IV.

Vor wenigen Jahren noch ein kleines Fischerdorf war Altona dank der großzügigen Privilegien ihres protestantischen Landesfürsten Graf Ernst von Schauenburg – einem direkten Nachfahren des lange verblichenen Grafen Otto – in den letzten Jahren stark angewachsen. Rund 2000 Einwohner lebten hier – in der Hauptsache Glaubensverfolgte aus den Niederlanden, die vor dem inquisitorischen Herzog Alba geflohen waren. Im toleranten Altona hatten sie sich ansiedeln dürfen, da dem Schauenburger jeder fleißige Bürger willkommen war.

Bei den Hamburgern erweckte der aufstrebende Ort, der sich »all to na« – allzu nah also – an ihrer Stadt entwickelte, in dem es außer der Religions- auch die Gewerbefreiheit ohne Zunftzwang gab und zudem sämtliche Waren zollfrei umgeschlagen werden konnten, nicht wenig Missstimmung. Und so hatte es von Anfang an zwischen der mächtigen Reichsstadt und dem wesentlich kleineren Nachbarn Auseinandersetzungen gegeben.

Dessen ungeachtet wuchs Altona jedoch weiter, ungeordnet und ohne Polizei oder Gerichtsbarkeit. Eine Tatsache, die neben den Glaubensflüchtlingen und zunftlosen Handwerkern auch allerlei lichtscheues Gesindel anlockte.

*

Drei Vertreter dieser Lumpenpackgesellschaft waren ohne Zweifel die berüchtigten Brüder Stolten: Peter der Skrupellose, Thomas der Hitzköpfige und Simon der Intelligente.

Eigentlich hatten sie es nicht not gehabt, auf die schiefe Bahn abzugleiten. Ihr Vater, ein fleißiger und gottesfürchtiger Obstbauer aus dem Alten Land, hätte nämlich ihrer Hilfe dringend bedurft, und der elterliche Hof für alle genug Auskommen geboten. Da es den Brüdern jedoch nicht abenteuerlich genug erschien, für den Rest ihres Lebens Äpfel, Kirschen und Pflaumen zu ernten, hatten sie den väterlichen Hof verlassen, fest entschlossen, ihr Glück in der weiten Welt zu suchen.

Ihre erste Beschäftigung nahmen die jungen Männer auf einem Walfänger an. Doch das Seemannsleben war hart und bot die ganze Grönlandfahrt über keinerlei Vergnügungen. Also hatten sie bereits nach der ersten Reise wieder abgemustert und waren in Altona gelandet. Dort stellten sie bald fest, dass man mit allerlei Schmuggelgeschäften wesentlich leichter Geld machen konnte – mit billigem Schnaps zum Beispiel, den sie in Altona kauften und in Hamburg, wo eine hohe Steuer auf das Branntweinbrennen erhoben wurde, mit enormer Verdienstspanne wieder verkaufen konnten. Oder mit Weizen, den sie in den umliegenden Dörfern zu einem guten Preis erstanden, an den Toren Hamburgs als Roggen deklarierten, für den wesentlich weniger Zoll zu entrichten war, und anschließend zum üblichen Weizenpreis verkauften.

Schon bald waren die Brüder gut im Geschäft, wussten, welche Waren wo Gewinn brachten, und schmuggelten alles, was lohnenswert war. Zudem wurden sie zu einer gern genutzten Anlaufstelle für Schmugglerkapitäne. Da in der Deutschen Bucht und auf der Elbe zahlreiche niederländische Ausliegerschiffe patrouillierten und der dänische König den Schiffsverkehr vor Glückstadt kontrollierte, war es nicht ganz einfach, die Schmuggelwaren die Elbe hinauf zu bringen. Doch hatte man es geschafft, konnten die Güter in Altona ohne nennenswerte Schwierigkeiten mit der Obrigkeit gelöscht und von den Stoltens mit hohen Gewinnen weiter verkauft werden.

Das letzte große Geschäft der Brüder war der Verkauf von Pulver, Musketen und böhmischen Kupferbarren in das mit den Niederländern noch immer Krieg führende Spanien. Da die Gefahr, von holländischen oder dänischen Patrouillenschiffen aufgebracht zu werden, zurzeit recht groß war, hatten die Stoltens die Schmuggelware sorgfältig unter den offiziell deklarierten Waren wie Tuche, Amidam und Messinggeschirr versteckt und sich zudem einen Teilhaber gesucht.

Dieser sollte im Falle des Aufbringens oder Versenkens der Schmugglergaleone die Hälfte des Schadens übernehmen, hatte bei einer glücklichen Abwicklung des Handels jedoch eine stattliche Gewinnbeteiligung zu erwarten. Der unerfahrene und leichtsinnige Philipp Claen, der das Glück gern herausforderte, war ihnen bei dem Geschäft ein willkommener Kompagnon gewesen.

Und nun war diese vermaledeite Galeone durch eine Unachtsamkeit der Mannschaft, noch auf der Reede vor Neumühlen liegend, in die Luft gegangen, hatte für 48 Todesopfer, großes Aufsehen und einen Totalverlust gesorgt.

Obwohl sie ihre Spuren, die sie mit der Galeone in Verbindung bringen konnten, sorgfältig verwischt hatten, waren die drei Brüder für ein paar Tage untergetaucht. Als jedoch nichts geschah und niemand nach ihnen fragte, machten sie sich auf die Suche nach ihrem Teilhaber, um seinen Anteil an dem Schaden einzufordern. Philipp Claen schien jedoch wie vom Erdboden verschluckt zu sein.

Vorsichtig begannen sie, Erkundigungen einzuziehen, und erfuhren, dass der Kaufmannssohn selbst von einem der durch die Luft wirbelnden Kupferbarren tödlich getroffen und inzwischen beerdigt worden war.

Die Brüder zeigten sich entrüstet, fühlten sich geprellt und beschlossen, ihre Forderungen, die sie gegen Philipp hatten, seiner Familie abzuverlangen. Schließlich hatte man einen Vertrag gemacht, und so schnell waren sie nicht bereit, diesen preiszugeben.

*

Das Kontor, von dem aus die weitreichenden und weitverzweigten Handelsgeschäfte der Claens geleitet wurden, war durchaus prunkvoll zu nennen. Wände und Decken waren mit Ahornholz getäfelt, die Butzenscheiben der Fenster wurden von farbigen Glasbildern unterbrochen, und vor dem prächtigen Schreibtisch – vier geschnitzte Löwen, die eine mit Leder eingelegte Platte aus Mahagoni trugen – lag ein dicker Orientteppich.

Leopold Claen war stolz auf sein prächtiges Kontor und empfing hier gern seine Besucher. Doch heute fühlte er sich nicht wohl. Er hatte sich bei der Beerdigung seines Sohnes eine schwere Erkältung zugezogen und darum tagelang das Bett hüten müssen. Trotz seiner noch nicht ganz wieder hergestellten Gesundheit war er ins Kontor gekommen, um sich der liegengebliebenen Arbeiten anzunehmen. Und dabei ließ er sich nur höchst ungern stören.

Gerade griff Leopold nach einer Mappe aus gelbem Leder, um ihr einige Papiere zu entnehmen, als die Tür leise geöffnet wurde.

Hilfsmagd Hanna trat ein und räusperte sich.

»Gnädiger Herr?«

Ungeduldig winkte Leopold ab.

»Störe mich nicht, Hanna. Ich habe im Augenblick wirklich keine Zeit.«

Hanna knickste artig, zupfte dabei aber nervös an ihrer Schürze. Wenn ihr Dienstherr diesen Ton anschlug, suchte sie am liebsten das Weite. Das ging heute jedoch nicht. Da Gertrude und Hinnerk Botengänge erledigten, war es ihre Aufgabe, Besuchern die Tür zu öffnen und sie zu melden. Ach, wie sehr sie es doch hasste, stets zu kuschen und zu katzbuckeln. Warum nur war sie nicht in eine reiche Kaufmannsfamilie hineingeboren worden? Bei Gott, es würde ihr wohl gefallen, gleich der verhätschelten Jungfer Anneke in einem weich gepolsterten Nest zu sitzen.

»Drei Herren wünschen Euch zu sprechen«, meldete Hanna hastig und bemühte sich, ihre rebellischen Gedanken nicht in ihrer Stimme widerhallen zu lassen.

Das musste ihr auch gelungen sein, denn ohne aufzusehen, wollte Leopold wissen:

»Was für Herren?«

»Stolten heißen sie«, gab Hanna Auskunft. »Und sie kommen wegen Eurem Sohn …« Sie stockte und fügte dann ungeschickt hinzu, da es schließlich bis vor Kurzem zwei Söhne im Hause Claen gegeben hatte: »Wegen dem toten.«

Leopold zuckte unmerklich zusammen. Der Verlust Philipps und die Trauer um ihn lasteten immer noch schwer auf ihm und dem gesamten Hause Claen. Doch dann hatte er sich wieder gefangen, legte die Ledermappe aus der Hand und nickte kurz.

»Es ist gut, Hanna. Gewiss handelt es sich um einen verspäteten Kondolenzbesuch. Wenn es denn also sein muss, führe die Besucher zu mir herein.«

Wenig später standen die drei Stolten-Brüder vor Leopold Claen, der sich bei ihrem Eintritt höflich erhob und um seinen Schreibtisch herumkam.

»Gott zum Gruße, meine Herren. Womit kann ich Euch dienlich sein?«

Peter, der älteste der Brüder, verneigte sich ehrerbietig.

»Und Christus zum Dank«, entgegnete er artig auf die Begrüßung und setzte sogleich hinzu: »Haben wir die Ehre, mit dem Vater des unglückseligen Philipp Claen zu sprechen?«

Der Kaufmann nickte.

»Sehr wohl, Ihr Herren. Mein Name ist Leopold Claen. Seid Ihr Freunde meines armen Sohnes?«

»Nun, *Freunde* ist vielleicht zu viel gesagt«, gab Peter, immer noch mit salbungsvoller, leiser Stimme sprechend, zurück. »Das Wort *Geschäftspartner* bezeichnet unsere Beziehung wohl trefflicher. Aber dessen ungeachtet möchten wir Euch und natürlich Eurer ganzen Familie unser aufrichtigstes Beileid zu dem großen Verlust aussprechen.«

Geschäftspartner? Leopold konnte sein Erstaunen kaum verbergen. Welche Geschäfte mochte der arme Verstorbene wohl mit diesen Herren getätigt haben? Es war ihm nicht bekannt, dass Philipp in seinem kurzen Leben überhaupt irgendetwas Sinnvolles angestellt hatte – und nun gleich Geschäfte? War es am Ende möglich, dass er seinen Jüngsten, den er stets für einen Nichtsnutz gehalten, am Ende verkannt hatte?

Laut sagte er einstweilen nur:

»Ich danke Euch auch im Namen meiner Familie für Euer Mitgefühl, meine Herren. Und fürwahr wünschen wir uns alle nur eines: Philipp Claen möge in Frieden ruhen.«

Nach diesen Worten war es für gewöhnliche Kondolenzbesucher eigentlich an der Zeit, sich zu verabschieden. Doch die Stoltens dachten gar nicht daran, zu gehen. Schließlich hatten sie ihr tatsächliches Anliegen noch gar nicht vorgebracht.

»Es ist nun so …«, ließ sich Peter zögernd vernehmen, angesichts des honorigen Kaufmanns und der respektablen Umgebung nun doch ein wenig verunsichert und nervös seinen hohen Hut in den Händen drehend, »dass wir mit dem teuren Verstorbenen noch eine Rechnung offen haben …«

»Ja, und das können wir auch beweisen«, pflichtete ihm sein Bruder Thomas bei. »Wir haben einen Vertrag …«

»Schnauze, du Rappelgatt«, unterbrach Peter ihn sogleich rüde. »Hier redet nur einer. Und das bin ich.«

Doch es war zu spät. Leopold Claen hatte bereits genug gehört. Der Vertrag, der die Schmuggelgeschäfte Philipps, aber auch der Brüder Stolten bewies, und den Peter nur als letztes Druckmittel hatte anwenden wollen, war gewissermaßen aus dem Sack.

Der Kaufmann, durch den rauen Ton, den seine Besucher untereinander anschlugen, misstrauisch geworden, runzelte die Stirn.

»Offene Rechnung? Vertrag? Wovon wird hier geredet?«, verlangte er zu wissen.

Peter verneigte sich höflich und war nach der kurzen Entgleisung sofort wieder auf seine Seriosität bedacht.

»Es gäbe da fürwahr noch etwas zu klären. Allerdings würden wir uns mit unserem Anliegen gern direkt an den Nachlassverwalter des Verstorbenen, Gott hab ihn selig, wenden. Könnt Ihr uns dessen Namen und Anschrift nennen, werter Herr?«

Leopold ging wieder um seinen Schreibtisch herum und setzte sich. Der Höflichkeit, fand er, war nun wirklich Genüge getan, zumal es jetzt offensichtlich geschäftlich wurde.

»Mein Sohn hat keinen offiziell bestellten Nachlassverwalter«, ließ er sich, auf seinem geschnitzten Stuhl thronend, vernehmen. »Bisher hat sich keine Notwendigkeit dafür ergeben. Daher werde wohl ich, der Vater, zuständig sein. Was also ist Euer Begehr?«

Da sein Bruder ihm seine sorgfältig erdachte Verhandlungstaktik zerstört hatte, sah Peter nun keine andere Möglichkeit mehr, als gleich mit der Tür ins Haus zu fallen:

»Philipp Claen schuldet uns 1200 Reichstaler. Und genau die sind unser Begehr«, erklärte er großspurig.

»Soso, um 1200 Reichstaler geht es also«, wiederholte Leopold und kniff seine Augen wachsam zu kleinen Schlitzen zusammen. »Das ist eine hübsche Summe.«

Die Stoltens lachten amüsiert, und Peter sagte:

»Wenn ich mich hier so umschaue«, anzüglich ließ er seine Blicke durch das prächtige Kontor wandern, »zahlt Ihr das Geld aus der Handkasse, mein verehrter Herr.«

Leopold verzog keine Miene. »Bevor ich eine Anweisung für die Bank schreibe …«

»Nein«, unterbrach Peter ihn sofort. »Keine Anweisung. Für uns ist einzig Bargeld eine gute, wohlfeile Ware.«

Der Kaufmann nickte. Er hatte von seinen Besuchern, die ihm immer fragwürdiger erschienen, nichts anderes erwartet.

»Wie dem auch sei. Bevor ich das Geld – auf welche Weise auch immer – auszahle, brauche ich natürlich einen Nachweis, dass mein Sohn tatsächlich in Eurer Schuld steht. Um welche Art von Geschäften ging es überhaupt? Lasst mich doch den Vertrag, von dem Euer Begleiter gesprochen hat, einmal sehen. Ich nehme an, Ihr tragt ihn bei Euch?«

Peter, noch immer ärgerlich auf seinen vorlauten Bruder, zog aus dem an seinem Gürtel befestigten Lederbeutel ein zusammengerolltes Stück Papier und überreichte es seinem Gegenüber.

»Hier ist er. Ihr werdet feststellen, dass alles seine Ordnung hat.«

Leopold warf einen flüchtigen Blick auf das Dokument und legte es dann achtlos beiseite.

»Dieser Vertrag ist weder gesiegelt noch beglaubigt und somit kein rechtskräftiger Nachweis. Ich bedaure sehr, aber aufgrund dieses Papiers kann ich nicht einen Schilling auszahlen.«

Thomas, der nun genug von den Höflichkeitsfloskeln hatte, knurrte böse:

»Ihr könntet schon, aber Ihr wollt nicht, Herr Kaufmann, habe ich recht? Nun, das solltet Ihr Euch wahrlich noch einmal gut überlegen, sonst …« Zornig trat er einen Schritt näher an den Schreibtisch heran.

Leopold lächelte amüsiert.

»Ihr wollt mir drohen? Ein Wort von mir, und meine fleißigen Schauerleute befördern Euch in die Fluten der Alster, ohne auch nur nach einem Grund zu fragen.«

Ein Blick durch die Scheiben, die eine freie Sicht auf die Diele ermöglichten, gab ihm recht. Das große zum Fluss führende Tor stand offen, und einige kräftige Männer waren damit beschäftigt, einen Ewer zu entladen.

Ungehalten blitzte Peter seinen Bruder an. Warum nur musste Thomas immer alles erschweren? Nun war die friedliche Stimmung zerstört, in der man vielleicht doch noch zu einer gütlichen Einigung gekommen wäre. Stattdessen blieb ihm nun keine andere Wahl, als die Karten schonungslos auf den Tisch zu legen.

»Wenn Ihr die Güte habt, den Vertrag einmal genauer zu betrachten«, grinste er böse, »werdet Ihr sehen, dass er weder eines Siegels noch einer Beglaubigung bedarf. Vielleicht mag er nicht rechtskräftig sein, dafür ist er aber umso aussagekräftiger.«

Leopold musterte ihn misstrauisch und griff dann erneut nach dem Dokument, um es zu lesen.

Allerlei Waren fand er dort aufgelistet – Tuche und Messinggeschirre, aber auch Pulver, böhmische Kupferbarren und Musketen. Die jeweiligen Stückzahlen waren neben den einzelnen Positionen ebenso angegeben wie der Preis, der dafür entrichtet worden war. Als Gesamtwert prangte unterm Strich die stolze Summe von 2400 Reichstalern. Als letzter Eintrag war zu lesen:

»Der Unterzeichnete ist zur Hälfte an dem zu erwartenden Gewinn beteiligt. Er verpflichtet sich zudem, im Falle eines Verlustes der Güter die Hälfte des entstandenen Schadens zu tragen.«

Darunter stand in der markanten Schrift seines Sohnes: »Gelesen und für richtig befunden – Philipp Claen.«

Verwirrt blickte Leopold auf.

»Ich fürchte, ich verstehe nicht …«

In überheblicher Manier zog Peter eine Augenbraue hoch.

»Dann will ich Euch gern auf die Sprünge helfen, Herr Kaufmann. Ihr erinnert Euch an die Galeone, die vor Neumühlen in die Luft gegangen ist?«

Leopold runzelte die Stirn. »Das Schmugglerschiff meint Ihr?«

»Eben das«, bestätigte Peter. »Entsinnt Ihr Euch auch der Ladung?«

»Ich glaube, es war von allerlei Waren die Rede, von

Musketen, Pulver und Kupfer …« Erneut warf er einen raschen Blick auf das Dokument und fand seine Befürchtung bestätigt. »Was wollt Ihr mir damit sagen?«, fragte er mit tonloser Stimme.

»Das ist doch wohl offensichtlich«, trumpfte Peter auf. »Euer Sohn war an dem missglückten Schmuggelgeschäft beteiligt, das einen solch folgenschweren Verlauf genommen und vielen Menschen den Tod gebracht hat. Dass er selbst infolge der Explosion ums Leben gekommen ist, ist wahrlich tragisch zu nennen, ändert aber nichts an seiner Schuld uns gegenüber. Wenn Ihr also nicht wollt, dass die Täterschaft Eures feinen Sprösslings bekannt wird, solltet Ihr zahlen – und alle sind zufrieden.«

Leopold erhob sich. Er konnte kaum noch an sich halten vor Zorn.

»Ihr wollt mir weismachen, dass Philipp sich des Schmuggels von Kriegsgütern schuldig gemacht hat?«

»Nun, nun, Herr Kaufmann, seid nicht ganz so zart besaitet. Halb Hamburg schmuggelt Kriegsmaterial an den Holländern vorbei nach Spanien. Immerhin ist es ein einträgliches Geschäft. Man darf sich dabei nur nicht erwischen lassen. Und erst recht darf man mittels der Ladung kein Gemetzel anstellen. Ich kann mir jedenfalls kaum vorstellen, dass Eure Handelskollegen, sollten sie davon erfahren, es gutheißen würden.«

»Alles Lug und Trug«, ereiferte sich Leopold lautstark. »Ich glaube nicht an die Schuld meines Sohnes, und es dürfte Euch auch kaum gelingen, diese nachzuweisen. Ich würde einen Eid darauf ablegen, dass die Unterschrift gefälscht ist. Und was denkt Ihr, wem man mehr Glauben schenken wird: mir oder euch hergelaufenem Gesindel?«

Inzwischen waren die Männer in der Diele auf die laute

Stimme ihres Patrons aufmerksam geworden und blickten fragend zum Kontor empor.

Peter bemerkte die verwunderten Blicke sehr wohl und wusste, dass ihm nur noch wenig Zeit blieb, den Kaufmann zur Zahlung zu bewegen.

»Nun macht keine Sperenzien, Pfeffersack«, zischte er wütend. »Euer Sohn ist uns die Summe schuldig, Punktum. Und wenn Ihr nicht möchtet, dass wir den Namen des Verstorbenen durch den Dreck ziehen – und somit das ganze feine Handelshaus Claen –, zahlt Ihr den Betrag. Habt Ihr verstanden?«

Leopold kochte nun vor Wut.

»Erpressen wollt ihr mich, ihr Strolche?«, brüllte er. »Ja, seid ihr denn von Sinnen? Glaubt ihr wirklich, Abschaum wie ihr könnte unseren Namen besudeln?« Außer sich vor Zorn wies er mit der Hand zur Tür. »Sofort hinaus, Lumpenpack! Sonst hetze ich meine Männer auf euch und lasse den Büttel rufen.«

Simon, der jüngste der Brüder, begriff als Erster, dass sie verloren hatten. Aus den Augenwinkeln bemerkte er die Schauerleute, die, aufgescheucht durch die dröhnende Stimme ihres Brotherrn, näherkamen. Rasch drängte er seine Brüder aus dem Kontor und in die Diele hinab. Doch als er sie weiter zur Haustür bugsieren wollte, begehrte der jähzornige Thomas auf.

»Lass mich«, wehrte er den Jüngeren ab. »Ich will verflucht sein, wenn ich, ein Stolten, mir derartige Beleidigungen gefallen lasse und dann auch noch das Hasenpanier ergreife.«

Ehe Peter und Simon sich versahen, machte Thomas kehrt, bereit, sich voller Wut auf den Handelsherrn zu stürzen. Doch er hatte die Rechnung ohne die Schauerleute gemacht, die ihn rechtzeitig einfingen, am Schlafittchen packten und samt seinen Brüdern zur Haustür drängten – durch die just in diesem Augenblick die heimkehrende Anneke Claen eintreten wollte. Erschrocken wich sie zurück und musste miterleben, wie die Männer ihres Vaters die drei Besucher unsanft auf die Straße – direkt vor ihre Füße – beförderten.

»Gafft nicht, Jungfer«, fuhr Thomas sie an und rieb sich, noch immer auf der Straße liegend, seinen schmerzenden Ellenbogen. »Betet lieber, denn diese Behandlung werden wir dem Hause Claen ganz gewiss heimzahlen.«

Er erhob sich, und seine Brüder, die sich inzwischen ebenfalls aufgerappelt hatten, traten zu ihm. Da sie Anneke auf diese Weise die Haustür des väterlichen Anwesens noch immer versperrten, blieb sie wie angewurzelt stehen. Erst als sie ihren Vater bemerkte, der nun auf die Schwelle trat, atmete sie erleichtert auf.

»Anneke«, rief er, »komm herein, Kind! Und mach dir nicht die Kleider schmutzig, wenn du an dem Gesindel vorbei gehst.«

Als die Brüder jedoch nicht zur Seite weichen und die Kaufmannstochter passieren lassen wollten, platzte Leopold endgültig der Kragen.

»Schnappt euch die Galgenstricke und führt sie dem Büttel vor«, wies er seine Männer mit lauter, sich überschlagender Stimme an. »Ihr Sündenregister ist gewiss lang genug, sodass die hamburgische Gerichtsbarkeit dankbar für ihre Überstellung sein wird.«

Zwar war die Behauptung Leopolds lediglich eine Vermutung und ins Blaue hinein aufgestellt, verfehlte jedoch ihre Wirkung nicht. Bevor noch die Schauerleute die Stolten-Brüder ergreifen konnten, gaben die drei Fersengeld.

Allerdings nicht, ohne vorher noch mit erhobenen Fäusten zu drohen:

»Das werden wir Euch heimzahlen, Pfeffersack. Seid gewiss!«

*

Die Brüder Stolten sputeten sich, so schnell wie möglich das Stadttor zu erreichen. Früher, als das Millerntor sich noch in der Nähe des Rödingsmarktes befand, wäre der Weg deutlich kürzer gewesen. Doch heute, da man das in Richtung Altona stehende Tor wegen der mit der Erneuerung der Wallanlagen einhergehenden Stadterweiterung versetzt hatte, schien der Weg durch die Neustadt kein Ende nehmen zu wollen.

Als sie das sich noch im Bau befindliche neue Millerntor endlich erreicht hatten, zögerten sie, zu passieren.

Hatte Leopold Claen tatsächlich die Büttel gerufen, und hatten diese wiederum die Torwache informiert? Sie wussten es nicht. Ein Berittener hätte sie in der Neustadt sicher leicht überholen können.

»Wir müssen uns trennen«, entschied Peter hastig. »Du, Thomas, schließt dich der Gruppe Seeleute an, die gerade das Tor passiert. Und du, Simon, den Landarbeitern, die dort hinten vom Zeughausmarkt her kommen. Ich gehe allein hinüber. Wer das Tor hinter sich gelassen hat, wendet sich gleich nach links den Geesthang hinab, am Hornwerk vorbei, zur Elbe. Dort treffen wir wieder zusammen.«

Verständnislos sah Thomas den Bruder an.

»Der Weg über den Hamburger Berg ist aber der kürzere. Warum willst du erst zum Fluss hinunter?«

Peter konnte über die Dummheit seines Bruders nur den Kopf schütteln.

»Wenn wir von Berittenen verfolgt werden, haben uns diese auf dem Hamburger Berg schnell eingeholt, und das Glacis bietet keine Unterschlupfmöglichkeiten. Und nun beeil dich. Die Seeleute sind schon fast durchs Tor.«

Thomas hastete der Gruppe hinterher, während Simon sich den Landarbeitern anschloss. Beide gelangten unbehelligt aus der Stadt. Daher machte sich nun auch Peter auf den Weg.

Die Torwächter, die gerade einen kleinen Klönschnack mit den Arbeitern hielten, die den schrägen Walldurchbruch mit Mauern aus Feldsteinen begrenzten, beachteten ihn nicht einmal.

Zwar konnte Peter auch die Brücke über den Wallgraben ungehindert passieren und damit die Stadt verlassen, befand sich aber immer noch auf Hamburger Grund. Rechts von ihm lag das Heiligengeistfeld. Das Klosterhospital zum Heiligen Geist, dem das Gelände seinen Namen verdankte, stand durch die Stadterweiterung inzwischen innerhalb der Hamburger Wälle. Daher war dieses Feld, auf dem die Klosterbewohner einst Getreide angebaut hatten, nun separiert, und die Stadt hatte es dem Kloster abgekauft, um es als Exerzierplatz zu nutzen und ansonsten dem Glacis hinzuzufügen.

Unter normalen Umständen hätte Peter sicher gern ein paar Minuten verweilt, um den schwitzenden Landsknechten bei ihren kräfteraubenden und nach strengem Reglement abgehaltenen Aufmarschübungen zuzusehen – und dabei auch nicht an Häme gespart. Doch heute hatte er es aus naheliegenden Gründen eilig. Schnell wandte er sich nach links, der Elbe entgegen.

Wenig später trafen die Brüder wieder zusammen und nahmen den schmalen Weg am Strom entlang, der sie nach

Altona brachte. Immer auf der Hut vor dem Hufgetrappel möglicher Verfolger, schritten sie eilig aus und hielten erst inne, nachdem sie die Altenau – den Grenzbach zwischen Hamburg und Holstein und zugleich Namensgeber Altonas – überquert hatten.

Erst jetzt waren sie wirklich in Sicherheit.

»Ein Hoch auf unseren Fürsten Ernst zu Holstein-Schauenburg«, rief Thomas aus und ließ sich, vom schnellen Lauf noch immer außer Atem, in das Gras am Wegesrand fallen. »Er hat schon vielen Verfolgten Schutz geboten.«

Peter grinste zustimmend und warf sich ebenfalls schnaufend ins Gras:

»Ja, und uns bei Gott nicht zum ersten Mal.«

Nur Simon blieb stehen.

»Ihr seid Hohlköpfe, alle beide«, behauptete er feixend. »Fürst Ernst weilt nämlich bereits seit Monaten nicht mehr unter den Lebenden. Und unser jetziger Landesherr ist sein Cousin und Nachfolger, Graf Jobst Hermann von Holstein-Schaumburg.«

»Dann möge Ernst in Frieden ruhen«, erklärte Thomas ungerührt. »Und der Jobst Hermann hochleben. Schließlich ist es nun sein Grenzbach, der verhindert, dass die Hamburger Schnapphähne uns dingfest machen können.«

»Verlassen sollten wir uns aber nicht darauf«, gab Simon warnend zu bedenken. »Wir sind so nahe an der Grenze, dass wir uns immer noch, sollten unsere Verfolger jetzt angaloppiert kommen, in Schussweite ihrer Musketen befänden. Also hoch mit euch, ihr faules Pack. Lasst uns nach Hause gehen. Für heute haben wir genug Schlappen einstecken müssen.«

Kapitel 4

Die Teufelsfratze

»Hättet ihr damit gerechnet, dass der Pfeffersack tatsächlich den guten Ruf seines toten Sohnes und seines Hauses aufs Spiel setzen würde, nur um 1200 Reichsthaler zu sparen?«

Thomas Stolten konnte es noch immer kaum glauben, dass die Silberstücke, die er schon sicher im Beutel gewähnt hatte, verloren sein sollten. Und daher wurde im Haushalt der Brüder noch Tage nach dem Hamburger Abenteuer über das misslungene Geschäft gesprochen.

»Der Claen ist nun mal ein kalter Hund«, gab Simon zu bedenken. »Ein harter Brocken, der sich nicht so schnell ins Bockshorn jagen lässt. Ihm war klar, dass wir, hätten wir Philipp beim Rat der Stadt angezeigt, ebenso dran gewesen wären.«

»Na ja«, stimmte Thomas zu. »Auf eine offizielle Anzeige hätten wir es natürlich nicht ankommen lassen. Aber ein kleines Gerücht hier, eine üble Nachrede dort – auch auf diese Weise hätten wir den Verstorbenen und damit die ganze Familie in Verruf bringen können.«

»Und was glaubst du, wie schwer deine Gerüchte gewogen hätten gegen das Wort des hoch angesehenen Handelsherrn?«, wollte Peter mit deutlichem Spott in der Stimme wissen.

»Wenn man geschickt und hartnäckig vorgegangen

wäre«, ereiferte sich Thomas, »hätten sie schon an der stolzen Kaufmannstür kratzen können.«

»Möglich«, gab Peter zu. »Aber was hätte es genutzt, das Kratzen? Nicht einen Taler hätten die Claens uns dafür gezahlt. Nein, um der Sippschaft wirklich an den Beutel gehen zu können, müssen wir uns etwas Besseres einfallen lassen. Zwar weiß ich im Augenblick auch noch nicht, wie wir es anstellen sollen, aber sorgt euch dennoch nicht. Mit den feinen Kaufleuten sind wir noch lange nicht fertig. Irgendwann wird sich schon eine Lösung finden, an unser Geld zu kommen.«

Seine Brüder gaben sich mit der Aussicht, noch sei nicht alles verloren, einstweilen zufrieden. Zumal es anderes zu erledigen gab. So schnell wie möglich musste nämlich Ersatz für die explodierte und versunkene Ladung gefunden werden, da die Abnehmer in Spanien auf die versprochene Lieferung warteten.

Fast zwei Wochen sollte es noch dauern, bis die Waren wieder zusammengestellt waren und ein Schiff erneut in Neumühlen ausgerüstet werden konnte.

Und dieses Mal behielten die Stoltens die Beladung im Auge, bis alles, auch die letzte Muskete, sorgfältig verstaut war. Mit dem Einsetzen der nächsten Ebbe und dem damit verbundenen Ebbstrom des ablaufenden Wassers sollte der Segler nun endlich im Schutze der Nacht in See stechen. Die drei Brüder hofften inständig, dass er von den holländischen Ausliegerschiffen und den dänischen Patrouillenbooten vor Glückstadt unbemerkt das Nordermeer – oder die Nordsee, wie das Gewässer seit Neuestem immer häufiger genannt wurde – und seinen Bestimmungshafen Malaga erreichen würde. Einen nochmaligen Fehlschlag konnten sie sich nämlich weiß Gott nicht leisten.

Das Schiff, eine dreimastige niederländische Fleute mit bauchigem Laderaum und Rundgatt, war solide, bot viel Platz für Ladung und bedurfte lediglich einer Mannschaft von 16 Seeleuten. Zwar würde der Segler im Falle eines Angriffs zu schwach bewaffnet sein, um sich erfolgreich zur Wehr setzen zu können, aber etwas Kampfstärkeres hatte sich auf die Schnelle nicht heuern lassen.

Also mussten die Stoltens und der erfahrene Fleutenkapitän auf ihr Glück vertrauen, auf den Schutz der niederländischen Flagge und auf den Vollmond. Zwar brachte dieser bei starker Bewölkung kaum Licht, bewirkte aber immerhin durch die größere Anziehungskraft von Mond und Sonne, dass die Ebbströmung verstärkt wurde und der Rahsegler schnellere Fahrt machen konnte.

Geduldig warteten die Brüder und der Fleutenkapitän auf das Einsetzen der Ebbe. Um sich in dieser Zeit zu stärken, hatten die Stoltens Proviant mitgebracht. Brot, Käse, Speck und Bier wurden, einträchtig am Elbufer sitzend, vertilgt.

Die Dunkelheit hatte bereits eingesetzt, als der Kapitän sich verabschiedete und von einem Matrosen zu seinem auf Reede liegenden Schiff pullen ließ.

In diesem Augenblick riss die Wolkendecke auf, und der Mond erschien. In seinem blassen Licht konnten die Brüder beobachten, wie die Matrosen die Leinen von den Duckdalben lösten. Wenig später hatte der Ebbstrom die Fleute erfasst. Fast lautlos, nur das leise Knarren der Wanten und Stagen war zu hören, glitt das Schiff davon.

*

Zufrieden leerten die Brüder ihre Humpen, erhoben sich und wollten sich auf den Heimweg machen, als Peter im

Schilf, direkt neben ihrem Lagerplatz, ein kleines funkelndes Etwas entdeckte. Neugierig trat er näher, hob das Ding auf und trug es zu seinen Brüdern.

»Seht nur, was ich gefunden habe«, rief er aus und streckte ihnen ein Holzkästchen, mit Gold geprägtem Leder bespannt, entgegen.

»Machs auf!«, forderte Thomas den Bruder auf und beugte sich gespannt über die kleine Schatulle. »Vielleicht enthält sie etwas Wertvolles. Ein paar Taler zusätzlich kämen uns gerade recht.«

Peter nestelte bereits an dem kleinen schmiedeeisernen Verschluss, der sich jedoch partout nicht öffnen lassen wollte.

Er fluchte leise.

»Lass es uns daheim mit einem Handbeil aufbrechen«, brummte Thomas ungeduldig. »Die Methode funktioniert wenigstens verlässlich.«

Simons Einwand war hilfreicher:

»Vielleicht ist es eines dieser neuartigen diskreten Kästchen. Dann müsste sich irgendwo eine versteckte Feder finden, die die innere Verriegelung löst.«

Peter nickte, suchte und fand schließlich eine kleine Klappe, hinter der sich der Mechanismus verbarg. Nun ließ sich die Schatulle problemlos öffnen, und erwartungsvoll blickte er hinein. Ein Pergament kam zum Vorschein, in das offensichtlich ein kleiner Gegenstand eingeschlagen war. Vorsichtig schlug Peter die glatte, mit Kreide geweißte Tierhaut auseinander und stieß auf ein blaues Sisalband, an dem ein Amulett befestigt war, das so sanft im Mondlicht glänzte, wie nur Gold es vermochte.

Begeistert trat Simon näher, um den Anhänger genauer zu betrachten. Doch dann wich er schreckensbleich zurück.

»Großer Gott«, keuchte er entsetzt, »erbarme dich unser und steh uns bei.«

Auch Thomas war beim Anblick des Amuletts zusammengefahren.

»Das ist … das ist eine Teufelsfratze«, rief er fassungslos aus. »Wie um Christi willen kommt dieses elende Hexenwerk hierher? Wirf es fort, Peter, rasch. Wer weiß schon zu sagen, mit welchem Fluch dieses Amulett behaftet ist?«

Doch der Ältere widerstand seinem ersten Impuls, Schatulle samt Inhalt weit in die Elbe hinauszuschleudern. Vorsichtig verschloss er das Kästchen, um es genauer zu untersuchen. Die floralen Goldprägungen in dem bereits stark abgewetzten und mit deutlichen Brandspuren versehenen Leder fand er an der Rückseite durch ein Wappen unterbrochen – ein goldenes Schild mit fünf roten Streifen unter einer goldenen Krone.

»Das ist ein spanisches Wappen«, stellte Peter nachdenklich fest. »Ich weiß nicht genau, ob von Aragonien oder Katalonien, aber auf jeden Fall spanisch. Und das lässt immerhin vermuten, dass die Schatulle von der spanischen Galeone stammt. Vermutlich wurde auch sie durch die Explosion an Land geschleudert.«

Thomas nickte widerstrebend.

»Ja, möglich. Wahrscheinlich sogar, da zu der Erklärung auch die Brandspuren passen würden. Aber es wäre ein Grund mehr, uns das Kästchen schnellstens wieder vom Halse zu schaffen. Vielleicht ist dieses unheimliche Amulett ja schuld an der Katastrophe. Es ist doch denkbar, dass ein Fluch …«

»Unsinn«, unterbrach Peter den Bruder. »Die Schuld an der Explosion trägt der bezechte Constabler. Und natürlich der Kapitän der Galeone. Anstatt sich zurückzuhalten und sich möglichst unauffällig zu benehmen, wie es seinem Schmugglerschiff angestanden hätte, feierte der Narr lustig Abschied und ließ von seiner weinseligen Mannschaft zudem drei Salven abfeuern. Das ist Torheit und kein Teufelswerk.«

»Mag ja sein«, ließ sich nun auch Simon vernehmen. »Aber dennoch ist dieses …«, er suchte nach dem richtigen Ausdruck, »… dieses Etwas furchterregend. Ich halte es mit Thomas und verstehe nicht, warum du es nicht einfach in die Elbe wirfst und uns seiner damit entledigst. Es kann uns durch dieses Amulett nur Schlechtes widerfahren.«

Nachdenklich sah Peter seinen Bruder an, dann verzog sich sein Gesicht plötzlich zu einem teuflischen Grinsen, das dem der goldenen Fratze in nichts nachstand.

»Nein, wir werden das Amulett nicht der Elbe überlassen. Dennoch wird uns kein Unheil widerfahren, weil wir es nämlich weitergeben – und zwar an ganz besondere Freunde. Hört mir zu, Brüder. Ich habe einen wirklich großartigen Plan …«

*

Als Thomas am nächsten Morgen auf seinem Strohsack erwachte, dehnte und streckte er sich und kicherte dabei böse vor sich hin. Das Vorhaben Peters war schlichtweg genial zu nennen und der Stoltens bei Gott würdig. Er konnte es kaum erwarten, das Unternehmen in die Tat umzusetzen.

Er richtete sich auf und blickte zu seinen Brüdern hinüber, die sich nun ebenfalls zu regen begannen und in die hereinscheinende Sonne blinzelten. Es war bereits heller Tag. Höchste Zeit, ihren Plan in die Tat umzusetzen.

Wenig später machten sich die Brüder auf den Weg nach Hamburg. Diesmal konnten sie unbesorgt die kürzere Strecke über den Hamburger Berg wählen. Schließlich wurden sie nicht verfolgt. Und wenn ihr Vorhaben gelang, würden es bald andere sein, die man hetzte.

Auf dem Heiligengeistfeld schwitzten wieder die exerzierenden Soldaten. Die gebrüllten Befehle, die die Söldner antrieben, konnte man bis zum Millerntor vernehmen. Doch dieses Mal würdigte Peter die Szene keines Blickes. Er hatte weiß Gott Wichtigeres vor, als sich über die Schinderei lustig zu machen.

Das Millerntor passierten sie ohne Probleme, und die runde Meile, die sie bis zur Deichstraße zurückzulegen hatten, konnte gleichfalls ohne Hindernis bewältigt werden. Als sie die Straße erreichten, in der die Claens ihr Anwesen besaßen, verlangsamten sie jedoch ihre Schritte. Sie suchten ein Versteck, in dem sie ungesehen auf der Lauer liegen und auf die Person warten konnten, die ihnen als das schwächste und damit am leichtesten zu beeinflussende Glied in der Kette erschien.

Während Thomas sich an der Straßenecke Kajen postierte und Simon an der Steintwiete – sie somit also die gesamte Deichstraße im Blick hatten – machte Peter es sich hinter ein paar Bierfässern schräg gegenüber des Claen'schen Hauses so bequem wie möglich. Wie seine Brüder richtete er sich auf eine längere Wartezeit ein, und seine Geduld wurde in der Tat auf eine harte Probe gestellt.

Es war bereits Nachmittag, als Hanna auf die Straße trat und ohne sich umzublicken in Richtung Alsterhafen davoneilte. Offensichtlich hatte sie eine dringende Besorgung zu erledigen.

Peter verließ sein Versteck, gab Simon ein Zeichen und folgte der jungen Frau, der Thomas wenig später den Weg versperrte.

»Ah, ist das nicht die adrette Hausmagd der Claens?«, lächelte der nun ebenfalls herangekommene Peter herzlich. »Was für eine Freude, Euch wiederzusehen, schöne Jungfer!«

Hanna zögerte. Einerseits hatte sie keine Zeit für einen Schwatz, andererseits strahlten die beiden Männer sie so bewundernd an, dass es ihre Eitelkeit einfach nicht zuließ, grußlos weiterzugehen.

»Die Herren Stolten, wenn ich nicht irre«, lächelte sie geschmeichelt.

»Die Jungfer erinnert sich tatsächlich an unseren Namen?«, ließ sich nun auch der näher tretende Simon vernehmen und machte dabei ein Gesicht, als hätte er ein kostbares Geschenk erhalten. »Was für eine Ehre.«

Hanna, die in ihrem ganzen 17-jährigen Leben noch niemals mit dem Ehrentitel »Jungfer« und dem höflichen »Ihr« angesprochen worden war, errötete bis unter ihre weißblonden Haarwurzeln. Trotzdem erwiderte sie keck:

»Nun, Euer Besuch bei meiner Herrschaft unlängst kann beim besten Willen nicht so schnell in Vergessenheit geraten.«

»Das stimmt«, lachten die Brüder amüsiert auf. »Aber wenigstens Ihr scheint uns nicht gram zu sein.«

Hanna lächelte vergnügt.

»Warum sollte ich? Zu gern würde auch ich den feinen Claens einmal die Meinung sagen, kann es mir aber leider nicht leisten, meine Arbeit zu verlieren. Ihr hingegen seid frei, zu tun, was immer Euch beliebt. Das ist fürwahr beneidenswert.«

Peter nickte verständnisvoll.

»Als Magd zu arbeiten, ist gewiss kein Zuckerschlecken. Das will ich gern glauben. Umso mehr habt Ihr Euch, wie ich meine, eine kleine Rast verdient. Wie steht es, Jungfer Hanna, dürfen wir Euch auf einen Krug Wein oder Bier in den Kaiserhof einladen? Eine kleine Erfrischung wird Euch sicher guttun.«

»In den Kaiserhof?«, wiederholte Hanna fast andächtig. Immerhin handelte es sich um das beste Gasthaus Hamburgs, und schon oft war sie an der prächtigen Fassade vorbeigegangen und hatte sich gewünscht, dort einmal einkehren zu können.

»Ach, wie gern würde ich Euer freundliches Angebot annehmen«, erwiderte sie unglücklich. »Aber es geht beim besten Willen nicht. Ich habe für meinen Dienstherrn einen wichtigen Weg zu machen, und wenn ich zu spät komme, setzt es großen Ärger.«

Peter, der in der Hauptsache das Gespräch führte, nickte mitfühlend. Natürlich war die Einladung nur ein wenig Honig gewesen, den er dem Mädchen um den Mund gestrichen hatte. Denn dass sie während der Arbeitszeit nicht einfach in ein Gasthaus gehen konnte, war ebenso klar wie die Tatsache, dass er und seine Brüder sich nicht am helllichten Tag mit dieser Magd im Kaiserhof blicken lassen konnten, wo man sie unweigerlich miteinander gesehen hätte. Außerdem durfte Hanna auf keinen Fall ihre Stellung gefährden, denn wenn sie keinen Zutritt mehr zu den Privaträumen der Claens hatte, konnte sie ihnen auch nicht mehr nützlich sein.

»Ich verstehe«, sagte er daher und fügte sogleich hinzu, als wäre es ihm gerade erst eingefallen und nicht Teil seiner Taktik: »Aber begleiten dürfen wir Euch ein Stück des Weges, nicht wahr? So kaltherzig, uns auch diese Bitte abzuschlagen, könnt Ihr gar nicht sein.«

Hanna nickte gnädig lächelnd.

»Wenn es Euch Freude bereitet. Ich habe einem Kapitän – sein Schiff liegt am Kajen – eine Nachricht zu überbringen und auf Antwort zu warten. Der Weg ist schnell gemacht.«

Zu viert gingen sie weiter, wobei in dem emsigen Gedränge am Hafendamm niemand auf das Quartett achtete.

»Wenn auch Ihr frei wäret, zu tun, was immer Ihr wollt, und nicht auf den Taler schauen müsstet, wonach stünde Euch der Sinn, Jungfer Hanna?«, ließ Peter auch während des raschen Gangs das Gespräch nicht abreißen.

»Oh, das wüsste ich sofort«, erklärte das Mädchen eifrig. »Mein Vater lebt vom Bierbrauen, müsst Ihr wissen. Ein hartes Brot, da von diesem Gerstensaft in Hamburg einfach zu viel hergestellt wird. Hätte ich ein wenig Geld, würde ich ihm ein kleines Gasthaus einrichten, wo auch ich einen Arbeitsplatz hätte und frei wirtschaften könnte. Ja, das wäre mein größter Traum.«

»Bei Gott, ein schöner Traum«, stimmte Peter zu, und auch Thomas und Simon murmelten ihre Zustimmung.

»Leider einer, der sich wohl niemals erfüllen wird«, gab Hanna traurig zu. »Man braucht gewiss 50 Reichstaler, um ein Gasthaus zu eröffnen. Und so viel Geld habe ich noch niemals im Leben auf einen Haufen gesehen, geschweige denn besessen.«

»50 Taler? Soso.« Nachdenklich kratzte sich Peter am Kopf. »Die Summe scheint mir nun wirklich nicht unerschwinglich zu sein.«

Hanna lachte.

»Ich verdiene im Jahr sechs Reichstaler bei freier Kost und Logis. Rechnet Euch aus, wie lange ich sparen müsste, selbst wenn ich die Hälfte davon auf die hohe Kante legen könnte, was fast unmöglich ist. Ich wäre alt und grau, bis ich das Geld zusammenhätte.«

Auch Peter grinste nun.

»Da habt Ihr recht. Aber ich hätte eine andere Idee. Was hieltet Ihr davon, wenn wir Euch das Geld geben würden?«

»Ihr wollt mir 50 Reichstaler leihen?«, fragte Hanna ungläubig.

»Nein, nein«, wehrte Peter ab. »Wir sind keine Geldverleiher. Aber Ihr könntet es Euch verdienen. 50 Taler gegen eine kleine Gefälligkeit. Nun, ist das ein Angebot?«

Misstrauisch schaute Hanna ihn an.

»Und was müsste ich dafür tun?«

Die Männer grinsten nun alle drei.

»Keine Sorge, Jungfer«, beruhigte Peter sie sofort. »Wir erwarten nichts Liederliches von Euch. Es ist nur ein kleiner Schabernack, bei dem Ihr uns helfen sollt. Wie Ihr Euch vorstellen könnt, haben wir mit den Claens noch eine Rechnung offen, vor allem mit der Tochter des Hauses. Anneke heißt sie, glaube ich.«

Hanna verzog böse das Gesicht.

»Ja, so lautet ihr Name. Ich mag sie nicht, da sie zu sehr auf dem hohem Ross sitzt.«

»Und eben darum geht's«, erklärte Peter erleichtert. Nicht im Traum hatte er damit gerechnet, dass es so einfach sein würde, seinen Plan in die Tat umzusetzen. Laut fuhr er hingegen fort: »Auch uns hat sie sehr hochmütig behandelt, und darum würden wir ihr gern diese kleine Posse spielen.«

»Und eine kleine …«, stammelte Hanna verwirrt, »… eine kleine Posse, ein Streich ist Euch so viel Geld wert?«

Peter schmunzelte.

»Nun, sagen wir mal, dass wir für die Summe nicht so lange arbeiten müssen wie Ihr. Und außerdem, wenn wir Euch damit helfen können, umso besser. Versprecht uns nur, dass wir in Eurem Gasthaus stets mit einem Humpen Freibier bewirtet werden.«

»Oh, das sage ich Euch gern zu!«, gab Hanna sogleich zurück, konnte aber ihr Glück noch immer nicht fassen. »Ihr seid wirklich sehr großzügig. Doch sagt mir, was genau hätte ich denn nun zu tun?«

»Für Euch ist es wirklich eine Kleinigkeit«, erklärte Peter. »Ihr sollt lediglich einen Gegenstand in die Schlafkammer der stolzen Kaufmannstochter schmuggeln. Ein Amulett, um genau zu sein. Allerdings eines, das gar schrecklich aussieht und dem anmaßenden Geschöpf einen heiligen Schrecken einjagen wird.«

»Und das ist alles?«, vergewisserte sich Hanna noch immer ungläubig.

»Ja, das ist alles«, bestätigte Peter. »Allerdings sieht das Amulett wirklich zum Fürchten aus. Ich hoffe, Ihr könnt den Anblick überhaupt ertragen.«

Nun war es an Hanna, zu lächeln.

»Ich bin hart im Nehmen und lasse mich nicht so schnell ängstigen«, entgegnete sie. »Aber hier habe ich mein Ziel erreicht.« Sie wies auf einen Küstensegler, der vor ihnen am Kai lag. »Wartet auf mich. Ich bin in wenigen Augenblicken zurück.« Rasch schritt sie über die Bohle, die Kaimauer und Schiff miteinander verband, und war verschwunden.

Um dem Gewimmel am Kai zu entgehen, setzten die Brüder ihren Weg in Richtung Baumwall fort, einem Verbund von vertäuten Stämmen, mit dem nachts die Einfahrt des Binnenhafens gesichert wurde. Dabei mussten sie auf Schritt und Tritt muskulösen Hafenarbeitern ausweichen, die Schiffe beluden oder Fracht löschten. Güter aller Art, abgefüllt in Säcken, Kästen, Ballen und Fässern, wurden von ihnen in die Lagerhäuser geschafft oder auf kleinere Ewer umgeladen, die die Waren über die Fleete weiter beförderten.

Am Ende der Kaimauer wurde es ruhiger. Dort blieben sie stehen und wandten sich um. Plätschernd schlugen die Wellen des Flusses an das Ufer, hinter dem sich ein Wald von Masten gegen den blauen Himmel abhob. Schiffe aller Größen lagen am Pier. Planken knarrten, Taue und Seilrollen stöhnten. Und obwohl man gut 60 Meilen vom Meer entfernt war, roch die Luft nach Salzwasser, Tang und Teer.

Die Brüder blickten sinnend zur Stadt hinüber, deren Kirchen ihre Türme mahnend in den Himmel streckten: Sankt Nikolai, Sankt Petri und Sankt Katharinen.

»Glaubt ihr, dass sie es machen wird?« Thomas flüsterte die Frage fast.

Peter nickte entschieden.

»Gewiss wird sie das tun. Das Angebot ist viel zu verlockend, als dass sie es ablehnen könnte.«

»Das denke ich auch«, bestätigte Simon. »Doch wenn sie es macht, können wir es dann nicht dabei bewenden lassen, der Jungfer einen gehörigen Schrecken einzujagen? Ich meine, was hat sie uns getan, dass wir sie so hart strafen müssen?«

Peter zuckte gleichmütig mit den Schultern.

»Nichts natürlich. Wir wollen uns an den Claens rächen, nicht wahr? Und unser Plan ist dafür bestens geeignet.«

»Aber eine Anzeige wegen Hexenzaubers ... Das ist schon starker Tobak«, gab Simon zu bedenken.

Thomas lachte unbekümmert.

»Mach dir keine Sorgen, Brüderchen. Der schönen Anneke wird nichts geschehen. Schließlich ist sie die Großnichte des Bürgermeisters. Ins Gerede wird sie lediglich kommen – sie und ihre feine Familie. Und dieses Gerede wird dem Handelshaus Schaden zufügen. Wer macht schon gern Geschäfte mit einem Kaufmann, dessen Tochter mit dem Teufel im Bunde steht? Nicht wahr, Peter?«

Der Angesprochene nickte zerstreut.

»Genau, genau«, sagte er, war aber vielmehr an dem Handelsschiff interessiert, das gerade den Anker gelichtet und Segel gesetzt hatte, um langsam, aber majestätisch durch die Hafeneinfahrt zu kreuzen. Als es die Elbe erreichte, stieß ein bewaffnetes Konvoischiff zum Schutz und zur Begleitung dazu. Es trug das Hamburger Staatswappen und demonstrierte so die Stärke der mächtigen Stadt.

»Das hätte uns zur Sicherung der Fleute auch einfallen können«, murmelte Peter unwirsch. »Dann könnten wir bei Gott ruhiger schlafen.«

Simon unterbrach seine Gedanken jedoch:

»Da ist das Mädchen wieder«, erklärte er, wies auf Hanna, die am Kai stand und sich suchend umsah, und begann mit den Armen zu rudern, um ihre Aufmerksamkeit zu erregen.

»Kannst du dich nicht ein wenig zurückhalten?«, fauchte Peter seinen Bruder an. »Es ist bei Gott angebracht, Vorsicht walten zu lassen und nicht unnötig aufzufallen.«

Immerhin, die Magd hatte sie bemerkt und kam raschen Schrittes auf sie zugeeilt.

»Ich mach's«, ließ sie sich schon von Weitem und mit leuchtenden Augen vernehmen. »Gebt mir das geheimnisvolle Amulett, und ich werde es sogleich in Annekes Kammer ablegen. Was meint Ihr, wäre der Alkoven ein passender Ort?« Sie lachte verschmitzt. »Um den beneide ich sie ohnehin glühend und hätte meinen Spaß daran, ihn ihr ein wenig zu verleiden.«

Unwillkürlich musste nun auch Peter grinsen.

»Der Alkoven ist passend und gut gewählt, Jungfer. Tretet ein wenig näher, dann will ich Euch das Amulett gern anvertrauen.«

Er zog die Schatulle aus dem Beutel, zögerte dann aber, sie der Magd zu überreichen. Nein, niemand sollte Rückschlüsse auf die Herkunft der Teufelsfratze ziehen können. Daher öffnete er Kästchen und Pergament, um Hanna lediglich das Amulett mit dem blauen Band zu überreichen.

Als das Mädchen die Figur erblickte, wurde es trotz aller Courage doch bleich.

»Um Christi willen!«, keuchte es entsetzt. »Ist dieses widerwärtige Ding aus Gold?«

Peter nickte.

»Ich nehme es an. Dem Gewicht nach scheint es so zu sein.«

Verwirrt schüttelte Hanna den Kopf.

»Aber wozu dient es? Ich meine, wenn jemand Gold opfert, um so etwas Abstoßendes herzustellen, muss es doch einen Sinn haben?«

Langsam wurden die Brüder ungeduldig und wollten das Geschäft rasch hinter sich bringen.

»Nun nehmt schon«, drängte Peter. »Es muss nicht noch jemand aufmerksam werden. Verwahrt das Amulett in Eurer Schürzentasche. Und das hier sollte reichen, um Euch Eure Fragen vergessen zu lassen.«

Bei den Worten drückte er ihr das Amulett in die Hand und zog einen verheißungsvoll klimpernden Beutel hervor.

»50 Silbertaler, wie versprochen und in Vorkasse. Ihr seht, wir setzen großes Vertrauen in Euch.«

Hastig schob Hanna das Amulett in die Tasche ihrer Schürze und griff gierig nach dem Beutel.

»Ihr könnt Euch auf mich verlassen«, versprach sie. »In wenigen Minuten wird sich diese unheimliche Scheußlichkeit im Alkoven der Claen-Tochter befinden.«

Peter nickte ernst.

»Das ist gut zu wissen. Und gewiss ist es überflüssig zu erwähnen, dass wir alle drei diesen Handel stets abstreiten würden. Also seid vorsichtig, Jungfer, und lasst Euch nicht erwischen. Dann geratet Ihr auch nicht in Erklärungsnöte.«

Hanna lächelte.

»Sorgt Euch nicht. Ich bin nicht so dumm, mich fassen zu lassen. Und für den reichen Lohn bin ich verschwiegen wie ein Grab. Aber vielleicht gebe ich meinem Gasthaus den Namen ›Zur Teufelsfratze‹. Das würde den Seeleuten gewiss gefallen.« Sie grinste nun über das ganze Gesicht. »Und Ihr vergesst bitte nicht, dass dort immer ein Humpen schäumenden Bieres auf Euch warten wird.«

Man trennte sich im besten Einvernehmen. Hanna beeilte sich, ins Claen'sche Anwesen zurückzukehren. Dort verbarg sie das Amulett sogleich in Annekes Alkoven, noch bevor sie ihrem Dienstherrn das erwartete Antwortschreiben überbracht hatte.

*

Zur gleichen Zeit wanderte Anneke Claen durch St. Georg.

Der Hamburger Vorort, den man durch das Steintor erreichte, verdankte seinen Namen einem Ritter, der als christlicher Märtyrer und Drachentöter zum Heiligen Georg wurde. Er galt als Schutzpatron der Kreuzritter und Helfer der Aussatzkranken. Und genau aus diesem Grunde wurde das etwa um das Jahr 1200 vor den Toren Hamburgs errichtete Hospital für Leprakranke nach ihm benannt. Nachdem die Lepra eingedämmt war, wurde das St. Georg Hospital im 15. Jahrhundert zunächst in ein normales Krankenhaus, dann in ein Armenstift umgewandelt.

Und eben das hatte Anneke an diesem Nachmittag besucht, um die allwöchentliche Almosengabe der Familie Claen zu überbringen.

Sie befand sich nun auf dem Heimweg und schritt eilig aus, denn es war beileibe kein schöner Spaziergang, den sie hinter sich bringen musste. Zwar bestand St. Georg noch weitgehend aus Ackerland und Wiesen, hatte sich in den letzten Jahren aber dennoch zu einem Ort für allerlei Unliebsames entwickelt. So gab es hier eine Pulver- und eine Lohmühle, eine Ansiedlung von Schweinezüchtern, direkt neben einer Abdeckerei einen Pestfriedhof und den hamburgischen Richtplatz mit Rad, Scheiterhaufen und Galgen. Der Steindamm, in den Anneke nun einbog, die erste gepflasterte Straße außerhalb der Stadtmauer und ein Teil der Landstraße, die Hamburg und Lübeck miteinander verband, führte direkt an diesem grausigen Ort vorbei und wurde daher auch im Volksmund »Armesünderdamm« genannt.

Anneke vermied den Blick zum Galgen, an dem auch heute, wie so oft, ein armer Sünder hing und an seinem knarrenden Strick hin und her baumelte. Stattdessen blickte sie sorgenvoll zum Himmel empor. Dunkle Wolken waren aufgezogen, und auch der Wind hatte aufgefrischt. In der Ferne ließ sich dumpfes Gewittergrollen vernehmen. Gewiss würde es gleich zu regnen beginnen. Eine Kutsche rumpelte vorüber, und wenig später galoppierten zwei Reiter vorbei. Alle Welt schien es eilig zu haben, vor dem drohenden Unwetter ein Dach über dem Kopf zu bekommen.

Auch Anneke beschleunigte ihre Schritte, doch der Weg schien endlos. Lange, bevor sie die schützende Stadtmauer erreichen konnte, öffneten sich die Schleusen des Himmels, und regelrechte Wassermassen stürzten herab, die sie sofort bis auf die Haut durchnässten. Die Bäume bogen sich unter den ersten heftigen Windböen, und Blitze zuckten über den nun tiefschwarzen Himmel. Der darauffolgende Donner klang schon sehr nahe.

Unwillkürlich senkte sie den Kopf und zog das schwarze Wolltuch fester um sich, doch in seiner Nässe spendete es keinen Schutz mehr, sondern behinderte, schwer, wie es war, nur zusätzlich beim Gehen.

»Jungfer Anneke! *Jungfer Anneke*!« Sie wandte sich mühsam um und erkannte den jungen Mann sofort: Maarten van Aelst. Trotz ihrer unangenehmen Situation begann ihr Herz bei seinem Anblick unwillkürlich schneller zu schlagen – und das gewiss nicht nur, weil er in der offenen Tür einer Holzhütte stand.

»Schnell«, rief er ihr durch den strömenden Regen zu, »kommt herüber. Hier ist es trocken und geschützt.«

Unsicher sah Anneke sich um.

Schließlich geziemte es sich für ein junges unverheiratetes Mädchen nicht, sich allein mit einem Mann in eine Hütte zurückzuziehen. Doch weit und breit war keine Menschenseele zu sehen, und somit gab es auch keine Zeugen, die erfahren würden, wo und bei wem sie vor dem Unwetter Unterschlupf gefunden hatte. Einen Augenblick zögerte sie noch, doch dann zuckte ein gewaltiger Blitz aus dem Himmel dicht gefolgt von einem ohrenbetäubenden Donnerschlag.

Erschrocken sprang sie mit schnellen Sätzen zur Hütte hinüber. Rasch schloss Maarten die Tür hinter ihr.

Anneke sah sich um und erkannte im schummrigen Licht einige Gerätschaften wie Schaufeln und eine Planierrolle, eine grob zusammengefügte Holzbank und ein metallenes Kohlebecken, wie man es auf großen Segelschiffen benutzte.

Maarten entzündete nun die Feuerstelle, und während draußen die Welt unterzugehen schien, Blitz auf Blitz den Himmel erhellte, schwere Donnerschläge krachten, der Sturm brüllte und dicke Hagelkörner auf das Holzdach niederprasselten, verbreitete das Kohlebecken schon bald eine wohltuende Wärme.

»Wollt Ihr Euer feuchtes Tuch ablegen und Euch ans Feuer setzen? Es wird Euch gut tun, durchnässt, wie Ihr seid.«

Das Mädchen lächelte scheu und fühlte, wie es rot wurde. Schnell übergab es seinem Gastgeber das klatschnasse Kleidungsstück und wandte sich dann dem Kohlebecken zu.

»Ich danke auch schön. Es ist wirklich sehr freundlich von Euch, mich aufzunehmen.«

Fürsorglich legte er ihr seinen Umhang um die Schultern und lächelte.

»Als ich Euch in dem Unwetter erkannte, habe ich mich nur um Eure Gesundheit gesorgt und meine Einladung ausgesprochen, ohne darüber nachzudenken, dass ich Euch ins Gerede bringen könnte. Doch die Straße war menschenleer. So wird sich keiner das Maul zerreißen.«

Sofort errötete Anneke abermals und wechselte hastig das Thema.

»Was für ein Zufall, dass Ihr diese Hütte unverschlossen vorgefunden habt.«

»Oh, sie war zugesperrt«, schmunzelte Maarten belustigt. »Aber ich habe einen Schlüssel. Und das ist auch nicht weiter verwunderlich, denn es ist eine von unseren Hütten. Wir lagern hier Werkzeuge für die Wallarbeiten.«

»Ja natürlich«, murmelte Anneke und schämte sich entsetzlich. Was für eine dumme Frage. Er musste sie wirklich für eine Närrin halten. Schließlich lag es auf der Hand, dass er, der Assistent Baumeister van Valckenburghs, freien Zutritt zu den überall um Hamburg herum errichteten Werkzeughütten hatte.

Um das Thema erneut zu wechseln, griff sie nach einem kleinen zerlesenen Büchlein, das auf der hölzernen Bank lag. »Ein Gründlicher Bericht von Zauberey und Zauberern von Johannes Scultetus«, las sie erstaunt.

»Ist das Euer Buch?«

Maarten zögerte kurz, dann nickte er.

»Was für eine gräuliche Lektüre«, stellte Anneke schaudernd fest. Nachdenklich blickte er sie an und erwiderte dann:

»Oh, sie ist noch viel gräulicher, als Ihr Euch vorstellen könnt. Allerdings handelt es sich bei dem Büchlein um ein verbotenes Werk. Werdet Ihr für Euch behalten, dass Ihr es bei mir gesehen habt?«

Erschrocken blickte Anneke auf.

»Warum ist es verboten?«, wollte sie wissen.

»Ich werde Euch alles erzählen, was es dazu zu sagen gibt«, antwortete Maarten. »Aber beantwortet mir erst meine Frage.«

»Aber gewiss werde ich es für mich behalten«, gab Anneke zurück. »Was denkt Ihr von mir? Ich würde doch niemals etwas tun, was Euch schaden könnte.«

Sie hatte die Worte kaum ausgesprochen, als sie sich auch schon ärgerlich auf die Lippen biss. Warum nur musste sie im Gespräch mit dem jungen Niederländer immer ihr Herz auf der Zunge tragen?

Doch Maarten schien durchaus zufrieden mit ihrer Antwort und wies auf das Buch, das sie noch immer in ihren Händen hielt.

»Der Name Johannes Scultetus ist ein Pseudonym. In

Wahrheit wurde die Schrift von einem gewissen Anton Praetorius, einem Theologen, verfasst, der es nicht länger leiden will, dass unschuldige Frauen durch die Folter in den Tod getrieben werden.«

Entgeistert blickte Anneke ihn an.

»Ihr meint – die hochnotpeinlichen Verhöre während der Hexenprozesse?«

Maarten nickte.

»Hält dieser Praetorius denn all die Hexen und Zauberer für unschuldig?«

Er wiegte abermals nachdenklich den Kopf.

»Gewiss nicht alle, aber doch die weitaus meisten. Und er steht mit seiner Meinung nicht alleine da. Dieses Büchlein bekam ich von dem Theologen Doktor Matthäus Meyfart, der sich seit Kurzem in Hamburg aufhält. Er war Zeuge mehrerer Hexenprozesse und weiß daher durchaus, wovon er spricht, wenn er sagt, dass unter all den Frauen nicht eine Schuldige war, dass nur die unmenschliche Qual der Folter Schuld an den vielen Geständnissen trägt, und dass es ohne diese grausame Art der Prozessführung nur noch wenige Hexen und Zauberer auf der Welt gäbe.«

Anneke war vollkommen durcheinander.

»Und was glaubt Ihr, Maarten?«

»Ich teile die Ansichten dieser Herren voll und ganz. Nehmt doch nur den so oft benutzten Vorwurf des Wetterzauberns. Wie viele Frauen und Männer mussten ihr Leben lassen, weil sie angeblich ein Unwetter herbeizauberten, um Ernten zu verderben. Das ist doch blanker Unfug. Alles Wetter kommt von Gott, zum Segen oder zur Strafe nach seiner Gerechtigkeit. Kein Mensch, auch wenn er zu zaubern verstünde, wäre mächtig genug, in diesen göttlichen Plan einzugreifen.«

Nachdenklich blickte Anneke zu ihm auf. Er musste sich einfach irren. Natürlich waren die Menschen, die auf den Scheiterhaufen endeten, schuldig. Was für ein Wahnsinn, wenn es anders wäre. Und dennoch war sie verunsichert. Der Verfasser dieses Büchleins und der Hexentheoretiker, der zurzeit in Hamburg weilte – das waren doch gelehrte Männer, ebenso wie man Maarten nicht als einfältig bezeichnen konnte …

Verwirrt sah sie den jungen Mann an und wusste nicht mehr, was sie glauben sollte.

»Bitte verzeiht«, sagt er mit leiser Stimme. »Ich hätte Euch nicht mit Dingen belasten dürfen, die Ihr ohnehin nicht ändern könnt. Keiner kann das, solange die Mächtigen dieser Welt es nicht zulassen.«

Sie schwieg, aber ihre großen veilchenblauen Augen füllten sich mit Tränen.

»Kommt her zu mir«, sagte Maarten mit heiserer Stimme.

Sie trat zu ihm, und als er seine Arme um sie legte und sie an sich zog, lehnte sie wie selbstverständlich ihren Kopf an seine breite Brust. Wie wohl das tat. Wie getröstet und geborgen sie sich fühlte. Für einen kostbaren Augenblick schien die Welt stillzustehen. Doch dann erschrak sie und machte sich hastig aus seinen Armen frei.

»Das dürfen wir nicht«, stammelte sie und war schon wieder den Tränen nah.

Maarten lächelte zärtlich.

»An dieser Umarmung war nichts Unehrenhaftes, Jungfer Anneke«, beruhigte er sie. »Das schwöre ich in aller Aufrichtigkeit.«

Sie nickte, fühlte sich aber dennoch unwohl. Und dann horchte sie auf. Vorhin, als sie die Hütte betreten hatte, hatte draußen ein Unwetter getobt. Nun war alles ruhig.

»Es hat aufgehört zu regnen«, bemerkte sie erleichtert. »Ich muss mich eilen heimzukommen«

Maarten öffnete die Tür und blickte sich nach allen Seiten um.

»Die Luft ist rein«, schmunzelte er. »Kein Mensch wird je erfahren, dass wir hier gemeinsam vor dem Unwetter Unterschlupf gesucht haben.«

Auch Anneke musste nun unwillkürlich lächeln und reichte dem jungen Holländer die Hand.

»Gehabt Euch wohl, Maarten.«

»Gott sei mit Euch«, erwiderte er. »Und wenn ich eine Bitte äußern darf …?«

Das junge Mädchen nickte scheu, und er fuhr fort: »Ich habe die kurze Zeit mit Euch sehr genossen. Darf ich Euch, wenn Ihr das nächste Mal hier vorbeikommt, wieder anrufen – auch wenn nicht gerade ein Unwetter tobt?«

Anneke nickte errötend.

»Ich würde mich darüber sehr freuen, Maarten«, antwortete sie leise.

*

Zur gleichen Stunde wurden die drei Stolten-Brüder beim Rat der Stadt Hamburg vorstellig, wo sie die Jungfer Anneke Claen, Tochter des Kaufmanns Leopold Claen und seines Eheweibs Elisabeth, der Hexerei bezichtigten. Sie gaben zu Protokoll, dass besagte Jungfer sie unlängst mithilfe eines Furcht einflößenden goldenen Amuletts, welches nur Satan selbst darstellen konnte, verflucht habe und sie sich seitdem alle drei an Körper und Geist elend fühlten.

Noch während der Rat abwog, wie mit der Anzeige gegen die Großnichte des Bürgermeisters umzugehen sei, gingen in dieser Angelegenheit am nächsten Tag zwei weitere Meldungen ein.

Zum einen hatte man das Mädchen Hanna, Hilfsmagd im Hause Claen, des Morgens leblos in ihrer Kammer aufgefunden. Zum anderen war Peter Stolten am späten Vormittag tot auf seinem Strohsack liegend von seinen Brüdern entdeckt worden.

Nun hatte der ehrenwerte Rat der Stadt Hamburg keine andere Wahl mehr. Der Anzeige musste nachgegangen werden. Man gab das Protokoll daher an das Niedergericht weiter, das die Ermittlungen einleiten sollte.

Kapitel 5

Piraten!

Die Lukendeckel zum Lastraum waren festgekeilt, aber die roh gezimmerte Tür zum Vorderkastell, dem Bugquartier, in dem die Freiwache in schmalen Hängematten lag und schlief, stand offen.

Energisch schlug Kapitän Bayarri sie zu. Er liebte Ordnung an Bord seines Schiffes, und auf hoher See hieß das erste Gebot: Alle Luken dicht!

Langsam setzte Bayarri seinen morgendlichen Inspektionsgang fort, kontrollierte den eisernen Anker und seine starke Trosse, die im Schatten zwischen Niederdeck und Vorderaufbauten bereitlagen, und wechselte ein paar Worte mit dem Ausguck am Vordersteven:

»Alles in Ordnung, Junge? Ich schick dir gleich Ablösung. José wird die Morgenwache übernehmen.«

»Si, Capitán.«

Dankbar nickte Philipp Wimmel, der in Wirklichkeit Claen hieß und auf der »Nuestra Señora« unter falschem Namen angeheuert hatte, seinem Schiffsführer zu. Seit fast vier Stunden stand er am Bug der Dreimast-Karacke, hatte, nach einem anstrengenden Arbeitstag und nur zwei Stunden Schlaf die letzte Nachtwache übernehmen müssen und war nun so müde, dass er seine vom schneidenden Wind ohnehin geröteten Augen kaum noch aufhalten konnte. Bei Gott, das Seemannsleben hatte er sich einfacher vorgestellt.

Die »Nuestra Señora« befand sich auf dem Wege nach Lissabon und durchquerte derzeit die Biskaya. Ein stürmischer Nordwest blähte die Segel und trieb sie der Küste Portugals entgegen. Immer wieder ergossen sich die Wellen der rauen See in Kaskaden über den Bug. Das Schiff stampfte und schlingerte.

Endlich wurde das Heulen des Windes vom Schlagen der Schiffsglocke übertönt. Philipp atmete auf und zählte erleichtert vier Doppelschläge – das bedeutete acht Glasen und damit Wachwechsel. Und da kam auch schon die vom Kapitän angekündigte Ablösung.

»Du bist pünktlich«, stellte Philipp dankbar fest.

José grinste.

»Klar doch. Und du solltest gleich in die Kombüse gehen, wenn du dir noch etwas Warmes in den Bauch schlagen willst. Der Wind wird vermutlich noch mehr auffrischen, und der Smut muss bald sein Feuer löschen. Dann gibt es nur noch kalten Haferbrei.«

Philipp bedankte sich für den Ratschlag und machte sich müde auf den Weg.

Vom Vorderkastell führte ein Niedergang zum tiefer gelegenen Mitteldeck, das, von starken Schanzkleidern umgeben und eingesponnen von den Trossen und Seilen der Mastbespannung, unter dem Schatten der prall gefüllten Segel lag. Hoch oben – mehr als 13 Klafter über ihm – schwankte die runde Bütte, in der einer der Schiffsjungen Ausguck hielt und seinen eigenen Kampf gegen die Elemente führen musste.

Armer Kerl, dachte Philipp. Lieber eine Doppelwache am Bugspriet als eine halbe dort oben, wo man sich bei stürmischer See ohne Unterlass krampfhaft am Tonnenrand festhalten muss, um nicht in den sicheren Tod zu stürzen.

Der Wind hatte gedreht und wurde steifer – nichts Ungewöhnliches in der Biskaya. Ruhig und sicher gab Bayarri seine Kommandos. Er war ein erfahrener Kapitän. Und wenn es ihm auch lieber gewesen wäre, noch länger den günstigen Wind von achtern nutzen zu können, begann er jetzt sofort mit den Wendemanövern zum Kreuzen. Geschäftig liefen die Matrosen über das Deck, um seine Befehle auszuführen.

Philipp, nach seiner Wache von Bordaufgaben freigestellt, beobachtete sie eine Weile und ging dann weiter, verrichtete rasch seine Notdurft ins Speigatt und machte sich dann endgültig auf den Weg zur Kombüse.

Als er wenig später hungrig seinen immerhin noch warmen Haferbrei herunter schlang, musste er unwillkürlich an die Frühstücksmahlzeiten im Hause seines Vaters denken. Auch dort hatte es oft Grütze gegeben, aber Gertrude hatte den Getreidebrei zu verfeinern gewusst – mit Zucker und Zimt, Sahne oder Früchten.

So ein ungenießbares Zeug wäre daheim nicht auf den Tisch gekommen.

Daheim …

Niemals hätte Philipp gedacht, dass er seine Familie und das große Haus in der Hamburger Deichstraße einmal vermissen würde. Doch allein der Gedanke daran ließ ihn plötzlich das Gefühl der Leere empfinden, das er bereits seit Tagen in seiner Brust spürte: Er hatte Heimweh, Heimweh nach einer Welt, die er niemals wiedersehen würde – seiner Welt.

Niedergeschlagen stieg Philipp in das Mannschaftslogis hinab und legte sich in eine Hängematte. Trotz seiner

Müdigkeit konnte er jedoch keinen Schlaf finden. Dazu hatte ihn die eben gewonnene Erkenntnis viel zu sehr aufgewühlt.

*

»Piraten vorauuuuus!«

Anfangs spürte Philipp den Ruf mehr, als dass er ihn tatsächlich hörte. Dann, unter dem Heulen des Sturms, vernahm er die alarmierende Meldung ein zweites Mal. Im Nu war er aus seiner Hängematte, stürzte den Niedergang hinauf und aufs Mitteldeck; sein Herz hämmerte, seine Kehle war trocken wie Pergament.

Natürlich wusste er, dass die Handelsschifffahrt immer wieder große Verluste durch Kaperer hinnehmen musste. Besonders die Mittelmeerfahrer wurden durch nordafrikanische Korsaren aus den Barbareskenstaaten Tripolis, Tunis und Algier gefährdet, deren Schiffe zwischen Gibraltar und dem Kanal auf der Lauer lagen. Und diese Piraten brachten nicht nur die Handelsschiffe auf, um die Ladung zu erbeuten, sondern nahmen auch die Seeleute als Sklaven oder Geiseln gefangen. Lief er etwa Gefahr, das gleiche Schicksal zu erleiden? Das wäre allerdings eine harte Strafe für seine eigenen Missetaten.

Vorsichtig spähte Philipp über das Schanzkleid und konnte zwei Schiffe mit prallen dreieckigen Segeln ausmachen, die in rascher Fahrt näherkamen. Schebecken waren es, mit schlanken schwarz und ocker gestrichenen Rümpfen und zwei geneigten Masten, an deren Spitze unverkennbar die schwarze Piratenflagge mit dem weißen Totenkopf wehte.

Zwei Schebecken!

Philipp, aber auch der Rest der Besatzung der »Nuestra Señora« wussten, was das bedeutete. Auch wenn die Karacke ein durchaus wehrhaftes Schiff war, hatte sie doch keine Chance gegen zwei Gegner, die zudem noch mit dem Wind segeln konnten.

»Kanonen klar zum Gefecht!«, donnerte Bayarri. Und wenig später: »Salve aus allen Rohren auf mein Kommando!«

Er wartete noch einen Augenblick, bis die Schebecken in Reichweite der Kanonen gekommen waren. Dann brüllte er:

»Feuer!«

Die Salve krachte ohrenbetäubend, und der Pulvergeruch kitzelte Philipp in der Nase. Ungeduldig wartete er darauf, dass Rauch und Qualm sich legten. Doch als die Sicht wieder frei war, konnte er die Schebecken immer noch deutlich erkennen – und sie kamen unablässig näher. Die Piraten mussten unbändiges Glück gehabt haben, denn offensichtlich hatte die volle Breitseite an ihren Schiffen nicht den geringsten Schaden verursacht.

»Laden!«, befahl Bayarri mit sich überschlagender Stimme. »Salve auf mein Kommando!«

Bevor er die Anordnung jedoch geben konnte, wurden sie von Steuerbord unter Beschuss genommen. Einer dritten Schebecke war es gelungen, unbemerkt näherzukommen und eine volle Breitseite auf die »Nuestra Señora« abzugeben. Die Karacke geriet ins Schlingern, Masten splitterten, und Trümmer flogen durch die Luft.

»Feuer!«, brüllte Bayarri mit dem Mut der Verzweiflung, doch es war zu spät. Binnen Kurzem wimmelte es auf dem Deck von Piraten, die das Schiff geentert hatten und nun die Besatzung der Karacke zusammentrieben.

Kapitän Bayarri und seine Männer wurden in das Bugquartier im Vorderkastell gesperrt, einem engen Raum ohne

Fenster. Hier fand sich auch Philipp wieder. Seine Schulter schmerzte. Einer der Korsaren hatte ihn im Handgemenge mit dem Kolben seiner Muskete geschlagen, um ihn kampfunfähig zu machen. Er stöhnte leise.

José kauerte neben ihm und hielt sich seinen schmerzenden Schädel. Er grinste bitter.

»Wir sollten uns nicht beschweren. Immerhin haben sie uns nicht totgeschlagen.«

»Natürlich nicht«, brummte der Kapitän. »Für Tote können sie weder Lösegeld verlangen noch sie als Sklaven verkaufen.«

»Lösegeld?«, wiederholte José böse. »Das mag ja für Euch zutreffen, Capitán. Bestenfalls noch für den Steuermann. Unsereins jedoch ... Wir werden so sicher in der Sklaverei enden, wie die Korsaren dieses Schiff als Prise genommen haben.«

»Quatsch keinen Unsinn, José«, wies ihn Bayarri zurecht. »Unser Reeder hat mir versichert, dass er Lösegeld für alle zahlt – bis zum letzten Schiffsjungen, sollte es gefordert werden.«

»Wir werden ja sehen«, gab der Spanier zurück, aber es war ihm anzumerken, dass er den Worten seines Kapitäns keinen rechten Glauben schenkte.

In diesem Augenblick öffnete sich das Luk des Logis. Ein finster dreinblickender Araber im weißen Burnus erschien in der Öffnung, fuchtelte wild mit seinem Säbel herum und brüllte im gebrochenen Spanisch:

»El Carpintero, pero rápidamente?«

Da Philipps Spanischkenntnisse nicht ausreichten, den Korsaren zu verstehen, sah er seinen Nebenmann fragend an.

»Der Muselmann verlangt nach dem Schiffszimmermann«, raunte José ihm zu. »Wahrscheinlich ist der Kahn durch die Kanonade beschädigt, und es müssen Reparaturen durchgeführt werden.«

»Aber François ist verletzt«, flüsterte Philipp leise zurück. »Ich hab' ihn gesehen. Er blutete stark aus einer Wunde am Kopf.«

José grinste düster.

»Das ist den Korsaren doch egal. Solange er seinen Kopf nicht unterm Arm trägt, muss er mit anpacken.«

*

Die Situation in dem Mannschaftslogis wurde für die Schiffsbesatzung der »Nuestra Señora« immer unerträglicher. Seit vier Tagen hielten die Korsaren sie bereits in der engen dunklen Kabine gefangen, in der es immer stickiger wurde. Nur zweimal hatte sich das Luk während dieser Zeit geöffnet: Einmal, um Schiffszimmermann François herauszuholen, und einmal, um ihn mehr tot als lebendig wieder zurückzubringen. Es stank erbärmlich nach ungewaschenen Körpern und Exkrementen, und die Männer litten Hunger und Durst. Noch schlimmer war allerdings die Ungewissheit zu ertragen. Was würde mit ihnen geschehen? Was hatten die Piraten mit ihnen vor?

Die Befragung von François hatte nicht viel gebracht. Der Schiffszimmermann wusste nur zu berichten, dass der Sturm nachgelassen und die »Nuestra Señora« wieder Segel gesetzt hatte – eine Tatsache, auf die die Mannschaft bereits durch die Schiffsbewegungen aufmerksam geworden war. Immerhin glaubte François vernommen zu haben, dass sie Nador anlaufen würden, einen kleinen Piratenstützpunkt an der nordafrikanischen Mittelmeerküste. Rückschlüsse ließen sich daraus jedoch keine ziehen. Vielleicht würde man sie dort bis zur Zahlung des Lösegeldes gefangen halten, vielleicht von dort weiter zu einem der großen Sklavenmärkte in Tunis, Tripolis, Algier oder Konstantinopel verfrachten, vielleicht hatten die Korsaren aber auch ganz andere Pläne. Man würde also abwarten und sich in Geduld üben müssen.

Geduld war jedoch nicht gerade Philipps größte Stärke. Und während José und die anderen vor sich hindösten und den quälenden Durst und Hunger soweit wie möglich zu verschlafen suchten, blieb Philipp hellwach und konnte kaum stillsitzen.

Angst hatte er, so groß wie niemals zuvor in seinem Leben. Was hatten sie mit ihm vor, die johlenden Korsaren, denen er auf Gedeih und Verderb ausgeliefert war?

*

Von dem Piratenstützpunkt Nador bekamen die Gefangenen nicht einen Stein zu sehen. Immerhin brachte ihnen einer der Korsaren einen Eimer mit Wasser und eine Schüssel mit Schiffszwieback. Als das Luk sich hinter dem Mauren geschlossen hatte, wollten sich die Durstenden und Hungernden auf seine Gaben stürzen, doch Kapitän Bayarri gebot ihnen Einhalt.

»Auf keinen Fall werden wir uns hier um das Wasser prügeln. Jeder bekommt seinen ehrlichen Anteil – auch die Schwachen und die Verletzten. Und der Erste ist François. Den hat es von uns allen nämlich am schlimmsten erwischt.«

Die Männer murrten zwar, gehorchten jedoch, und Bayarri übernahm es selbst, das Wasser zu verteilen.

Er tauchte die hölzerne Kelle in den Eimer und rümpfte die Nase.

»Gibt es in diesem gottlosen Piratennest eigentlich kein frisches Wasser, oder warum setzen unsere Gastgeber uns diese gelbe stinkende Brühe vor?«

Da sie nicht wählerisch sein duften und mit dem vorlieb nehmen mussten, was sie hatten, setzte er dem verletzten Schiffszimmermann die Kelle an die Lippen. François war zu schwach, um alleine trinken zu können, schlürfte die ekelerregende Lauge jedoch gierig in sich hinein.

Danach bekamen auch die übrigen Seeleute jeder eine Kelle Wasser und einen Schiffszwieback.

»Den Rest heben wir auf«, erklärte Bayarri. »Wer weiß schließlich, wann wir Nachschub bekommen.«

*

Noch vor Sonnenaufgang rief die Stimme des Muezzin die Gläubigen zum Morgengebet. Die Gefangenen konnten ihre Peiniger laut beten hören. Vorher hatte es unüberhörbar geplätschert.

»Es gehört zu ihren Ritualen, sich vor dem Gebet Gesicht, Hände und Füße zu waschen«, erklärte Bayarri dem verständnislos dreinblickenden Philipp.

Der verzog das Gesicht.

»Und ich könnte wetten, dass sie dafür saubereres Wasser nehmen als das, was sie uns zum Trinken gegeben haben.«

Bayarri nickte müde.

»Dessen sei gewiss, Junge.«

»Aber warum behandeln sie uns so unmenschlich? Wir würden sogar Tiere besser versorgen, als diese Korsaren mit uns umspringen.«

»Weil wir, die wir an Jesus Christus und nicht an die göttliche Sendung Muhammads glauben, in ihren Augen

Ungläubige sind und keinerlei Rechte haben, nicht einmal das Recht auf Leben«, entgegnete Bayarri.

Sofort bereute Philipp, überhaupt gefragt zu haben. Die Antwort des Kapitäns, die ihm deutlich machte, dass er vonseiten seiner Entführer weder auf Barmherzigkeit noch Gnade rechnen durfte, erschreckte ihn.

Bayarri zuckte mit den Schultern.

»Doch können wir sie deshalb wirklich verfluchen? Solange wir Christen Ketzer, also nach unserer Ansicht Ungläubige, auf Scheiterhaufen werfen, können wir sie nicht ...«

Der Ausruf »Allah il Allah«, den die Korsaren nun ausstießen, unterbrach ihn. Wenig später wurden Kommandos laut. Die »Nuestra Señora« stach erneut in See.

Die Reise währte nur drei Tage, dann lief die Karacke in einen Hafen ein und schoss etliche Kanonenschüsse als Salut ab.

»Wir müssen in Algier sein«, vermutete José, und der Kapitän gab ihm recht.

»Bis zu jedem anderen Barbareskenhafen hätte die Fahrt länger gedauert.«

Als das Schiff vor Anker lag, öffnete sich auch das Luk wieder. Und diesmal gab es genug Wasser für alle sowie Brot, Oliven und getrocknete Datteln. Die Gefangenen durften sich sogar waschen, und ein maurischer Arzt, der in seinem kostbaren Seidengürtel Säbel und Pistole trug, versorgte ihre Wunden.

Nach der Behandlung regten sich sogar die Lebensgeister des verletzten Schiffszimmermanns. Nur Bayarri blickte düster drein.

»Man will uns so präsentabel wie möglich herrichten,

fürchte ich«, ließ sich der Kapitän leise vernehmen. »Und das riecht nach Sklavenmarkt.«

Philipp, der gerade genüsslich auf einer reifen süßen Dattel herumkaute, fuhr zusammen.

»Seid Ihr sicher, Capitán?«

Unwillig hob Bayarri die Hände.

»Herrje, wie soll ich mir sicher sein? Ich vermute es lediglich. Oder fällt dir ein anderer Grund ein, Junge, warum wir plötzlich so gut behandelt werden?«

Algier – von den Phöniziern gegründet, zeitweilig von Römern und Vandalen regiert, galt als Provinz des Osmanischen Reiches und stand auch unter seiner Schutzherrschaft, war als Barbareskenstaat tatsächlich aber weitgehend unabhängig.

Die Stadt mit der trutzigen Zitadelle, der Kasbah und dem sicheren Hafen im Rücken lebte von der Piraterie, vom Sklavenhandel und Lösegelderpressung – und das offensichtlich nicht schlecht. Davon kündeten zumindest die am Berghang des al-Atlas at-tallī, einem Ausläufer des nordafrikanischen Atlasgebirges, stehenden Bauten: glänzende Paläste, die an Schönheit mit denen Granadas wetteifern konnten, prächtige Moscheen und die sich malerisch von einem tiefblauen Himmel abhebenden, schlanken strahlend weißen Minarette.

Die Bazare waren gefüllt mit Waren aus aller Herren Länder, und in den Straßen und Gassen herrschte reges Leben. Hier drängten sich Mauren und Beduinen, Kabylen und Fellachen, Tuaregs und Türken zumeist in kostbarer Kleidung. Reiter auf edlen Pferden und Sänftenträger suchten sich ebenso einen Weg durch das Gewimmel, wie Kamelkarawanen, Ziegenherden und Packesel, auf die ihre Treiber erbarmungslos einschlugen.

Die kleine Gruppe Christen-Sklaven, die aneinander gekettet die Straße zum Badistan, dem Menschenmarkt, emporgetrieben wurde, erregte keinerlei Aufmerksamkeit, sondern war für die Bewohner Algiers vielmehr ein gewohnter Anblick. Bis zu 1000 neue Sklaven kamen jeden Monat in die Stadt und galten als »weißes Gold«. Tatsächlich waren die Korsaren, die die Schiffe aufbrachten, viel mehr an der wesentlich einträglicheren lebendigen Ware als an den Ballen und Fässern in den Laderäumen interessiert.

Durch das Stadttor Bab Azoun betrat die Gruppe die Kasbah. Mit Grauen bemerkte Philipp die krummen Haken, die in die Stadtmauer eingelassen waren. Auf einigen dieser Haken waren Köpfe von Missetätern aufgespießt, die zur Abschreckung dienen sollten.

Zwar war ihm der Anblick nicht neu, denn auch an den Hamburger Stadttoren gab es Pfähle, auf denen hin und wieder Köpfe irgendwelcher Übeltäter steckten, doch es war eben ein Unterschied, ob man als freier Bürger daran vorbeiritt oder sich als in Ketten gelegter Sklave mit ungewissem Schicksal an diesen grausigen menschlichen Überresten vorbei schleppen musste.

Als sie den Badistan erreichten, versuchte Kapitän Bayarri zum ungezählten Male den sie begleitenden Korsaren zu erklären, dass es überflüssig war, sie auf dem Menschenmarkt feilzubieten, da sein Reeder bereit wäre, das übliche Lösegeld zu begleichen. Und das lag über dem Preis, den man für europäische Sklaven in Algier erzielen konnte. Die Piraten waren jedoch nicht interessiert. Allerdings führten sie ihre Ware auch nicht zu den erhöhten Holzrampen, auf denen die Sklaven zur Begutachtung ausgestellt wurden, sondern zu der niedrigen Tür eines großen Hauses, das direkt an den Badistan grenzte. Hinter der Tür lag eine lange steile Treppe, die in ein Kellerverlies hinab führte.

Mühsam stiegen die Gefangenen, behindert durch ihre Fußketten, die ausgetretenen Steinstufen hinab. Da es den Korsaren jedoch nicht schnell genug ging, hagelte es Peitschenhiebe, die so heftig ausfielen, dass einer der Männer das Gleichgewicht verlor, die Treppe hinabstürzte und die anderen, die an ihn gekettet waren, mit sich riss. Brutale Schläge mit der neunschwänzigen Katze brachten die Geschundenen schnell wieder auf die Füße.

Sie befanden sich in einem hohen dunklen Kellergewölbe, das nur von einigen Fackeln notdürftig erhellt wurde und in dem es so bestialisch stank, dass Philipp unwillkürlich würgen musste. Bevor er sich wieder fassen konnte, trieben die Korsaren ihn und seine Gefährten in einen Drahtkäfig, dessen Tür quietschend hinter ihnen ins Schloss fiel. Damit nicht genug wurde der Zwinger nun mittels einer Winde etwa zwei Klafter bis an die Gewölbedecke emporgezogen. Hier hingen bereits an die 20 dieser Käfige, vollgestopft mit Menschen aller Hautfarben und Rassen.

Mit Mühe versuchte Philipp, in dem schwankenden Gefängnis Halt zu finden.

»Was soll das?«, rief er aus und konnte sein Entsetzen kaum verbergen. »Warum machen diese Ungeheuer das mit uns?«

»Um uns einzuschüchtern«, gab Bayarri resigniert zurück. »Um einer eventuellen Flucht entgegenzuwirken und um eine mögliche Revolte zu verhindern. Derzeit befinden sich in diesem Verlies schätzungsweise 400 Gefangene, es bietet aber Platz für gewiss 1000 Menschen. Und die könnten immerhin versuchen, sich zusammenzurotten und gegen ihre Peiniger zur Wehr zu setzen. Das Risiko wäre viel zu groß. Indem man uns in diese Käfige sperrt, bedarf es nur noch eines Mannes, der gefahrlos Wache halten kann. Verstehst du nun, Junge?«

Philipp nickte mutlos und kauerte sich, so gut es auf dem unbequemen und sich ins Fleisch drückenden Drahtboden überhaupt möglich war, in eine Ecke. Er sah erst wieder auf, als er aus einem Nachbarkäfig leise angesprochen wurde.

»Hey du. Ich habe dich eben reden gehört. Bist du auch Deutscher?«

In dem Dämmerlicht konnte Philipp den Sprecher, der in einem etwa drei lange Ellen entfernten Drahtkorb hockte, zunächst nicht ausmachen. Erst als dieser die Hand zum Gruß hob, entdeckte er das schmächtige Kerlchen das, mehr Kind als Mann, zu ihm herüberwinkte.

»Ja«, nickte er. »Ich komme aus Hamburg. Und du?«

»Aus Bremen«, kam es zurück. Der Junge sprach noch immer leise, dennoch war die Verzweiflung deutlich hörbar, als er fortfuhr: »Ich heiße Lorenz Borgfeld, und es war meine erste Reise. Wie es aussieht, wird es wohl auch die letzte gewesen sein. Und dabei bin ich erst 13 Jahre alt. Habe vor vier Wochen als Moses angeheuert.«

»Das tut mir leid«, gab Philipp mitfühlend zurück. »Wir alle sind in einer sehr vertrackten Situation. Dennoch sollten wir die Hoffnung nicht aufgeben. Vielleicht lassen sich die Korsaren ja doch noch auf eine Lösegeldzahlung ein.«

»Damit ist leider nicht zu rechnen«, entgegnete der Junge unglücklich. »Ich war auf einem dänischen Handelsschiff und bin von der Besatzung getrennt worden. Bevor es dazu kam, hat unser Käpten mit einem Korsarenhauptmann sprechen können, und der hat berichtet, dass der Sultan des Osmanischen Reiches dringend Sklaven benötigt, viele Sklaven, weil er seine Bewässerungsanlage in Konstantinopel erweitern will. Und da …«

Kapitän Bayarri, der auf das Gespräch aufmerksam geworden war und die Zusammenhänge sofort begriff, unterbrach ihn nun:

»Und da die Barbareskenstaaten – und damit natürlich auch Algier – dem Sultan verpflichtet sind, werden ihm jetzt alle Sklaven zur Verfügung gestellt, deren man habhaft werden kann. Richtig?«

Der Knabe nickte.

»Ja, und zwar ohne Ausnahme.«

»Dann haben wir alle keine Chance mehr«, stellte Bayarri tonlos fest. »Wir sind tatsächlich verloren.«

Kapitel 6

Die Geburt des Hexenwahns

Der Morgen über Hamburg war klar, sonnig und warm – so, als hätte es das schwere Unwetter vom Tag vorher überhaupt nicht gegeben.

Doch als die Bauern des Umlandes auf ihre Äcker kamen, erstarrten sie vor Schreck. Viele fielen auf die Knie, um zu beten, den Himmel um Hilfe anzurufen.

Wo gestern noch wogende Getreidefelder gewesen waren, wohlbestellte Gemüseäcker und Obstbäume, deren Äste die Last der Früchte kaum tragen konnten, fand sich heute nur noch Verwüstung. Bei Gott: Hagelschlag, Sturm und Regen hatten ganze Arbeit verrichtet, und die Missernte war schon jetzt gewiss.

Verzweifelt suchten die Bauern, zu retten, was noch zu retten war. Doch selbst auf den von Bäumen und Hecken geschützten Feldern hatte kaum ein Halm, kaum eine Frucht überlebt. Verzagt fragten sich die Bauern, wie Mensch und Tier den nächsten Winter überstehen sollen.

Aus dieser Sorge heraus und weil es nun einmal in der Natur des Menschen lag, suchten sie einen Schuldigen für ihre Not, jemanden, den sie zur Rechenschaft ziehen konnten, denn Regen, Sturm und Hagel waren dafür denkbar ungeeignet.

An den Dorfkreuzen standen Männer und diskutierten bedrückt die Situation.

»Merkwürdig ist es schon«, murrten einige. »Und kaum vorstellbar, dass alles mit rechten Dingen zugegangen sein soll.«

Andere stimmten ihnen grimmig zu.

»So rasch, wie das Unwetter kam und ging, gibt es eigentlich keine andere Möglichkeit: Es muss Hexerei im Spiel gewesen sein.«

Die Männer bekreuzigten sich hastig und sahen sich scheu um. Dann fragten sie sich, wie es Hexen und Zauberern gelungen sein mochte, so mächtig zu werden, und warum niemand sie daran hinderte, Not und Verderben über gottesfürchtige Menschen zu bringen.

Die Männer steckten ihre Köpfe noch dichter zusammen und waren sich bald einig.

»Wir melden unsere Befürchtungen dem Niedergericht. Und wenn es tatsächlich eine Töversche war, die das Unwetter herbeigezaubert hat, wird man es dort schon herausfinden.«

Grimmig nickten die Bauern und machten sich, ohne einen Augenblick länger zu zögern, auf den Weg.

*

Das hamburgische Niedergericht befand sich direkt neben dem Rathaus an der Trostbrücke in einem großen mit reichem Schnitzwerk verzierten Fachwerkhaus. Zwei Stockwerke war das Gebäude hoch und fand seinen Abschluss in einem kleinen Türmchen, in dem die Schandglocke hing, die zu allen möglichen Anlässen geläutet wurde. Wenn ein Verbrecher der Stadt verwiesen wurde, zum Beispiel, wenn man einen mutwilligen Bankrotteur ausgemacht hatte oder einfach nur zu Beginn des Jahrmarktes.

Normalerweise ging es in den Amtsstuben ruhig und gediegen zu, doch heute herrschte großer Aufruhr. Bisher waren Hexenprozesse in Hamburg kein besonderes Problem gewesen. Natürlich glaubten auch die Hamburger als Kinder ihrer Zeit fest an die Existenz von Hexenwerk und Teufelspakt und so hatten in den letzten 200 Jahren auch rund 40 Hexenverbrennungen stattgefunden. Die letzte vor drei Jahren, als eine gewisse Abelke Dabelstein wegen Zauberei auf den Scheiterhaufen gebracht worden war.

Doch dass es zwei Anzeigen wegen Hexerei in einer Woche gegeben hatte, war seit Menschengedenken nicht vorgekommen.

Die beiden Ratsherren Hempel und Naumann, vom Stadtrat gewählte Prätoren des Niedergerichts, beratschlagten gemeinsam, was nun zu tun sei. Da es zu einer der beiden Anzeigen – dem angeblichen Wetterzauber der die Ernte verdorben haben sollte – noch keine Beschuldigte gab, einigte man sich darauf, mit den Untersuchungen zu dem anderen Fall zu beginnen.

»Die Angeklagte, Jungfer Anneke Claen, ist allerdings die Großnichte unseres Herrn Bürgermeisters«, gab Präses Naumann zu bedenken.

Sein Kollege Hempel zuckte jedoch nur mit den Schultern. »Deswegen ist sie aber nicht über jeden Zweifel erhaben. Und da es im Zusammenhang mit dieser Angelegenheit bereits zwei Todesfälle gegeben hat, sollten wir der Sache nachgehen.«

»Sicher habt Ihr recht«, stimmte Naumann zu und blätterte in dem Protokoll der Anzeige durch die Brüder Stolten.

»Hier ist von einem goldenen Amulett die Rede, das als Beweis dienen soll. Lassen wir doch erst einmal feststellen, ob die Jungfer überhaupt im Besitz dieses Amuletts ist. Dann sehen wir weiter.«

Hempel nickte zustimmend.

»Ich bin ganz Eurer Ansicht, Herr Kollege. Wir sollten gleich den Büttel Wetter ausschicken, das Eigentum der Jungfer zu durchsuchen und ihre Sicht der Dinge zu erfragen. Damit kommen wir unserer Pflicht nach, belästigen die Familie des Bürgermeisters jedoch nicht übermäßig. Einverstanden?«

»Einverstanden«, erwiderte Naumann und erhob sich, um den Büttel sofort auf den Weg zu bringen.

*

»Am Niedergericht ist eine Anzeige gegen Eure Tochter, die Jungfer Anneke Claen, eingegangen.«

Der Büttel, der mit dieser Nachricht vor den Kaufmann Leopold Claen getreten war, drehte verlegen seinen Hut in den Händen. Offensichtlich war es ihm und seinem Gehilfen selbst unangenehm, die Angelegenheit dem angesehenen Kaufmann und Neffen des Bürgermeisters vorzutragen.

»Man wirft der Jungfer vor, im Bund mit dem … dem Teufel zu stehen und Schadenszauber zu betreiben«, fuhr der Büttel stockend fort. »Und da es im Umfeld dieser Anklage bereits zu zwei Todesfällen gekommen ist – einer sogar in Eurem eigenen Hause – sieht das hamburgische Niedergericht keine andere Möglichkeit, als tätig zu werden.«

Ungläubig sah Leopold den Beamten an.

»Wie bitte? Soll das ein Scherz sein? Wenn ja, ist es bei Gott ein schlechter.«

»Nein, mein Herr«, beeilte sich der Büttel zu versichern. »Ich würde mir niemals erlauben, Scherze mit derart ernsten Vorwürfen zu machen. Es ist doch richtig, dass Eure Hausmagd verschieden ist, nicht wahr?«

»Gewiss«, bestätigte Leopold. »Aber der Medicus hat keine Todesursache feststellen können. Der Leichnam wies lediglich eine oberflächliche Verletzung an der rechten Hand auf, die wie eine Verbrennung anmutete. Aber was, um des Himmels willen, soll meine Tochter damit zu tun haben?«

»Immerhin ist auch einer der Männer plötzlich und ohne erkenntliche Ursache verstorben, die Eure Tochter beim Niedergericht angezeigt haben«, gab der Büttel zu bedenken.

Claen runzelte die Stirn.

»Und wer bitte soll das gewesen sein?«

»Es steht mir nicht zu, diese Frage zu beantworten«, gab der Büttel zurück. Er hatte nun seine Unsicherheit verloren und gab sich ganz als das, was er war – ein Abgesandter der hamburgischen Gerichtsbarkeit. »Ich bin hier, weil mich der städtische Rat damit beauftragt hat, die Kammer der Jungfer nach Hinweisen für deren Täterschaft zu durchsuchen. Wenn Ihr mir also freundlicherweise den Weg dorthin weisen würdet, wäre ich Euch sehr verbunden.«

Leopold zuckte seufzend mit den Schultern.

»Wenn es denn also sein muss … Wir haben nichts zu verbergen. Aber Eurem städtischen Rat richtet aus, dass meine Familie und ich für dieses herabwürdigende Gebaren zumindest eine Entschuldigung erwarten.«

Leopold verließ sein Kontor, hieß Gertrude, seine Frau, und seinen Vater als Zeugen herbeizurufen und stieg die Treppe zu den privaten Räumen empor. Dem Büttel und seinen Gehilfen stellte er anheim, ihm zu folgen.

»Seid Ihr die Jungfer Anneke Claen?« Verwirrt sah das Mädchen dem großen hageren Mann, der wie selbstverständlich und unaufgefordert ihre Schlafkammer betreten hatte, entgegen.

»Ich verstehe nicht …«

Streng musterte er sie aus seinen kleinen stechenden Augen.

»Ihr seid doch die Jungfer Anneke Claen, nicht wahr?«

Sie nickte.

»Und mit wem habe ich die Ehre?«

Verstört blickte sie an dem Büttel vorbei auf ihre Eltern und ihren Großvater. Da auch sie anwesend waren, musste das Eindringen des Mannes rechtens sein, doch verstehen konnte sie den seltsamen Besuch dennoch nicht.

»Georg Wetter, Diener des hamburgischen Niedergerichts und das hier ist«, er wies auf seinen Begleiter, »mein Gehilfe«, beantwortete er ihre Frage und fuhr dann unheilschwanger fort:

»Wir haben die Anweisung, uns in Eurer Kammer umzuschauen.« Kaum hatte er die Worte ausgesprochen, öffnete sein Begleiter auch bereits die erste Truhe und riss alles heraus, was sich darin befand.

Unwillkürlich wich Anneke einen Schritt zurück. Was hatte das zu bedeuten? Was wollte das Niedergericht von ihr? Bestürzt und am ganzen Leib zitternd sah sie ihre Eltern an.

»Vater …?«

Leopold versuchte, seine Tochter zu beruhigen.

»Die Männer verrichten nur ihre Pflicht, Kind. Reg dich nicht auf. Am Ende werden sie sich in aller Form bei uns …«

Lautes Klirren unterbrach ihn. Der Gehilfe hatte eines der kostbaren venezianischen Kelchgläser aus Annekes

Aussteuertruhe zu Boden fallen lassen, und es war in tausend Teile zersprungen.

Erschrocken schlug das Mädchen die Hände vor den Mund. Der Kelch war ein wahres Kunstwerk der Glasbläserzunft gewesen und ein Geburtstagsgeschenk ihrer Eltern. Stets hatte sie ihn sorgsam wie einen Schatz behandelt, und nun lag er zerschlagen am Boden.

Mit Tränen in den Augen blickte Anneke zu ihrer Mutter hinüber, die sich nun gezwungen sah, einzugreifen:

»Könnt Ihr Euren Gehilfen, diesen Tölpel, bitte zu etwas mehr Vorsicht anhalten.«

Der Büttel antwortete nicht. Er hatte sich an Annekes Alkoven zu schaffen gemacht, Decken, Kissen und Strohmatratze herausgezogen und war nun auf das goldene Amulett gestoßen. Entsetzt bekreuzigte er sich.

»Herr steh' uns bei. Die Fratze des Teufels! Die Brüder Stolten haben tatsächlich die Wahrheit gesagt.«

Er bückte sich und hob das Amulett an dem blauen Band aus der Tiefe des Alkovens. Dann wandte er sich um, seinen Fund mit ausgestrecktem Arm so weit wie möglich von seinem Körper abhaltend.

»Sagt mir, Anneke Claen: Habt Ihr die Hausmagd und den Peter Stolten allein mithilfe dieses Amuletts zu Tode gebracht oder benötigtet Ihr noch zusätzlich üble Zauberformeln?«

Anneke war so erschrocken, dass sie sich auf den Tisch stützen musste. Die dunklen Augen des Büttels schienen sie durchbohren zu wollen.

»Nun, Jungfer Claen?«

Blass vor Entsetzen sah Anneke den Büttel an.

»Ich schwöre bei Gott, dass ich weder etwas mit dem Tode Hannas oder des Herrn Stolten zu tun, noch dieses

Amulett jemals zuvor gesehen habe. Das müsst Ihr mir einfach glauben.«

»Ich muss gar nichts«, entgegnete der Büttel. »Und es kommt auch nicht darauf an, was ich glaube. Ich führe lediglich die Ermittlungen in diesem Fall, die ich dem Niedergericht vorlegen werde – ebenso wie dieses … dieses Corpus Delicti hier.«

»Lasst mich Euer sogenanntes Beweisstück doch auch einmal betrachten, Herr Büttel«, ließ sich Großvater Ludwig nun vernehmen. Er trat näher und nahm dem Beamten das Amulett einfach und ohne auf ein Zeichen der Zustimmung zu warten aus der Hand.

»Fürwahr, es sieht zum Fürchten aus«, erklärte er schaudernd, nachdem er den goldenen Anhänger eingehend betrachtet hatte. »Dennoch ist es lächerlich, zu glauben, dass Anneke etwas damit oder gar mit den Todesfällen zu tun haben könnte. Fragt, wen Ihr wollt. Meine Enkelin ist bekannt für ihre Frömmigkeit. Sie führt ein gottgefälliges Leben und geht täglich zur heiligen Messe.«

»Auch zu großer Eifer kann verdächtig machen«, entgegnete der Büttel und nahm dem alten Herrn das Amulett wieder aus der Hand, um es in seinem Beutel zu verstauen.

Anneke rang die Hände.

»Aber ich habe mir nichts zuschulden kommen lassen. Wirklich nicht. Was kann ich denn tun, um Euch zu überzeugen?«

»Und wie ist dieses Teufelswerk in Euren Alkoven gekommen?«, wollte der Beamte wissen. »Ich nehme doch nicht an, dass zu Eurer Kammer viele Personen Zutritt haben.«

»Nein, natürlich nicht«, musste Anneke zugeben. »Lediglich meine Familie und die Bediensteten treten hier ein. Dennoch habe ich diese gottlose Fratze nie zuvor gesehen.«

Der Büttel musterte sie misstrauisch.

»Nun gut, nun gut«, murmelte er schließlich. »Meine Ermittlungen sind ja noch nicht abgeschlossen. Vielleicht seid Ihr tatsächlich unschuldig, vielleicht nicht. Wir werden sehen.«

Er ging zur Tür und legte die Hand auf die Klinke.

»Ich muss Euch ersuchen, die Stadt in den nächsten Tagen nicht zu verlassen, Jungfer Claen«, sagte er ernst. »Und das ist keine Bitte, sondern eine Anweisung, der unbedingt und unter allen Umständen Folge geleistet werden muss. Haben wir uns verstanden?«

»Gewiss«, flüsterte Anneke. Und ihr Vater fügte hinzu:

»Ich bürge dafür. Meine Tochter wird in Hamburg bleiben, bis wir vom Niedergericht Nachricht erhalten, dass dieser Befehl aufgehoben ist.«

Der Büttel nickte. Er schien zufriedengestellt.

»Dann empfehle ich mich jetzt«, murmelte er und winkte seinem Gehilfen. Gemeinsam verließen sie den Raum.

*

Matthäus Meyfart, seines Zeichen Doktor der Theologie und Professor des akademischen Gymnasiums zu Coburg, der zurzeit als Gast der Gelehrtenschule des Johanneums in Hamburg weilte, verlebte einen vergnügten Abend im Kaiserhof. Er war in Gesellschaft seiner Gastgeber und fühlte sich wohl unter ihnen. So wohl, dass er sich wirklich vorstellen konnte, von Coburg nach Hamburg überzusiedeln und am Johanneum zu unterrichten, sollte ihm die Gelehrtenschule ein entsprechendes Angebot unterbreiten.

Und die Aussicht darauf bestand durchaus. Warum sonst hatte man ihn nach Hamburg eingeladen?

Getrübt wurde der Abend durch das Auftauchen eines Actuarius des hamburgischen Niedergerichts. Richard Holler hieß der Mann, war Doktor der Jurisprudenz und über die Maßen ehrgeizig. Als man die beiden Herren einander vorgestellt hatte, nahm Holler den Theologen gleich beiseite.

»Bitte erzählt mir von Coburg, Meyfart. Wie ich gehört habe, ist Eure Stadt sehr erfolgreich darin, Hexen aufzuspüren und zu überführen. Ich denke, von diesem Fleiß kann Hamburg sich eine dicke Scheibe abschneiden.«

»Und ich denke«, gab Meyfart ohne mit der Wimper zu zucken zurück, »dass die Hamburger Zurückhaltung der einzig richtige Weg ist, mit dem Hexenphänomen umzugehen.«

Erstaunt sah Holler ihn an. Woher hätte der junge Actuarius auch wissen sollen, dass sein Gegenüber eigene leidvolle Erfahrungen mit der Inquisition gemacht hatte. So waren seine Frau und seine Schwiegermutter dem Coburger Hexenwahn zum Opfer gefallen, ebenso wie 18 weitere Frauen – allein im vergangenen Jahr. Sie alle hatten unter den grausamen Foltermethoden ihre Schuld eingestanden. Drei von ihnen waren daraufhin bei lebendigem Leibe begraben worden, die übrigen endeten auf dem Scheiterhaufen. Waren sie tatsächlich schuldig gewesen? Meyfart glaubte nicht daran und hielt es seitdem mit den Gegnern von Hexenprozessen und Folter.

»Das ist ein verhängnisvoller Irrtum, mein Herr«, ereiferte sich Holler. »Ich halte es für offensichtlich, dass der Kampf gegen das Satansgelichter in Hamburg bisher zu milde geführt wurde. Die Sache muss viel schärfer und konsequenter betrieben, ein regelrechter Krieg gegen das Höllengesindel entfesselt werden. Zwar ist Hamburg für diesen Kampf noch nicht gerüstet, denn denkt Euch, wir verfügen noch nicht einmal über einen Hexenkommissar. Aber wenn ich etwas zu sagen hätte, dann …«

»Dann würdet Ihr für dieses Amt sogleich zur Verfügung stehen, nicht wahr?«, vollendete Meyfart den Satz des ehrgeizigen Heißsporns und fügte hinzu: »Möge Gott verhindern, dass es jemals so weit kommt.«

Um einer weiteren Diskussion aus dem Wege zu gehen, verabschiedete sich der Theologe nun höflich, aber bestimmt und ließ den verständnislos dreinblickenden Actuarius einfach stehen.

Aufatmend trat Meyfart wenig später hinaus in die erfrischend kühle Augustnacht. Vom Kaiserhof bis zu seinem Quartier in der Großen Johannisstraße waren es nur wenige Schritte, doch der Theologe hatte es nicht eilig, machte einen kleinen Umweg am Alsterfluss entlang und hatte dann doch irgendwann sein Ziel gleich neben dem ehrwürdigen Kloster St. Johannis erreicht.

Trotz der späten Stunde wartete eine Frau vor seiner Pension. Sie drehte ihm den Rücken zu und hielt sich nah der Gebäudemauer, um nicht aufzufallen.

»Kann ich Euch dienlich sein, Gevatterin?«

Erschrocken fuhr sie herum. Ihre Augen waren verweint, die Kleider zerdrückt und staubig.

»Ich … ich möchte zu Doktor Meyfart«, stammelte sie unsicher. »Es heißt, er würde in diesem Haus leben.«

Der Theologe nickte freundlich.

»Ich bin es persönlich. Womit kann ich Euch helfen?«

Nervös blickte sie sich um. Und obwohl die Straße menschenleer war, trat sie nun dicht an Meyfart heran und flüsterte:

»Verzeiht die Störung, Herr Doktor. Aber ich hätte Euch

gern in einer wichtigen Angelegenheit gesprochen, einer Angelegenheit, die keinen Aufschub duldet.«

Der Coburger musterte sie erstaunt, doch als er die nackte Angst in ihren Augen erkannte, nickte er.

»Wartet, ich werde Euch öffnen.«

Wenig später geleitete er die Frau, die sich als Marie Kessler vorgestellt hatte, in sein Schreibzimmer.

»Nun, was führt Euch zu mir?«

»Ich bin hier, weil ich von Euch einen Rat einholen möchte«, begann die Frau mit leiser Stimme. »Und ich komme in dieser Angelegenheit zu Euch, weil ich gehört habe, dass Ihr Frauen, die im Verdacht standen, Hexen zu sein, geholfen habt, ihre Unschuld nachzuweisen.«

»Das ist richtig«, bestätigte Meyfart. »Wenn es auch viel zu wenige waren, die ich vor dem Scheiterhaufen bewahren konnte. Aber was habt Ihr damit zu schaffen, Gevatterin?«

»Nun«, fuhr die Frau zögernd fort. »Ich bin seit fünf Jahren mit einem Schreinermeister verheiratet. Wir haben ein Kind miteinander und all die Jahre friedlich gelebt bis, ja, bis mein Mann nun kürzlich eine wohlhabende Witwe kennenlernte. Seitdem ist er kaltherzig gegen mich geworden, gibt mir oft harte Worte und lässt mich fühlen, dass ich kein Geld in die Ehe gebracht habe. Erst gestern Abend ist es wieder, wie so oft, zu einem heftigen Streit gekommen. Doch diesmal bin ich in meinem Schmerz so zornig gegen ihn geworden, dass ich ihm gedroht habe, mich bitter zu rächen, wenn er mich verließe.«

Betroffen sah Meyfart die Frau an, die ganz außer sich war und der nun wieder die Tränen in die Augen stiegen.

»Das ist eine schreckliche Geschichte«, murmelte er. »Aber ich verstehe nicht, womit gerade ich Euch helfen kann.«

»Hört weiter, Herr Doktor. Dann werdet Ihr gleich begreifen«, gab sie schluchzend zurück, wischte sich mit einem Schürzenzipfel über die Augen und fuhr fort: »Mein Mann erwiderte auf meine unbesonnen ausgesprochene Drohung, dass er nun endlich wisse, was ich für ein Mensch sei. Ich gehöre der Hexenzunft an, warf er mir vor, wie meine Schwester Abelke, die vor drei Jahren als Zauberin verbrannt wurde. Und wenn ich ihm etwas Übles antun wolle, würde er sich zu schützen wissen. Darauf könne ich mich verlassen, schrie er mir ins Gesicht. Danach warf er mich grausam vor die Tür. Zu meinem großen Leidwesen bin ich jetzt von meiner Tochter getrennt, habe aber bei meiner Cousine Unterschlupf gefunden. Vor allen anderen Dingen muss ich jedoch wissen, wie ich jetzt zu handeln habe. Glaubt Ihr, es ist besser für mich, zu fliehen, bevor mein Mann mir noch größeren Schaden zufügen kann?«

Nachdenklich sah Meyfart die Frau an. Doch nach einer Weile schüttelte er den Kopf.

»Nein, Gevatterin, wenn Ihr Euch wirklich unschuldig wisst, dann bleibt daheim«, riet er. »Wohin wollt Ihr auch gehen? Eine Flucht würde den Verdacht erst recht auf Euch ziehen, zumal es in Eurer Familie bereits eine verurteilte Hexe gibt. Aber wir sind in Hamburg. Hier sind die Menschen noch nicht von dem Hexenwahn infiziert, sondern vermögen mit kühlerem Kopf zu urteilen. Abgesehen davon kann ich mir beim besten Willen nicht denken, dass Euer Ehegemahl so abgrundtief schlecht ist, um falsches Zeugnis wider die Mutter seines Kindes abzulegen. Falls ich mich irren sollte, lasst es mich wissen. Dann werde ich mit all meiner Kraft versuchen, Euch zu schützen. Das verspreche ich.«

Marie Kessler lächelte dankbar, ergriff die Hand des Theologen, küsste sie und verabschiedete sich.

Mit bangem Gefühl sah Meyfart ihr hinterdrein. Armes Ding, dachte er besorgt. Ich hoffe nur, dass, wenn es zum Schlimmsten kommt, ich mein Versprechen auch wirklich halten kann.

*

Anneke lag in ihrer Kammer auf dem Bett. Sie hatte die Vorhänge des Alkovens nicht zugezogen und konnte durch das Fenster den Giebel des Nachbarhauses sehen, außerdem ein kleines Stückchen des violettdunklen Himmels, an dem bereits die ersten Sterne blinkten.

Sie konnte keinen Schlaf finden, sondern zermarterte sich das Hirn, wie und wann das furchterregende Amulett in ihre Kammer gekommen sein könnte.

Aus Angst vor Flöhen, Läusen und anderem Ungeziefer, das sich für gewöhnlich gerne in Alkoven einnistete, wurden die Betten im Hause Claen regelmäßig gereinigt. Das letzte Mal vor etwa zwei Wochen, erinnerte sich Anneke. Und zu diesem Zeitpunkt war die schreckliche Teufelsfratze noch nicht da gewesen. Wer also war in den letzten zwei Wochen alles im Hause gewesen? Da sich die Kunden und Geschäftspartner des Handelshauses die Klinke in die Hand gaben, war diese Frage eigentlich kaum zu beantworten. Und dass einer von ihnen ungesehen in ihr Zimmer gelangt sein könnte, war zwar nicht sehr wahrscheinlich, aber auch nicht ausgeschlossen.

Plötzliches Poltern aus der Kammer nebenan, in der ihr Großvater schlief, ließ sie auffahren.

Anneke lauschte angestrengt.

War das nicht ein leises Stöhnen gewesen?

Dann klirrte es, als wäre ein Glas zu Boden gefallen.

Hastig sprang sie aus dem Bett und eilte, ohne erst in ihre Pantoffeln zu schlüpfen, auf die Galerie hinaus. Vor der Tür ihres Großvaters hielt sie inne und lauschte. Es war nichts zu hören. Doch die Stille um sie herum erschien ihr plötzlich wie ein drohendes Unheil.

Sie klopfte leise an die Holztür, doch der alte Herr antwortete nicht. Schließlich nahm Anneke ihren ganzen Mut zusammen, drückte die Klinke nach unten und steckte den Kopf durch den Türspalt.

»Großvater?«, wisperte sie.

In der Kammer war es nahezu dunkel. Nur ein wenig Mondlicht drang durch das Fenster aus Butzenscheiben.

Auf dem Bett konnte Anneke schemenhaft ihren Großvater erkennen. Er rührte sich nicht und schien zu schlafen.

Schon wollte sie die Tür wieder leise hinter sich zuziehen, als ihr bewusst wurde, dass er bei dem Lärm, der noch vor Kurzem aus seiner Kammer gedrungen war, überhaupt nicht schlafen konnte.

Auf Zehenspitzen betrat sie das Schlafzimmer und trat vorsichtig zum Bett.

»Großvater?«, wiederholte sie und schrie plötzlich leise auf. Sie war mit ihren nackten Füßen offensichtlich in eine Scherbe getreten und hatte sich verletzt. Um den Fuß untersuchen zu können, setzte sie sich auf die Bettkante und tastete ihn ab. Es war jedoch zu dunkel, um eine Verletzung zu erkennen.

Dafür hörte sie jetzt etwas.

Ihren Großvater. Er röchelte leise, würgte, rang nach Luft.

Dann war wieder alles ruhig.

»Was ist mit Euch, Großvater? Geht es Euch nicht gut?«

Sie berührte sein Stirn, die glühend heiß war, und griff nach seiner Hand, die schlaff vom Bett herunterhing.

Ich muss die Mutter wecken, dachte Anneke besorgt. Er ist bestimmt krank. Vielleicht sollte man den Medicus rufen.

Elisabeth Claen war sofort wach, als ihre Tochter sie sanft an der Schulter rüttelte.

»Bitte Mutter«, wisperte sie leise, um ihren Vater nicht zu wecken, »schaut nach dem Großvater. Ich fürchte, es geht ihm nicht gut.«

Elisabeth erhob sich ohne Fragen zu stellen und griff nach einem Leuchter, dessen Kerzen sie allerdings erst auf der Galerie entzündete, nachdem sie die Tür des ehelichen Schlafgemachs hinter sich geschlossen hatte. Derzeit lag noch keine Veranlassung vor, Leopold zu wecken, der morgen schließlich wieder einen langen Arbeitstag hatte und seinen Schlaf benötigte.

Gleich darauf betrat sie die Kammer ihres Schwiegervaters.

»Um Christie willen, was ist denn hier geschehen?«

»Großvater muss ein Glas von seinem Nachtkasten gestoßen haben«, entgegnete Anneke. »Durch das Klirren bin ich überhaupt erst aufmerksam geworden.«

»Und wo kommt das Blut her?«

»Das ist von mir, glaube ich«, erklärte Anneke und sah jetzt erst im Licht der Kerzen die roten Flecken, die ihr verletzter Fuß auf dem Teppich hinterlassen hatte. »Ich trage keine Pantoffeln und habe mich mit meinen bloßen Füßen an den Scherben geschnitten.«

»Dann geh und versorge deine Wunde«, befahl Elisabeth. »Ich kümmere mich schon um den alten Herrn.«

Anneke gehorchte und verließ leise die Schlafkammer ihres Großvaters. In ihrer Kammer wusch sie eilig die recht tiefe Schnittwunde aus, verband den Fuß notdürftig und ging dann einen Besen zu holen, um die Scherben aufzufegen. Es tat ja nicht not, dass sich noch andere verletzten.

Als sie zur Kammer ihres Großvaters zurückkehren wollte, begegnete ihr Hinnerk. Allein die Tatsache, dass man den Hausknecht aus dem Bett geholt hatte, ließ sie vermuten, dass er beauftragt war, den Medicus zu holen. Eilig lief er an ihr vorbei.

Am Bett ihres Großvaters fand Anneke ihre Eltern. Offensichtlich hatte ihre Mutter nun doch den Vater geweckt. Also schien es um den alten Herrn ganz und gar nicht gut zu stehen.

»Ich habe Hinnerk gesehen«, sagte Anneke leise. »Soll er …?«

Elisabeth nickte.

»Ja, wir haben ihn geschickt, Doktor de Castro zu holen«, entgegnete sie leise. »Dein Großvater bedarf dringend seiner Hilfe. Er ist nicht mehr bei Sinnen.«

»Woher kommt nur das ganze Blut?«, murmelte ihr Vater verstört. »Ich kann keine Verletzungen entdecken.«

Anneke trat näher und erkannte, dass der alte Herr Blutflecken auf der Stirn und auf seiner linken Hand trug. Erschrocken schlug sie die Hand vor den Mund.

Auch Elisabeth wusste zunächst keine Antwort auf die Frage. Doch dann fiel ihr die Verwundung der Tochter ein.

»Hast du den Großvater berührt, Anneke? Und kann es sein, dass du nicht nur am Fuß, sondern auch an den Händen Blut hattest?«

Das junge Mädchen überlegte kurz und nickte dann.

»Ja, das kann sein. Zumindest weiß ich, dass ich meine Hand auf Großvaters Stirn gelegt habe, um zu prüfen, ob er fiebert.«

Elisabeth nickte.

»Gut. Wenn das Blut von dir ist, können wir es ja wohl

abwaschen und Doktor de Castro die Arbeit damit erleichtern.«

Sie tauchte ein Tuch in die Schüssel, die auf dem Waschtisch ihres Schwiegervaters stand, und wollte sogleich ans Werk gehen, doch ihr Mann hielt sie zurück.

»Lasst es gut sein, Frau. Einstweilen wissen wir ja nicht genau, ob das Blut von Anneke oder Vater ist. Das soll lieber der Medicus feststellen.«

Sofort legte Elisabeth das Tuch aus der Hand.

»Vielleicht hast du recht«, nickte sie.

Dann warteten sie zu dritt auf das Eintreffen des Arztes. Ludwig Claen hauchte jedoch sein Leben aus, bevor Doktor de Castro das Haus betreten konnte.

Eine Todesursache konnte der erfahrene Medicus allerdings nicht feststellen. Er kannte seinen Patienten schon lange und wusste, dass Ludwig Claen zwar ein betagter, aber auch kräftiger, gesunder Mann gewesen war. Und da sein Körper bis auf eine kleine Wunde an der rechten Hand, die wie eine Verbrennung aussah, keine Verletzungen aufwies, musste er die Antwort für den Grund des Dahinscheidens des alten Claen schuldig bleiben.

Erneut wurden nun im Trauerhaus Claen die Spiegel verhängt, die Uhren angehalten, das Wasser ausgegossen und das Feuer gelöscht. Dann begannen Elisabeth und Gertrude, den Leichnam zu waschen und für seine Aufbahrung vorzubereiten.

Bevor der Medicus das Haus wieder verließ, untersuchte er, auf Elisabeths Weisung, den verletzten Fuß Annekes, strich eine Salbe auf die Wunde und legte einen richtigen Verband an.

Das um den Großvater weinende Mädchen ließ alles widerspruchslos mit sich geschehen.

»Ihr solltet den Fuß ein paar Tage schonen und hoch legen, wann immer es Euch möglich ist«, riet de Castro freundlich, strich der Jungfer tröstend über das Haar und fügte hinzu: »Wenn es mir als langjährigem Hausarzt Eurer Familie gestattet ist … Weint nicht um Euren Großvater. Ludwig Claen hat ein stattliches Alter erreicht und ein erfülltes Leben hinter sich. Gewiss erfährt er nun die Belohnung für seine Mühen und ist an einem besseren Ort.«

Anneke nickte schluchzend, verabschiedete den Medicus und legte sich in ihren Alkoven, um den schmerzenden Fuß zu entlasten. Obwohl die Nacht noch lange nicht zu Ende war, wollte sie nicht mehr schlafen. Gewiss wurde sie noch gebraucht, um das Trauerhaus herzurichten.

Ein Geräusch an der Tür ließ sie auffahren.

»Leise, Anneke«, warnte eine flüsternde Stimme. »Ich bin es, Friedrich.«

Kopfschüttelnd sah das Mädchen dem Bruder entgegen, der nun vollends durch die Tür trat und sie lautlos hinter sich schloss.

»Was soll das? Warum schleichst du dich wie ein Dieb herein?«, wollte es erstaunt wissen. Sogar seine Tränen waren versiegt.

Auf Zehenspitzen kam er näher.

»Psst, Anneke. Du musst leiser sprechen«, wispert er kaum hörbar. »Weder die Eltern noch die Dienerschaft dürfen mich hören.«

»Aber warum nicht, Friedrich? Ich verstehe nicht.«

»Weil du ein Dummkopf bist«, gab er barsch zurück. »Hast du den Verdacht vergessen, der auf dir liegt? Er wird sich nun durch diesen weiteren plötzlichen und unerklärbaren Todesfall in unserem Hause erhärten.« Etwas sanfter fügte er hinzu: »Ich fürchte wirklich, dass du ernsthaft in Gefahr bist, kleine Schwester. Unser Vater hat sich für dich verbürgt. Ihm sind die Hände gebunden. Aber ich habe nichts versprochen, und darum bin ich gekommen, dich aus der Stadt und in Sicherheit zu bringen. Jetzt, sofort. Morgen kann es bereits zu spät sein.«

Mit erschrockenen Augen sah Anneke den Bruder an. Über den Tod des Großvaters hatte sie tatsächlich die Anzeige, die am Niedergericht gegen sie vorlag, und den beunruhigenden Besuch des Büttels völlig vergessen. Doch dann versuchte sie energisch, die erneut aufkeimende Angst und die unheimlichen Schatten, die über ihrem jungen Leben hingen, zu verdrängen.

»Nein, Friedrich«, widersprach sie. »Auch ich habe mein Wort gegeben, die Stadt nicht zu verlassen. Mit einer Flucht würde ich mich nicht nur über die Anweisungen der Obrigkeit hinwegsetzen, sondern zugleich eine Schandtat eingestehen, die ich nicht begangen habe. Ich bin unschuldig.«

Kaum hatte sie die Worte ausgesprochen, als ihr unwillkürlich das letzte Gespräch mit Maarten einfiel – war es tatsächlich erst vor wenigen Tagen gewesen? Die meisten der Hexen und Zauberer, die vor Gericht gestellt wurden, sollten in Wahrheit unschuldig sein, hatte er gesagt. Und nur die unmenschliche Qual der Folter sei die Ursache für viele Geständnisse.

Werden sie nun auch mir den Prozess machen?, fragte sich Anneke voller Angst. Und werde auch ich unter der Tortur alles gestehen, was man mir vorwirft? Alle Welt würde sich dann von mir abwenden voller Hass und Ekel. Selbst meine Eltern. Ist es also wirklich klug, zu bleiben?

»Und wie willst du zu dieser Stunde die Stadt verlassen?«,

wollte sie nun, immer noch zweifelnd, von ihrem Bruder wissen. »Die Tore sind doch geschlossen.«

»Ich weiß einen Weg«, gab Friedrich flüsternd zurück. »Über den Alstersee. Wir müssen nur den kleinen Flussdurchlass, der den inneren und den äußeren See miteinander verbindet, durchschwimmen und haben die Stadtgrenze hinter uns.«

Ungläubig sah Anneke den Bruder an.

»Ist der Durchlass nicht gesichert?«

»Doch«, nickte Friedrich. »Mit einem angeketteten schwimmenden Baumstamm. Ein unüberwindliches Hindernis für ein Schiff, für einen Menschen jedoch kein Problem. Keine Angst, niemand wird uns aufhalten. Aber nun komm, eile dich. Bis zum Morgengauen muss ich zurück sein, damit niemand Verdacht schöpft.«

Unentschlossen sah Anneke den Bruder an.

*

Nachdenklich saß Präses Naumann am nächsten Morgen über der Akte zu dem Fall Anneke Claen. Wieder und wieder hatte er die zusammengetragenen Schriftstücke studiert, konnte sich dennoch keinen Reim darauf machen. Er kannte die Großnichte des Bürgermeisters persönlich. Sicher, sie war schön, doch stets ruhig, zurückhaltend und sittsam. Ganz so, wie man sich eine Tochter aus gutem Hause aber beileibe keine Teufelsbuhlin vorstellte.

Gegen sie sprach allerdings das eigenartige Amulett, das weiß Gott zum Fürchten aussah, und die unerklärlichen Todesfälle von Peter Stolten, der Hilfsmagd Hanna und – wie heute Morgen bekannt wurde – von Ludwig Claen. Eine Todesursache war bei allen dreien nicht feststellbar gewesen. Doch es gab noch etwas, das ihre Leichname gemein hatten:

eine kleine Brandwunde an der rechten Hand, die die Form eines Balkens aufwies. Schon allein dieses gemeinsamen Males wegen fiel es schwer, an einen natürlichen Tod zu glauben.

»Herr Rat?«

Naumann fuhr auf, als die Tür zu seiner Amtsstube plötzlich aufgerissen wurde und Actuarius Holler auf der Schwelle stand.

»Könnt Ihr nicht anklopfen?«, murrte der Präses.

Der junge Jurist war jedoch viel zu aufgeregt, um sich zu entschuldigen.

»Denkt Euch«, sprudelte er hervor. »Die Frau des Büttels Georg Wetter hat uns gerade aufgesucht, um zu vermelden, dass ihr Mann heute Morgen in aller Frühe verstorben ist. Die Todesursache ist unbekannt. Allerdings wies sein Leichnam wie die anderen drei Toten ein Feuermal an der rechten Hand auf. Wenn Ihr mich fragt, ist es jetzt wirklich allerhöchste Zeit, die gefährliche Hexe dingfest zu machen.«

Naumann winkte ab.

»Gemach, gemach, Herr Actuarius. Ich weiß, Ihr benötigt dringend eine Zauberin, um Euren Traum vom Hamburger Hexenkommissariat weiter verfolgen zu können. Wir sind hier jedoch gar nicht so erpicht darauf, eine solche Abteilung einzurichten. Und wisst Ihr auch, warum?«

»Ich ahne nicht einmal, wovon Ihr sprecht«, wehrte Holler ab. »Aber eines weiß ich genau: Wenn Ihr noch länger zögert, die Hexe unschädlich zu machen, wird sie weitere Menschenleben auslöschen. Könnt Ihr das verantworten?«

Ärgerlich erhob sich Naumann von seinem Pult.

»An allen Orten, in denen Hexenkommissariate eingerichtet wurden, wimmelte es bald darauf von Zauberern und Teufelsbuhlinnen. Dieses Los würde ich Hamburg bei Gott gern ersparen.«

Verblüfft sah Holler seinen Vorgesetzten an.

»Aber das beweist doch nur, wie dringend notwendig derartige Kommissariate sind.«

»Oder es beweist im Gegenteil, wie überflüssig sie sind«, brummte Naumann und ging zur Tür. »Und nun haltet mich nicht länger auf. Ich muss dringend zum Bürgermeister, um ihm zum Verlust seines Bruders zu kondolieren.«

Kopfschüttelnd sah Holler dem Ratsherrn nach. Erkannte er die Gefahr denn nicht? War ihm nicht bewusst, dass die Teufelsbrut, wenn man nicht mit aller Härte gegen sie vorging, immer mächtiger werden würde?

Unzufrieden ging Holler zurück an seinen Arbeitsplatz, um das Protokoll über den Tod des Büttels zu schreiben. Und natürlich würde er es der Akte Anneke Claens beifügen. Wenigstens das lag in seiner Hand.

Der Actuarius hatte sich gerade wieder an sein Pult gestellt, als ein Mann eintrat.

»Gott zum Gruße«, sagte der Besucher und nahm höflich seinen Hut ab, um ihn dann verlegen in den Händen zu drehen.

Fragend sah Holler den Mann an.

»Was ist Euer Begehr?«

»Mein Name ist Robert Kessler. Ich bin Schreinermeister in Hamburg. Und ich muss Anzeige gegen mein Eheweib Marie erstatten, da ich fürchte, dass sie ein Zauberin ist …«

*

Wenige Tage später, als Doktor Matthäus Meyfart sich auf den Weg zur Gelehrtenschule machen wollte, stellte sich ihm ein Büttel in den Weg.

»Ich habe Euch die Meldung zu überbringen, Herr Doktor, dass gerade eine der Hexerei angeklagte Frauensperson in die Fronerey gebracht wurde.«

Meyfart seufzte gequält auf.

»Der Wahnsinn geht also weiter, ja? Auch hier in Hamburg?« Er erwartete keine Antwort, wollte stattdessen aber wissen:

»Und warum werde ich davon unterrichtet?«

Der Mann zuckte mit den Schulter.

»Ich weiß es nicht. Aber die Frau behauptete, Euch zu kennen, und verlangte dringend nach Euch.«

Erstaunt sah der Theologe auf.

»Und diese Meldung sollt Ihr mir überbringen? Das ist immerhin neu. Bisher hat man sich doch auch nicht um die Wünsche der angeblichen Hexen geschert. Wer hat Euch den Befehl erteilt, die Nachricht zu übermitteln?«

Der Büttel wand sich eine Weile, rückt dann aber endlich mit der Wahrheit heraus.

»Genaugenommen eigentlich niemand, Herr Doktor. Aber die Frau weinte so herzzerreißend, dass sie mich einfach gedauert hat. Vielleicht bereut sie ja ihre schrecklichen Taten aufrichtig und benötigt nun einfach den Beistand eines Kirchenmannes.«

Unwillkürlich musste Meyfart lächeln.

»Ihr seid ein guter Mensch. Ich werde gleich nach ihr sehen, wenn ich den Unterricht abgehalten habe.«

Der Mann nickte.

»Die Frau heißt übrigens Marie Kessler«, erklärte er und wandte sich ab, um sich wieder seinem Dienst zu widmen. Doch der Theologe hielt ihn zurück.

»Was habt Ihr gesagt? Wie lautet der Name?«

»Marie Kessler, Herr Doktor«, wiederholte der Büttel, ohne zögern. »Kennt Ihr sie am Ende gar wirklich?«

Meyfart nickte abwesend. Er konnte es kaum glauben. Hatte dieser unselige Ehemann also tatsächlich Anzeige erstattet? Ich habe nicht damit gerechnet, dass dieser Schreinermeister seine Drohung wirklich wahr macht, dachte er niedergeschlagen. Oh Gott, wie schlecht musste ein Mensch sein, wenn er die Mutter seines Kindes des Geldes wegen derart böse verleumdete.

»Bringt mich sofort zu der armen Frau«, forderte er.

Der Büttel nickte und wies ihm den Weg.

Marie Kessler befand sich nicht in ihrer Zelle, sondern wurde bereits verhört.

Natürlich, dachte Meyfart. Da es in ihrer Familie bereits eine verurteilte und hingerichtete Hexe gibt, hält man auch sie für schuldig und hat es eilig, sich ihrer zu entledigen.

Schnell eilte er, geführt von dem Büttel, weiter und kam gerade noch zurecht, um der Vernehmung des Schreinermeisters beizuwohnen.

Mit erhobenem Haupt stand der bösartige Verleumder vor dem Tribunal. An der Hand hielt er ein Kind, ein etwa vierjähriges Mädchen.

Actuarius Holler führte das Verhör. Der Himmel mochte wissen, wie er Präses Hempel, der den Vorsitz führte und in seinem schwarzen Habit mit weißer Halskrause sehr respektabel aussah, diese Aufgabe abgeschmeichelt hatte.

Streng musterte Holler den Schreinermeister.

»Was wisst Ihr über die Hexentaten der Marie Kessler?«

»Nicht sonderlich viel, Herr Doktor«, antwortete der Mann. »Damals, als ich sie zur Frau nahm, habe ich sie sehr lieb gehabt, obwohl sie mir kein Heiratsgut in die Ehe brachte und ich manch andere Begüterte hätte haben können. Meine Eltern sagten damals schon, das Mädchen müsse mich behext haben. So groß kann keine Liebe sein, hielten sie mir vor. Das wäre unnatürlich. Ich wollte nicht hören, aber jetzt bin ich überzeugt davon, dass meine Eltern recht hatten, zumal meine Liebe sehr schnell geschwunden ist. Sie kann daher gar nicht natürlichen Ursprungs gewesen sein.«

»Ihr werft der Frau also vor, Euch durch Hexerei zur Heirat genötigt zu haben. Ist das richtig, Meister Kessler?«, vergewisserte sich Holler.

Der Mann nickte.

»Aber es ist längst nicht alles, Herr Doktor. Zunächst habe ich nichts Fremdartiges an ihr wahrgenommen, außer, dass ich zuweilen Kopfweh und Bangigkeit verspürte und Schmerzen und Angst gleich verschwanden, wenn sie ihre Hand auf meine Stirn legte. Auch besondere Suppen gegen das Magenweh vermochte sie zu kochen, und ich vermute, dass sie ein Zaubermittel hineingegeben hat, um mich auch weiterhin an sich zu fesseln.«

»Gibt es noch weitere Beweise für die Schuld dieser Frau?«, wollte Holler wissen, während der Protokollschreiber eifrig jedes Wort mitschrieb.

»Ja gewiss, Herr Doktor. Erst kürzlich bin ich des Nachts nach Hause gekommen und habe die Marie nicht in ihrem Bett vorgefunden. Ich wartete auf sie und schaute dabei aus dem Fenster in den Garten hinunter. Da saß eine große schwarze Katze, die mich falsch aus grünen Augen anglotzte. Ich bin mir sicher, dass es meine Frau war. Es kann gar nicht anders sein, denn am nächsten Morgen war die Marie wieder da, die große schwarze Katze aber verschwunden. Ein anderes Mal ist das Kind krank geworden und hat eine hässliche, übelriechende Substanz ausgespien. Der Arzt konnte jedoch nichts feststellen, und ich bin überzeugt davon, dass meine Frau das Mädchen angeblasen hat, um mich zu kränken.«

»Nun, dazu können wir das Kind sofort befragen«, stellte Holler fest. »Es ist ja anwesend. Also, Kleine. Stimmt es, was dein Vater sagt? Hat deine Mutter dich angeblasen?«

Verängstigt sah das Mädchen auf den Boden.

»Sie pustete immer, wenn ich mir wehgetan habe«, antwortete es leise.

Doktor Meyfart schüttelte verärgert den Kopf. Dieses ganze Verhör war eine Farce, die Beschuldigungen unhaltbar. Mitleidig sah er zu der Frau hinüber, die ihre sanften Augen bittend auf ihren Mann geheftet hatte. Dann zog er den Actuarius beiseite.

»Ich kenne die Frau, Doktor Holler. Sie ist unbescholten, fromm und gut und hat nichts mit dem Teufel zu schaffen. Ich bürge für sie. Die Aussage ihres Mannes könnt Ihr nicht gelten lassen. Das sind doch keine Beweise, sondern lediglich törichte und unbegründete Anschuldigungen.«

Doch der Actuarius schüttelte nur ungeduldig den Kopf.

»Woher wollt Ihr das wissen, Meyfart? Schließlich war ihre Schwester auch eine Hexe. Der Schreinermeister hingegen ist ein ordentlicher, gutbeleumdeter Mann. Außerdem wird sicher niemand etwas wider seine eigene Frau aussagen, wenn er es nicht Gott und der Wahrheit zuliebe tun muss. Gerade weil es der Ehemann ist, der gegen sie zeugt, ist es so glaubwürdig, dass es keiner anderen Zeugen mehr bedarf.«

»Großer Gott!«, rief Meyfart aus. »Es ist doch allgemein bekannt, wie oft Eheleute einander feind werden. Ich weiß zufällig, dass Meister Kessler seine Frau loswerden will, weil ihm eine bessere Partie winkt. Abgesehen davon«, fuhr er eindringlich und jedes sich bietende Argument nutzend fort, »ist die Frau arm. Wozu will sich das Gericht die Kosten aufbürden, sie zu beherbergen, zu beköstigen und endlich zu verbrennen?«

Holler lächelte spöttisch. »Macht Euch keine Gedanken um unsere Stadtkasse, Meyfart. Und im Übrigen – was geht Euch die Sache überhaupt an? Das ist eine Angelegenheit der hamburgischen Gerichtsbarkeit, und Ihr seid nur Gast hier. Haltet Euch also bitte zurück oder verlasst das Verhör.«

Mit diesen Worten wandte sich der Actuarius wieder seinem Zeugen zu.

»Sagt uns, Meister Kessler, was könnt Ihr uns über den Zusammenhang zwischen den Zauberkünsten Eurer Ehefrau und dem Unwetter vor wenigen Tagen sagen, das einen Großteil der diesjährigen Ernte vernichtet hat?«

Überrascht sah Präses Hempel auf. Mit dieser Frage hatte er nicht gerechnet. Dann nickte er jedoch zufrieden. Sein Actuarius machte sich wirklich außergewöhnlich gut bei diesem Verhör. Und dass er nun auch noch den angezeigten Wetterzauber, für den es bisher keine Schuldige gab, in den Fall einbezog, war bei Gott ein geschickter Schachzug.

Auch Kessler war für einen Augenblick ob der Frage überrascht, fasste sich jedoch schnell und zeigte sich sofort bereit, das ihm zugespielte Argument zu seinem Vorteil zu nutzen.

»Bisher war ich mir nicht sicher, Herr Doktor. Aber nun, da Ihr es ansprecht … Tatsächlich war meine Frau nicht daheim, als das Unwetter tobte. Sie kam erst nach Hause, als alles vorbei war. Schon da habe ich mich gewundert, dass sie nicht durchnässt war, was sie von dem starken Regen eigentlich hätte sein müssen. Ihre Schuhe allerdings waren stark verschmutzt, so, als wäre sie über ein Feld gelaufen und …«

»Aber du wusstest doch, dass ich die zum Bleichen ausgelegte Wäsche in der Neustadt eingesammelt habe«, begehrte seine Frau auf und rang verzweifelt die Hände. »Als mich das Unwetter überraschte, war ich auf dem Heuberg und konnte mich in einer Scheune unterstellen. So wurden weder ich noch die Bleichwäsche nass. Und die Schuhe habe ich mir auf dem Heimweg beschmutzt. Die Wege in der Neustadt sind nicht gepflastert und waren nach dem Unwetter …« Sie brach in Tränen aus und konnte nicht weitersprechen. Die Angst schnürte ihr förmlich die Kehle zu.

»Ihr wart zur Zeit des Unwetters also auf dem Heuberg?«, vergewisserte sich der Actuarius.

Die Beschuldigte nickte unter leisem Schluchzen.

»Das ist äußerst interessant, Gevatterin. Ich habe nämlich erst kürzlich, als die Anzeige wegen Wetterzaubers im Niedergericht einging, auf einer Karte Hamburgs und seines Umlandes angestrichen, wo die größten Verwüstungen des Unwetters stattgefunden haben. Dabei habe ich festgestellt, dass der Hagelschlag, der plötzlich und ohne Vorzeichen herniederging, nur in einem kleinen, scharf umgrenzten Raum die Ernte vernichtete. Und als Zentrum dieses Raumes ist exakt der Heuberg anzusehen.«

Zum Beweis seiner Worte legte er Präses Hempel nun eine Karte mit seinen Einzeichnungen vor und fuhr fort:

»Damit dürfte der Beweis Eurer Schuld wohl ausreichend erbracht sein. Wollt Ihr Euer Gewissen nicht erleichtern und Eure Untaten gestehen, Marie Kessler? Es wäre wahrlich besser für Euch.«

»Dem kann ich nur zustimmen«, ließ sich nun auch Präses Hempel nach dem Studium der grob gezeichneten Karte vernehmen. Im Stillen beglückwünschte er sich selbst zu der Entscheidung, die Führung des Verhörs in die Hände Hollers gelegt zu haben. Was für ein engagierter junger Mann. Bei Gott, sollte es eines Tages wirklich erforderlich sein, in Hamburg eine Hexenkommission einzurichten, wie der Actuarius bereits mehrfach angeregt hatte, wäre er ohne Zweifel der geeignete Mann, das Amt zu leiten.

Alle Blicke richteten sich nun auf die Angeklagte. Doch die Frau schüttelte unter Tränen den Kopf.

»Ich habe nichts zu gestehen und mich keines der Verbrechen schuldig gemacht, die mir vorgeworfen werden. Gott ist mein Zeuge.«

Auf einen Wink Hempels trat nun der Gehilfe des Scharfrichters zu der Delinquentin, ein großer, grobschlächtiger Hüne. Seine Arbeit schien ihm offensichtlich Freude zu bereiten, denn während er nun die Frau entkleidete, summte er eine heitere Melodie vor sich hin. Seine kleinen Augen blitzen lüstern, als die Angeklagte entblößt vor ihm stand und er ihren Körper sorgfältig nach einem verräterischen Hexenmal absuchte.

»Mit der haben wir einen guten Fang gemacht, Herr Rat«, erklärte er schließlich vergnügt und wies auf einen kleinen Leberfleck auf dem rechten Schulterblatt. »Wenn ihr Ehemann sich besser auf die Zeichen verstanden hätte, wäre er gewiss schon viel früher misstrauisch geworden.«

Dann holte er eines seiner Folterwerkzeuge hervor und fuchtelte damit der Frau vor dem Gesicht herum.

»Weißt du, was das ist?«

Unwillkürlich wich Marie zurück.

»Das ist ein Bratspieß«, lautete schließlich ihre leise Antwort.

Der Hüne lacht laut und böse.

»Ein Bratspieß? Ja, da hast du wohl recht. Und wir werden einen hübschen weißen Braten daran rösten!«

Noch immer lachend warf er das Instrument beiseite und sah zu dem Actuarius hinüber.

»Ich frage Euch noch einmal eindringlich, Marie Kessler. Habt Ihr Euch der hier aufgezählten Verbrechen schuldig gemacht? Habt Ihr Euren Gemahl und Eure Tochter wiederholt verhext und einen Wetterzauber zu verantworten, der einen gewaltigen Schaden verursacht hat?«

Tapfer schüttelte Marie den Kopf und bemühte sich um eine feste Stimme, als sie sagte: »Ich bin unschuldig.«

Auf einen Wink Hempels griff der Scharfrichtergehilfe nun nach den Daumenschrauben und legte sie der Delinquentin an. Immer tiefer schnitten die eisernen Zähne in Maries Fleisch, bis sie laut aufschrie.

Auch das kleine Mädchen begann nun zu weinen und streckte seine Arme flehend nach der Mutter aus. Das hübsche Gesicht des Schreinermeisters wurde indes fahl.

»Können wir jetzt gehen?«, fragte er mit unsicherer Stimme. »Ich kann kein Blut sehen. Wenn sich nur einer in den Finger schneidet, wird mir bereits übel.«

Holler nickte.

»Ja geht nur, Meister Kessler. Ihr habt Eure Pflicht getan und Eure Aussage gemacht. Wir brauchen Euch nicht mehr.«

Erleichtert nahm der Mann sein Kind an die Hand und verließ eilends und ohne sich noch einmal umzudrehen die Marterkammer. Das Kind schluchzte verzweifelt. Doch als es sich losreißen und zur Mutter zurück laufen wollte, hob sein Vater es einfach auf den Arm und machte sich davon. Die Schreie der Kleinen waren noch durch die geschlossene Tür deutlich zu vernehmen.

Auch Marie liefen die Tränen über die Wangen. Würde sie ihre Tochter jemals wiedersehen? Hilfesuchend blickte sie zu Meyfart hinüber.

Obwohl der Theologe wusste, dass es unmöglich sein würde, den ehrgeizigen und auf seine Beförderung bedachten Actuarius von seinem Tun abzubringen, versuchte er noch einmal zu argumentieren.

»Herr Doktor Holler«, rief er aus. »Haltet ein!«

Finster blickte ihn der Beamte an.

»Ihr solltet gleichfalls gehen, Meyfart«, entgegnete er. »Dies ist kein öffentlicher Ort, wo alle Welt zusammenlaufen darf. Kommt meinethalben wieder, wenn die Angeklagte ihr Gewissen erleichtern möchte und einen Beichtvater erbittet. Wir werden Euch dann rufen lassen.«

Doch der Theologe ließ sich nicht einfach fortschicken.

»Ihr seid doch ein kluger, verständiger Mann«, versuchte er nun, Präses Hempel zu beschwören. »Ihr müsst gleich mir sehen, zu welch aberwitzigem Wahnsinn dieses Verhör verkommen ist. Ladet nicht noch mehr Schuld auf Euer Gewissen. Wie wollt Ihr Euch jemals rechtfertigen, wenn Ihr einmal vor Euren Schöpfer treten müsst?«

Ungerührt sah der Ratsherr den Sprecher an.

»Ich weiß nicht, was Ihr wollt. Doktor Holler macht seine Sache doch ganz ausgezeichnet und mit aller erforderlichen Umsicht.«

»Das sehe ich anders«, widersprach Meyfart energisch. »Und glaubt mir, ich weiß, wovon ich spreche. Schließlich habe ich bereits an vielen Prozessen teilgenommen und kann bei Gott beschwören, dass nicht eine der Delinquentinnen der Zauberei und des Umgangs mit dem Teufel schuldig gewesen ist.«

Verblüfft schüttelte der Ratsherr den Kopf.

»Wollt Ihr damit sagen, Meyfart, dass sämtliche Hexen unschuldig sind, und es sich bei Zauberei und Teufelspakt nur um erdichtete Verbrechen handelt?«

Der Theologe senkte erschöpft den Kopf.

»Das kann und will ich nicht entscheiden«, entgegnete er müde. »Aber wenn ich mich nur daran halte, was ich selbst mit eigenen Augen gesehen habe, dann muss ich unweigerlich zu dem Schluss kommen, dass diese Art der Prozessführung mit Justiz nichts mehr gemein hat. Das ist ärger als Raub und Mord und gottloser, als der Teufel selbst es sein könnte.«

Kapitel 7

»Wie Hexenprozesse Hexen machen.«
(Zitat nach Matthäus Meyfart)

Man schrieb den letzten Augusttag des Jahres 1622. Der Morgen war klar und der Himmel blau, mit langen, wie von einem Maler gezogenen Wolkenstreifen. Die Dächer und Giebel Hamburgs glänzten in der Morgensonne, und die noch reine Luft war erfüllt von den Düften des Hochsommers und dem Jubilieren der Vögel in den alten Buchen am Hopfenmarkt.

Auch das Innere der Kirche St. Nikolai wurde von Sonnenstrahlen durchflutet, die durch die schmalen Fenster brachen. Hier ging gerade die Morgenandacht zu Ende, und die Gläubigen verließen das Gotteshaus, um sich an ihr Tagwerk zu begeben.

Nur ein junges Mädchen blieb zurück. Schlicht gekleidet, mit einem sittsamen Häubchen auf den dunklen Haaren, die ihm, zu einem festen Zopf geflochten, über den Rücken fielen, kniete es in einer Bank. Die Hände noch immer im inbrünstigen Gebet gefaltet.

»Kommst du, Anneke?«

Friedrich Claen legte der Schwester die Hand auf die Schulter. »Ich muss heim. Der Vater wird gewiss schon warten.«

Das Mädchen war so sehr in sein Gebet vertieft, dass es bei der Berührung zusammenzuckte. Es wollte noch nicht gehen, wollte noch nicht verzichten auf die Geborgenheit, den Schutz und den Trost, den das Gotteshaus ihm spendete. Als der Bruder jedoch ein zweites Mal drängte, erhob es sich zögernd.

Die Geschwister verließen die Kirche, überquerten den Marktplatz und gingen schweigend nebeneinander her.

Hoch oben, über den glänzend grauen verwinkelten Dächern Hamburgs kreiste ein roter Milan. Sehnsüchtig sah Anneke ihm nach. Ach, gar zu gern hätte sie mit dem freien majestätischen Vogel getauscht. War die Entscheidung, hierzubleiben, wirklich richtig, oder hätte sie Friedrichs Vorschlag, die Stadt zu verlassen und sich in Sicherheit zu bringen, doch lieber beherzigen sollen? Ihr Gesicht war ernst und besorgt, und auch ihr Bruder wirkte angespannt. Ebenso wie Anneke konnte er kaum an etwas anderes denken als an die drohende Gefahr.

»Hätten sie Beweise gegen dich, wären die Stadtknechte gewiss gekommen, dich gefangen zu setzen«, platzte er heraus.

Das Mädchen nickte.

»Ja genau. So denke ich auch. Und sie können keine Beweise haben, weil ich unschuldig bin. Also war es gewiss richtig zu bleiben.«

Zögernd stimmt der Bruder zu.

»Vielleicht hast du recht. Auf der anderen Seite – du bist nicht sicher hier. Ich spüre es ganz deutlich.«

Anneke seufzte.

»Du stellst es dir so einfach vor, Friedrich. Was wäre denn, wenn ich deinem Plan zustimmen würde? Wohin sollte ich gehen?«

Er zuckte mit den Schultern.

»Erst mal nur ins Hamburger Umland, habe ich gedacht. Nach Eppendorf zum Beispiel, wo ich Freunde habe. Oder einfach nur nach Altona. Dort könntest du abwarten, wie sich die Sache weiter entwickelt.«

»Und wovon sollte ich dort leben?«

»Ich habe Ersparnisse«, gab Friedrich zurück. »Und wenn die aufgebraucht sind, finde ich einen Weg, dich zu versorgen. Darüber mach dir keine Gedanken, Schwester.«

Anneke lächelte bitter.

»Du hast dir alles gut überlegt, nicht wahr?«

Friedrich nickte entschieden.

»Ja, das habe ich wohl.«

»Und hast du auch darüber nachgedacht, was mit dir und den Eltern geschieht, wenn ich fliehe und damit meine Schuld eingestehe? Wie wollt ihr mit der Schande leben?«

Unglücklich sah Friedrich seine Schwester an. Wahrhaftig, der Gedanke war ihm noch nicht in den Sinn gekommen. Und was noch schlimmer war: Er konnte ihren Einwand nicht entkräften. Wenn Anneke gegen das Verbot der Obrigkeit handelte und die Stadt verließ, würden die Eltern und er für diesen Frevel büßen müssen. Mit Misstrauen würde man ihnen begegnen und sie vielleicht sogar selbst vor das Tribunal schleppen.

»Du hast recht«, gab er niedergeschlagen zu. »Entweder gehen wir alle oder keiner. Eine andere Möglichkeit gibt es nicht.«

Anneke nickte und warf einen kurzen Blick zu ihrem Bruder hinüber. Seine Besorgnis tat ihr gut. Zumal sie einander nie sehr nahe gestanden hatten. Natürlich liebten sie sich, schließlich waren sie Geschwister, aber das innigere Verhältnis hatte sie immer zu Philipp gehabt. Schon deswegen, weil sie sich im Alter näher standen. Von Friedrich, der in seiner Freizeit kaum zu Hause anzutreffen war, kannte sie weder Wünsche, Ziele noch Träume. Aber das würde sich ja vielleicht ändern, nun, da man in der Not näher zusammenrückte.

*

Das schreckliche Unwetter, das die Felder rund um Hamburg zerstört hatte, beschäftigte auch Bürgermeister Joachim Claen. Einen derartigen Hagelschlag hatte es seit Menschengedenken nicht gegeben, und es schien ihm eindeutig, dass die Katastrophe nicht von ungefähr über Hamburg hereingebrochen war. Konnte es sein, dass die Hexen und Zauberer in seiner Stadt an Bedeutung und Kraft gewonnen hatten? Dafür sprachen letztlich auch die vier ungeklärten Todesfälle und die drei am Niedergericht eingegangenen Anzeigen wegen Hexerei.

Eines stand für Joachim Claen fest: Wenn man jetzt nicht tätig wurde, würden die Unholde ihm und seinen Stadtrat bald endgültig das Zepter aus der Hand nehmen. So wie es bereits in anderen Teilen des Heiligen Römischen Reiches geschah – in Bamberg und Würzburg zum Beispiel, wo schon alles vom Teufel verseucht war und wo sogar schon Kinder in die Flammen geworfen werden mussten.

Als Mensch seiner Zeit glaubte Bürgermeister Claen sehr wohl an die Existenz von Hexen und Zauberern. Doch er war auch ein gerechter Mann, der keine Fehler machen und niemanden zu Unrecht beschuldigen wollte – keinen einzigen Bürger Hamburgs und erst recht kein Mitglied seiner eigenen Familie.

Allerdings war es nicht zu leugnen, dass Hamburg in Sachen Hexenverfolgung keine große Erfahrung vorweisen konnte. Und das war auch der Grund, der Joachim Claen beschließen ließ, sich Unterstützung zu suchen.

Der in der Stadt weilende Doktor Matthäus Meyfart, der diesbezügliche Kenntnisse vorweisen konnte, schien ihm als kritischer Ratgeber durchaus geeignet. Immerhin war es ihm gelungen, Präses Hempel dazu zu bewegen, das hochnotpeinliche Verhör der Angeklagten Kessler zunächst abzubrechen. Natürlich war Meyfart mit seinem Ausspruch: »Das ist ärger als Raub und Mord und gottloser, als der Teufel selbst es sein könnte«, zu weit gegangen, aber der ehrgeizige Actuarius hatte dem Erzählen nach das Verhör wohl auch sehr streng geführt. Sicher wäre es für die Wahrheitsfindung dienlich, den Theologen als Gegengewicht einzusetzen. Zumindest konnte man ihm, dem Bürgermeister der Stadt, dann nicht vorwerfen, dass er nicht alles für eine gerechte Prozessführung getan hatte. Und daher zögerte er nun auch nicht länger, nach Doktor Meyfart schicken zu lassen.

Als der Theologe erschien und sogleich in das prächtige Amtszimmer des Bürgermeisters geführt wurde, sichtete Claen gerade gemeinsam mit einem Justitiar einen Stapel Dokumente, strich eine Stelle, fügte an einer anderen einige Worte hinzu und nickte schließlich.

»So ist es recht.«

Hastig nahm der Justitiar die Papiere wieder an sich.

»Sehr wohl, Herr Bürgermeister«, murmelte er unterwürfig und verließ eilig und unter höflichen Verneigungen die Kanzlei.

»Und nun zu Euch, Doktor Meyfart.«

Joachim Claen musterte den hochgewachsenen Mann mit den dunklen an den Schläfen bereits ergrauten Haaren nachdenklich. Meyfart erwiderte den Blick ruhig und höflich. Dennoch meinte sein Gegenüber, in den schwarzen Augen des Theologen nicht nur Ehrerbietung, sondern auch Sorge und Misstrauen zu erkennen.

War es wirklich ratsam, diesen Mann in städtische Dienste zu nehmen?, fragte sich Claen unwillkürlich. Doch dann wischte er seine Zweifel entschlossen beiseite. Ach was, ich habe keine Wahl. Wenn ich den Kampf gegen das Zaubervolk aufnehmen will, benötige ich Rat und Hilfe. Schon der armen Anneke zuliebe. Sonst landet das Mädchen am Ende tatsächlich noch auf dem Scheiterhaufen.

»Ihr wart doch bereits als Beisitzer in Hexenprozessen tätig, nicht wahr, Doktor?«

Der Theologe nickte zögernd.

»Das ist richtig, Herr Bürgermeister.«

»Ihr habt also Erfahrung auf diesem Gebiet, schön, schön«, stellt Claen zufrieden fest. »Das trifft sich ausgezeichnet, da ich gerade dringend einen erfahrenen Beisitzer benötige. Wärt Ihr bereit, uns Eure Kenntnisse zur Verfügung zu stellen?«

Matthäus Meyfart war blass geworden und schüttelt entschieden den Kopf.

»Ich fürchte, dass ich Eurer Bitte nicht Folge leisten kann. Gerade weil ich mit den Hexenprozessen nichts mehr zu tun haben wollte, nahm ich eine Professur an einem Gymnasium an und bin auch nur in dieser Funktion, als Gast der Gelehrtenschule des Johanneums, in Hamburg.«

»Jaja, ich weiß«, gab Claen zu. »Doch wir sind in einer wirklichen Verlegenheit. Wie Ihr vielleicht wisst, befinden wir uns in zumindest einem Hexenprozess, und ich möchte unbedingt vermeiden, dass am Niedergericht Fehler gemacht werden. Bisher haben uns Hexen, Zauberer und ihre Gehilfen in Hamburg weitgehen in Ruhe gelassen, doch nun scheinen sie sich auf dem Vormarsch zu befinden, und wir müssen uns zur Wehr setzen. Allerdings ist unsere Erfahrung auf dem Gebiet begrenzt. Das soll heißen: Wir müssen die Brut mit Stumpf und Stiel ausrotten, aber auf keinen Fall darf ein Unschuldiger zu Schaden kommen. Versteht Ihr?«

»Ich denke schon«, gab Meyfart zurück. »Und wenn das Euer Wille ist, ist es auch gar nicht schwer, einen gerechten Prozess zu führen. Schafft einfach nur die Marter ab.«

Verblüfft sah Claen ihn an.

»Die Folter abschaffen? Wie denkt Ihr Euch das? Keine Hexe wäre mehr bereit, ihre Missetaten einzugestehen.«

»Das ist möglich«, stimmte Meyfart ihm zu. »Aber im hochnotpeinlichen Verhör gesteht auch der Unschuldigste alles, was man von ihm hören will. Dieses Verfahren ist bei Gott kein wirksames Mittel, die Wahrheit zu finden.«

»Ihr meint, jemand würde gestehen, einen Pakt mit dem Teufel eingegangen zu sein, auch wenn es nicht wahr ist?« Ungläubig sah Claen seinen Besucher an.

»Aber gewiss«, entgegnete der Theologe. »Damit die unerträglichen Qualen der Marter ein Ende finden.«

»Aber wir brauchen zwei Geständnisse«, gab Claen zu bedenken. »Und eines davon muss ohne Hilfe der Marter abgegeben werden. Dann können die Delinquenten das erzwungene Geständnis doch widerrufen.«

»Das ist richtig«, gab Meyfart zu. »Danach werden sie jedoch dem nächsten hochnotpeinlichen Verhör unterzogen. So oder so sind sie des Todes.«

»Aber doch nicht, wenn sie ohne Schuld sind«, widersprach Claen entrüstet. »Dann hilft ihnen Gott, die Tortur zu überstehen.«

Der Theologe zuckte mit den Schultern. Er kannte die Argumente. Es waren immer die gleichen.

»Ich glaube, damit bürdet man unserem Herrn eine große Last auf. Er kann schließlich nicht überall zugegen sein, um zu helfen, wenn die Menschen fehlen.«

Nun war der Bürgermeister aufrichtig entrüstet.

»Aber Gott ist allgegenwärtig«, widersprach er vehement. »Niemals würde er es zulassen, dass wahrhaft Gläubige Schaden erleiden.«

»Weil nicht sein kann, was nicht sein darf«, murmelte Meyfart müde. Er war es so leid, ständig die gleichen Diskussionen zu führen.

Das eben noch so finstere Gesicht Claens erhellte sich plötzlich.

»Ich habe eine andere Idee. Wenn Ihr also nicht als Beisitzer fungieren wollt, dann seid der Rechtsbeistand der Angeklagten, zumindest solange, wie Ihr noch in Hamburg weilt.«

»Ihr wollt den Delinquenten einen Advokaten zur Seite stellen? Das wäre immerhin eine Verbesserung. Aber ich bin kein Jurist.«

Der Bürgermeister winkte ab.

»Ihr seid Doktor der Theologie, kennt Euch mit Hexenprozessen aus und habt Eure Überzeugungen. Wer wäre wohl besser geeignet als Ihr, den Angeklagten zur Seite zu stehen?«

Für einen Augenblick blieb Meyfart stumm. Er fühlte sich schwindlig und flehte im Stillen: Bitte Herr. Ich kann sie nicht noch einmal ertragen, diese Not und diese Pein der armen Menschen. Lass diesen Kelch an mir vorüber gehen. Doch er wusste bereits, dass er keine Wahl hatte, dass er das Angebot des Bürgermeisters annehmen musste, wollte er den armen geschundenen Seelen zumindest versuchen zu helfen.

»Einverstanden«, sagte er nun und erhob sich, überzeugt davon, dass ihm sein Glaube auch diesmal die Kraft geben würde, die schwere Aufgabe zu meistern. »Doch wenn man mich nach Coburg zurückruft …«

»Gewiss, gewiss«, nickte der Bürgermeister. »Dann werden wir Euch ohne Murren gehen lassen.«

*

Die Bestattung Ludwig Claens wurde außerordentlich prunkvoll abgehalten. Allein die Gegenwart des Bürgermeisters und der gesamten Ratsherrenriege gaben der Beisetzung einen besonderen Rahmen. Doch auch die Hanseaten Hamburgs, Lübecks und Bremens waren in großer Zahl erschienen und gaben dem traurigen Ereignis ein besonderes Gepränge.

Die Trauerrede hielt Magister Hartkopf, der Hauptpastor von St. Nikolai, der den teuren Verstorbenen als Perle Hamburgs bezeichnete und den großen Verlust unterstrich, den die Stadt durch sein Dahinscheiden erlitten hatte.

Der Leichenschmaus wurde im Kaiserhof gehalten, da der große Andrang an Trauergästen sogar die Möglichkeiten der stattlichen Diele des Claen'schen Anwesens in der Deichstraße überstieg.

Anneke hatte Angst gehabt vor diesem Tag. Nicht nur, weil er den endgültigen Abschied von ihrem Großvater bedeutete, sondern auch, weil sie fürchtete, dass einige der Trauergäste sie für eine Unholdin halten und für den Tod Ludwig Claens verantwortlich machen könnten. Dass eine Anzeige wegen Hexerei gegen sie am Niedergericht vorlag, mochte sich inzwischen herumgesprochen haben, ebenso wie die Tatsache, dass sie sich nur noch auf freiem Fuß befand, weil sie die Großnichte des Bürgermeisters war. Da es jedoch niemand wagte, die Bestattungsfeierlichkeiten zu stören, verliefen sie ohne bösartige Verdächtigungen und Verleumdungen.

Am folgenden Tag wurde im Hause Claen wieder gearbeitet, und auch Anneke war ihren Pflichten nachgekommen und hatte sich dabei bemüht, nicht allzu viel an die dunkle Bedrohung zu denken, die wie ein Damoklesschwert über ihrem Kopf hing. Konnte es sein, dass man nur die Beisetzung ihres Großvaters abgewartet hatte, bevor die Büttel kamen, um sie gefangen zu setzen? Als jedoch Stunde um Stunde verging und nichts geschah, wurde auch sie langsam ruhiger. Ich habe nichts Unrechtes getan, sagte sie sich immer wieder. Mir kann überhaupt kein Unheil geschehen.

Es war Markttag in Hamburg, und auf dem Platz neben der Nikolaikirche herrschte wie üblich dichtes Gedränge. Händler boten ihre Waren feil, ein Baader pries seine Fähigkeiten als Rasierer und Zahnarzt, Musikanten, Gaukler und Feuerschlucker zeigten ihre Künste, und Bettler baten um milde Gaben. Alles war wie immer, und Anneke beeilte sich, ihre Einkäufe zu erledigen.

Und dann stand er plötzlich unmittelbar vor ihr: Maarten van Aelst. Für einen winzigen Augenblick leuchteten Annekes Augen vor Freude auf. Seit dem Unwetter, als er ihr in einer Werkzeugkate Unterschlupf gewährte, hatten sie einander nicht mehr gesehen. Doch dann setzte sie eine unverbindliche Miene auf und sah sich hastig um. Nein, ihre Wiedersehensfreude schien niemandem aufgefallen zu sein.

Auch Maarten gab mit keinem Blick zu erkennen, wie nahe Anneke und er sich in Wahrheit standen, und verneigte sich höflich, wie es die Schicklichkeit verlangte. Wie zufällig blieben nun beide vor einem Stand mit Tuchen stehen und betrachteten das Angebot.

»Ich muss Euch dringend sprechen, Jungfer Anneke«, raunte er ihr leise zu. »Wäre es Euch möglich, am späten Nachmittag zum Isern Hinnerk zu kommen? Ich würde Euch dort erwarten.«

Anneke strich mit der Hand über einen Stoffballen, fühlte mit den Fingern nach der Qualität und gab leise zurück:

»Meine Eltern würden es niemals erlauben.«

»Bitte Anneke, versucht, heimlich zu kommen. Ich würde Euch gewiss nicht darum bitten, wenn es nicht wirklich wichtig wäre.« Sprach's und ging seiner Wege.

Als er in der Menge verschwunden war, setzte auch Anneke ihre Besorgungen fort. Ach Maarten, dachte sie dabei traurig. Wenn du wüsstest, was für ein Verdacht auf mir liegt. Vielleicht würdest du dann nicht mehr mit mir reden wollen.

In der Diele des Claen'schen Hauses wuchsen schon die Schatten, während draußen über der Deichstraße der Himmel noch leuchtete, von Schwalben überschwirrt.

Anneke beeilte sich, den Tisch für das Abendessen zu decken. Ihre Eltern und der Bruder waren nicht im Hause, und wenn sie Glück hatte, war sie wieder daheim, bevor ihre Familie zurückkehrte. Welchen Grund könnte sie ihnen schließlich für ihren späten Gang benennen? Unmöglich, zu gestehen, dass sie sich mit Maarten getroffen hatte.

Anneke konnte unbemerkt von Gertrude, die mit der Zubereitung des Abendessens beschäftigt war, und Hinnerk, der sich auf dem Speicher zu schaffen machte, das Haus verlassen. Auf der Straße sah sie sich vorsichtig um. Nein, noch war von ihrer Familie weit und breit nichts zu erblicken. Hastig trat sie in die schmale Steintwiete, in der sie vor Entdeckung halbwegs sicher war. Am Ende der Gasse bog sie in den Rödingsmarkt und eilte von dort weiter, um die Alster an der Stelle zu überqueren, an der vor der Stadterweiterung das alte Millerntor gestanden hatte. Rasch hastete sie am Heuberg und den Bleichwiesen vorbei und erreichte schließlich nach 15 Minuten Fußmarsch den Blauen Turm, der im Volksmund wegen seiner starken Mauern »Isern Hinnerk« genannt wurde – »Eiserner Heinrich«. Es war ein mehr als 150 Jahre alter, mit Schiefer gedeckter und mit einem halbreisförmigen Außenwerk verstärkter Geschützturm, der an der Westseite des Reesendammes stand und aus der alten Befestigungsanlage der Stadt stammte. Auf dem Platz vor dem Turm, von dem aus des Morgens die Gänse durch das neue Dammtor auf die Alsterwiesen getrieben wurden, wartete Maarten bereits.

Rasch sah Anneke sich um. Der Platz war menschenleer, dennoch zog sie sich in den Schatten des ausgedienten »Isern Hinnerk« zurück. Maarten folgte ihr.

»Jungfer Anneke, vielen Dank, dass Ihr meiner Bitte Folge geleistet habt.«

Sie lächelte.

»Ich bin gerne gekommen«, entgegnete sie und errötete unwillkürlich. »Und wenn ich auch nur einen kleinen Augenblick Zeit habe, bin ich doch sehr froh, Euch zu sehen.«

Liebevoll blickte er sie an.

»Ihr glaubt nicht, wie glücklich mich Eure Worte machen, Anneke.«

Für einige Sekunden tauchten ihre Blicke ineinander. Doch dann war sie es, die ihre die Augen senkte und sich abwandte.

»Ihr wolltet mich sprechen?«

Er nickte.

»Ja, ich habe mir aufrichtige Sorgen um Euch gemacht. Ihr hattet versprochen, noch einmal zu der Werkzeughütte hinauszukommen, und dann habt Ihr nichts mehr von Euch hören lassen. Ich habe gewartet, jeden Tag. Und ich bitte Euch, seid aufrichtig zu mir. Ich meine, wenn Ihr mit mir, dem kleinen Baumeistergehilfen, nicht zusammen treffen wollt, dann kann ich es verstehen, aber ...«

»Nein, Maarten, Ihr irrt«, unterbrach sie ihn leise. »Ich bin nicht fern geblieben, weil ich Euch nicht sehen wollte, sondern weil ich die Stadt nicht verlassen darf.«

»Euer Vater hat Euch verboten ...?«

Anneke schüttelte den Kopf.

»Nicht mein Vater«, gab sie kaum hörbar zurück. »Das Niedergericht.«

»Das Niedergericht?«, wiederholte Maarten ungläubig. »Aber was habt Ihr mit denen zu schaffen, Anneke?«

Dem Mädchen traten die Tränen in die Augen. Doch diesmal nicht aus Angst vor der ungewissen Zukunft, sondern vor Erleichterung. So lange hatte es sich danach gesehnt, mit Maarten über diese schreckliche Geschichte sprechen zu können.

»Es wird behauptet, dass ich einen Mann aus Altona zu Tode gehext hätte und ebenso für das Hinscheiden meines Großvaters und unserer Hilfsmagd verantwortlich wäre«, stieß sie hervor. »Ich bin noch auf freiem Fuß, weil die Beweise gegen mich, die Großnichte des Bürgermeisters, nicht ausreichen.«

Erschüttert und ohne ein Wort zu sagen, zog Maarten sie an sich und eine Weile standen sie aneinandergeschmiegt da, stumm, nur Trost in den Armen des anderen suchend. Endlich brach der junge Mann das Schweigen.

»Du musst so schnell wie möglich die Stadt verlassen«, sagte er leise, aber dennoch eindringlich. »Wenn dein Name auf der Liste der Verdächtigen steht, wird man die nächste vermeintliche Hexe, der man mithilfe der Folter ein Geständnis abpresst, auch nach dir befragen. Und in ihrer Todesangst und Pein wird sie dich all dessen bezichtigen, was man dir vorwirft, aber bisher nicht beweisen konnte. Du bist des Todes, Anneke, wenn du in Hamburg bleibst.«

»Aber wenn ich fliehe, ist das ein Schuldeingeständnis, Maarten«, entgegnete sie verzweifelt. »Wie sollen meine armen Eltern mit dieser Schande leben? Außerdem wüsste ich auch gar nicht, wo ich hingehen sollte. Ich kenne keine Menschenseele außerhalb Hamburgs.«

»Es ist gut, Anneke«, entgegnete er. »Vertraue mir. Ich werde bestimmt eine Lösung finden. Ich hoffe nur, dass uns genug Zeit bleibt.«

Anneke lächelte dankbar und spürte trotz der traurigen Lage für einen Moment ein Glücksgefühl. Nicht eine Sekunde hatte Maarten an ihre Schuld geglaubt, nicht einen Augenblick gezögert, ihr seine Hilfe anzubieten. Mit ihm an ihrer Seite – was konnte ihr da noch geschehen?

*

Die Schreibstube des Baumeisters Johan van Valckenburgh lag über den Räumen des Niedergerichts, gleich neben den Amtszimmern der Admiralität. An den Wänden hingen Pläne der neuen Wallanlagen, und in den Regalen lagen, fein säuberlich beschriftet und aufgerollt, die dazugehörigen Detailzeichnungen.

Valckenburgh saß an seinem großen Schreibtisch und beugte sich gerade über die Karte des Hornwerks am westlichen Elbufer, das in diesen Tagen erbaut wurde, als es an die Tür klopfte.

»Herein«, brummte der Baumeister, ohne in seiner Arbeit inne zu halten.

Sogleich öffnete sich die Tür und sein Gehilfe, sich den Federhut vom Kopf reißend, trat ein.

»Guten Abend, Mijnheer.«

Nun sah Valckenburgh doch auf.

»Maarten?«, ließ er sich erstaunt vernehmen. »Was führt dich her? Du hast dein Tagwerk doch schon vor über einer Stunde beendet. Hattest du nicht etwas Dringliches zu erledigen?«

Der junge van Aelst nickte.

»In der Tat. Und darüber würde ich gern mit Euch sprechen, Meister. Habt Ihr einen Augenblick Zeit für mich?«

Der Baumeister nickte und lehnte sich erwartungsvoll in seinem Stuhl zurück. Sein stets gewissenhafter und verlässlicher Gehilfe hatte einen Stein bei ihm im Brett, und wenn ihm etwas auf dem Herzen lag, nahm er sich gern die Zeit, zuzuhören.

»Was kann ich für dich tun, Maarten?«

Rasch schloss der junge Mann die Tür hinter sich, allerdings nicht ohne zuvor noch einmal den Gang hinabzublicken, ob sich eine Menschenseele in der Nähe aufhielt. Dann trat er nahe an den Schreibtisch seines Herrn.

»Ich suche Hilfe für eine Verfolgte«, erklärte er leise, »für eine Unschuldige, die der Hexerei verdächtigt wird.«

Misstrauisch mustert Valckenburgh seinen Gehilfen. Wenn es um Zauberei ging, musste auch er achtsam sein. Ein unbedachtes Wort, und schon konnte man in unangenehme Dinge verwickelt werden – zumal er eine Position innehatte, die ihm viele neideten. Erst vor wenigen Tagen noch hatte er einen schweren Disput mit einem hiesigen und einem Lübecker Baumeister gehabt, die noch immer nicht verwinden konnten, dass er, der Niederländer, die Wallanlagen der Stadt Hamburg ausbaute.

»Wie könnte gerade ich da helfen?«

»Ich habe erst kürzlich ein Büchlein in Euren Händen gesehen«, gab Maarten, seinen ganzen Mut zusammennehmend, Auskunft. »Eine Schrift von einem Theologen namens Anton Praetorius, der behauptet, dass unschuldige Frauen mittels unmenschlicher Foltermethoden gezwungen werden, alles zu gestehen, was ihre Peiniger hören wollen.«

Ungeduldig sah Valckenburgh den jungen Mann an.

»Worauf willst du hinaus?«

»Auch ich habe das Buch gelesen«, erklärte Maarten hastig. »Obwohl ich weiß, dass es eine verbotene Schrift ist. Und da ich sie auch in Euren Händen sah, hatte ich gehofft, dass ihr gleich mir willens seid, Praetorius und seinen Thesen zuzustimmen.«

»Und wenn es so wäre?« Der Baumeister war noch nicht bereit, seine Vorsicht aufzugeben.

»Dann wärt Ihr vielleicht bereit«, antwortete Maarten leise, »mir dabei zu helfen, die zu Unrecht der Teufelsbuhlschaft bezichtigte Person in Sicherheit zu bringen – noch bevor sie gefangen gesetzt und Anklage gegen sie erhoben ...«

Maarten brach ab. Allein die Vorstellung ließ ihn ins Stocken geraten. Er senkte den Kopf und knetete nervös den Hut in seinen Händen.

Angesichts der offensichtlichen Verzweiflung des jungen Mannes schwand Valckenburghs Misstrauen. Nein, der hier vor ihm stand war gewiss kein Spitzel, der ihn zu irgendwelchen unbedachten Äußerungen verleiten wollte. Es war ein Mensch, der wirklich Hilfe suchte.

»Du traust der hamburgischen Gerichtsbarkeit nicht?«

»Nein«, Maarten schüttelte entschieden den Kopf. »In Sachen Hexenprozessen traue ich keiner Obrigkeit. Und wenn ich es zulasse, dass die Bezichtigte vor Gericht gestellt wird, ist sie des Todes.«

»Du willst dieser Person also zur Flucht verhelfen?«

Jetzt sah Maarten seinem Meister offen ins Gesicht.

»Ja. Und da ich sie unmöglich ihrem Schicksal allein überlassen kann, werde ich sie begleiten. So schwer es mir auch fällt, Euch zu verlassen.«

Valckenburgh glaubte, zu begreifen. Auch er würde seinen Gehilfen nicht gerne ziehen lassen, aber wenn es nottat …

»Es ist gut, Maarten. Ich entlasse dich, wenn auch schweren Herzens, aus meinen Diensten. Kann ich dir in dieser Sache sonst noch behilflich sein? Brauchst du Geld für diese Flucht? Ein zweites Pferd?«

Der junge Mann nickte erleichtert. Er hatte sich also nicht in seinem Herrn und dessen Hilfsbereitschaft getäuscht.

»Ja, wir benötigen beides, da ich in keiner Weise auf ein derartiges Abenteuer vorbereitet bin, und es gilt, keine Zeit zu verlieren. Aber das ist noch nicht alles, um was ich Euch bitten möchte.«

Aufmerksam sah Valckenburgh seinen Gehilfen an.

»Ich höre.«

»Das Niedergericht hat der Person bereits untersagt, die Stadt zu verlassen. Würde sie sich über diesen Befehl hinwegsetzen, wäre das ein Schuldanerkenntnis, glaubt sie. Außerdem nimmt sie Rücksicht auf ihre Eltern, die sie keinesfalls in Schande stürzen möchte. Darum weigert sie sich, zu fliehen, und darum möchte ich Euch bitten, ihre Eltern von der Notwendigkeit dieser Flucht zu überzeugen. Im Hause ihrer Familie glaubt man nämlich noch an die Objektivität des hiesigen Gerichts und weiß nicht, dass unter der Folter ein jeder alles gesteht, und sei es noch so hanebüchen.«

Valckenburgh runzelte die Stirn. Natürlich hatte Maarten recht, und auch er glaubte in Sachen Hexenprozessen nicht an Gerechtigkeit. Aber es würde ihm dennoch gegen den Strich gehen, seine Ansichten, die in den Augen vieler gefährlich sein mochten, mit wildfremden Menschen zu diskutieren.

Über Maartens Gesicht flog trotz der bedrohlichen Situation ein kurzes Lächeln. Er wusste genau, was nun im Kopf seines Meisters vor sich ging, und hielt es daher für angebracht, sein bisher gewahrtes Geheimnis nun zu lüften:

»Ihr kennt die Familie übrigens gut, denn die Verdächtige, um die es geht, ist – Anneke Claen.«

Valckenburgh schnappte nach Luft.

»Das kann nicht sein«, schüttelte er ungläubig den Kopf. »Die ganze Stadt weiß, wie gut und gottesfürchtig sie ist. Außerdem ist sie mit dem Bürgermeister verwandt und …«

Ein Blick in das Gesicht seines Gehilfen bewies ihm jedoch, dass kein Irrtum möglich war. Also nickte er seufzend.

»Es ist gut, Maarten. Ich werde mit Leopold Claen reden. Aber was wirst du tun, wenn es mir nicht gelingt, den hohen Handelsherrn zu überzeugen? Schließlich kannst du die Jungfer nicht zwingen, zu fliehen.«

»Ich weiß«, entgegnete sein Gehilfe bedrückt. »Und das ist die nächste Frage, die ich mit Euch erörtern wollte: Gibt es ein Gericht außerhalb Hamburgs, wo diesem Mädchen wahre Gerechtigkeit widerfahren und dessen Urteil in dieser Stadt akzeptiert würde?«

»Du meinst, dass sie zwar zunächst fliehen, aber dann zurückkehren könnte, mit einem Nachweis in der Hand, keine Hexe zu sein?«

»Ja genau«, nickte Maarten eifrig. »Gibt es ein solches Gericht, Meister?«

Nachdenklich schüttelte Valckenburgh den Kopf.

»Nein, an keinem Gericht, das ich kenne und dessen Urteil das Hamburger Niedergericht anerkennen müsste, hätte die Jungfer eine Chance. Die Prozesspraktiken folgen überall dem gleichen System und erpressen Geständnisse durch Folter. Aber vielleicht gibt es eine andere Möglichkeit, den Nachweis der Unschuld zu erbringen.«

»Sprecht, Meister«, bat Maarten inständig. »Ich bin für jeden Hinweis dankbar.«

»Du könntest versuchen, die Jungfer in unsere Heimat zu bringen, ins Holländische.«

Verständnislos sah sein Gehilfe ihn an.

»Ins Holländische? Werden Hexenprozesse dort anders geführt?«

»Leider nicht«, entgegnete Valckenburgh bedauernd. »Aber ich weiß von einer kleinen Stadt in der Nähe von Utrecht, Oudewater heißt sie. Und dort gibt es eine Hexenwaage, die verlässlich wiegt.«

»Ihr meint, die Jungfer soll sich einer Hexenprobe unterziehen?« Verwirrt und zugleich voller Abwehr schüttelte Maarten den Kopf. Doch sein Meister nickte lächelnd.

»Wie du weißt, ist man hier in Hamburg wie anderswo der Überzeugung, dass Hexen, die ja fliegen können, besonders leicht sein müssen. Was liegt also näher, als Schuld oder Unschuld eines Menschen mithilfe seines Gewichtes festzustellen?«

»Grundsätzlich habt Ihr damit gewiss recht«, stimmte

Maarten zu. »Aber die Art und Weise, wie die Prozedur durchgeführt wird …«

»Ich weiß«, unterbrach Valckenburgh. »Wenn man, wie es vielfach praktiziert wird, den Delinquenten gegen die dicke Bibel des Domes aufwiegt und ihn paradoxerweise für schuldig erklärt, wenn er schwerer ist, ist der Schuldspruch natürlich vorbestimmt. Auch wenn der Angeklagte auf ein festes Gewicht geschätzt wird und sich mit diesem genau im Gleichgewicht zu halten hat, ist das ein nahezu unmögliches Unterfangen, freigesprochen zu werden. Aber in Oudewater liegt die Sache anders. Dort wird ehrlich gewogen. Scharenweise gehen die Verfolgten dorthin, um auf der berühmten Waage ein Dokument zu erhalten, das sie für alle Zeit von dem Verdacht, eine Hexe zu sein, freispricht.«

Müde winkte Maarten ab.

»Ich kann mir kaum vorstellen, dass ein Wiegezertifikat aus dem Holländischen das hiesige Niedergericht sonderlich beeindrucken wird. Man wird die Jungfer trotzdem vor Gericht stellen, in hochnotpeinlichen Verhören alles aus ihr herauspressen, was man hören will und sie schlussendlich auf den Scheiterhaufen werfen.«

Valckenburgh schüttelte entschieden den Kopf.

»Wenn meine Informationen stimmen – und ich bin mir sicher, dass es so ist – dürfen sie das gar nicht, Maarten. Kaiser Karl V. persönlich soll der Stadt Oudewater die Wiegegenehmigung erteilt haben. Das ist zwar fast 100 Jahre her, aber der Erlass ist bindend und wurde niemals widerrufen. Daher kann sich auch auf dem Gebiet des Heiligen Römischen Reichs keiner darüber hinwegsetzen – erst recht keine Freie Reichsstadt wie Hamburg, die dem Kaiser direkt unterstellt ist.«

*

Eigentlich war Marie Kesslers Schuld bereits durch die Aussage ihres Mannes, das aufgefundene Hexenmal und die Tatsache, dass auch ihre Schwester drei Jahre zuvor der Zauberei überführt worden war, ausreichend bewiesen. Dennoch benötigte das Gericht, um ein Todesurteil fällen zu können, ein Geständnis. Das Gesetz forderte, dass die Angeklagten ihre Untaten zugeben, Reue zeigen und Mitverschwörer verraten sollten. Dieses Geständnis konnte durch die Androhung oder Durchführung der Folter erpresst werden, musste jedoch wenig später ohne Marter wiederholt werden.

Um dies alles zu erreichen und die ganze Wahrheit zu erforschen, beantragte Actuarius Holler bei den Prätoren des Niedergerichts, das Verhör, das aufgrund des Einspruchs des Theologen Matthäus Meyfart ausgesetzt worden war, fortsetzen zu können.

Dem Antrag wurde stattgegeben, und so fand man sich wenig später wieder in der Fronerey zusammen. Der Termin war von Holler jedoch geschickt gewählt. Zum einen, weil wieder der hexengläubige Präses Hempel Dienst hatte, den Vorsitz zu führen und nicht sein Kollege, der Skeptiker Naumann. Zum anderen, weil Doktor Matthäus Meyfart, der frischgebackene Hexenverteidiger, nicht in der Stadt weilte und somit den Prozess nicht unnötig verkomplizieren konnte.

Denn darauf legte Holler nun wirklich keinen Wert. Um die Möglichkeit zu haben, in Hamburg ein Hexenkommissariat einzurichten, unter seiner Leitung verstand sich, bedurfte es dringend einer verurteilten Hexe, die ihrerseits weitere Zauberinnen benannte.

Und Holler war fest entschlossen, genau dafür zu sorgen. Schließlich wollte er nicht bis an sein Lebensende Actuarius bleiben.

In diesem Sinne begann er auch die Fortsetzung des Verhörs und schleuderte der Delinquentin, knapp, dass man sie aus ihrer Zelle in die Marterkammer heraufgeführt hatte, entgegen:

»Eure Schuld gilt als erwiesen, Gevatterin. Um Eure Strafe zu mildern, geben wir Euch nun die Möglichkeit, in einer gütlichen Befragung Reue zu zeigen, sämtliche Untaten zu gestehen und wahrheitsgemäß Eure Spießgesellinnen zu benennen.«

Mit Tränen in den Augen rang Marie verzweifelt die Hände.

»Aber ich habe mir doch nichts zuschulden kommen lassen. Das müsst Ihr mir bitte glauben.«

»Ich halte also fest«, erklärte der Actuarius an den Protokollanten gewandt, »dass die Angeklagte nicht bereit ist, sich auf ein gütliches Verhör einzulassen.« Dann drehte er sich wieder zu Marie.

»Wo eine Hexe existiert, gibt es auch mehr«, behauptete er mit drohender Stimme. »Nennt uns also die Namen aller Teufelsbuhlinnen, die Euch in Hamburg und dem Hamburger Umland bekannt sind.«

Marie schüttelte müde den Kopf.

»Ich bin keine Hexe und ich kenne auch niemanden, der mit dem Teufel verbunden ist«, sagte sie leise.

Holler gab dem Henkersknecht ein Zeichen, worauf dieser das erste Folterinstrument herbeiholte und der Delinquentin vorwies. »Überlegt Euch Eure Antwort gut«, riet der Actuarius warnend. »Durch Aufrichtigkeit könnt Ihr Euch schreckliche Qualen ersparen.«

Marie sah ihm nun offen ins Gesicht und sagte mit fester Stimme:

»Meine Antwort war aufrichtig. Gott ist mein Zeuge.«

Als erster Grad der Folterung wurden der jungen Frau nun die Beinschrauben angelegt – zwei Eisenplatten, die um Schienbein und Wade gelegt und mittels Gewindestäben immer enger zusammengezogen wurden.

Marie stöhnte auf, ertrug die Schmerzen jedoch und antwortete auf die Frage, die ihr wieder und wieder gestellt wurde, immer mit der gleichen Antwort:

»Ich bin keine Hexe und ich kenne auch niemanden, der mit dem Teufel verbunden ist.«

Schließlich ordnete Holler grimmig an:

»Aufziehen!«

Der Angeklagten wurden nun die Arme auf den Rücken gebunden und an den Händen soweit hochgezogen, dass sie gerade noch mit den Fußspitzen den Boden berührte. Als sie sich noch immer weigerte, eine Aussage zu machen, zog der Henkersknecht sie höher, bis sie freischwebend an ihren ausgekugelten Gelenken hing.

Marie schrie vor Schmerzen laut auf und fiel dann in eine gnädige Ohnmacht, die der Actuarius jedoch ganz anders bewertete. Für das Protokoll diktierte er daher:

»Die Delinquentin entzieht sich durch Zauberschlaf der Folter. Ein weiterer Beweispunkt ihrer Schuld.«

Als Marie endlich wieder zu sich kam, entkleidete man sie und setzte sie auf einen Folterstuhl, dessen Sitzbrett, Lehne und Armstützen mit spitzen Stacheln besetzt waren. Fest wurden Arme, Beine und Kopf an den Stuhl geschnallt.

Daraufhin war sie bereit eine Aussage zu machen:

»Ich bin keine Hexe, aber ich kenne eine Teufelsbuhlin. Das Kräuterweib Greta. Zwar ist sie im letzten Winter verstorben, aber sie soll, wie es heißt, Wetterzauber betrieben und Zaubertränke gekocht haben. Auch ich war einmal bei ihr, um ein Liebeskraut zu kaufen«, stieß sie mühsam hervor.

Damit konnte sich der Actuarius natürlich nicht zufriedengeben. Was sollte ihm eine Tote nutzen?

Das Verhör wurde also fortgesetzt. Erneut schnallte man die Angeklagte mit ihren ausgekugelten Armen auf den Folterstuhl und schlug sie zusätzlich kräftig mit Ruten, so lange, bis ihr Wille gebrochen war. Nun gestand Marie alles, was Holler hören wollte:

»Drei Begegnungen hatte ich mit dem Teufel«, stammelt sie, »der mir in Gestalt eines Kaplans und eines Pferdeknechtes erschienen ist. Ja, ich habe Gott abgeschworen und mich mit anderen Hexen an geheimen Plätzen getroffen.«

»Wie hießen diese Weibsbilder?«, drängte Holler. »Wir brauchen die Namen. Nun rede schon. Sobald du alles gestanden hast, lasse ich den Baader rufen und deine Wunden versorgen.«

Marie senkte den Kopf. Sie konnte doch unmöglich einen Namen nennen und eine Unschuldige belasten.

»Greta«, flüsterte sie verzweifelt.

»Den Namen haben wir bereits. Wie hießen die anderen?«

»Da war eine Landstreicherin. Sie hieß Azadeh und kam aus einer fernen Stadt«, erklärte sie gequält und hoffte dabei inständig, dass die fremdländisch wirkende Frau, die ihr vor einigen Wochen gegen einen Laib Brot die Zukunft aus der Hand gelesen hatte, nicht mehr in Hamburg weilte. Doch dann fiel ihr ein, dass die Fremde möglicherweise tatsächlich die gesuchte Hexe gewesen sein könnte, die den Hagel herbeigezaubert hatte. Hatte sie nicht auch die Zukunft weissagen können? Und waren Frauen, die diese Kunst beherrschten, nicht Hexen zu nennen?

»Azadeh«, wiederholte sie daher noch einmal. Und diesmal mit deutlich leichterem Gewissen.

Eifrig notierte der Schreiber den Namen.

»Weiter«, befahl Holler. »Oder willst du, dass man dir auch noch die Streckbank zu kosten gibt?«

Der Henkersknecht runzelte die Stirn.

»Aber ihre Arme sind doch bereits ausgekugelt«, wandte er ein. »Mit der Streckbank können wir sie ihr höchstens noch ganz ausreißen.«

Ungeduldig winkte der Actuarius ab.

»Was macht es aus? Sie ist doch ohnehin des Todes. Allerdings dachte ich eher daran, die Streckbank mit dem gespickten Hasen auszustatten.«

Das Gesicht des Mannes hellte sich sofort wieder auf. Bei dem »gespickten Hasen« handelte es sich um eine Stachelrolle, die auf der Streckbank eingebaut werden konnte. Über sie wurde das Folteropfer hin und her gezogen, sodass die mit Widerhaken ausgestatteten Stacheln den Rücken aufschlitzten. Schon lange hatte er diese Rolle ausprobieren wollen, aber bisher noch keine Gelegenheit dazu gehabt.

»Ich werde die Streckbank sogleich um das gespickte Häschen ergänzen«, grinste er erfreut und machte sich auf den Weg, das geforderte Instrument zu holen.

Indessen wandte sich der Actuarius wieder Marie zu, die zusammengesunken, hilflos und entkleidet auf dem nackten Lehmboden saß.

»Du hast gehört, was jetzt geschieht, wenn du nicht vernünftig wirst«, sagte er streng. »Aber ich will dir entgegenkommen und nur noch einen Namen von dir hören: Anneke Claen!«

Bei der Nennung dieses Namens fuhr sowohl Maries gesenkter Kopf als auch der des Präses Hempel auf. Er hatte bisher Gerichtsakten studiert und seinem Actuarius während des Verhörs völlig freie Hand gelassen.

Kurz überlegte er nun, ob er einschreiten sollte, entschied sich dann aber dagegen. Schließlich musste auch der Fall der Kaufmannstochter irgendwann geklärt werden.

Als sein Einspruch ausblieb, lächelte Holler zufrieden. Nun war ihm sein Hexenkommissariat so gut wie sicher.

Kapitel 8

Als Sklave des Sultans

Dass kleine Geschenke die Freundschaft erhalten, hatte sich auch unter den Barbaresken Algiers herumgesprochen. Und so beschlossen sie, dem Oberhaupt des Osmanischen Reiches, Sultan Mustafa I., der letztlich auch ihr Herr war, eine großartige Gabe darzubieten: die »Nuestra Señora«.

Natürlich nannte der Sultan bereits viele Schiffe sein eigen – kleine wendige Dhaus und prunkvoll verzierte Galeeren – aber es erschien den Korsaren unwahrscheinlich, dass viele Karacken darunter waren – dem derzeit größten Schiffstyp der westlichen Welt. Und die »Nuestra Señora«, nun, da sie wieder vollends instand gesetzt war, galt mit ihren 40 Metern Länge und der Tragfähigkeit von 500 Tonnen immerhin als stolze Vertreterin ihrer Art die, je nach Bedarf, als Handels- oder Kriegsschiff eingesetzt werden konnte.

Da die Barbaresken ohnehin keine Verwendung für die große Karacke hatten – sie bevorzugten kleinere, schnellere und wendigere Schiffe für ihre Überfälle – konnten sie den Verzicht zudem gut verschmerzen. Der Flotte des Sultans hingegen würde die »Nuestra Señora« gewiss alle Ehre machen. Sie würde Mustafa I. erfreuen und ihn davon überzeugen, wie lukrativ es sein konnte, auch weiterhin seine schützende Hand über Algier zu halten.

Um das Geschenk noch kostbarer aussehen zu lassen, bekam die Karacke einen neuen Anstrich. Zudem wurde beschlossen, ihren Lagerraum mit einer Fracht zu füllen, die der Sultan gerade derzeit, da er die Erweiterung der Bewässerungsanlagen in Konstantinopel vornahm, dringend benötigte: Sklaven. 20 junge kräftige und gesunde Christen wollte man auswählen, in saubere osmanische Gewänder stecken und Mustafa zusätzlich präsentieren. Und wer wusste es schon zu sagen? Vielleicht würde sich der hohe Herr bei den künftigen Sklavenlieferungen ja erkenntlich zeigen und seine sonst so knauserige Bezahlung ein wenig reichlicher ausfallen lassen.

Als Philipp, der sich noch immer Wimmel anstatt Claen nannte, aus dem hängenden Drahtkäfig geholt wurde, und man ihm bedeutete, dass er zu den ausgewählten Sklaven gehörte, die dem Sultan zum Geschenk gemacht werden sollten, erlosch sein letzter Hoffnungsfunke, doch noch mittels einer Lösegeldzahlung freigekauft zu werden. Verzweifelt verabschiedete er sich von Kapitän Bayarri und seinen Kameraden und empfand es kaum als Trost, dass auch der Spanier José zu der Auswahl gehörte ebenso wie der Schiffsjunge Lorenz aus Bremen. Die 17 weiteren Männer, die die Gabe an Mustafa I. komplettierten, waren ihm nicht bekannt.

Die Gefangenen wurden aneinander gekettet und die ausgetretenen Steinstufen, die aus dem Kellerverlies führten, hinauf getrieben. Sie blinzelten hilflos, als sie in die Sonne traten und versuchten, ihre Augen, die seit Tagen nur das Dämmerlicht des Kerkers gewohnt waren, mit den Händen vor den gleißenden Sonnenstrahlen zu schützen. Ihre Bewacher gaben ihnen allerdings nicht die Zeit, sich an das helle Licht zu gewöhnen, sondern trieben die kleine Karawane in aller Eile zum Hafen hinab.

*

Zwölf Tage dauerte die Reise nach Konstantinopel, der Hauptstadt des Osmanischen Reiches, die von ihren Bewohnern auch »Pforte der Glückseligkeit« genannt wurde. Zwölf Tage, in denen sich die im Lagerraum hausenden Gefangenen weder über die Verpflegung noch über brutale Behandlungen beschweren konnten. Im Gegenteil, die Männer bekamen reichlich zu essen und weder Knuffe noch Hiebe verabreicht. Schließlich sollte sich die *Ware* bei der Übergabe in einem einwandfreien Zustand befinden.

Am frühen Morgen des zwölften Tages hatten sie ihr Ziel fast erreicht. Schon von Weitem konnte man sie ausmachen – die auf sieben Hügeln erbaute Stadt Konstantinopel. Kam man näher, wurden Einzelheiten erkennbar: bunt gestrichene Häuser, die die Hügel bedeckten, palastartige Villen unter großen dunkelgrünen Zypressen, vergoldete Kuppeln, schlanke Minarette der zahlreichen Moscheen. Und natürlich die hohe uneinnehmbare Stadtmauer, die Konstantinopel umgab und schützte.

Als die »Nuestra Señora« das Marmarameer verließ und in den Bosporus einfuhr, schob sich gerade die aufgehende Sonne über die Hügel der Stadt. Sie entfachte ihr Feuer über der Meerenge und dem »Goldenen Horn«, der lang gezogenen schmalen Bucht, die sich als perfekter Naturhafen mitten durch die Stadt wand.

Die Sklaven in dem dunklen fensterlosen Laderaum konnten sich an diesem Anblick nicht ergötzen. Dass sie ihrem Ziel nahe waren, wurde ihnen jedoch auf andere Weise bedeutet. Sie bekamen Wasser, um sich zu waschen und einen Barbier, der ihnen die Haare schnitt und die Bärte abnahm. Vollbärte wie sie, abgesehen von dem 13-jährigen Schiffsjungen Lorenz, einem jedem von ihnen inzwischen gewachsen waren, durften nur die Angehörigen der herrschenden Klasse tragen. Niederen Schichten war lediglich ein Schnurrbart erlaubt, Sklaven hingegen jegliche Barttracht verwehrt.

Dann erhielt jeder von ihnen ein Bündel mit Kleidung.

»Jetzt putzen sie uns aber richtig fein heraus«, murrte José, nachdem er sein Bündel geöffnet und den Inhalt in Augenschein genommen hatte. »Also ich für meinen Teil finde es lächerlich für einen Mann, solche Gewänder zu tragen.«

Philipp reagierte nicht. Er haderte mit seinem Schicksal, hatte völlig resigniert und während der gesamten Überfahrt kaum gesprochen. Gleichgültig nahm er sein Bündel auf und öffnete es. Was er fand, war die traditionelle Kleidung der Osmanen, die vom Sultan bis zum einfachsten Mann getragen wurde und sich nur in der Qualität der Stoffe, der Farben und Muster unterschied. Sie bestand aus einem bis an die Waden reichenden Unterhemd, einer langen an den Unterschenkeln eng anliegenden Pumphose, einem Leibrock, der Dolman genannt und in der Taille mit einem geflochtenen Band gehalten wurde, und einem mantelartigen Überkleid, dem Kaftan. Vervollständigt wurde die Tracht normalerweise durch absatzlose Halbstiefel und eine Kopfbedeckung; diese Utensilien erachtete man für Sklaven jedoch als verzichtbar.

Philipp war es gleichgültig. Er zog die Kleidungsstücke an, spürte für einen winzigen Augenblick die Wohltat, seine schmutzigen, zerrissenen Lumpen ablegen zu können und in diese, wenn auch aus einem groben ungefärbten Wollstoff bestehenden, aber sauberen Gewänder schlüpfen zu können, und hatte die Veränderung dann auch schon wieder vergessen. Er war viel zu tief eingesponnen in seine Trauer um sein zerstörtes Leben, dass er die grimmigen Scherze, die seine Kameraden über ihr verändertes und, wie sie meinten, närrisches Aussehen machten, nicht einmal mitbekam.

*

Gemächlich und mit leise knarrenden Stagen folgte die Dreimast-Karacke nun der Küstenlinie Konstantinopels. Sie segelte vorbei an der Hagia Sophia, der einstigen Krönungskirche der byzantinischen Kaiser, die vor fast 200 Jahren, als die Osmanen die Stadt eroberten, zu einer Moschee umgebaut wurde, und deren monumentale Kuppel heute von vier hohen Minaretten umgeben war.

Kaum lag sie hinter ihnen, kam auch schon die Anlage des großen Sultanpalastes in Sicht, die auf einer Landzunge lag und aus zahlreichen prächtigen Gebäuden, Moscheen und Gärten bestand. Hier residierte Mustafa I., der Herr über das gesamte Osmanische Reich – und der Empfänger der »Nuestra Señora« samt ihrer Fracht.

Gleich hinter dem Palast mündete das »Goldene Horn«, in das die Karacke nun einfuhr und Teil des Mastenwaldes der bereits versammelten Schiffe wurde. Hunderte von Seglern schaukelten auf dem klaren grünen Wasser der langgezogenen Bucht, beluden und entluden all die Herrlichkeiten, die Orient und Okzident zu bieten hatten.

Das Ziel der »Nuestra Señora«, der Hafenplatz Neorion, befand sich gleich hinter dem Kettenhaus, von dem aus die Einfahrt zum »Goldenen Horn« mit einer starken Gusseisenkette gegen feindliche Schiffe gesperrt werden konnte.

Da man dem Sultan bereits das grandiose Geschenk durch einen Boten angekündigt hatte, und die große Karacke, sich von den kleineren zwei- bis dreimastigen Dhaus, Galeeren und Barken, die den Hafen in der Hauptsache bevölkerten, deutlich abhob, eilte, noch bevor sie angelegt hatten, ein Kapidschi-Baschi, ein Kammerherr des Sultans, herbei. Er dankte den Barbaresken Algiers im Namen seines Herrn für die großzügige Gabe, wies den Gästen für die Dauer ihres Aufenthaltes ein komfortables Haus zu und machte sich sofort daran, da ja alles seine Ordnung haben musste, eine Inventarliste der Karacke samt ihrer Ausstattung und Ausrüstung zu erstellen.

Auch der Kul Kâhyasi, der Sklavenaufseher, fand sich nun ein, um die lebende Fracht zu begutachten und abzuführen. Zu seiner Unterstützung hatte er drei Asker mitgebracht, drei Soldaten, die nun die Luke zum Lagerraum öffneten und die 20 Sklaven an Deck trieben. Da die Männer während der Reise keine Fesseln getragen hatten, wurden sie nun wieder in Ketten geschlossen, die jeweils mit Bolzen zu verschließende Hals-, Arm- und Fußschellen miteinander verbanden.

Während Philipp in der mittlerweile glühenden Sonne an Deck stand und darauf warten musste, an die Reihe zu kommen, bemerkte er vier tiefbordige Galeeren, die gerade aus dem Hafen ausliefen und die Bucht des »Goldenen Horns« verließen. Sie führten die rote Halbmondfahne des Osmanischen Reichs, und am Heck der ersten Galeere stand der Aga, der Kommandeur der kleinen Flotte. Er trug einen Helm mit langer Spitze und einen Kaftan aus feinster, weißer, mit Ornamenten bestickter Wolle.

Ohne den Auftrag oder das Ziel des Mannes zu kennen, beneidete Philipp ihn zutiefst. Er konnte die Stadt verlassen und würde auf seiner Galeere über das Meer jagen. Er konnte sein Leben leben. Er war frei!

Ganz im Gegensatz zu ihm, dem das alles nicht mehr vergönnt war, der alles verloren hatte – Heimat, Familie, ja sogar das Recht, über sich und seinen Körper selbst zu bestimmen. Ihn erwartete in diesem Leben nichts anderes mehr als ein hartes Sklavendasein und ein aus schwerer Arbeit, Misshandlungen und mangelnder Nahrung resultierender früher Tod – es sei denn, ihm gelang die Flucht …

Flucht?

Bisher war ihm der Gedanke daran noch nie gekommen. Doch nun, da das Wort einmal in seinem Kopf herumspukte, war es ihm, als hauchten ihm diese wenigen Buchstaben neues Leben ein, neue Zuversicht, ein Ziel!

Und plötzlich nahm Philipp auch wieder seine Umgebung wahr. Er atmete die Luft, die nach Salzwasser, Tang und Teer roch, hörte die Stimmen der Menschen um sich herum, das Plätschern der Wellen, die gegen den Schiffsrumpf schlugen, die Geräusche Konstantinopels hinter der hohen, mit Zinnen und Türmen bewehrten Stadtmauer.

Flucht! Der Gedanke daran und die Planung der verschiedenen Möglichkeiten, die er in der nächsten Zeit versuchen wollte, herauszufinden, würden seinem Leben wieder einen Sinn geben. Gott ist mein Zeuge, schwor er sich: Ich werde nicht aufgeben, mich nicht brechen lassen und irgendwann in die Heimat zurückkehren. Wie geringfügig ihm doch angesichts seiner jetzigen Situation der Anlass erschien, aus dem er Hamburg verlassen hatte. Natürlich wären Großvater und Vater verärgert gewesen, hätte er ihnen seine Schandtaten gebeichtet, und natürlich hätte es einen großen Streit gegeben. Am Ende wären sie aber gewiss bereit gewesen, ihm das Geld zu geben, mit dem er sich von den Brüdern Stolten hätte freikaufen können. Zumal, wenn er hoch und heilig Besserung gelobt hätte.

Er hatte alles, aber auch wirklich alles falsch gemacht, gestand Philipp sich ein und hoffte inständig, eine Chance zu bekommen, seine Fehler wieder gutzumachen. Nun, wenn er in die Heimat zurückkehren durfte, würde er sich bessern. Ganz gewiss. Würde ein zuverlässiges, hart arbeitendes Mitglied des Handelshauses Claen werden und alles, was es zu wissen gab, fleißig und gewissenhaft lernen. Dann würde man ihm mit der Zeit sicher sein feiges, unreifes Davonlaufen vergeben. Ganz gewiss.

Philipp fühlte eine große Erleichterung in sich. Sein Entschluss war gefasst, sein neues Ziel gesteckt. Und als die Männer zu ihm kamen, ihm Eisenringe um Hals, Handgelenke und Fußknöchel legten und mit einer Kette verbanden, wehrte er sich nicht und gab sich willig. In Zukunft würde er alles versuchen, seine Wächter nicht misstrauisch zu machen, und ihr Vertrauen zu gewinnen. So würde ihm die Flucht noch schneller und leichter gelingen.

*

Wenig später verließen die neuen Sklaven des Sultans über eine Schiffsplanke die »Nuestra Señora«, wanderten aneinander gekettet durch den Hafen und hielten auf die imposante Stadtmauer zu. Sie betraten Konstantinopel durch die nahezu acht Meter dicke Anlage des Neorion-Tores, überquerten eine breite gepflasterte Straße und tauchten dann ein in die engen, verwinkelten Gassen der dichtbesiedelten Stadt.

Nach etwa 20 Minuten Fußweg erreichten sie einen großen Platz, bogen in eine andere Straße ein, überquerten sie und machten Halt vor einem kleinen Gebäude, das Philipp zunächst für ein Brunnenhäuschen hielt.

Der Kul Kâhyasi zog einen Schlüssel hervor und schloss die unscheinbare Tür auf.

»Cryso«, rief er dann mit einer unangenehmen Fistelstimme. »Wo steckst du? Ich bringe Frischfleisch, das eingewiesen werden muss.«

Wie aus dem Nichts trat eine Gestalt aus dem Dunkeln – ein junger, außergewöhnlich großer Mann mit langen dunklen Haaren und bleichen Gesichtszügen. Seine Kleidung ähnelte der der neuen Sklaven, war jedoch schwarz und unterschied sich ansonsten eigentlich nur durch die bestickte Schärpe, die seinen Dolman anstelle des geflochtenen Bandes hielt. Seine leise Stimme klang sehr ehrerbietig:

»Ich bin hier, Efendi.«

Der Kul Kâhyasi nickte ungeduldig.

»Dann zeig den Ungläubigen, wo ihr Platz ist. Ich habe meine Zeit lange genug mit ihnen vergeudet.«

Auf sein Zeichen hin trieben die Asker die Sklavengruppe in das Gebäude. Dort wurden ihnen die Ketten abgenommen und die Hand- und Fußringe. Nur die Eisenreifen an den Hälsen blieben unangetastet. Auch sie waren ein Zeichen für ihr Dasein als Fronknechte. Dann schloss sich die Tür hinter ihnen. Das Knirschen des Schlüssels, der sie verschloss, hatte etwas Endgültiges.

Die Dunkelheit, die sie nun umgab, wirkte beklemmend und wurde nur von einer Fackel durchbrochen.

Philipp schauderte es kurz. Dann zwang er sich jedoch, jede Einzelheit wahrzunehmen: Die Tür war sehr massiv. Da sie sicherlich ständig verschlossen gehalten wurde, konnte er sie als Fluchtmöglichkeit ausschließen. Die Mauern des

Gebäudes bestanden, im Gegensatz zu den vielen Holzhäusern Konstantinopels, aus Stein, und die Fenster waren mit Eisenstäben und Rollläden gesichert. Einzig das ziegelgedeckte Dach mit seinem ausladenden Schatten spendenden Überstand bot möglicherweise einen Ausweg.

»Man nennt mich hier Cryso«, riss die ruhige Stimme des schwarzgekleideten Hünen ihn aus seinen Beobachtungen. »Ich bin Sklave wie ihr, seit gut drei Jahren in Konstantinopel und stamme aus Kalabrien. Da ich die osmanische Sprache ganz leidlich beherrsche, setzen mich unsere Herren als Dolmetscher und Leiter für Sklavengruppen ein. Und nun folgt mir, damit ich euch die Örtlichkeiten zeigen kann, in denen ihr von heute an leben und arbeiten werdet.«

Er wandte sich um und begann eine Treppe hinabzusteigen, die Philipp erst jetzt bemerkte.

»Gebt Obacht«, warnte Cryso. »Auf den Stufen kann man schnell ausgleiten. Und zieht eure Köpfe ein. Die Decken sind teilweise sehr niedrig.«

Über zwei Treppenabsätze ging es hinab. Feuchte, aber auch angenehm kühle Luft schlug ihnen entgegen. Immer tiefer führten die glitschigen Stufen, bis sie im klaren Wasser verschwanden.

Die Neuankömmlinge fanden sich in einer riesigen Halle wieder, die wie ein unterirdischer Palast anmutete. Mächtige Säulen, die sich in der düsteren, nur unzureichend von Fackeln beleuchteten Weite verloren, trugen das Deckengewölbe, aus dem hin und wieder Tropfen in das stille Wasser fielen.

»Konstantinopel hat keine Trinkwasserquellen«, erläuterte ihr Führer. »Daher versorgt sich die Stadt, indem Wasser aus dem Hochland über Aquädukte hier her geleitet und dann in Zisternen wie dieser gespeichert wird. Dieses

Reservoir ist bereits über 1000 Jahre alt, und es ist wieder einmal an der Zeit, es von der dicken Schlammschicht auf dem Grund zu säubern und Boden und Wände mit einem speziellen wasserdichten Mörtel auszubessern. Das ist von jetzt ab eure Aufgabe.«

Cryso wandte sich nach links und betrat einen schmalen, etwa zwei Fuß breiten Mauerabsatz, der die Hallenwand entlanglief.

»Folgt mir«, sagt er. »Ich zeige euch eure – nun ja, eure Unterkunft.«

Die Männer taten, wie ihnen geheißen. Da auch der Absatz durch die ständige Feuchtigkeit glitschig war, mussten sie dabei achtgeben, um nicht ins Wasser zu stürzen, dessen Oberfläche immerhin etwa drei Klafter unter ihnen lag. Dennoch fand Philipp die Möglichkeit, sich umzuschauen. Die flackernden Flammen von Crysos Fackel, die sich im Wasser widerspiegelten und an der aus Backsteinen gefertigten Gewölbedecke ein fast unheimliches Schattenspiel erzeugten, gaben kein ausreichendes Licht, um die gesamte Größe der Halle zu erkennen. Da die Säulen jedoch recht dicht aneinander standen – Philipp schätzte einen Zwischenraum von etwa sieben langen Ellen – vermutete er, dass diese unterirdische Zisterne enorm weitläufig sein musste. Auch die Höhe war beachtlich. Vom Wasserspiegel bis zur Decke mussten es gut und gerne 15 Ellen sein. Doch wie hoch das Wasser derzeit in dem Reservoir stand, konnte er nicht erkennen.

Ob man Cryso danach fragen durfte? Bisher konnte er den Schwarzgekleideten nicht einschätzen, aber vielleicht würde es ja ganz aufschlussreich sein, seine Auskunftsbereitschaft auf die Probe zu stellen. Überhaupt, wenn sich hier jemand auskannte, dann er.

»Wie es aussieht, steht das Wasser zurzeit ziemlich niedrig in dieser Zisterne«, versuchte er sein Glück. »Muss Konstantinopel eine Wasserknappheit befürchten?«

Ohne sich umzuwenden, antwortete der Angesprochene:

»Nein, gewiss nicht. Dies ist beileibe nicht das einzige Reservoir der Stadt. Der niedrige Wasserstand begründet sich allein durch die Tatsache, dass in diese Zisterne derzeit kein frisches Wasser eingeleitet wird. Schließlich soll sie leerlaufen. Sonst könnte man sie weder säubern noch ausbessern.«

Wirklich schlauer war Philipp durch diese Antwort nicht geworden, aber immerhin wusste er nun, dass man bei Cryso, der ja wohl so etwas Ähnliches wie einen Vorarbeiter darstellen sollte, Antworten auf Fragen bekam. Und er hatte viele Fragen.

Sie hatten nun die linke Wand der Zisterne erreicht und betraten eine Art Plattform, die sich aus der Mauerecke bis zu der ersten Säulenreihe spannte. Eine kleine Feuerstelle befand sich hier, eine Reihe von Strohsäcken und ein Stapel grob gewebter Decken.

»So«, erklärte Cryso, »das ist für die nächste Zeit unser Zuhause. Jeder nimmt sich jetzt eine Decke und einen Strohsack, um sich einen Schlafplatz zu suchen. Um nicht während eines unruhigen Schlafes ins Wasser zu fallen, ist es sinnvoll, die Strohsäcke so nebeneinander zu platzieren, dass wir alle mit dem Kopf an der Wand schlafen. Das wird zwar eng, hat aber den Vorteil, dass wir uns gegenseitig wärmen können. Denn eines kann ich euch gleich sagen: Wenn man aus der draußen herrschenden Gluthitze die Zisterne betritt, mag die Kühle ja zunächst angenehm sein. Wenn euch die Feuchtigkeit aber erst einmal in Kleider und Knochen gekrochen ist, seid ihr für jede Wärmequelle dankbar.«

»Die Sachen riechen schimmelig und verfault«, stellte José mürrisch fest und warf seinen Strohsack und seine Decke angewidert auf einen Platz an der Wand.

»Dies ist ein Sklavenquartier und keine Luxusherberge«, gab Cryso ungerührt zurück. »Und es steht dir frei, die Dinge zu nutzen oder es sein zu lassen. Sei auf jeden Fall gewiss, dass ich mit Engelszungen auf den Kul Kâhyasi eingeredet habe, um das Zeug überhaupt zu bekommen. Er hätte uns auf dem nackten Boden nächtigen lassen und deswegen selbst in seinen Seidenlaken keine Sekunde lang schlechter geschlafen. Je schneller ihr begreift, umso besser: Sklaven werden hier weder gehegt noch gepflegt. Solange sie arbeiten können, ist man bereit, ihnen das Notwendigste für ihren Lebensunterhalt zur Verfügung zu stellen. Sind sie zu alt, zu krank oder zu schwach dazu, entledigt man sich ihrer.«

Philipp, der seinen Strohsack neben den von José geworfen hatte, sah auf.

»Und wie entledigt man sich ihrer? Lässt man sie frei?«

Cryso zuckte mit den Schulter.

»Es soll schon vorgekommen sein, dass ein altersschwacher Sklave, der lange in Diensten seines Herrn gestanden hat, freigelassen wurde. Immerhin gilt die Begnadigung eines Sklaven als Allah gefälliges Werk und kann, laut einer Überlieferung des Propheten Mohammed, vor dem Höllenfeuer bewahren. In der Regel macht man aber kurzen Prozess mit ihnen.«

Um zu verdeutlichen, was er meinte, strich er sich mit seinem Zeigefinger quer über den Hals. Die Geste war aufschlussreich genug und erübrigte weitere Fragen.

»Ist hier noch ein Platz für mich frei?«

Fragend und ängstlich zugleich sah der 13-jährige Lorenz Philipp an.

»Na klar, Kleiner«, nickte dieser. »José und ich rücken ein wenig, dann kannst du deinen Strohsack zwischen den unseren werfen. Dort bist du gut aufgehoben.«

Der Junge kam der Aufforderung dankbar nach und Philipp ging, einen weiteren Strohsack zu holen, um ihn an seine andere Seite zu legen.

»Für dich, Cryso«, sagte er mit einer einladenden Handbewegung, als böte er dem Schwarzgekleideten ein Himmelbett an. »Wenn du magst.«

Für einen Augenblick kniff der Angesprochene seine Augen misstrauisch zu kleinen Schlitzen zusammen, doch dann nickte er gleichmütig.

»Ein Platz ist so gut wie jeder andere.«

Philipp hingegen war zufrieden.

Nicht umsonst suchte er die Nähe des Mannes, der sich als Einziger von ihnen in Konstantinopel auskannte, über die Sitten und Bräuche der Osmanen Bescheid wusste und ihm – wenn er es schlau genug anstellte – viele nützliche Hinweise geben konnte. Wenn es eine Möglichkeit zur Flucht gab, würde Cryso sie kennen, dessen war er sich ganz sicher.

Kapitel 9

Der Fall Anneke Claen

Zur gleichen Zeit machte sich in Hamburg der Festungsbaumeister Johan van Valckenburgh auf einen schweren Weg. Die Deichstraße war sein Ziel, genauer gesagt, das Handelshaus Claen. Und er war sich der Tatsache, dass ein wenig erfreuliches Gespräch vor ihm lag, durchaus bewusst. Dennoch musste diese Unterredung geführt werden. Heute! Morgen konnte es vielleicht schon zu spät sein.

Hausknecht Hinnerk öffnete dem unangemeldeten Besucher die Tür. Und da er den Baumeister als Freund der Familie kannte, ließ er ihn ein und führte ihn ins Kontor Leopold Claens.

Dieser zeigte sich hoch erfreut über seinen Gast, hieß Hinnerk eine Flasche von dem neuen Hamburger Rotwein holen und drückte dem Herrn über die Wallanlagen herzlich die Hand.

»Kennt Ihr die Geschichte des Hamburger Rotspons, Valckenburgh? Nein? Dann setzt Euch nieder. Ich werde sie Euch sogleich erzählen.«

Der Niederländer nahm bereitwillig Platz und schlug bequem die Beine übereinander. Gewiss war es besser, zunächst den Handelsherrn reden zu lassen und so eine friedliche Atmosphäre zu bereiten, als gleich mit der Tür ins Haus zu fallen, dachte er bei sich und lauschte bereitwillig den Ausführungen seines Gastgebers.

»Eigentlich lässt sich die Geschichte des Hamburger Rotweinhandels bis ins 13. Jahrhundert zurückverfolgen«, begann Leopold eifrig. »Schon damals segelten Hansekoggen an die französische Atlantikküste, um in den Häfen von Nantes, La Rochelle und Bordeaux das Wunderbarste zu laden, das dieser Landstrich zu bieten hatte: junge rote Bordeauxweine in ihren Holzfässern aus französischer Eiche. Doch nun hat man herausgefunden, dass die Weine, lässt man sie in den Kellergewölben der Hamburger Weinhändler weiterreifen und von fachkundigen Küfern und Kellermeistern mit großer Sorgfalt pflegen, wohlschmeckender sind als die in Frankreich gereiften Weine. Um der Wahrheit die Ehre zu geben, haben die Lübecker das bereits vor einiger Zeit entdeckt, aber nun haben wir Hamburger endlich nachgezogen.«

Hinnerk erschien mit einer bereits entkorkten Flasche und zwei Bechern. Als er jedoch einschenken wollte, hob Leopold die Hand.

»Danke, Hinnerk. Wir bedienen uns selbst«, sagte er, goss den tiefroten Wein in die Silberbecher und reichte seinem Gast einen davon.

»Bitte Valckenburgh, kostet und sagt mir Eure Meinung.«

Der Baumeister tat, wie ihm geheißen, und schnalzte dann anerkennend mit der Zunge.

»Fürwahr, Claen, das nenne ich einen exzellenten Tropfen«, nickte er. »Nur warum nennt er sich Rotspon? Was ist das für ein Name?«

Leopold lachte.

»Die Frage kann ich Euch leider auch nicht beantworten. Vielleicht, weil der rote Wein durch die lange Fasslagerung den Span des Holzes rot färbt. Vielleicht aber auch, weil die französischen Herkunftsbezeichnungen den Hamburgern nur schwer über die Zunge gehen. Die wahrscheinlichste Erklärung scheint mir jedoch, dass man dem französischen Kind einen Namen in deutscher Mundart geben wollte.«

Leopold prostete seinem Gast erneut zu und nahm einen tiefen Zug aus seinem Becher.

»Einerlei. Der Wein ist köstlich und verlangt nach mehr.« Er schenkte seinem Besucher nach und lehnte sich selbst zufrieden zurück.

Eine Weile blieb es nun ruhig zwischen den beiden Herren, bis der Baumeister sich endlich aufraffte:

»Um auf den eigentlichen Grund meines Besuches zu kommen …«

Aufmerksam sah Leopold ihn an.

»Sprecht nur, Valckenburgh, frei von der Leber weg.«

Sein Gast stellte seinen Becher ab und dämpfte unwillkürlich seine Stimme.

»Es geht um Eure Tochter, Claen. Und ich frage mich, ob Ihr Euch überhaupt bewusst seid, in welch misslicher Situation sich die Jungfer befindet.«

Leopold zuckte mit den Schultern.

»Nun ja. Angenehm sind die Ermittlungen und der Verdacht des Niedergerichts weiß Gott nicht. Zumal ja bereits in der ganzen Stadt darüber geredet wird. Aber die Vorwürfe gegen Anneke werden sich schon bald in Wohlgefallen auflösen. Da bin ich sicher. Schließlich hat sich das Mädchen in seinem Leben nichts zuschulden kommen lassen.«

Valckenburgh beugte sich vor und flüsterte nun fast:

»Macht Euch nichts vor, Claen. Eine Anklage wegen Hexerei darf man niemals auf die leichte Schulter nehmen.

Sobald die Büttel Eure Tochter holen, ist ihr Leben keinen roten Heller mehr wert.«

Leopold winkte verdrossen ab.

»Nun übertreibt nicht, Valckenburgh. Es wird nichts so heiß gegessen, wie es gekocht wird. Anneke wird nicht inhaftiert. Und wenn doch – nun, ich für meinen Teil vertraue der hamburgischen Gerichtsbarkeit.«

»Herr im Himmel, Claen«, ereiferte sich der Baumeister. »Wisst Ihr überhaupt, wie es zugeht bei Hexenprozessen? Wart Ihr auch nur bei einem einzigen anwesend und habt das hochnotpeinliche Verhör miterlebt? Ein jeder, selbst der Unschuldigste, würde unter der Marter alle Missetaten gestehen, nur damit die unmenschlichen Schmerzen enden mögen.«

»So ein Unfug.« Unwillig schüttelte Leopold den Kopf. »Wenn Ihr schon kein Vertrauen in die Rechtssprechung habt, dann vertraut doch zumindest unserem Herrgott, der seine schützende Hand über alle hält, die rechten Glaubens sind. Aber abgesehen davon, was sollten wir Eurer Meinung nach unternehmen? Uns sind doch derzeit die Hände gebunden.«

»Wenn Ihr Eure Tochter retten wollt, müsst Ihr dafür Sorge tragen, dass sie Hamburg so schnell wie möglich verlässt«, gab Valckenburgh eindringlich zurück. »Lasst sie ins Niederländische bringen. Dort gibt es eine Stadt namens Oudewater, in der Verdächtige …«

Leopold ließ seinen Gast nicht weiterreden.

»Wisst Ihr, was Ihr da von mir verlangt, Valckenburgh? Ich habe mein Wort gegeben, dass Anneke die Stadt nicht verlässt. Wie würde ich dastehen, wenn sie verschwände und damit zugleich jede Schuld eingestünde? Ich könnte sogleich Bankrott anmelden.«

»Nehmt doch Vernunft an«, beschwor der Baumeister den Handelsherrn. »Es geht um das Leben Eurer Tochter. Euer Ruf kann Euch doch unmöglich wichtiger sein. Zumal die Jungfer ja zurückkehren würde, mit dem Beweis ihrer Unschuld in den Händen.«

Leopold erhob sich zum Zeichen, dass das Gespräch für ihn beendet war.

»Meine Tochter Anneke ist unschuldig. Punktum«, erklärte er. »Und nun muss ich Euch bitten, zu gehen, Herr van Valckenburgh. Ich habe noch zu arbeiten.«

Auch der Baumeister stand nun auf, deutete eine höfliche Verbeugung an und verließ das Kontor. Die auf der Treppe stehende Anneke bemerkte er nicht.

*

Während des gemeinsamen Nachtmahls, das die deutlich kleiner gewordene Familie Claen wie üblich gemeinsam einnahm, blieb Anneke stumm und stocherte nur in ihrem Essen herum. Keinen Bissen konnte sie zu sich nehmen. Die Angst schnürte ihr förmlich die Kehle zu.

Besorgt beobachtete Elisabeth ihre Tochter.

»Fühlst du dich nicht wohl, Kind? Du bist ganz blass und scheinst überhaupt keinen Appetit zu haben. Und das, obwohl Gertrude heute deine Leibspeise gekocht hat.«

Erst jetzt bemerkte Anneke den gebackenen und mit Speckstippe gefüllten Goldbutt auf ihrem Teller. Essen konnte sie jedoch trotzdem nichts. Ebenso wenig wie sie sagen konnte, was sie bedrückte. Zwar hatte sie nicht das ganze Gespräch zwischen ihrem Vater und dem Herrn Baumeister mit angehört, aber die letzten Sätze eben schon. Und das reichte, um sie erneut in Angst und Schrecken zu versetzen.

Mit zitternden Händen legte sie ihr Besteck aus der Hand und griff nach ihrem Mundtuch.

»Ich fühle mich tatsächlich nicht wohl«, sagte sie leise. »Darf ich mich auf mein Zimmer zurückziehen?«

Die Eltern nickten und sahen der Tochter besorgt nach, die mit schleppenden Schritten die Treppe hinaufstieg.

»Das arme Kind«, murmelte Elisabeth, als Anneke ihre Kammertür hinter sich geschlossen hatte. »Ich hoffe sehr, dass sich diese vermaledeite Angelegenheit mit dem Niedergericht bald aufklären wird.«

Leopold nickte zustimmend. Und da auch ihm der Appetit vergangen war, berichtete er nun Frau und Sohn von dem Besuch Valckenburghs.

Mit zunehmender Besorgnis lauschte Elisabeth seinen Ausführungen.

»Und wenn der Herr Baumeister recht hat?«, fragte sie angsterfüllt. »Vielleicht ist es ja wirklich ratsamer, Anneke aus Hamburg fortzubringen.«

Auch Leopold war nun unsicher geworden, beharrte aber dennoch auf seinem Standpunkt.

»Eine Flucht käme einem Schuldeingeständnis gleich. Und außerdem habe ich mein Wort gegeben, dass Anneke die Stadt nicht verlässt. Würde sie einfach verschwinden, wären die Folgen nicht absehbar. Zumindest aber könnten wir uns nirgends mehr blicken lassen.«

»Wenn es um das Leben unserer Tochter geht, sollte das wirklich deine geringste Sorge sein«, entrüstete sich Elisabeth. »So weit …«

»Ein Streit ist völlig überflüssig«, wurde sie von Sohn Friedrich unterbrochen. »Ich selbst habe Anneke angeboten, mit ihr zu fliehen, aber sie hat abgelehnt. Sie will nicht wortbrüchig werden und uns, ihre Familie, nicht in Schwierigkeiten bringen. Und ich glaube kaum, dass sie ihre Meinung dazu ändern wird.«

Es war bereits spät in der Nacht, und Anneke warf sich noch immer ruhelos auf ihrem Lager hin und her.

Das ganze Haus lag still.

Vorhin hatte sie noch die leisen Stimmen der Eltern vernommen, die sich im Nebenzimmer berieten. Auch sie waren offensichtlich in Sorge und wussten nicht, wie sie mit der Bedrohung umgehen sollten.

Bevor sie selbst ins Bett gingen, hatte die Mutter noch einmal nach ihr geschaut. Und als sie bemerkte, dass ihre Tochter keinen Schlaf finden konnte, war sie in die Küche hinabgestiegen, hatte eigenhändig einen beruhigenden Hopfentee bereitet und ihr ans Bett gebracht.

Dabei hatte Anneke die geröteten und verweinten Augen der Mutter wohl gesehen. Dennoch hatte die Gute sich um ein Lächeln bemüht, sich auf die Bettkante gesetzt und gewartet, bis der Becher geleert war.

»Versuch ein wenig zu schlafen«, hatte sie gesagt und ihr liebevoll übers Haar gestrichen. »Der Hopfen wird gewiss gleich wirken.«

Doch die Angst, die von Anneke nun vollends Besitz ergriffen hatte, verhinderte die Wirkung des Tees. Stunde um Stunde blieb das Mädchen ruhelos, bis es endlich kurz vor Morgengrauen in einen unruhigen Schlummer fiel.

*

Die Sonne ging auf über Hamburg. Ein neuer Tag begann. Es war noch früh, und die Vögel begannen erst zaghaft mit ihrem Morgenlied. Auch Anneke war noch im Halbschlaf.

Zwar blinzelte sie kurz und konnte von ihrem Alkoven aus ein Stück wolkenlosen blassblauen Himmel sehen. Doch dann drehte sie sich auf die andere Seite, schloss noch einmal die Augen und war sogleich wieder eingeschlafen.

Das Hufgeklapper der Pferde, das wenig später in der ansonsten noch ruhigen Deichstraße zu hören war, durchdrang ihren Schlaf nicht. Erst ein hartes Klopfen mit dem Bronzeschlegel, das durch das ganze Haus dröhnte, ließ sie auffahren.

»Öffnet die Tür. Auf Befehl der hamburgischen Gerichtsbarkeit.«

Sie kommen!

Mit angstgeweiteten Augen blickte Anneke um sich und verkroch sich in der Ecke ihres Alkovens, die Decke bis zum Kinn emporgezogen. Aufstehen konnte sie nicht, dazu zitterte sie zu sehr am ganzen Leibe. Alles, was sie denken konnte, war: Sie kommen mich zu holen!

Durch ihre einen spaltbreit geöffnete Zimmertür hörte sie die Stimme des Vaters, die Hinnerk zurückhielt. Dann seine schweren, schleppenden Schritte, als er selbst öffnen ging, und gleich darauf seine Stimme, die scharf nach einer Erklärung verlangte. Doch natürlich konnte Leopold Claen den Büttel, der in Begleitung einer Handvoll Soldaten erschienen war, nicht aufhalten. Sie drängten ihn beiseite und stürmten ins Haus.

»Verteilt euch und sucht nach der Verdächtigen«, befahl der Büttel seinen Männern.

Anneke hörte ihre Schritte, hörte das laute Öffnen und Schließen von Türen, bis einer der Männer schließlich in ihre Kammer trat.

»Hier ist sie!« Die Stimme des Soldaten, der seine Kollegen herbeirief, dröhnte laut durch das Haus.

Anneke durfte sich nicht ankleiden, durfte den Alkoven nicht verlassen. Die Männer waren vorsichtig. Man hatte sie gelehrt, dass eine starke magische Kraft zwischen einer Hexe und der Erde bestand, und dass der Kontakt, wollte man ihre teuflischen Kräfte einschränken, auf jeden Fall vermieden werden musste.

Also wurde Anneke an Händen und Füßen gebunden, von rohen Händen aus dem Bett gezerrt und im Hemd aus dem Haus getragen. Vorbei an ihren Eltern und ihrem Bruder, der als Einziger geistesgegenwärtig genug war, seiner Schwester einen Mantel überzuwerfen.

Trotz der frühen Stunde war man in der Umgebung des Claenschen Anwesens bereits aufmerksam geworden. Einige Gaffer hatten sich eingefunden und beobachteten nun, wie Anneke von den schwarzgekleideten Soldaten in den zwischen zwei Pferden gespannten hölzernen Käfig geschoben wurde. Wie ein gefangenes Tier kauerte sie in dem Verschlag und bedeckte sich hastig mit ihrem Mantel.

Ohne Zeit zu verlieren, saßen die Soldaten auf. Der Büttel gab das Zeichen zum Aufbruch, und schon setzte sich der Trupp in Bewegung. Eine Weile war noch das Hufgeklapper zu vernehmen. Dann war wieder alles still – bis auf das Singen der Vögel und dem spektakeln der Gänse, die gerade von ihrem Hüter durch die Straße getrieben wurden.

Wortlos und ohne ihre Nachbarn auch nur eines Blickes zu würdigen, gingen die Claens in ihr Haus zurück und schlossen die Tür hinter sich.

Die Gaffer verweilten jedoch noch einige Minuten, steckten ihre Köpfe zusammen und tuschelten.

»Ich für meinen Teil«, sagte der eine mit gedämpfter Stimme, »habe schon lange den Verdacht gehegt, dass mit der Jungfer Claen nicht alles rechtens ist.«

Eine Gevatterin nickt eifrig.

»Jaja. Mir geht's genauso. So verschlagen hat sie immer dreingeschaut und unverständliches Zeug vor sich hingemurmelt. Wer weiß, wem sie alles schon Schaden zugefügt hat.«

Ihre Nachbarin stimmte mit unverhohlener Wut zu.

»Auch mir ist sie schon lange unheimlich vorgekommen. Gewiss hat sie etwas mit dem Tod des alten Claen und der Magd zu tun. Die beiden sind gewiss nicht ohne Grund so plötzlich gestorben. Ich jedenfalls denke auch, dass wir nun sicher sein können: Sie ist eine Hexe.«

Die Menschen schauderte es, und mit düsteren Blicken auf das Anwesen der Claens gingen sie schließlich zögernd auseinander und ihrer Wege. In keinem regte sich auch nur der geringste Zipfel eines Zweifels, dass die Verhaftung Annekes zu Unrecht vorgenommen worden war. Keiner von ihnen erwog auch nur die Möglichkeit ihrer Unschuld.

Anneke wurde von den Soldaten zur Fronerey gebracht, wo eine alte Frau sie in Empfang nahm. Da nun, auf dem steinernen Boden, die Gefahr gebannt war, wurde sie auf ihre eigenen Füße gestellt und von der Wärterin in eine Zelle geführt. Es roch ekelerregend nach verfaultem Stroh, Angst und Blut – ein erbärmlicher Ort.

Wenige Stunden später wurde Anneke bereits zum ersten Verhör geholt und dabei mit Marie Kessler konfrontiert.

»Diese Frau hat ihre Schandtaten eingestanden«, erklärte der frischernannte Hexenkommissar Holler mit erhobener Stimme. »Und sie hat uns auch von den deinen berichtet. Schau sie dir an, wie sie zugerichtet ist. Wenn du einsichtig bist und deine Sünden sogleich gestehst, kannst du die Qualen, die sie ausgestanden hat, vermeiden.«

Verwirrt sah Anneke die Geschundene an. Es fiel ihr schwer, in dieser jammervoll verzogenen Gestalt mit den wirren Haaren und den trüben tränenden Augen die Frau des Schreinermeisters zu erkennen.

»Wiederhole dein Geständnis«, befahl Holler nun scharf.

Mit leiser Stimme begann Marie all das aufzuzählen, dessen sie Anneke beschuldigt hatte:

»Sie und ich haben der Azadeh, unserer Lehrmeisterin, geholfen, das Unwetter zu zaubern. Azadeh hat uns auch gelehrt, eine Flugsalbe herzustellen – aus Bilsenkraut, Eisenhut, Alraune, Vogelblut und Tierschmalz. Die haben wir uns in die Achselhöhlen und Kniekehlen gestrichen und sind dann auf einem Besen zu einer Begegnung mit dem Teufel geflogen. Wir haben ihm die Treue geschworen, er hat uns beigewohnt und …«

Marie brach ab. Sie hatte nicht einmal mehr die Kraft, den Kopf zu heben. Doch dem Hexenkommissar erschien ihre Aussage bereits ausreichend.

»Was hast du zu den Anschuldigungen zu sagen?«

Anneke schüttelt wie betäubt den Kopf.

»Sie sind alle nicht wahr«, gab sie zurück. »Das sind Hirngespinste, und jedes Wort ist gelogen.«

Holler zuckte mit den Schultern. Warum war es nur immer das Gleiche mit diesem Hexenpack? Warum konnten sie nicht einfach gestehen und damit ihm und sich selbst das Leben leichter machen?

Auf sein missmutiges Zeichen trat ein Gehilfe näher.

»In fünf Tagen musst du dein umfassendes Geständnis vor dem Hohen Gericht noch einmal wiederholen«, erklärte er Marie. »Danach wird man dich verurteilen, hängen und deine sterblichen Überreste auf den Scheiterhaufen werfen. Solltest du jedoch die Dummheit begehen, zu widerrufen, beginnt das hochnotpeinliche Verhör erneut. Nach dem Geständnis, das dann folgt, wirst du ohne weitere Verzögerung und bei lebendigem Leibe den reinigenden Flammen übergeben. Also überlege wohl, wie du dich zu verhalten gedenkst.«

Ein Nicken mit dem Kopf, und der Gehilfe führt Marie zurück in ihre Zelle.

»Und nun zu dir, Anneke Claen. Es ist deine erste Befragung und deine einzige Möglichkeit, ohne Schmerzen aus diesem Leben zu scheiden. Dass du eine Zauberin bist, wissen wir bereits. Die Beweise sind ausreichend. Was uns fehlt, ist lediglich dein Geständnis. Sei also klug und einsichtig, wenn du jetzt auf die Fragen, die ich dir stelle, antwortest. Hast du das verstanden?«

Anneke nickte. Die blanke Angst stand ihr ins Gesicht geschrieben, und Holler hoffte bereits, dass er mit dieser Hexe vielleicht doch nicht so viel Federlesens machen musste. Also begann er mit dem Verhör streng nach dem Fragenkatalog des Hexenprozessrechts, das der Inquisitor und Dominikaner Henricus Institoris 150 Jahre zuvor in seinem Buch »Hexenhammer« festgelegt hatte:

»Welche Menschen kannst du benennen, die mit dir gemeinsam dem Teufel beigewohnt haben? Nenne sie alle, einerlei, ob Fremde oder Hiesige.«

Anneke dachte jedoch nicht daran, dem Kommissar einen Gefallen zu tun. Sie nahm ihren ganzen Mut zusammen und antwortete:

»Ich bin keine Hexe und kenne daher auch keine Menschen, die Umgang mit dem Teufel pflegen.«

Holler seufzte. Ihm blieb aber auch nichts erspart.

»Ist es richtig, dass eine Frau namens Azadeh deine Lehrmeisterin in Hexenkünsten gewesen ist?«

»Ich bin keine Hexe«, antwortete Anneke beharrlich. »Und habe daher auch keine Lehrmeisterin gehabt.«

»Gestehe alles, was der Teufel mit dir tat. Hast du ihm fleischlich beigewohnt, seine Geschlechtsteile geküsst, ihm ewige Treue geschworen?«

Bei dieser Frage blieb Anneke fast das Wort im Munde stecken, so entsetzt war sie. Nur mühsam gelang es ihr, zu antworten: »Ich bin keine Hexe und habe keinerlei Umgang mit dem Teufel.«

»Was hast du mit der Heiligen Hostie gemacht. Sage es aufrichtig bei deiner unsterblichen Seele.«

»Ich bin keine Hexe und ich habe den Leib Christi immer in Ehren gehalten.«

»Hast du an einem Hexensabbat teilgenommen? Wie bist du an den Ort gekommen, an dem du dich mit Deinesgleichen getroffen hast? Hast du dich mit einer Hexensalbe eingerieben? Bist du auf einem Tier durch die Lüfte geritten oder auf einem Besen?«

»Ich bin keine Hexe, habe an derartigen Treffen niemals teilgenommen und weiß auch nicht, weder auf einem Besen noch mithilfe einer Salbe, durch die Lüfte zu reiten.«

*

»Du musst einen Weg für mich machen, Gertrude. Rasch.«

Die sonst so ruhige und beherrschte Elisabeth Claen war völlig außer sich vor Sorge um ihre Tochter. War es wirklich richtig, auf einen gerechten Prozess zu vertrauen? Darauf, dass kein Hamburger Gericht eine Angeklagte, zumal die Nichte des Bürgermeisters, ohne ausreichende Beweise verurteilen würde? Wäre eine Flucht nicht doch sicherer gewesen?

Es waren viele Fragen, die Elisabeth quälten. Und das Wissen, dass Leben und Schicksal ihrer unschuldigen Tochter nun in den Händen anderer lag, beunruhigte sie zutiefst. Sie hatte doch schon einen Sohn zu Grabe tragen müssen. Sollte sie nun auch noch Anneke verlieren?

Allein die Tatsache, dass Anneke jetzt, in diesem Augenblick, in der Fronerey gefangen gehalten und verhört wurde, machte sie fast wahnsinnig vor Kummer. Natürlich kannte Elisabeth das Gebäude in der Nähe der St. Petri Kirche, wusste, dass es dem Scharfrichter und seinen Gehilfen unterstand und dass sich eine Marterkammer und Kerkerzellen in seinem Keller befanden. Ebenso natürlich hatte sie das Haus aber bisher niemals betreten. Es schien ihr, als stünde die Fronerey in einer anderen Welt, in einer üblen Welt, um die sich Menschen wie die Claens am besten nicht kümmerten und in der sie nichts zu suchen hatten.

Ebenso verhielt es sich mit der Hexerei. Gewiss glaubte Elisabeth an die Existenz dieser bösartigen Wesen und war unbedingt dafür, sie mit aller gebotenen Schärfe zu bekämpfen und zu vernichten. Doch niemals wäre ihr auch nur der Gedanke gekommen, dass sich unter denen, die dieses Verbrechens für schuldig erklärt auf den Scheiterhaufen geworfen wurden, eine Unschuldige befinden könnte.

»Ihr habt mich gerufen?«

Mit müden Schritten schlurfte Gertrude herbei. Ihre Augen waren gerötet und das Schnupftuch, das sie gerade in ihrer Kleidertasche versorgte, von Tränen feucht. Natürlich, Elisabeth begriff sofort, auch die treue Magd machte sich Sorgen um Anneke. Immerhin kannte sie das Mädchen von klein auf, war schon bei ihrer Geburt dabei gewesen.

Elisabeth bedeutete der Magd, ihr zu folgen. Was sie zu sagen hatte, war nicht für die Ohren anderer bestimmt.

Zumal sie im Augenblick nicht wusste, wem sie in ihrem Haushalt noch trauen konnte und wem nicht. Immerhin, zwei der Schauerleute waren heute Morgen nicht zum Dienst erschienen und hatten sich mit Krankheit entschuldigen lassen. Zufall? Oder hatten sie nur Angst, in einem Haus zu arbeiten, in dem eine mutmaßliche Hexe lebte?

Ungewohnt hastig lief Elisabeth die Treppe empor und eilte die Galerie entlang bis zur Tür der Wohnstube. Dort sah sie sich nach Gertrude um, die ihr jedoch auf dem Fuße gefolgt war. Die dumpfe Trauer war nun auch aus dem Gesicht der Magd gewichen und hatte einer neugierigen Spannung Platz gemacht.

Elisabeth öffnete die Tür, und beide Frauen verschwanden in der Wohnstube, in der sie ungestört reden konnten.

»Glaubst du daran, dass unsere Anneke ein Hexe sein könnte?«, vergewisserte sich Elisabeth, bevor sie zu ihrem Anliegen kam.

Entrüstet sah die Magd auf.

»Nie und nimmer, Frau Claen. Das dürft Ihr nicht von mir denken.«

Ein kurzes Lächeln huschte über Elisabeths Gesicht. Es tat gut, dass auch andere von Annekes Unschuld überzeugt waren, sei es auch nur die eigene Magd.

»Und wärst du bereit, meiner Tochter zu helfen?«

Gertrude antwortete eifrig und ohne zu zögern:

»Gewiss, Frau Claen. Wenn es etwas gibt, auch wenn es gefährlich wäre, ich würde es sofort tun.«

»Nein, nein«, wehrte Elisabeth ab. »In Gefahr will ich dich sicher nicht bringen. Ich möchte dich nur bitten, den Baumeister Johann van Valckenburgh aufzusuchen, ihm vertraulich mitzuteilen, dass Anneke gefangen gesetzt wurde, und ich ihn um eine Unterredung bitte. Über diesen Weg musst du strengstes Stillschweigen bewahren. Mehr hast du nicht zu tun.«

*

Eigentlich war Richard Holler, Doktor der Jurisprudenz, mit sich und seinem Werk zufrieden. Er hatte es geschafft. Der Hamburger Rat hatte durch Beschluss endlich ein Hexenkommissariat eingerichtet und ihn zum Kommissar ernannt. Zwar war dies immer noch ein Teil des Niedergerichts, aber er hatte immerhin ein eigenes Amtszimmer, an dessen Tür sein neuer Titel und sein Name prangten: *Hexenkommissarius Dr. Holler*. Was er nun dringend benötigte, waren Hexen und Zauberer, die er bekämpfen konnte. Schließlich musste er die unbedingte Notwendigkeit seines Kommissariats unter Beweis stellen – und dafür reichten die beiden Maleficae, die er zurzeit in der Fronerey gefangen hielt, nun einmal nicht aus. Seine Bemühungen, die fremdländische Azadeh ausfindig zu machen, auf die Marie Kessler gezogen hatte, waren bisher leider vergebens gewesen.

Es klopfte an seiner Tür.

Eilig zog Holler eine Akte vor sich auf den Schreibtisch, um einen sehr beschäftigten Eindruck zu vermitteln, doch es war nur ein Schreiber, der seine Kammer betrat.

»Das Folterprotokoll wäre jetzt fertig, Herr Doktor Holler.«

Der Kommissar nickte und streckte die Hand aus.

»Gebt es mir. Ich werde es gleich überprüfen.«

Der Schreiber reichte ihm das Dokument, und der Kommissar begann auch sofort zu lesen:

Hochnotpeinliches Verhör der Anneke Claen, Tochter des Kaufmanns Leopold Claen zu Hamburg, durch Herrn Hexenkommissarius Doktor Richard Holler. In Anwesenheit des wohlwürdigen Präses des Niedergerichts, des Ratsherrn Bernhard Hempel und des Verteidigers Doktor Matthäus Meyfart. Weiterhin beteiligt: Foltermeister Walter Thies.

Delinquentin entblößt.
Von Meister Thies auf Hexenmale untersucht und mit Nadeln gestochen. Zwei Punkte aufgefunden, aus welchen kein Blut geflossen.
Delinquentin befragt, ob ihr der Teufel dabei geholfen.
Sie leugnet es.
Darauf von Doktor Holler befragt, ob sie die Mordtaten mittels eines unheimlichen Amuletts an ihrem Großvater Ludwig Claen, dem Büttel Georg Wetter, der Hilfsmagd Hanna Klein und dem Altonaer Peter Stolten begangen habe.
Sie leugnet es.
Von Doktor Holler befragt, ob sie wisse, dass sie darauf peinlich befragt werde.
Sie wisse es.
Ob sie an Hexentänzen und Hexenzusammenkünften teilgenommen habe.
Sie leugnet es.
Doktor Holler weist darauf hin, dass sie auch dazu ein hochnotpeinliches Verhör zu erwarten habe.
Sie wisse es.
Darauf Meister Thies sie auf den Stuhl gesetzt, ihr

die kleinen Instrumente gezeigt und sie belehrt, wie sie zu gebrauchen sind.
Sie habe nichts zu gestehen und sei unschuldig.
Delinquentin sodann die Daumenschrauben angelegt. Zugeschraubt.
Doktor Holler sie gefragt, ob sie der Fremden Azadeh und Marie Kessler bei ihrem Wetterzauber geholfen habe.
Sie leugnet es.
Fester geschraubt.
Sie seufzt.
Wie viele Begegnungen sie mit dem Teufel gehabt habe, und in welcher Gestalt er ihr erschienen ist.
Sie leugnet, den Teufel jemals gesehen zu haben.
Der Thies ihr mit dem Hammer auf die Schrauben geklopft. Sie schreit.
Ob sie Kenntnis von der Herstellung der Hexensalbe habe.
Sie leugnet es.
Ihr die Beinschrauben angelegt.
Sie ruft: »Soll ich lügen? Ich kann' s nicht, und wenn ihr mir die Beine zerquetscht!«
Die Schrauben angezogen.
Ob sie noch weiteren Schadenzauber betrieben habe.
Sie leugnet es.
Der Thies drauf die Schrauben heftig angezogen, dass sich Blut zeigt.
Sie schreit: »Gott ist mein Zeuge, ich war's nicht!«
Ob Azadeh ihre Haupthexe gewesen sei und welche Menschen sie benennen könne, die mit ihr gemeinsam dem Teufel beigewohnt haben.

Sie kenne weder Hexen noch Zauberer.
So fortgesetzt eine Halbestunde. Sie auch mit schwefligen Hölzern gespickt. Nach anderen Untaten befragt. Sie darauf: »Oh Jesus, ich bin unschuldig!« Sodann das Verhör unterbrochen. Die Instrumente abgesetzt und die Delinquentin, da sie nicht mehr allein gehen konnte, in ihren Kerker zurückgeführt.
Hamburg, den 5. September 1623

Holler nickte und unterzeichnete das Protokoll.

»Es ist alles korrekt«, bestätigte er dem Schreiber. »Danke, Ihr könnt gehen.«

Der Mann verbeugte sich und verließ das Amtszimmer. Der Hexenkommissar blieb allein zurück. Er war unzufrieden mit dem heutigen Ergebnis, und es wollte ihm überhaupt nicht gefallen, dass das Geständnis Anneke Claens, mit dem er fest gerechnet hatte, ausgeblieben war. Denn auch wenn ihre Schuld aufgrund der Indizien, der Zeugenaussagen und der Hexenmale fest stand, benötigte er doch ein Geständnis, um die Todesstrafe zu rechtfertigen. So wollte es das Gesetz. Und das dieses fein säuberlich eingehalten wurde, darauf achtete schon der Verteidiger der Delinquentin, Doktor Meyfart.

»Das Weibsstück ist zäher, als es aussieht«, murmelte er ärgerlich. »Aber der Starrsinn wird ihm nicht bekommen. Ich werde eine jede zum Reden bringen.«

*

Maarten war außer sich, als er durch seinen Herrn, den Baumeister Johan van Valckenburgh, erfuhr, dass Anneke am frühen Morgen in die Fronerey gebracht worden war.

»Sie ist des Todes«, sagte er tonlos. »Warum nur wollte sie nicht fliehen, als noch Zeit dazu gewesen wäre?«

»Wir kennen die Gründe«, entgegnete Valckenburgh. »Und es ist müßig, über verpasste Gelegenheit zu klagen. Die Frage ist vielmehr, was ist jetzt zu tun?«

Maarten sah auf. Er schöpfte neue Hoffnung.

»Ihr habt recht, Meister. Solange sie lebt, besteht Hoffnung. Ich werde die Jungfer aus ihrem Kerker befreien und mit ihr fliehen. Jetzt wird sie sich bestimmt nicht mehr gegen meinen Plan wehren.«

»Das denke ich auch«, nickte Valckenburgh. »Zumal ich annehme, dass man sie bereits dem ersten Verhör unterzogen hat. Sie wird gewiss standhaft geblieben sein, weil die ersten Martern noch recht gemäßigt vorgenommen werden. Aber sie wird schon heute wissen, dass sie bei einer Steigerung nicht stark bleiben kann und irgendwann gestehen wird.«

Maarten schauderte es.

»Ich werde sie befreien. Sofort«, ächzte er. »Und wenn ich dafür die Wachen niederschlagen muss.«

Valckenburgh schüttelte den Kopf.

»Sei vernünftig, Maarten. Eine Flucht muss wohl geplant sein, sonst hat man euch schon gefasst, bevor ihr noch die Elbe überqueren konntet.«

Sein Gehilfe wusste, dass der Meister die Wahrheit sprach, und versuchte, sich zu beruhigen.

»Was also soll ich tun?«

»Ihr braucht ein zweites Pferd, eine wohlgefüllte Börse, Proviant und einen guten Plan«, gab Valckenburgh nachdenklich zurück. »Einen Plan, der eure Verfolger auf eine falsche Fährte lenkt. Und du hast nur den morgigen Tag, um alles vorzubereiten. Wenn du länger wartest, wird sie durch die Verhöre zu schwach sein, um dich überhaupt begleiten zu *können*.«

Maarten zwang sich zur Ruhe. Er musste kühlen Kopf bewahren, wenn er Anneke retten wollte – das hatte er begriffen.

»Werdet Ihr mir, wie einmal zugesagt, Geld und ein Pferd zur Verfügung stellen, Meister?«

Valckenburgh zögerte.

»Ich werde dir Geld geben, Maarten«, erwiderte er dann. »Ein Pferd musst du dir selbst besorgen. Du musst verstehen, dass ich auch an mich denken muss. Wenn eure Flucht entdeckt ist, wird es Nachforschungen geben. Und wenn dann herauskommt, dass ich ein Pferd gekauft habe, das ich jedoch nicht vorweisen kann …«

»Ich verstehe.« Maarten nickte. »Auf keinen Fall möchte ich, dass Ihr in die Sache hineingezogen werdet.«

»Und noch etwas, Maarten. Als Elisabeth Claen mir heute die Nachricht zukommen ließ, dass ihre Tochter gefangengesetzt wurde, bat sie zudem um eine Unterredung mit mir. Ich vermute, dass sie wissen möchte, ob es auch jetzt noch eine Fluchtmöglichkeit für die Jungfer gibt. Nun, du wirst sie an meiner statt aufsuchen. Gewiss wird auch sie euch unterstützen mit Geld und Proviant. Vielleicht kann sie dir sogar ein Pferd zur Verfügung stellen, ohne dass es auffällt. Und du solltest auch an Kleidung für die Jungfer denken. Wie ich hörte, war sie noch im Nachthemd, als sie inhaftiert …« Er unterbrach sich. »Nein, ich habe eine bessere Idee. Hör genau zu, was ich dir zu sagen habe.«

*

Im Schutze der Dunkelheit machte Maarten sich auf den Weg in die Deichstraße. Als er vor dem Haus der Claens stand, zögerte er jedoch, den Türklopfer zu betätigen. Wie sollte er es anstellen, wenn er durch die Vordertür ging und sich ordnungsgemäß anmelden ließ, die Dame des Hauses alleine zu sprechen? Es würde zu viele Zeugen geben und Elisabeth durch seinen Besuch am Ende selbst in Schwierigkeiten …

»Wer seid Ihr und was wollt Ihr hier?« Eine barsche Stimme ließ ihn herumfahren. Trotz der Dunkelheit erkannte er Annekes Bruder Friedrich sofort.

»Ich bin es, Maarten van Aelst. Ich muss dringend mit Eurer Mutter sprechen – nach Möglichkeit allerdings heimlich. Würdet Ihr …«

Friedrich reagierte zuerst erstaunt.

»Maarten van Aelst? Des Baumeisters Gehilfe? Was habt Ihr mit meiner Mutter zu schaffen? Schert Euch weiter, aber hurtig, wenn Ihr nicht meine Fäuste zu spüren bekommen wollt.«

»Nicht so laut«, flehte Maarten. »Es könnte gefährlich werden, wenn mich jemand hier sieht. Ich bitte Euch. Hört mich doch erst einmal an. Es geht um Eure Schwester.«

Friedrich stutzte. Sein Zorn schien sich noch zu steigern. Immerhin lagen auch seine Nerven blank. Dennoch senkte er seine Stimme.

»Ihr stellt nicht nur meiner Mutter, sondern auch meiner Schwester nach?«

»Aber nein«, wehrte Maarten entrüstet ab. »Anneke und ich, wir lieben uns aufrichtig, und von Eurer Mutter will ich doch nur …«

Weiter kam er nicht. Friedrich hatte bereits zum Schlag ausgeholt, und es galt, den Angriff abzuwehren. Behände ergriff Maarten den Arm seines Gegners und drehte ihn auf dessen Rücken, sodass Friedrich wehrlos vor ihm stand.

»Nehmt doch Vernunft an«, raunte er ihm zu. »Es geht um Annekes Leben. Ich bin fest entschlossen, es zu retten, aber ich schaffe es nicht allein. Ich brauche Hilfe.«

Es dauerte einen Augenblick, bis die eindringlichen Worte den Wütenden erreichten. Doch dann nickte er.

»Es ist gut«, sagte er leise. »Ich verstehe. Links neben dem Haus ist ein schmaler Gang, der zum Fluss führt. Nehmt ihn, ich werde Euch durch eine Hintertür einlassen. Aber wehe Euch, Freundchen, wenn Ihr mich hinters Licht führen wollt.«

Als Friedrich das Claensche Anwesen betrat, fand er in der Diele, an dem großen Tisch sitzend, nur seine Mutter vor.

»Ihr seid alleine? Wo ist mein Vater?«

»Er hat sich bereits zur Ruhe begeben. Es war ein langer, schlimmer Tag. Aber ich habe auf dich gewartet, mein Sohn. Tritt näher.«

Friedrich setzte sich zu seiner Mutter, die das Gespräch nun flüsternd fortsetzte:

»Es ist wahr, ich habe auf dich gewartet. Aber nur, um dich gleich zu Bett zu schicken – ebenso wie die Bediensteten, die sich auch bereits zurückgezogen haben. Tatsächlich erwarte ich nämlich noch einen anderen Gast. Und es ist besser, wenn niemand von seinem Besuch weiß. Du musst mir einfach vertrauen, mein Sohn.«

»Ich habe Herrn van Aelst bereits vor der Tür getroffen«, gab Friedrich leise zurück.

»Van Aelst?« Erstaunt sah die Mutter ihn an. »Aber ich habe nach Baumeister Valckenburgh schicken lassen.«

»Offensichtlich hat er seinen Gehilfen gesandt«, folgerte

Friedrich. »Ich habe ihn zur Hintertür geschickt. Es muss ja nicht das ganze Haus von seinem heimlichen Besuch erfahren.«

Elisabeth nickte.

»Es ist gut. Ich werde mich um ihn kümmern. Aber du gehst jetzt bitte zu Bett. Es ist meine Sache.«

Friedrich schüttelte den Kopf.

»Zu spät, Mutter. Ich weiß bereits, um was es geht. Ihr wollt Anneke vor dem Scheiterhaufen retten. Und dabei werde ich helfen. Um jeden Preis. Es ist nicht mehr nur Eure, sondern unsere Sache …«

Kapitel 10

In der Fronerey

Die Fenster der Zellen waren so klein und so verschmutzt, dass nur wenig Licht und Luft hindurch drangen. Und auch ansonsten waren die kleinen Abteile im Keller des elenden Gemäuers der Fronerey trostlos und verkommen. Der Geruch von Schweiß, Angst und Schmutz schien sich in die dicken Wände gefressen zu haben. Die Spuren bräunlichen eingetrockneten Blutes, das von Säbelhieben und Pikenstößen stammen mochte, bedeckten die nackten Mauern, ebenso wie die Inschriften und Namenszüge unzähliger Gefangener. Letzte Lebenszeichen von Menschen, die abgeholt und niemals zurückgebracht worden waren.

Als Anneke an diesem Morgen nach einem unruhigen kurzen Schlaf erwachte, brauchte sie einen Augenblick, bevor sie sich darauf besann, wo sie sich befand. Die Schmerzen an ihren Beinen und Händen brachten sie jedoch schnell aus der Traumwelt in die grausame Realität zurück. Mühsam drehte sie sich um und zwang ihren geschundenen Körper auf die Knie. Und während sie inständig betete, liefen ihr heiße Tränen über die Wangen.

Anneke hatte ihr Gebet noch nicht beendet, als die Wärterin eintrat.

»Mach dich bereit«, sagte sie mürrisch. »Der Foltermeister erwartet dich.«

Für einen Augenblick setzte der Herzschlag des Mädchens aus, und mit angstgeweiteten Augen sah es zu der Alten auf. Doch als diese drängte: »Nun komm schon. Du kannst die hohen Herren nicht warten lassen«, erhob sie sich stöhnend.

»Gelobt sei Jesus Christus«, grüßte Hexenkommissar Holler, als Anneke hereingeführt wurde. Und obwohl seine Worte wie Hohn klangen, erwiderte sie leise:

»In Ewigkeit, Amen.« Dabei bemühte sie sich, nicht unwillkürlich zu der Streckbank hinüberzusehen, an der schwarzes Blut klebte. Niemand machte sich die Mühe, es fortzuwischen – es kam ja ständig neues hinzu.

Die Wärterin führte sie zu der Bank, zog sie bis auf die nackte Haut aus und legte ihr die Stricke an Hand- und Fußgelenke. Dabei murmelte sie leise, aber dennoch vernehmlich:

»Die Verhöre beginnen auch immer früher. Ein guter Christenmensch sollte zu dieser Zeit in der Kirche sein und sein Morgengebet abhalten.«

Weder Präses Hempel, der erneut dem Verhör vorsaß, noch der Hexenkommissar reagierte auf ihren Einwand. Zwar wussten beide, dass Holler das Verhör zu dieser frühen Stunde angesetzt hatte, um Doktor Meyfart übergehen zu können, der am Vormittag stets in der Gelehrtenschule des Johanneums unabkömmlich war. Doch beide hatten nicht die Absicht, sich vor der alten Wärterin zu rechtfertigen.

Inzwischen war Foltermeister Thies eingetroffen und hatte begonnen, die Winde langsam zu betätigen. Er war angewiesen worden, das verstockte Hexenweib heute ein wenig härter zu zwicken.

Als Anneke den ersten Zug in ihren Armen spürte, schrie sie auf. Das Schreien dämpfte den Schmerz ein wenig. Das hat sie in ihrem ersten hochnotpeinlichen Verhör gelernt.

Gleich darauf hielt Thies inne. Nicht, weil ihn die Schmerzensschreie des Mädchens beeindruckten, sondern weil es zu der besonderen Kunst des Folterers gehörte, zu wissen, wann es genug war. Die Tortur sollte so quälend wie möglich sein, aber nicht töten. Immerhin, wer dreimal ungeschickt folterte, sodass die Delinquentin ums Leben kam, wurde sofort aus seinem Amt entlassen – so schrieb es das Gesetz vor.

Nun trat der Hexenkommissar näher und begann mit seiner Befragung:

»Du sollst heute bekennen, dass du mittels eines teuflischen Amuletts vier Menschen vom Leben zum Tode befördert hast. Rede! Warum hast du getötet? Wer hat dich dazu angestiftet?«

Anneke stöhnte.

»Ich bin unschuldig und habe nichts zu gestehen.«

In rascher Folge kamen nun weitere Fragen:

»Warum hast du den Hagel gemacht, welche Hilfsmittel hast du für das Hexenwerk benötigt, und wer hat dich dazu angestiftet?«

Danach folgten die Fragen über die Anbetung Satans.

»Wie oft ist der Teufel zu dir gekommen? Zu welcher Jahreszeit? Wann und wo hast du mit ihm Unzucht getrieben? Hat er still oder laut geredet und was hat er gesagt?«

Anneke wusste selbst nicht, woher sie die Kraft und den Mut nahm, aber sie beantwortete jede Frage beharrlich mit einem »ich habe nichts zu gestehen«, obwohl Thies die Winde jedes Mal ein Stückchen weiter drehte. Laut hallten ihre Schmerzensschreie durch die Fronerey.

Auf den ungeduldigen Wink des Hexenkommissars wurde sie schließlich von der Streckbank losgebunden. Brutal riss ihr der Foltermeister die Arme nach hinten und band ihre Handgelenke an einen Strick, der von einem Rad herabhing.

»Willst du nun deine Hexenkünste endlich eingestehen?«, fragte Holler drohend.

Anneke schüttelte mühsam den Kopf.

Weitere Fragen folgten, eine ganze Litanei: Wann und wo sie das erste Mal mit dem Teufel Buhlschaft getrieben, wer sie dem höllischen Galan zugeführt habe, wer ihre Genossinnen waren und wer bei den höllischen Zusammenkünften dabei gewesen.

Dazwischen ihre kurzen immer gleichen Antworten:

»Nein, ich habe nichts zu gestehen!«

Schließlich war sie wie betäubt von den sich ewig wiederholenden Fragen. Da sie sich dennoch weigerte, zu bekennen, gab der Kommissar das Zeichen, mit der Folterung fortzufahren.

Thies zog den Strick mit einem heftigen Ruck an. Anneke hing in der Luft. Die Arme waren aus ihren Gelenken gerissen. Der Schmerz schien ihr unerträglich, und sie schrie laut auf. Schrie und schrie, als könne sie niemals wieder aufhören. Dann senkte sich eine gnädige Ohnmacht über sie.

Die Erlösung dauerte aber nur kurze Zeit, denn als der Foltermeister den Strick wieder löste und sie unsanft zu Boden stürzte, kehrte auch das Bewusstsein zurück.

Wie lange sie so dalag, wusste sie nicht zu sagen. Die Wärterin sagte ihr später, dass sie erneut in Ohnmacht gefallen wäre und man deshalb die Folter abgebrochen hätte.

»Der Holler ist ganz schön wütend gewesen«, erklärte sie mit einem schadenfrohen Grinsen, »und hat den Foltermeister auf das Übelste wegen seiner Unachtsamkeit beschimpft.«

Anneke lag wieder in ihrer Zelle und konnte ihre Arme kaum noch bewegen. Die Alte, die sich natürlich mit den Wunden, die die Folter schlug, auskannte, ging nun schweigend ihrer Arbeit nach und deckte ein Leinentuch über das harte Stroh. »Leg dich darauf«, befahl sie. »Auf den Bauch. Dann hast du weniger Schmerzen.« Anschließend brachte sie Wasser und saubere Tücher, um die Verletzungen zu kühlen.

Anneke war ihr dankbar.

Es muss ja wohl doch noch ein Fünkchen Mitgefühl in dieser verrohten Seele stecken, dachte sie erschöpft. Doch darin irrte sie. Die Alte handelte genau nach ihren Vorschriften. Und diese Anweisungen besagten auch, dass die Malefizperson fünf Stunden liegen musste, bis ein Baader kam, um ihr die Gelenke wieder einzurenken.

Es waren lange Stunden, die Anneke nahezu bewegungslos liegen blieb, und in denen die Wärterin ihr immer wieder die geschundenen Gelenke kühlte. Als der Bader endlich auftauchte, dämmerte es bereits, und als er Annekes Kerker betrat, breitete sich sogleich ein deutlicher Weingeruch aus. Ganz offensichtlich war der Mann nicht nüchtern und sein Griff alles andere als sanft.

Dennoch war das Mädchen erleichtert, dass ihm endlich geholfen wurde. Wenige Augenblicke später hatte der Bezechte beide Armgelenke wieder eingerenkt.

»Morgen sollte sie noch Ruhe haben«, erklärte der Bader der Alten nuschelnd. »Aber in zwei Tagen kann der Thies sie getrost wieder aufziehen.«

Dann verließ er torkelnd den Kerker.

Noch einmal legte die Wärterin Anneke kühlende Umschläge auf, dann ging auch sie. Deutlich war das Klappern der Schlüssel zu hören, als sie das Tor abschloss.

Für einige Augenblicke war nun alles ruhig in der Fronerey. Doch dann vernahm Anneke eine leise Stimme.

»Jungfer Claen!«

Mühsam setzte sie sich auf.

»Wer ruft mich?«

»Ich«, kam es sogleich zurück, »die Marie Kessler.«

Die Schreinermeisterin? Die Frau, die sie so vieler Untaten bezichtigt hatte?

»Wo seid Ihr?«, wollte Anneke überrascht wissen.

»In der Zelle gegenüber der Euren«, lautete die Antwort. »Wenn Ihr zur Tür kommt, könnt Ihr mich sehen.«

Das Mädchen erhob sich vorsichtig von seinem Lager und kroch unter Schmerzen zu dem Eingang seiner Zelle, die mit einem Eisengitter versperrt war. Tatsächlich, in dem flackernden Schein der Kerze, die auf dem Gang stand und kurz vor dem Erlöschen war, konnte sie die Schreinermeisterin hinter der gegenüberliegenden Gittertür erkennen.

»Wie geht es Euch?«, wollte Marie mitleidig wissen.

Anneke stöhnt leise.

»Warum fragt Ihr?«, gab sie zögernd zurück. »Ihr habt doch am eigenen Leibe erfahren, wie man sich fühlt nach der Tortur. Mit geht es gewiss nicht besser, als es Euch gegangen ist.«

Längst war die Kerze erloschen. Immer noch kauerten die beiden Frauen auf dem harten kalten Steinfußboden ihrer engen Zellen, nur getrennt durch zwei eiserne Gitter und einen schmalen Gang. Gewiss wäre es auf ihren Strohlägern ein wenig angenehmer zu sitzen, aber eine jede suchte die Nähe der anderen als einzigen Trost in der hoffnungslosen Situation, an deren Ende der Scheiterhaufen stand.

Hin und wieder redeten sie ein paar Worte miteinander, aber das Sprechen fiel schwer mit den von ihren Schmerzensschreien gequälten Stimmbändern. Viel zu sagen hatten sie ohnehin nicht – nicht mehr. Das Grauen lähmte und machte sprachlos.

Müde lehnte Anneke ihren Kopf gegen die Gitterstäbe. Ihre Schultern brannten dort, wo das Aufziehen ihr die Arme aus den Gelenken gerissen hatte, und jede Bewegung schmerzte wie ein Messerstich.

Als ihre Mitgefangene schließlich das Schweigen brach, hob sie daher nur mühsam den Kopf.

»Bitte Jungfer Claen, beantwortet mir eine Frage, die mich die ganze Zeit quält«, krächzte die Frau des Schreinermeisters. »Seid Ihr der Hexenkunst mächtig, oder habe ich dem Kommissar eine Unschuldige aufgezeigt?«

Anneke zögerte mit ihrer Antwort. Doch dann gab sie kaum hörbar zurück:

»Ihr müsst es doch wissen. Schließlich habt Ihr ausgesagt, dass wir gemeinsam auf dem Besen geritten sind.«

Marie zuckte zusammen, wie unter einem Schlag.

»Ich habe der Folter so lange widerstanden, wie ich es vermochte«, erwiderte sie verzweifelt. »Aber irgendwann habe ich die Schmerzen nicht länger ertragen und alles gestanden, was man von mir verlangte.«

»Also seid Ihr ebenso wenig eine Hexe wie ich«, gab Anneke leise zurück, und fuhr nach kurzem Zögern fort: »Obwohl ich nicht begreife, wie gerade ich Euch einfallen konnte, als man Euch zwang, den Namen einer weiteren Hexenmeisterin zu gestehen.«

»Der Kommissar war es, der Euren Namen genannt hat«, murmelte Marie erschöpft. »Offensichtlich standet Ihr schon unter Verdacht. Und dann waren da ja auch die beiden seltsamen Todesfälle in Eurem Haus und die Begegnung mit der Fremden, die sich Azadeh nannte und die vielleicht wirklich eine Hexe ist. Ich habe Euch zusammen auf der Straße gesehen. Dabei habt Ihr Euch so auffällig umgeschaut …«

Anneke begriff, und tatsächlich konnte sie der Schreinermeisterin nicht wirklich gram sein.

Auch ich werde irgendwann der Tortur nicht mehr standhalten, dachte sie, und Dinge gestehen, deren ich mich niemals schuldig gemacht habe. Kein Mensch kann diese Schmerzen immer wieder ertragen.

»Bitte Jungfer Claen. Es tut mir leid«, kam es jetzt schluchzend von gegenüber. »Wenn ich geahnt hätte …«, stammelte Marie. »Niemals hätte ich …«

»Es ist gut, Gevatterin«, unterbrach Anneke die Entschuldigung ihrer Leidensgenossin. »Ich verstehe schon. Und ich bitte meinen Schöpfer, dass ich nicht in wenigen Tagen die gleichen Worte zu einer anderen Frau sagen muss.«

»Ich werde widerrufen«, versprach die Schreinermeisterin entschlossen. »Schon morgen werde ich dem Kommissar erklären, dass ich falsch ausgesagt habe.«

Doch Anneke schüttelte nur hoffnungslos den Kopf.

»Damit würdet Ihr mein Leben auch nicht mehr retten. Wir sind Verlorene. Egal, was wir gestehen oder leugnen. Unser Tod ist beschlossene …«

Sie hielt plötzlich inne und lauschte.

War da nicht leises Schlüsselrasseln zu vernehmen? Sollte die Wärterin noch einmal zurückgekehrt sein?

Hastig und so schnell es ihr geschundener Körper gestattete, kehrte sie auf ihr Lager zurück.

Wenig später vernahm sie leise Tritte auf der steinernen Treppe und erkannte schnell, dass es nicht die schlurfenden Schritte der Alten waren. Wer aber sonst würde um diese nächtliche Stunde in den Kerker der Fronerey hinabsteigen?

Bang lauschte Anneke auf jedes Geräusch. Hatten sich ihre Peiniger eine neue Teufelei ausgedacht, um sie zu einem Geständnis zu bewegen? Angstvoll hielt sie den Atem an. Kein Zweifel, die Schritte kamen näher. Schon war der flackernde Lichtschein einer Kerze zu erkennen.

Unwillkürlich schloss das junge Mädchen die Augen. Es traute sich kaum, zu atmen. Doch plötzlich hörte es seinen Namen flüstern:

»Anneke?«, raunte es leise von ihrer Zellentür herüber. Und dann noch einmal: »Anneke?«

Ungläubig schlug sie die Augen auf. Das war doch …

Ein plötzlicher Hoffnungsfunken gab ihr die Kraft, zu antworten.

»Maarten?«

»Ja, Geliebte«, kam es leise zurück. »Ich bin es. Und ich bin gekommen, dich zu holen. Aber jetzt schweig still. Ich werde dir später alles erklären – wenn wir die Stadt verlassen haben. Einstweilen sag mir nur, wo sich der Schlüssel für deine Zelle befindet.«

Maarten suchte bereits hastig die Wände ab. Irgendwo musste der vermaledeite Schlüssel doch hängen.

»Der Schlüssel?« Das Mädchen schüttelte mutlos den Kopf, obwohl Maarten die Bewegung in der Dunkelheit ihrer Zelle gar nicht erkennen konnte.

»Ich weiß nicht, wo die Wärterin den Schlüssel verwahrt«, gestand sie leise. »Ich habe nicht darauf geachtet, Maarten. Es tut mir leid.«

Mühsam erhob sie sich und hörte im gleichen Augenblick die Stimme Maries.

»Der Zellenschlüssel muss am Fuß der Treppe hängen. An einem Wandhaken. Zumindest habe ich einmal gesehen, dass die Alte ihn dort aufhebt.«

Maarten stutzte einen Augenblick, als er die Stimme einer zweiten Gefangenen hörte. Doch dann fiel ihm ein, dass es die Frau des Schreinermeisters sein musste, von der die ganze Stadt sprach – die Zauberin, die das schreckliche Unwetter herbeigerufen haben sollte.

Während er zur Treppe zurückeilte, überlegte er kurz, ob es sich bei ihr um eine wirkliche Hexe handelte. Zwar sollte sie ihre Untaten gestanden haben, wie man hörte, aber was von einem Bekenntnis unter der Folter zu halten war, wusste er ja bereits. Wie auch immer, der Rat der Frau war gut. Ohne Schwierigkeiten fand er nun den gesuchten Schlüssel und eilte damit zurück zu Anneke. Hastig schloss er ihre Zelle auf und konnte das geliebte Mädchen gleich darauf endlich in seine Arme schließen. Doch nur für einen kurzen Augenblick, dann gab er sie wieder frei und raunte leise:

»Wie geht es dir? Wirst du alleine gehen können, oder soll ich dich lieber tragen?«

Erschrocken wehrte sie ab.

»Die enge gewundene Treppe hinauf? Wir würden uns beide den Hals brechen. Es wird schon gehen, Maarten. Nun, da ich hier freikomme und neue Hoffnungen haben darf, wird mir gewiss alles gelingen.

»Gut«, nickte er. »Wenn dich die Kräfte verlassen, musst du es nur sagen. Aber nun komm. Wir müssen uns eilen.«

Doch Anneke zögerte noch.

»Maarten«, flüsterte sie und wies auf die Zelle, an deren Gittertür nun die am ganzen Körper zitternde Schreinermeisterin stand. »Sie heißt Marie Kessler und ist ebenso wenig eine Hexe wie ich. Wenn ich gehe, muss auch sie mitkommen. Niemals könnte ich sie hier allein zurücklassen.«

Der junge Mann wollte widersprechen, wollte ihr deutlich machen, wie gefährlich es wäre, sich mit einer zusätzlichen Person zu belasten. Doch als er in das verzweifelte Gesicht Maries sah, brachte auch er es nicht übers Herz, sie ihrem Schicksal zu überlassen.

»Also gut«, murmelte er und zog noch einmal den Schlüssel hervor. »Aber ich hoffe sehr, dass wir diese Entscheidung später nicht bereuen müssen.«

So leise und schnell wie möglich machte man sich nun zu dritt an den Aufstieg der Treppe und hatte es wenig später tatsächlich geschafft. Mit leisem Knarren schloss sich das Tor der grausigen Fronerey hinter den Flüchtenden. In diesem Augenblick trat ein Mann aus dem Schatten der Mauer.

Anneke erschrak, hätte fast aufgeschrien. Doch dann erkannte sie zu ihrer grenzenlosen Erleichterung ihren Bruder.

»Friedrich!«

Mit Tränen in den Augen lagen sich die Geschwister in den Armen.

»Wir müssen weiter«, drängte Maarten.

Friedrich Claen nickte und legte seiner Schwester schnell einen Mantel um die Schultern, den er für sie mitgebracht hatte. Doch der Holländer schüttelte den Kopf.

»Gib den Mantel deiner Freundin, Anneke«, erklärte er hastig. »Mit ihrem Leinenhemd kann sie unmöglich durch die Straßen Hamburgs laufen, und da sie kleiner ist als du, wird ihr der Umhang deines Bruders noch weniger passen als dir.«

Das Mädchen gehorchte sofort, gab seinen Mantel an Marie weiter und nahm dann die schwere Pelerine seines Bruders in Empfang. Das Kleidungsstück war ihm zu groß und schleifte ein wenig auf der Erde, aber zunächst mochte es damit gehen.

Zu viert machten sie sich nun eilig auf den Weg, gingen über den Platz der St. Petri Kirche und bogen in die Johannisstraße, die zu dieser späten Stunde menschenleer vor ihnen lag. Dennoch hielten sich die Flüchtenden sorgfältig von den Lichtkegeln der mit Tran betriebenen Glaslaternen fern und hielten sich im Schatten der Hausmauern.

Vorsichtig sah Maarten sich um. Gerne hätte er die großen Straßen gemieden, aber sie hatten keine Zeit für Umwege. Immerhin konnte es geschehen, dass der Nachtwächter auf seiner Runde die Fronerey inspiziert. Das geschah zwar selten, und zumeist begnügte man sich damit, lediglich das Tor zu kontrollieren, das Maarten wieder sorgfältig verschlossen hatte, aber vielleicht verübte ja gerade heute Nacht ein Übereifriger Dienst. Er würde die Flucht bemerken und natürlich umgehend Alarm schlagen.

Falls das geschieht, sollten wir die Stadt bereits verlassen haben, dachte der junge Holländer. Sonst sind wir alle vier des Todes.

Noch einmal trieb er seine Weggefährten zur Eile an, und so konnten sie schon bald in den Burstah einbiegen und von dort in den Rödingsmarkt. Wenig später wurde im Mondlicht bereits das alte Schaartor sichtbar, das seit der Stadterweiterung nutzlos geworden war und daher auch nicht mehr bewacht wurde. Ohne innezuhalten schritten sie hindurch und nahmen den Steinweg unter die Füße, der zum Schaarmarkt führte.

Anneke keuchte leise. Doch obwohl ihr jeder Schritt große Schmerzen verursachte, biss sie tapfer die Zähne zusammen. Nur nicht aufgeben. Ein kurzer Seitenblick auf Marie zeigte ihr, dass es der Schreinermeisterin nicht anders erging. Aber es waren nicht nur die Qualen, die sich auf ihrem Gesicht widerspiegelten, sondern auch eiserner Wille und Unbeugsamkeit. Diese Flucht war ihre einzige Chance, zu überleben, und sie war fest entschlossen, diese zu nutzen. Ja, als sie Annekes Blick bemerkte, gelang ihr sogar ein kleines Lächeln.

»Wir werden es schaffen, nicht wahr? Wir werden uns nicht von unseren Schmerzen und unserer Schwäche besiegen lassen.«

Das junge Mädchen nickte entschlossen und taumelte, so schnell seine Füße es tragen wollten, weiter durch die nächtlichen Straßen seiner Heimatstadt.

Doch plötzlich hielt Maarten sie zurück und legte beschwörend den Finger auf die Lippen.

Verständnislos sah Anneke zu ihm auf, aber dann hörte sie es auch. Schritte und Stimmengemurmel!

Zwei Männer tauchten aus dem Schatten einer Gasse, überquerten den Marktplatz und bogen wenig später in ein anderes Sträßchen ein. Offensichtlich waren sie bester Laune und hatten des guten Weines ein wenig zu viel genossen.

»Es sind nur zwei Zecher auf dem Heimweg«, flüsterte Friedrich erleichtert. »Sie haben uns nicht bemerkt.«

Maarten nickte, wartete noch, bis die Schritte der beiden Kumpane verklungen waren, und gab dann das Zeichen zum Weitergehen.

Sie überquerten den Marktplatz und durchschritten anschließend den Eichholz, in dem einst die Reepschläger ihre Bahnen gezogen hatten.

Bevor sie jedoch aus dem Schatten der alten Eichen treten konnten, hielt Maarten sie zurück.

Er lauschte angespannt.

Inzwischen musste der Nachtwächter auf seiner Runde die Fronerey passiert haben. Doch bisher waren keine Rufe zu hören, kein eiliges Pferdegetrappel. Wie es schien, war ihnen das Glück hold und der Wächter hatte auf eine Kontrolle des Kerkers verzichtet. Die Stadt lag noch immer in tiefem Schlummer.

Das besorgte Gesicht Maartens hellte sich ein wenig auf.

Dann wandte er den Blick nach rechts, wo man in der Ferne den blassen Schein einer Fackel ausmachen konnte. Dort lag das zu dieser Zeit natürlich verschlossene Millerntor. Die Torwächter waren jedoch nicht zu sehen. Vermutlich schliefen sie selig in der Wachstube auf ihren Pritschen. Hätte es einen Alarm gegeben, würden sie ihr Tor gewiss sorgfältiger bewachen.

Auch die vor ihnen liegende Innenseite der Bastion Albertus wurde von Fackeln erhellt.

»Dort sind Soldaten«, stellte Friedrich erschrocken fest. »Es wird euch nicht gelingen, an ihnen vorbeizukommen, um die Bastion zu betreten.«

»Natürlich nicht«, antwortete Maarten. »Aber sie werden gleich gehen. Und dann haben wir eine Viertelstunde Zeit, bevor der Wachwechsel kommt. Ich muss es wissen«, fügte er leise grinsend hinzu. »Ich habe die Pläne selbst geschrieben.«

Dunkel erinnerte sich Anneke daran, dass Maarten einmal ein Hornwerk erwähnt hatte, das man nur von der

Bastion Albertus aus betreten konnte und das sich derzeit noch im Bau befand.

Das ist also der Weg, auf dem wir die Stadt ungesehen und, ohne eines der Tore passieren zu müssen, verlassen werden, begriff sie und atmete erleichtert auf, als sich die Soldaten nun tatsächlich Richtung Millerntor in Marsch setzten.

Gleich darauf lag die Bastion dunkel und unbewacht vor ihnen.

»Nun kommt. Wir müssen uns eilen«, sagte Maarten und huschte als Erster zu dem Bollwerk hinüber, das einen Teil der Hamburger Stadtbefestigung ausmachte. Sicheren Schrittes führte er seine Begleiter zu einem kleinen Tor, das zum Hornwerk führte – einer vorgeschobenen Anlage zum Schutz des Hafens und der Bastionen Albertus und Casparus, die eventuelle gegnerische Truppen auf Distanz halten sollte. Maarten zog einen Schlüssel hervor, schloss das Tor auf und öffnete es. Dann gab er den Schlüssel an Friedrich weiter.

»Wenn du hinter uns abgeschlossen hast, wirst du ihn sogleich meinem Meister zurückbringen?«

Friedrich nickte.

»Natürlich. Das ist doch meine Aufgabe.«

»Dann heißt es jetzt Abschied nehmen«, stellte Maarten fest. »Wenn nichts mehr geschieht, werden wir die Stadt in wenigen Minuten verlassen haben.«

Friedrich nickte.

»Wenn ich den Schlüssel abgegeben habe, werde ich so schnell wie möglich in die Deichstraße zurückkehren. Ich muss daheim sein, wenn die Schergen, die euch verfolgen, kommen, um ihre Fragen zu stellen. Diesem Verhör wären unsere Eltern allein nicht gewachsen.«

Dann drückte er Maarten die Hand.

»Ich vertraue dir meine Schwester an. Erweis dich dieses Vertrauens als würdig. Sonst werde ich dich zu finden wissen.«

Maarten hielt dem besorgten Blick des jungen Mannes stand.

»Sei gewiss, Friedrich, dass mir Anneke nicht weniger am Herzen liegt als dir und deiner Familie. Ich werde es nicht zulassen, dass ihr ein Leid geschieht, und mit ihr zurückkehren, sobald wir das erforderliche Dokument in den Händen halten.«

Als Nächstes verabschiedete sich Friedrich von Marie und schloss endlich Anneke ein letztes Mal in seine Arme.

»Wir sehen uns wieder«, flüsterte er ihr aufmunternd zu. »Das weiß ich genau, und darum darfst du auf keinen Fall den Mut verlieren – egal wie beschwerlich eure Reise auch werden mag.«

Unter Tränen umarmte Anneke ihren geliebten Bruder und beobachtete, wie sich das Tor hinter ihm schloss. Dann hörte sie das Knirschen des Schlüssels im Schloss und schließlich seine davoneilenden Schritte.

»Wir müssen weiter, Liebes«, drängte Maarten und führte die beiden Frauen über einen provisorischen Steg, der den Stadtgraben überquerte.

Die Baustelle des Hornwerks lag nun vor ihnen, ein unheimlicher Ort – stockfinster, unübersichtlich und von Ratten und anderem Getier bevölkert.

Der ortskundige Maarten fand seinen Weg jedoch sicher durch die Dunkelheit.

*

Unterdessen wartete Elisabeth Claen angstvoll auf die Rückkehr ihres Sohnes.

War die Flucht gelungen und Anneke in Freiheit? Oder waren ihre beiden Kinder in diesem Augenblick bereits in den Händen der Häscher?

Elisabeth hielt es nicht länger auf ihrem Stuhl. Händeringend ging sie auf und ab und lief zwischendurch immer wieder zur Tür, um in die dunkle Nacht hinaus zu lauschen.

Nichts. Alles war ruhig.

Ich hätte diesem jungen Holländer nicht vertrauen dürfen, dachte sie schließlich erschöpft. Das war ganz gewiss ein Fehler. Was weiß ich schließlich von ihm? Wie konnte ich mich nur auf ihn einlassen und ihm das Schicksal meiner Kinder anzuvertrauen?

Besorgt sah sie zur Galerie hinauf. Doch auch dort blieb alles ruhig. Und das war auch richtig so. Auf keinen Fall durfte der schlafende Leopold von der Flucht und der Abwesenheit Friedrichs in dieser Nacht erfahren. Schließlich hatte er sich dafür verbürgt, dass Anneke in der Stadt blieb, und in seiner verbissenen Rechtschaffenheit war er am Ende noch in der Lage, den ganzen Plan zu verraten.

Ach ja, der Fluchtplan. Er war wirklich gut, so gut, dass der junge van Aelst sie an jenem Abend sofort überzeugt hatte.

Elisabeth verbot sich nun ihre Zweifel.

Jetzt hieß es, abzuwarten, ob er auch tatsächlich gelang. Dass die Befreiung Annekes nicht gefahrlos war, hatte sie schließlich von Anfang an gewusst. Trotzdem waren Friedrich und sie bereit, das Risiko einzugehen, um das Leben Annekes zu retten.

Ich muss auf Gott vertrauen, dachte Elisabeth. Er wird seine schützende Hand über uns halten.

Sie sank auf die Knie, um zu beten. Das war das Einzige, womit sie ihren Kindern im Augenblick helfen konnte. Inständig flehte sie den Herrn des Himmels um Beistand an.

Elisabeth war so in ihr Gebet vertieft, dass sie die Rückkehr Friedrichs zunächst nicht bemerkte. Erst als er leise zu ihr trat, wurde sie aufmerksam.

»Ich soll Euch einen herzlichen Gruß von Eurer Tochter ausrichten«, verkündete er leise. »Die Flucht ist geglückt. Sie befindet sich in Freiheit. Und wenn sie durch die Tortur auch übel gelitten hat, so ist sie doch am Leben.«

Aufgeregt bestürmte ihn seine Mutter mit Fragen, doch Friedrich wehrte ab.

»Zunächst müssen wir die Kerzen löschen«, sagt er. »Wir wollen doch die Nachbarn nicht misstrauisch machen. Am Ende wundert sich noch jemand, dass ausgerechnet in dieser Nacht das Licht im Hause der Claens nicht erlischt.«

Kapitel 11

Ein Sklavenleben in Konstantinopel

Wie ein unterirdischer Palast mutete sie an, die Yerebatan Sarnici, die größte und älteste Zisterne Konstantinopels. Sie wurde im 6. Jahrhundert unter Kaiser Justinian errichtet und diente der Stadt seither als Wasserspeicher.

Nach Philipp Claens Berechnungen maß das Bauwerk 184 Schritt in der Länge und 87 Schritt in der Breite. Das Gewölbe wurde von insgesamt 336 aufwendig verzierten Marmorsäulen getragen, die in zwölf Reihen standen und von denen jede in der Höhe mindesten 30 Fuß maß.

Er hatte in seiner knappen freien Zeit, die er eigentlich dringend zum Schlafen benötigt hätte, so genau gemessen, wie es ihm möglich gewesen war, und die große Halle ebenso genau inspiziert – aber er hatte keinen zweiten Ausgang – und damit auch keinen möglichen Fluchtweg – gefunden.

Entmutigt ließ Philipp sich auf seinen Strohsack sinken. Dass dieser sich unangenehm feucht anfühlte und erbärmlich stank, bemerkte er kaum, so erschöpft und enttäuscht, wie er war.

»Was zum Teufel suchst du eigentlich?«, wollte José wissen. Er flüsterte leise, um keinen ihrer Mitgefangenen zu wecken. Doch die schliefen nach einem 15 Stunden Tag harter Arbeit so tief und fest, dass er sich die Mühe eigentlich hätte sparen können.

»Nichts Bestimmtes«, gab Philipp brummig zurück. »Ich habe mir nur unseren Kerker ein wenig genauer angesehen. Das wird ja wohl nicht verboten sein.«

»Verboten nicht, aber überflüssig«, gähnte José. »Da wir die Zisterne rundherum neu verputzen müssen, wirst du die Räumlichkeiten im Laufe der Zeit genauer kennenlernen, als dir lieb ist. Für eine sofortige Besichtigung würde ich zumindest weder mein Abendessen noch eine Minute Schlaf opfern – es sei denn …«

Ruckartig setzte er sich auf.

»Was hast du vor? Suchst du nach einem Fluchtweg?«

Philipp antwortete nicht gleich. Schon seit ein paar Tagen überlegte er, ob er José und Lorenz in seine Pläne einweihen sollte. Wenn er nämlich tatsächlich eine Möglichkeit zur Flucht fand, würde er es gewiss nicht übers Herz bringen, die beiden Freunde zurückzulassen. Da er einstweilen jedoch noch keinen Weg gefunden hatte, war es eigentlich auch sinnlos, ihnen falsche Hoffnungen zu machen. Doch was sollte er antworten, nun, da José ihn so direkt fragte?

Sein Zögern wurde von dem Spanier richtig ausgelegt.

»Du willst tatsächlich versuchen, zu fliehen?«

»Nun ja«, antwortete Philipp, nun ebenfalls flüsternd. »Wenn sich eine Gelegenheit ergibt …« Niedergeschlagen gab er zu: »Bis jetzt habe ich aber noch kein Schlupfloch gefunden.«

»Ich werde gleichfalls die Augen offen halten«, versprach José. »Nun, da ich weiß, dass du zu einer Flucht bereit wärst.« Dann reichte er Philipp einen Krug mit Wasser und ein Stück des aus Bohnenmehl gebackenen Brotes herüber.

»Hier, iss. Ich habe es vom Abendessen für dich beiseitegelegt. Und dann schlaf. Wir müssen sehen, dass wir bei Kräften bleiben.«

In aller Herrgottsfrühe wurden die Fronarbeiter am nächsten Morgen von Cryso geweckt:

»Aufstehen, ihr faule Bande«, forderte der Hüne. »Glaubt ihr, ihr seid zur Erholung hier? Heute kommt der Kul Kâhyasi, der Sklavenaufseher, vorbei, um zu sehen, welche Fortschritte wir mit unserer Arbeit gemacht haben.«

Die Drohung schien keinen großen Eindruck auf seine Leute zu machen. Nur langsam erhoben sie sich von ihren Lagern und murrten:

»Soll er doch kommen. Was kann er uns anhaben? Man hat uns doch schon alles genommen.«

»Sicher«, gab Cryso zu. »Alles bis auf das Leben.«

»Das wird er uns nicht nehmen«, brummte José gelangweilt. »Schließlich brauchen diese Osmanen unsere Arbeitskraft. Wer soll denn sonst die Drecksarbeit für sie erledigen?«

»Ach«, grinste Cryso. »Auf einen Sklaven mehr oder weniger kommt es in Konstantinopel wirklich nicht an. Aber ich will euch gern sagen, was unsere Strafe sein würde: eine gehörige Tracht Prügel! Bisher haben wir hier unten ein recht ruhiges Leben geführt, weil keiner der Wärter Lust hat, den ganzen Tag in dieser Tropfsteinhöhle zu verbringen. Doch wenn wir unser Soll nicht erfüllen, wird sich das ändern. Und glaubt mir, es ist keine Freude, den ganzen Tag von übelgelaunten Aufpassern mit Peitschenhieben traktiert zu werden.«

Das wirkte.

Eilig erhoben sich die Männer, schlangen schnell ein paar Brocken von dem trockenen Bohnenmehlbrot und ein paar

Oliven hinunter und machten sich schleunigst an ihr Tagwerk.

Philipp richtete es so ein, dass er seine Arbeit unmittelbar neben Cryso verrichten konnte. Und während er eifrig den Mörtel anrührte, der zum Verputzen der Zisterne benötigt wurde, wollte er von seinem Vorarbeiter wissen:

»Wenn wir hier unten ein ruhiges Leben führen – wie sind dann die anderen Sklaven untergebracht?«

»Im Bagno«, gab Cryso einsilbig Auskunft.

Erstaunt sah Philipp ihn an.

»Im Bagno? Ist das nicht der spanische Begriff für Bad?«

Cryso zuckte gleichmütig mit den Schultern.

»Das mag wohl sein. Und warum das Gebäude, das so hoch wie eine Kirche und in der Nähe des Hafens zu finden ist, so genannt wird, kann ich auch nicht sagen. Aber ich weiß, dass es dort hart zur Sache geht. Erst gestern hat man einen Sklaven wegen eines geringen Vergehens halb tot geschlagen, ihm dann die Ohren abgeschnitten und ihn gezwungen, sie aufzuessen.«

Entsetzt sah Philipp ihn an.

»Was hatte der Mann verbrochen?«

Gleichgültig zuckte Cryso mit den Schultern.

»Ich weiß nicht genau. Ich glaube, er hatte sich über das Essen beschwert und versucht, seine Mitgefangenen aufzuwiegeln.«

Philipp schauderte es. Dennoch wollte er mehr wissen.

»Wie sieht es denn aus, so ein Bagno?«

»Das Gebäude ist aus Stein, hoch und schmal und besteht nur aus einem einzigen Raum«, bequemte sich Cryso zu erzählen, während er eine Kelle voll Mörtel aus dem Zuber nahm und gegen die Zisternenwand klatschte. »An den vier Wänden sind dicht an dicht Holzkästen angebracht wie

Schwalbennester. Sie sind schmal und nicht lang genug, als dass sich ein Mann darin ausstrecken könnte. Es gibt keine Treppen oder Leitern, um zu diesen Kisten zu gelangen. Wie die Affen müssen die Männer von Koje zu Koje klettern, um ihren Schlafplatz zu erreichen. Die Nahrung wird nicht zugeteilt, also müssen sich die Sklaven darum prügeln. Aber das weitaus Schlimmste sind die Hitze und der Gestank.« Cryso schüttelte sich. »Ich bin bei Gott froh über jeden Tag, den ich nicht dort verbringen muss.«

Das war eine lange Rede für den sonst so schweigsamen Cryso. Dennoch hatte Philipp noch nicht genug gehört.

»Müssen die Männer im Bagno denn überhaupt nicht arbeiten?«, wunderte er sich.

»Doch natürlich«, gab Cryso zurück. »Einige erledigen öffentliche Arbeiten in der Stadt so wie wir, andere müssen, je nach Bedarf, auf die Galeeren.«

»Und warum hat man uns nicht ins Bagno gesperrt?« Philipps Neugier schien unstillbar.

»Das weiß ich nicht«, brummte Cryso. »Vielleicht weil die Zisterne als ausbruchssicher gilt und wir daher keine Aufpasser benötigen – solange wir die Arbeit zügig erledigen.«

Philipp zuckte zusammen.

Ausbruchssicher? Das hatte ihm gerade noch gefehlt.

*

Die Männer in der Zisterne waren fleißig an diesem Tag, und der Kul Kâhyasi hatte bei seinem Besuch nichts zu beanstanden.

Nun war es Abend. Sie versammelten sich um ihre Feuerstelle und warteten darauf, dass sich die obligatorische rote Linsensuppe, die man ihnen täglich zu essen gab und die mehr Wasser als Linsen und nicht den kleinsten Brocken Fleisch enthielt, in ihrem Kessel erhitzte. Mit hängenden Köpfen saßen sie, zu müde, um miteinander zu reden. Das einzige Geräusch verursachten das kleine Feuer und die Wassertropfen, die gelegentlich von der Gewölbedecke herabfielen.

Doch dann wurde die Stille plötzlich von einem dumpfen Kanonenschuss durchbrochen.

Die Köpfe der Männer fuhren hoch. Nur Cryso, der gerade mit einem hölzernen Schöpflöffel im Suppenkessel rührte, blickte nicht einmal auf. Er legte den Holzlöffel beiseite, bekreuzigte sich und setzte sich dann wieder hin.

»Was war das?«, wollte José aufgeregt wissen. »Wird Konstantinopel angegriffen?«

Cryso schüttelte mit unbewegter Miene den Kopf.

»Nein. Das war die Kanone des Serails, die kundtut, dass das Odun Kapussi Tor geöffnet wird.«

Die Männer sahen ihn so verständnislos an, dass der Schwarzgekleidete sich zu weiteren Erklärungen bemüßigt fühlte:

»Wenn die verhängnisvolle Kanone ertönt und das Tor geöffnet wird, bedeutet das für gewöhnlich, dass sich eine Sklavin aus dem Harem des Sultans eines Vergehens schuldig gemacht hat. Die Unglückliche wird dann durch das Tor auf eine Klippe geführt und bei lebendigem Leibe ins Wasser hinabgestoßen, um im Meer ihr kühles Grab zu finden.«

Auch die Männer, die ihrem Vorarbeiter gelauscht hatten, bekreuzigten sich nun und ließen die Köpfe wieder sinken. Keiner von ihnen wollte wissen, für welches Vergehen die Strafe verhängt wurde. Sie hatten genug gehört und wussten nun, dass dort draußen im Meer eine Frau mit dem Tode kämpfte. Und da sie ihr nicht helfen konnten, versuchten sie, das Gehörte möglichst schnell wieder zu vergessen.

Nachdem sie ihre Suppe gelöffelt hatten, legten sich die Männer zur Ruhe. Auch Philipp. Er war wie die anderen todmüde und erschöpft, aber auch der Verzweiflung nahe.

Eigentlich hatte es sich als keine gute Idee erwiesen, von Cryso Informationen einzuholen, da die Auskünfte des Kalabresen ihn mehr und mehr niederschmetterten, ihm die Hoffnung raubten. Und genau das dufte nicht geschehen. Auf keinen Fall wollte er den Mut verlieren. Auch wenn er jetzt wusste, dass die Zisterne ausbruchssicher war, und eine missglückte Flucht zudem eine unvorstellbar grausame Strafe nach sich ziehen würde, musste er seine Zuversicht, irgendwann dem Sklavenleben entrinnen zu können, behalten.

Philipp zog die kalten Hände unter die klamme Decke und legte sie sich um den Körper, um sie ein wenig wärmen zu können.

In der feuchten Kühle der Zisterne schien ihm die Hitze, die im Bagno herrschen sollte, nicht ganz so abschreckend. Aber Cryso, der beides erlebt hatte, wusste bestimmt, wovon er sprach, wenn er die Zisterne vorzog.

Also sollten wir uns glücklich schätzen, hier und nicht im Bagno zu sein, versuchte Philipp, sich selbst Trost zuzusprechen. Und im Übrigen darf ich meine derzeitige Situation nur als etwas Vorübergehendes betrachten.

Als seine Finger, die er unter den Körper geschoben hatte, plötzlich auf dem Strohsack ein kleines Stück Papier ertasteten, unterbrach er seine Gedanken.

Was mochte das sein?

Er zog es unter der Decke hervor und betrachtete es verwundert. Es war nur ein schmutziger Fetzen, auf den ein paar Worte, vermutlich mit einem Schreibblei, gekritzelt waren. In der Dunkelheit konnte er die Buchstaben jedoch nicht entziffern.

Philipps Hand, die das Papier hielt, begann zu zittern.

Er hatte eine Nachricht bekommen, eine geheime Nachricht. Und auf keinen Fall würde er den nächsten Tag erwarten können, um sie zu lesen.

Leise erhob er sich.

»Wohin willst du?«, wollte der junge Lorenz, der neben ihm lag, schlaftrunken wissen.

»Auf den Abtritt«, murmelte Philipp.

Und tatsächlich ging er in Richtung des für die Notdurft bestimmten Fasses, das Cryso wegen des üblen Geruchs in einiger Entfernung der Schlafplätze aufgestellt hatte, davon. Auf seinem Weg kam er an einer Fackel vorbei, die sich niemand die Mühe gemacht hatte zu löschen, da sie fast niedergebrannt war. Im letzten Schein ihrer flackernden Flamme warf er einen schnellen Blick auf das Stück Papier. Dann setzte er seinen Weg fort.

Als er wenig später zurück auf seinen Schlafplatz kam und unter seine Decke kroch, schien alles um ihn herum fest zu schlafen.

Im Schutze der Dunkelheit rollte er das kleine Stück Papier zwischen seinen Fingern zu einer festen Kugel, die er sich in den Mund steckte und herunterschluckte.

Nun war die Nachricht vor Entdeckung sicher.

Er schloss die Augen und zwang sich, ruhig zu werden. Dabei hätte er am liebsten jubeln mögen.

Nur drei Worte hatten ihm wieder neue Hoffnung gegeben:

Bald – Ausstieg – Zisterne.

Was auch immer die Botschaft genau aussagen mochte – auf jeden Fall bedeutete sie, dass es binnen Kurzem eine Möglichkeit geben würde, der Zisterne zu entfliehen. Die Frage war nur, wo und wann. Und die nächste Frage: Wer hatte ihm diese geheime Nachricht zukommen lassen?

Kann es Cryso gewesen sein?, fragte sich Philipp. Eigentlich kam überhaupt kein anderer infrage. Von seinen Mitgefangenen verfügte niemand über Papier und erst recht nicht über ein Schreibblei. Und das der Kul Kâhyasi oder einer seiner osmanischen Begleiter hinter der Mitteilung steckte, war ja wohl auszuschließen. Also blieb nur Cryso übrig.

Vorsichtig wandte Philipp seinen Kopf nach links, wo der Vorarbeiter seinen Schlafplatz hatte. Er lag dort mit geschlossenen Augen und schnarchte leise, schien also fest zu schlafen.

Aber was war das?

Philipp vergaß vor Aufregung fast zu atmen.

Narrte ihn die Dunkelheit, oder hatten Crysos Lippen sich gerade wirklich zu einem kurzen Lächeln verzogen?

Nein, Philipp war sich sicher. Cryso schlief ebenso wenig, wie er selbst – und er war auf seiner Seite.

Mit ihm, der sich in Konstantinopel auskannte, stiegen seine Chancen auf eine Flucht natürlich erheblich.

Alles wird gut, dachte Philipp und rollte sich unter seiner Decke so bequem zusammen, wie es nur möglich war. Ich werde Hamburg und meine Familie wiedersehen, war sein letzter, erfreulicher Gedanken.

Dann forderten der lange Tag und die schwere Arbeit ihren Tribut. Philipp schlief tief und traumlos ein.

Kapitel 12

Der Weg durch die Nacht

»Wir haben es gleich geschafft«, versuchte Maarten seinen beiden Begleiterinnen Mut zuzusprechen. »Jetzt nur noch den Abhang hinab, dann haben wir den Stadtwall überwunden.«

Mitleidig sah er sich nach den Frauen um, die mühsam hinter ihm her taumelten. Für sie und ihre durch die Folter geschundenen Körper schien dieses Labyrinth des sich noch im Bau befindlichen Hornwerks endlos zu sein und die letzte Hürde, die nun vor ihnen lag, unüberwindlich.

Maarten erkannte, dass beide am Ende ihrer Kräfte waren.

»Nur noch ein paar Schritte«, drängte er sie. »Wenn wir die Aufschüttung hinabgestiegen sind, könnt ihr euch einen Augenblick ausruhen. Mit den beiden Pferden, die in der Nähe warten, wird euch der weitere Weg leichter fallen.«

Tatsächlich hatten die Flüchtenden wenige Minuten später das Hornwerk überwunden. Erschöpft sanken die beiden Frauen zu Boden.

Maarten gewährte ihnen eine kurze Rast und sah sich aufmerksam um. Die Nacht war dunkel, der Mond hinter einer Wolkenwand verschwunden. Hinter ihnen lagen drohend und finster die Stadtwälle, links unter ihnen floss leise glucksend die Elbe.

»Kommt, hier entlang«, drängte Maarten gleich darauf, half den Entkräfteten beim Aufstehen und führte sie über einen zugewachsenen Pfad. Nach wenigen Schritten erreichten sie die Landstraße nach Altona und dann eine Kate.

»Sie ist unbewohnt«, raunte Maarten seinen Begleiterinnen zu. »Und um das Glacis freizuräumen, soll sie in den nächsten Tagen abgerissen werden. Heute leistet uns das Anwesen jedoch noch gute Dienste.«

Erwartungsvoll sahen Anneke und Marie Kessler zu dem kleinen Häuschen hinüber. Es war weiß getüncht mit braunen geschlossenen Holzläden vor den beiden einzigen Fenstern. Davor ein Hof aus gestampftem Lehm und schräg rechts dahinter eine kleine Stallung.

»Wartet hier.«

Maarten überquerte allein den Hof. Mit angehaltenem Atem beobachteten die beiden Frauen, wie er zu dem Stall ging, das Tor so leise wie möglich öffnete und in dem rohgezimmerten Gebäude verschwand.

»Er hat von Pferden gesprochen«, wisperte Marie, die neben Anneke im Schatten einer alten Eiche zurückgeblieben war. »Er wird sie doch aber hoffentlich nicht stehlen wollen?«

Die Claen-Tochter schüttelte den Kopf.

»Nein, gewiss nicht«, gab sie leise zurück. »Die Kate ist doch unbewohnt. Vielleicht hat er sie hier nur untergestellt. Schließlich konnte er die Tiere nicht stundenlang und ohne Aufsicht in der Nähe der Landstraße stehen lassen.«

In diesem Augenblick kam Maarten aus der Scheune. Er führte zwei Pferde am Zügel, einen kräftigen Blauschimmel und eine braune Stute. Sie waren gesattelt, und hinter den Sätteln waren Bündel befestigt.

Leise schloss er das Tor wieder und kehrte dann zurück.

»Ihr werdet euch zunächst den Schimmel teilen«, ordnete er an. »Er ist stärker als die Stute und wird euch ohne Schwierigkeiten beide tragen. Ich konnte ja nicht ahnen, dass wir unsere Reise zu dritt antreten. Vielleicht gelingt es uns, morgen noch ein zusätzliches Pferd aufzutreiben.«

Er half den beiden Frauen in den Sattel.

»Ihr könnt doch reiten?«

Anneke nickte, wie von ihm nicht anders erwartet, da er sich über diese Frage bereits bei ihrem Bruder Klarheit verschafft hatte. Marie hingegen musste zugeben:

»Meine Reitkünste sind nur mäßig, aber es wird schon gehen, denke ich.«

Maarten runzelte die Stirn. Doch dann zuckte er mit den Schultern. »Gut, gut. Ihr werdet in den nächsten Tagen und Wochen ausreichend Gelegenheit haben, es zu lernen. Und einstweilen übernimmst du die Zügel, Anneke.«

Dann schwang auch er sich in den Sattel.

Sie ritten zurück zur Landstraße und dann in Richtung Altona. Kurz vor dem Ort bogen sie nach links ab, folgten dem Weg bis zur Elbe und dann der Uferstraße in Richtung Westen.

Erst jetzt fiel Marie auf, dass weder sie noch Anneke Maarten bisher gefragt hatten, wohin diese Flucht sie eigentlich führen würde. Und obwohl ihr Vertrauen zu ihm grenzenlos war, holte sie die Frage jetzt nach.

»Nun, das erste Ziel haben wir gleich erreicht. Es ist eine einsame Jagdhütte kurz vor Neumühlen, die Friedrich ausfindig gemacht hat. Dort werde ich euch von meinem weiteren Plan erzählen, während ihr euch stärkt. Und dann sollten wir auch noch ein paar Stunden versuchen zu schlafen. Schließlich müssen wir weiter, bevor die Sonne aufgeht.«

Erleichtert ließ sich Marie wenig später aus dem Sattel gleiten. Doch kaum hatten ihre Füße festen Halt, als Anneke ihr folgte. Halb ohnmächtig rutschte sie vom Pferd und stürzte unsanft zu Boden. Leise schrie die Schreinermeisterin auf, und dann war auch schon Maarten an ihrer Seite. Beide knieten neben dem jungen Mädchen, das die Augen geschlossen hielt.

»Sie ist ganz heiß«, murmelte Maarten besorgt. »Sie glüht förmlich und muss hohes Fieber haben.«

Sanft nahm er Anneke auf seine Arme, trug sie in die Hütte und bettete sie auf eine rohgezimmerte Holzbank.

Marie war ihm gefolgt. Auch sie fühlte sich sterbenselend und ließ sich erschöpft auf einem Stuhl nieder. Doch nur für einen Augenblick.

»Gibt es hier kühles Wasser und ein paar Tücher?«, wollte sie wenig später von Maarten wissen. »Wir müssen ihr kalte Umschläge machen, um das Fieber zu senken.«

Er nickte und ging sofort beides besorgen. Als er zurückkehrte, erhob sich Marie müde und begann, dem jungen Mädchen kühle Kompressen auf Stirn und Waden zu legen. Hilflos stand er neben ihr und beobachtete sie. Natürlich war es unschicklich, da er bei dieser Gelegenheit Annekes entblößte Beine zu sehen bekam. Doch wer wollte in diesem Augenblick nach Sitte und Anstand fragen?

Stöhnend öffnete Anneke die Augen.

»Ich habe Durst«, flüsterte sie mühsam.

Maarten nickte, füllt einen Becher mit Wasser und setzte ihn ihr an die Lippen.

»Trink, Liebste. Und dann versuche, ein wenig zu schlafen. Wenn wir morgen bei Tagesanbruch weiter reiten, wird es dir gewiss wieder besser gehen.«

Tatsächlich fiel Anneke gleich darauf in einen unruhigen Schlaf. Dennoch wechselt Marie weiterhin behutsam die Kompressen, bis sie schließlich sagte:

»Ich glaube, das Fieber ist ein wenig gesunken. Zeit, an mein eigenes leibliches Wohl zu denken.«

Sie sah Maarten offen ins Gesicht, und ihr Mund verzog sich zum ersten Mal seit Wochen zu einem winzigen Lächeln. »Ich habe Hunger.«

Schuldbewusst sprang der junge Holländer auf.

»Entschuldigt, Gevatterin. Auf den Gedanken hätte ich auch selber kommen können. Natürlich habt Ihr Hunger. Wartet, es ist alles vorbereitet.«

Schnell nahm er nun ein Bündel von einem Wandregal, öffnete es und stellte dann Brot, Speck und Butter auf den schmalen roh gezimmerten Tisch. Herzhaft langte Marie zu und leerte auch den großen Becher honigsüßer Milch, den er ihr vorsetzte, bis auf den letzten Tropfen. Dann sah sie auf.

»Befriedigt meine Neugier, Herr van Aelst«, sagte sie mit einem kleinen Lächeln. »Wie Ihr an die Schlüssel zur Bastion gekommen seid, kann ich mir denken, da Ihr der Gehilfe des Baumeisters seid. Aber wie um alles in der Welt konntet Ihr Euch den Schlüssel für das Tor der Fronerey aneignen?«

Maarten musste unwillkürlich grinsen.

»Oh, das war nicht schwer«, antwortete er dann.«Ich hab in Erfahrung bringen können, dass der Scharfrichter des Abends, wenn er das Tor versperrt hat, gern einen oder auch schon mal zwei Humpen Bier zu sich nimmt. Natürlich nicht im kultivierten Kaiserhof, da wollen die vornehmen Gäste mit Leuten seines Schlages nichts zu tun haben. Also sucht er eine Hafenspelunke in der Nähe des Neuen Krans auf. Ja, und dort habe ich ihn abgepasst. Sehr achtsam ist er mit seinen Schlüsseln zum Glück nicht umgegangen. Er hat sie einfach auf den Schanktisch gelegt. Na ja, wer will schon in die Fronerey einbrechen?« Er lacht leise. »Noch dazu, wenn dort zwei Hexen ihr Unwesen treiben.«

Auch Marie lächelte müde, wechselte dann noch einmal Annekes Kompressen und nickte zufrieden.

»Das Fieber fällt weiter. Sie wird jetzt ruhig schlafen.«

»Dann müsst auch Ihr Euch niederlegen und neue Kräfte für morgen sammeln«, drängte Maarten. »Vor uns liegt ein langer, anstrengender Tag.««

Marie nickte und streckte sich auf dem hölzernen Hüttenboden aus. Maarten reichte ihr Friedrichs Umhang als Zudecke. Wenige Augenblicke später atmete sie tief und regelmäßig.

Kurz bevor der neue Tag anbrach, war Maarten bereits wieder auf den Beinen. Er richtete ein Frühstück, die Wegzehrung für den Tag und rüttelte schließlich sanft die Schreinermeisterin aus dem Schlaf.

Dann wandte er sich zu Anneke. Sie schien fieberfrei zu sein.

»Du musst jetzt aufwachen, Liebste«, raunte er ihr zu und küsste sie sacht auf die Stirn. »Sobald der Morgen graut, wollen wir aufbrechen.«

Das junge Mädchen schlug die Augen auf. Es fühlte sich noch immer erschöpft, und auch die Schultergelenke schmerzten noch. Dennoch erhob es sich widerspruchslos und aß auch von dem Brot, das Maarten ihr reichte.

Dieser hatte bereits ihre Kleidung bereitgelegt: ein Wams, eine Hose und einen federbesetzten Hut.

Erstaunt musterte Anneke die Stücke.

»Das soll ich anziehen? Aber das ist Männerkleidung, zudem noch sehr kostbare, die nicht meinem Stand entspricht.«

Maarten lächelte.

»Das stimmt. Es ist eine Verkleidung, die uns die Flucht ein wenig sicherer machen soll. Du wirst als junger Edelmann reisen, Anneke, ich als dein Diener und die Gevatterin als deine Magd. Leider haben wir für sie noch nichts anzuziehen, und daher muss sie sich vorerst mit deinem Mantel begnügen.«

Anneke schüttelte verwirrt den Kopf.

»Aber ich kann doch nicht ...«

»Natürlich kannst du«, widersprach Maarten. »Schon bald wird man eure Flucht bemerken, wird entdecken, dass ich euch geholfen habe, und sich auf die Suche nach zwei angeblichen Hexen in Begleitung des Baumeistergehilfen machen. Nur, dieser Beschreibung werden wir nicht entsprechen. Wir sind zwar gleichfalls drei Personen, aber eben eine Frau und zwei Männer, von denen einer ein Edelmann ist, den ohnehin niemand nach Papieren oder Begehr fragt. Die Schergen, die sich auf die Jagd nach uns machen, werden daher unverrichteter Dinge nach Hamburg zurückkehren müssen, weil die Menschen in den Dörfern und Städten, in denen sie nach uns forschen, keine Auskunft über unseren Verbleib geben können.«

Marie nickte begeistert.

»Eine wunderbare Maskierung. Wir werden dir die Haare hochbinden, Anneke, und unter dem Federhut ohne Schwierigkeiten verbergen können.«

Doch das junge Mädchen war noch immer nicht überzeugt.

»Aber meine Stimme wird mich verraten«, gab es zu bedenken. »Schließlich habe ich ...«

»Das ist einerlei«, unterbrach Maarten schmunzelnd. »Wenn wir angehalten werden, wirst du mich sprechen lassen. Ich bin nämlich der Diener eines stummen Herrn.«

Nun war auch Anneke überzeugt und kleidete sich mit Maries Hilfe an. In der Zwischenzeit ging Maarten hinaus, um die Pferde zu füttern und zu tränken. Als er zurückkehrte, stand ein junger Kavalier vor ihm. Die Verkleidung war perfekt. Unwillkürlich musste er lächeln.

»Ihr habt die Flucht sehr klug geplant«, zollte Marie dem jungen Mann Bewunderung. »Doch nun erklärt uns bitte, wohin wir reiten werden. Wo glaubt Ihr, werden wir in Sicherheit sein?«

»Wir müssen ins Holländische«, gab Maarten ohne Zögern zurück. »Mein Meister, Herr van Valckenburgh, gab uns den Rat und erzählte mir von der niederländischen Stadt Oudewater. Dort gibt es eine Hexenwaage, die verlässlich wiegt. Scharenweise gehen die Verfolgten dorthin, um auf der berühmten Waage ein Dokument zu erhalten, dass sie für alle Zeit von dem Verdacht, eine Hexe zu sein, freispricht.«

Zweifelnd sahen die beiden Frauen ihn an.

»Du willst, dass wir uns einer Hexenprobe unterziehen?«, fragte Anneke ungläubig. »Ja, weißt du denn nicht, dass …?«

Er nickte hastig.

»Ich weiß, was du sagen willst. Die gleichen Vorbehalte habe ich auch gehabt. Aber mein Meister hat mir erklärt, dass die Hexenwaage von Oudewater ganz gewiss gerecht wiegt. Außerdem ist sie eine Einrichtung des Kaisers und das Wiegeergebnis daher rechtsverbindlich – erst recht für eine freie Reichsstadt wie Hamburg. Tatsächlich ist die Hexenwaage in Oudewater der einzige Ort auf der Welt, an dem ihr euch öffentlich und auf ehrliche Weise wiegen lassen könnt und darüber ein Zertifikat erhaltet, das euch vor jeglicher weiterer Verfolgung schützt. Und darum machen wir uns jetzt auf den Weg ins Holländische.«

Die Frauen sahen sich kurz an. Zweifel und Misstrauen waren noch immer nicht ganz verschwunden. Dennoch zeigten sie sich bereit, das Risiko einzugehen. Schließlich war es die einzige Chance für sie, jemals nach Hamburg zurückkehren zu können.

»Wenn das wirklich stimmt«, flüsterte Marie mit leiser Hoffnung in der Stimme, »werde ich eines Tages meine Tochter wiedersehen.«

Die Entscheidung war damit gefallen. Wenig später brach der kleine Trupp auf und trabte auf dem schmalen Elbuferweg eilig seinem nächsten Ziel entgegen: dem Fährhaus zu Blankenese. Bevor man in Hamburg ihre Flucht entdeckte hatte, wollten sie auf der anderen Seite des Stromes sein.

*

Mühsam schloss die alte Wärterin mit ihren gichtgeplagten Händen das schwere Tor der Fronerey auf. Es war früh am Tag und die Glocken von St. Petri kaum verhallt, da sie ihren Dienst wie üblich unmittelbar nach der Morgenandacht antrat. Bei sich trug sie ein kleines Bündel mit Brot – das Frühmahl für die beiden Delinquentinnen, die heute keine Folter zu erwarten hatten. Marie Kessler hatte ihr Geständnis bereits abgelegt und musste es in wenigen Tagen nur noch einmal bestätigen, bevor sie hingerichtet wurde. Und Anneke Claen war ein Tag der Ruhe vergönnt. Würde man sie heute schon wieder auf die Streckbank heben, würden ihre Arme zu schnell wieder aus den Gelenken springen und mit der Tortur nicht die gewünschte Wirkung erzielt werden können. Oh ja, die hohen Herren wussten schon, wie sie das kleine Hexlein anpacken mussten, um ein Geständnis zu bekommen. Da war jedes Leugnen zwecklos.

Immerhin, ein Tag ohne hochnotpeinliches Verhör bedeutete auch für die Wärterin eine ruhige Zeit ohne viele Aufgaben. Und daher waren auch ihr diese Tage die liebsten.

Seufzend machte sich die alte Frau daran, die Treppen zum Kerker der Fronerey hinabzusteigen. Sie war froh, dass sie die schweren Wassereimer nicht mehr selbst die ausgetretenen Stufen hinunter schleppen musste, sondern diese Aufgabe von einem der Gehilfen des Scharfrichters übernommen wurde.

Wo der Junge nur blieb heute Morgen? Sonst wartete er schon immer vor dem Tor auf sie, wenn sie ihren Dienst antrat.

Doch bevor die Alte das Ende der Treppe erreicht hatte, hörte sie schon die Schritte des Gehilfen hinter sich und das leise Schwappen des Wassers, das er in dem hölzernen Eimer mit sich trug.

»Grüß Euch Gott, Gevatterin. Nun, wie geht es Euch heute Morgen?«

Die Alte wandte sich auf der Treppe um und lächelte dem jungen Mann mit ihrem zahnlosen Mund freundschaftlich zu. Er war ein guter, immer höflicher Junge, den sie schon von Kindesbeinen an kannte.

Gemeinsam und in ein eifriges Gespräch vertieft wurden nun die restlichen Stufen bewältigt. Dort stellte der Gehilfe seinen Eimer ab.

»Ich schaue später noch einmal herein und werde dann auch die Notdurftkübel fortschaffen«, versprach er. »Einstweilen einen guten Tag, Gevatterin.«

Bis zu diesem Augenblick hatten beide nicht bemerkt, dass die Zellen leer, die angeblichen Hexen ausgeflogen waren.

Der junge Mann stieg die Treppe bereits wieder hinauf, als ihn ein Aufschrei der Alten innehalten ließ.

»Was ist geschehen?«, rief er fragend hinab. Die Antwort folgte auf dem Fuße:

»Sie sind fort. Alle beide. Dieses Hexenpack – es ist geflohen.«

So schnell ihn seine Beine tragen konnten, eilte er zurück und fand dort die Bestätigung für die Behauptung der Wärterin: Die Zellen waren leer.

Entsetzt sah er sie an.

»Wie konnte das geschehen?«

Hilflos zuckte sie mit den Schultern.

»Ich weiß es nicht. Sie sind fort, als hätten sie sich in Luft aufgelöst. Und etwas Ähnliches muss auch tatsächlich geschehen sein, denn die Gittertüren waren ordnungsgemäß verschlossen, ebenso wie das schwere Eingangstor.«

Verängstigt sahen sie einander an.

»Diese Teufelsbuhlinnen – sie werden immer mächtiger«, flüsterte er mit fast versagender Stimme. »Nun können sie bereits aus ihren Kerkern entfliehen. Wenn den Zauberern und Hexen nicht auf das Schärfste Einhalt geboten wird, sind wir alle verloren.«

Die Alte zitterte am ganzen Körper vor Angst.

»Schnell!«, rief sie aus. »Du musst dich eilen und deinem Meister Meldung erstatten. Man muss den Flüchtigen nachsetzen und sie unschädlich machen.«

Er nickte hastig und lief geschwind die Treppen hinauf, während sie sich erschöpft auf einem hölzernen Hocker niederließ.

»Hier bin ich sicher«, murmelte sie dabei halblaut vor sich hin. »Hierher kehrt die Hexenbrut gewiss nicht zurück.«

An den Stadttoren Hamburgs begann der Morgen wie jeder andere. Nachdem die großen Portale geöffnet waren, wurden die Fuhrwerke, die Reisenden, die Händler und überhaupt alle überprüft, die in die Stadt hinein oder oder aus ihr hinaus wollten. Wer nach Krankheit oder Bettelei roch, wurde abgewiesen. So forderte es das strenge Gesetz, das den Verkehr an den Stadttoren regelte.

Aufgeschreckt wurde dieses alltägliche Einerlei jedoch, als die Meldung von den beiden entflohenen Hexen eintraf. Von nun an hielt man ein besonderes Augenmerk auf Frauen, die die Stadt verlassen wollten. Sie wurden genauestens untersucht und geprüft, bevor sie passieren duften.

Grimmig beobachtete Hexenkommissar Richard Holler eine Weile die zusätzlichen Kontrollen. Zwar hatte er keine großen Hoffnungen, dass die beiden Zauberinnen sich noch innerhalb der Mauern Hamburgs befanden, aber man musste schließlich jede Möglichkeit in Betracht ziehen.

Nachdem er sich davon überzeugt hatte, dass die Kontrollen auf das Sorgfältigste durchgeführt wurden, nahm er seinen Weg wieder auf. Das Haus der Claens war sein Ziel. Wenn die beiden Hexen bei ihrer Flucht Hilfe hatten, musste sie von dort gekommen sein. Und Hilfe hatten sie ohne Zweifel gehabt, dessen war er sich sicher. An die Version der alten Wärterin, dass sich die Delinquentinnen mittels Zauberkraft in Luft aufgelöst hatten, glaubte er nicht. Ebenso unwahrscheinlich war eine mögliche Fluchthilfe des Schreinermeisters Kessler. Immerhin war es seine Aussage gewesen, die seine Ehefrau vor das Tribunal gebracht hatte. Da würde er ihr kaum helfen, dem Kerker wieder zu entfliehen. Nein, Unterstützung konnte einzig und allein von den Eltern und dem Bruder Anneke Claens gekommen sein. Und genau das wollte er jetzt in Erfahrung bringen.

Bereits wenige Minuten später hatte er das Haus in der Deichstraße erreicht, trat, ohne zu klopfen, ein und fand das Ehepaar an dem großen Dielentisch sitzend vor.

»Wo habt Ihr Eure Tochter versteckt, Claen?«, fuhr er Leopold barsch an. »Wir wissen, dass Ihr der Hexe zur Flucht verholfen habt. Leugnen ist sinnlos. Also redet besser frei heraus. Wo ist sie untergekrochen, die Teufelsbuhlin?«

Leopold Claen, den weder seine Gemahlin noch Sohn Friedrich in die Fluchtpläne eingeweiht hatten, zeigte sich ehrlich erstaunt.

»Ich weiß wirklich nicht, wovon Ihr sprecht, Doktor Holler. Was ist mit Anneke? Ihr müsst doch am besten wissen, wohin Ihr mein armes Kind gesperrt habt.«

Elisabeth hingegen sah den Kommissar mit bösen Augen an.

»Erst raubt Ihr uns unsere Tochter, bezichtigt sie der Hexerei, unterzieht sie der Folter und kommt dann zu uns, weil Ihr nicht mehr wisst, wo sie ist? Das ist ein höchst eigenartiges Verhalten, Herr Doktor. Was muss sich unsere Familie eigentlich noch alles bieten lassen von Eurem seltsamen Kommissariat?«

Holler reagierte nicht auf die Vorwürfe. Sich aufmerksam umsehend schritt er die große Diele ab, konnte jedoch nichts Verdächtiges entdecken.

»Wo ist Euer Sohn?«, wollte er dann mit deutlichem Hohn in der Stimme wissen. »Musste er rein zufällig heute über Land ziehen?«

»Unser Sohn? Was wollt Ihr von ihm?«, konterte Leopold mit einer Gegenfrage. »Verdächtigt Ihr ihn am Ende auch, ein Zauberer zu sein?«

In diesem Augenblick öffnete sich eine der Schlafkammertüren und ein schwarzgekleideter Mann kam die Treppe herab. Aufgeregt lief Elisabeth ihm entgegen.

»Wie geht es Friedrich, Doktor de Castro? Hat die Untersuchung ergeben, woran er erkrankt ist?«

Friedrich Claen lag in seinem Bett. Sein Gesicht war hochrot, geschwollen und mit feinfleckigem Ausschlag übersät. Sein Atem ging keuchend.

Leise stöhnend schlug er die Augen auf, als Richard Holler polternd sein Krankenzimmer betrat und ihn misstrauisch musterte. Ungeduldig winkte der Hexenkommissar den Arzt herbei.

»Sagt mir, Doktor: Was fehlt dem Mann?«

Der Medikus wiegte ernst den Kopf hin und her.

»Meine Untersuchungen sind noch nicht beendet. Aber ich rate Euch, den Raum lieber zu verlassen und nicht zu nah an den Kranken heranzutreten. Aller Wahrscheinlichkeit nach ist sein Leiden ansteckend.«

Unwillkürlich wich Holler ein paar Schritte zurück.

»Dann folgt mir nach draußen. Ich habe einige Fragen an Euch zu richten.«

Der Arzt kam nach kurzem Zögern der Aufforderung nach.

»Aber macht es kurz. Der Kranke bedarf dringend meiner Aufmerksamkeit.«

Holler nickte.

»Ich werde Eure Zeit nicht lange in Anspruch nehmen«, sagte er und kam dann auch sofort zu seinem Anliegen:

»Euer Patient Friedrich Claen steht unter Verdacht, seine Schwester und deren Mitgefangene aus dem Kerker der Fronerey befreit zu haben.«

Der Doktor sah ihn betrübt an.

»Ja, ich habe davon gehört.«

Holler runzelte die Stirn. Seine Blicke wurden durchdringend.

»Wovon habt Ihr gehört? Dass der Claen seine Schwester befreit hat?«

»Nein, nein«, wehrte der alte Herr ab. »Mir ist nur zu Ohren gekommen, dass die Jungfer Claen der Hexerei angeklagt wird. Von einer Befreiung weiß ich nichts. Wann ist es denn geschehen?«

»In der vergangenen Nacht«, gab Holler Auskunft.

Der Arzt lächelte milde.

»Dann werdet Ihr Euch einen anderen Schuldigen suchen müssen, Herr Hexenkommissar«, erklärte er. »In der vergangenen Nacht ist Friedrich Claen ohne Zweifel nur an einem Ort gewesen: in seinem Bett. Er ist schwer krank und würde in seinem Zustand nicht einmal allein sein Lager verlassen können.«

Holler nickte. Nachdem er den Kranken gesehen hatte, war er sofort bereit, der Aussage de Castros Glauben zu schenken.

»Dann muss es doch der Vater gewesen sein«, murmelte er nachdenklich.

Doch auch diesen Verdacht wollte der Medikus nicht gelten lassen.

»Sie irren, Doktor Holler. Die Eltern Friedrichs haben die ganze Nacht am Krankenbett ihres Sohnes gewacht. Sie sind in sehr großer Sorge um ihn.«

Aufmerksam sah Holler den Arzt an.

»Woher wisst Ihr das?«

Der Mediziner zuckte mit den Schultern.

»Weil man mich mehrmals zu dem Kranken gerufen hat. Und wenn das jetzt alles ist, würde ich mich gern wieder meinem Patienten widmen. Er bedarf meiner Hilfe.«

Der Hexenkommissar nickte abwesend. Er war so sicher gewesen, dass dieses Hexengelichter von den Claens befreit worden war. Und nun hatte die Aussage des Medikus, die keinen Zweifel zuließ, seine ganze Theorie zunichtegemacht. Nachdenklich und ohne Gruß verließ er das Haus der Claens, um sich auf den Weg zurück zum Niedergericht zu machen.

Sollte die alte Wärterin mit ihrer Vermutung doch recht haben? Unwillkürlich überlief Holler ein Angstschauer. Ja, plötzlich hatte er keine Zweifel mehr. Da die Schlösser der Fronerey und der Zellen nicht aufgebrochen waren und die beiden Frauen nicht ohne Hilfe durch die Gitterstäbe aus dem Kerker geflohen sein konnten, gab es nur noch eine Erklärung: Sie mussten sich in Rauch aufgelöst haben und durch die Lüfte fliegend entkommen sein. Das bedeutete jedoch, dass der Feind noch mächtiger geworden war, dass dieses Hexenpack über Kräfte verfügte, die sich kaum noch beherrschen ließen.

Als Richard Holler jedoch wenige Minuten später mit sorgenvollem Blick seine Amtsstube betrat, bekam die vertrackte Geschichte eine ganz andere Wendung. Ein Büttel erwartete ihn dort und legte ihm ein großes Schlüsselbund auf den Schreibtisch.

»Das ist in einem Gebüsch in der Nähe der Fronerey gefunden worden«, erklärte er. »Dem Zeichen nach gehören die Schlüssel dem Scharfrichter Thies.«

Und während Holler das Bund noch stirnrunzelnd musterte, stürmte eben dieser Scharfrichter in sein Amtszimmer.

»Ich bin beraubt worden letzte Nacht«, erklärte er atemlos. »Die Schlüssel für die Fronerey wurden mir entwendet. Nun hörte ich gerade, dass die beiden Delinquentinnen aus dem Kerker entschwunden sind. Es ist also naheliegend, dass sie mithilfe meines Schlüssels befreit wurden.«

Verständnislos sah der Hexenkommissar ihn an, doch als er begriff, was diese Aussage bedeutete, hellte sich sein düsteres Gesicht deutlich auf. Es gab also doch eine logische Erklärung für das Verschwinden der Gefangenen!

Erleichtert nickte er dem verblüfften Scharfrichter, der eigentlich mit einem bösen Tadel gerechnet hatte, zu.

»Es ist gut, Meister Thies. Wir werden nach den Spitzbuben, die Euch beraubt haben, und nach den beiden Hexen forschen lassen. Hier, nehmt den Schlüssel wieder an Euch und verwahrt ihn gut. Ihr haftet mir persönlich dafür, dass so etwas nicht noch einmal geschieht.«

Schnell griff der Scharfrichter nach dem Bund und verwahrte es sorgsam in seinem Beutel. Dann verließ er mit einer angemessenen Verbeugung das Amtszimmer des Hexenkommissars. Die Erleichterung, so glimpflich davon gekommen zu sein, stand ihm dabei deutlich ins Gesicht geschrieben.

Kapitel 13

Das Spiel von Katz und Maus

Die Landstraße nach Blankenese, einem Fischerdorf auf dem Gebiet der Grafschaft Holstein-Pinneberg, lag zu dieser frühen Morgenstunde einsam und verlassen da. So kamen die drei Reisenden zügig voran, wurden von keiner Menschenseele gesehen, mussten niemandem Rede und Antwort stehen.

Maarten war es zufrieden. Bisher verlief die Flucht planmäßig und ohne Zwischenfälle. Und dabei hatten sie es ihren Verfolgern – der Holländer zweifelte keinen Augenblick daran, dass die Stadt Hamburg Schergen aussenden würde – so schwer wie möglich gemacht. Sie würden Tage brauchen, bis sie herausfanden, welchen Weg die Flüchtenden eingeschlagen hatten.

Es war die Zeit des Morgengebets, als sie das Dorf Blankenese erreichten, das sich den recht steilen Südhang der hiesigen Geest hinaufwand. Unten, am Elbufer, befand sich der Schiffsanleger der Fähre. Sie sollte die Reisenden über den Strom bringen.

Eine Pramfähre lag, wie unschwer zu erkennen war, am Anleger und wurde gerade mit Ochsen beladen.

»Ich werde mich beim Fährmann erkundigen, ob er noch Platz hat für uns und unsere Pferde«, erklärte Maarten. »Sicher wird es gemeinsam mit den Rindviechern keine angenehme Überfahrt werden, aber je schneller wir das andere Ufer erreichen, umso besser. Ihr wartet hier. Ich bin gleich zurück.«

Die beiden Frauen nickten. Und während Marie dem Holländer mit ihren Blicken folgte, sah Anneke sehnsüchtig zum Gasthaus hinüber, das den Namen »Breckwoldtscher Fährkrug« trug.

»Was würde ich jetzt für eine aromatisches Warmbier geben«, murmelte sie leise. »Eines mit viel Sahne und Muskat. Das wäre genau die richtige Stärkung.«

Marie nickte zustimmend.

»Aber es wäre unklug, den Krug zu betreten und damit wohlmöglich unseren Verfolgern einen Hinweis zu liefern, wo wir die Elbe überquert haben«, gab sie zu bedenken.

»Ich weiß«, entgegnete Anneke niedergeschlagen. »Was für eine vertrackte Situation. Ich hätte mir niemals träumen lassen, mich einmal vor den Schergen Hamburgs verstecken zu müssen.«

Gleich darauf kam Maarten zurück.

»In wenigen Minuten können wir an Bord gehen«, verkündete er erleichtert. »Und wenn wir die andere Elbseite erreicht haben, ist der gefährlichste Teil unserer Flucht überwunden.«

Selten hatte sich der Holländer in seinem Leben mehr geirrt.

*

Nach einer ereignislosen aber zermürbend langsamen Überfahrt erreichten die Reisenden die Ortschaft Cranz und damit Bremisches Land, das zu einem Erzstift gehörte und

Erzbischof Johann Friedrich von Schleswig-Holstein-Gottorf unterstand.

Doch auch wenn der Erzbischof in dem Ruf stand, ein aufrechter Gottesmann zu sein, der Hexenverfolgungen ablehnte, glaubte Maarten sich und die Seinen noch nicht in Sicherheit. Schließlich war Hamburg noch nah, und nur die Elbe lag zwischen ihnen und ihren Verfolgern.

Also drängte er die erschöpften Frauen, kaum, dass sie die Fähre verlassen hatten, zur Weiterreise.

»Nur wenige Meilen noch«, tröstete er sie, »dann haben wir Buxtehude erreicht. Dort können wir es wagen, in einem Gasthaus zu nächtigen. Und morgen, nach einem guten Frühstücksmahl, werden wir dort endlich angemessene Kleidung für Marie und ein zusätzliches Pferd kaufen können. Wenn der Hengst keine doppelte Last mehr tragen muss, werden wir auch schneller vorankommen.«

Die beiden Frauen nickten müde und stiegen wieder in den Sattel.

Es wurde bereits dunkel, als sie die Stadt Buxtehude erreichten. Doch sie hatten Glück. Schon im ersten Gasthaus, in dem Maarten nachfragte, bekamen sie zwei Zimmer zugewiesen.

Anneke war von den Strapazen des langen Tages erschöpft und rutschte erleichtert aus dem Sattel. Dabei stellte sie jedoch fest, dass ihre Beine sie kaum zu tragen vermochten. Sie taumelte und hielt sich mit letzter Kraft an ihrem Pferd fest.

»Was ist dir, Liebste?«

Besorgt trat Maarten näher. Und da weit und breit keine Menschenseele zu sehen war, die sich über den vertrauten Umgang zwischen Herrn und Diener hätte wundern können, ergriff er stützend ihren Arm.

»Mir … mir ist nicht gut«, murmelte sie leise. »Meine Schultern schmerzen wieder übermäßig, und ich glaube, auch das Fieber ist zurückgekehrt.«

Dass dies der Tatsache entsprach, musste nun auch Maarten feststellen. Erschrocken sah er sie an.

»Du glühst förmlich vor Hitze, Liebste. Du musst sofort ins Bett.« Kurz entschlossen hob er sie auf seine Arme und trug sie in die Herberge.

»Rasch, Herr Wirt. Zeigt mir das Zimmer für meinen Herrn. Er ist am Fieber erkrankt und muss sich sofort zur Ruhe begeben.«

Die kostbare Kleidung Annekes bewirkte, dass der Besitzer des Gasthauses sofort diensteifrig herbeieilte.

»Hier entlang bitte. Mein bestes Zimmer soll Euer Herr bekommen. Es ist trocken und warm, und auch das Bettzeug ist gerade frisch gewechselt.«

Wenige Augenblicke später konnte Maarten die Kranke auf ein Lager betten. Um zu vermeiden, dass der Wirt die beinahe Ohnmächtige näher in Augenschein nehmen konnte, wies er ihn sogleich aus der Kammer.

»Bringt Brot, Schinken und roten Wein zur Stärkung. Schnell, schnell. Ihr seht doch, dass es dem Herrn Baron schlecht geht. Und zeigt unserer Magd, wo es Wasser und saubere Tücher gibt, damit wir unserem Herrn kühle Umschläge verabreichen können.«

Der Wirt nickte hastig.

»Soll ich auch einen Medikus herbeirufen? Wir haben einen am Ort. In wenigen Minuten kann er hier sein.«

Maarten schüttelte bedauernd den Kopf. Zu gerne hätte er Anneke in die erfahrenen Hände eines Arztes gegeben, aber das war natürlich unmöglich. Schon bei der oberflächlichsten Untersuchung würde der Doktor feststellen, dass sie eine Frau und kein Mann war, und sein Wissen wohlmöglich sofort melden. Nein, das Risiko durften sie auf gar keinen Fall eingehen.

»Lasst es gut sein, Wirt, und bringt nur das Verlangte. Es ist nicht die erste Fieberattacke, die ich bei meinem Herrn erlebe. Ich weiß schon, was zu tun ist.«

Der Mann nickte und eilte davon. Marie folgte ihm, so schnell sie es vermochte. Auch sie hatte sich noch nicht vollends von den Qualen der Folter erholt, aber dank ihrer kräftigeren Konstitution litt sie nicht so sehr wie Anneke. Und darüber war sie auch höchst zufrieden, denn um nichts auf der Welt hätte sie den beiden anderen zur Last fallen mögen. Schließlich war es weder geplant noch selbstverständlich, dass man auch sie befreit und damit vor einem grausamen Schicksal bewahrt hatte.

Draußen dämmerte es bereits, und ein heller Schimmer schob sich von Osten in den nachtdunklen Himmel, als Maarten die Gaststube betrat.

Der Wirt, der vor dem Feuer gedöst hatte, sprang sofort auf und eilte ihm diensteifrig entgegen.

»Geht es Eurem Herrn wieder besser?«

Maarten nickte müde.

»Ja, das Fieber ist gesunken, und er schläft jetzt. Wir werden allerdings, so fürchte ich, nicht so früh aufbrechen können, wie wir es eigentlich geplant haben. Der Baron muss erst wieder ganz zu Kräften kommen, und auch ich brauche eine Mütze voll Schlaf, bevor wir weiterziehen können.«

Eifrig gab der Wirt ihm recht.

»Das ist gescheit. Habt Ihr denn noch eine lange Reise vor Euch?«

Maarten zögerte mit einer Antwort. Falls ihnen die Schergen des Hamburger Niedergerichts auf den Fersen sein sollten, musste er mit der Wahrheit vorsichtig umgehen. Andererseits wollte er sich bei dem Wirt nach dem Weg erkundigen, und musste ihm dafür natürlich ein Ziel angeben.

»Wir reisen nach Amsterdam, wo mein Herr Geschäfte zu erledigen hat«, erklärte er daher. »Wir werden also der Landstraße vorerst weiter folgen. Wie sind denn die Verhältnisse? Sind die Straßen sicher und leicht zu bewältigen?«

Die Antwort des Wirts fiel zufriedenstellend aus. Und nachdem sich alle durch einen ausgiebigen Schlaf erfrischt und ein nahrhaftes Mahl gestärkt hatten, nachdem ein Pferd und Kleidung für Marie gekauft war, konnten die Reisenden endlich weiterziehen.

*

Leise trat Elisabeth Claen an das Bett ihres Sohnes.

»Friedrich? Kannst du mich hören?«

Der Kranke nickte schwach.

»Ja, Mutter«, murmelte er erschöpft.

»Ich habe hier den Trank, Friedrich. Aber mir wäre es lieber, wenn du ihn nicht mehr zu dir nehmen würdest.«

»Nur heute noch«, widersprach er schwach. »Wenn ich von dieser geheimnisvollen Krankheit zu schnell gesunde, werden der Holler und seine Schergen nur misstrauisch.«

»Der Arzt ist es, glaube ich, jetzt schon«, gab Elisabeth seufzend zurück. »Er hat bereits gesagt, dass du alle Anzeichen einer Vergiftung hättest, und sich von mir zeigen lassen, welche Speisen ich dir zubereite.«

Ein müdes Lächeln huschte über Friedrichs Gesicht.

»Nun, wir werden den guten Doktor noch einen weiteren Tag an seiner Kunst zweifeln lassen«, entgegnete er. »Und dann wird er mich langsam gesund pflegen dürfen. Wie steht denn Vater zu meiner Krankheit?«

»Da er nicht weiß, was wir hier treiben, ist er natürlich in großer Sorge um dich«, antwortete Elisabeth. »Abgesehen davon ist er recht wortkarg derzeit. Die Geschäfte laufen wohl sehr schlecht, weil niemand mit der Hexenfamilie Handel treiben will. Und stell dir vor«, fügte sie entrüstet hinzu, »er gibt Anneke die Schuld daran. Und das kann ja wohl nichts anderes heißen, als dass er selbst bereits an ihrer Unschuld zweifelt. Er! Ihr eigener Vater!«

Entsetzt sah ihr Sohn sie an, doch dann winkte er müde ab.

»Gebt mir den Trank, Mutter. Seid gewiss, ich weiß, was ich mache. Wenn alles gut gelaufen ist, müssten Maarten und Anneke in wenigen Tagen das niederländische Städtchen Oudewater erreicht haben und damit außer Gefahr sein. Erst dann darf es auch mir wieder besser gehen. Und sobald sie zurückgekehrt sind und Anneke ihre Unschuld beweisen kann, wird sich alles andere fügen und auch Vater ein Einsehen haben.«

Obwohl Elisabeth ihrem Sohn recht geben musste, zögerte sie dennoch, ihm das Gift zu verabreichen.

»Ich habe dir eine leichte Suppe vom Huhn gekocht, Friedrich. Willst du die nicht erst zu dir nehmen? Mir zuliebe wenigstens?«

Der junge Mann wollte zunächst abwehren. Möglicherweise wirkte der fiebertreibende und Pusteln verursachende Efeusud, den seine Mutter täglich zubereitete, in Verbindung mit der Brühe nicht mehr. Als er jedoch in ihr besorgtes Gesicht blickte, gab er nach und ließ sich von ihr Löffel für Löffel der kräftigenden Suppe in den Mund schieben. Schließlich schüttelte er aber den Kopf.

»Jetzt ist es genug, Mutter. Nun gebt mir den Trank. Schon bald kommt der Doktor, um nach mir zu sehen. Und ich möchte auf keinen Fall, dass er dem Hexenkommissar vermeldet, dass ich mich auf dem Wege der Besserung befinde.«

Elisabeth nickte und hielt dem Sohn gehorsam den Becher an die Lippen.

Das Gift wirkte schnell. Schon bald stieg sein Fieber wieder, und er fiel in einen unruhigen Schlaf.

Leise verließ Elisabeth die Schlafkammer ihres Sohnes und machte sich daran, alle Spuren ihres Handelns zu verwischen. Die verdächtigen Efeuranken wurden in der Alster hinterm Haus versenkt, Topf und Becher sorgfältig abgespült. Danach setzt sich Elisabeth mit einem Eimer kühlen Wassers und Tüchern an das Krankenbett ihres Sohnes, um ihm die Stirn zu kühlen – wie jeden Tag. So fand sie der bald darauf eintreffende Arzt vor – wie jeden Tag.

»Nun, Frau Claen, wie geht es unserem Patienten heute?«, fragte der Medikus, als er ins Zimmer trat. »Ist eine Besserung eingetreten?«

Elisabeth schüttelt niedergeschlagen den Kopf.

»Nein, Herr Doktor de Castro«, gab sie leise zurück. »Er glüht noch immer am ganzen Körper. Aber seht selbst.«

Der Arzt beugte sich über den Kranken und begann mit der Untersuchung. Dann schüttelte er den Kopf.

»Ich muss Euch unbedingt sprechen, Gevatterin. Aber nicht hier, im Krankenzimmer Eures Sohnes.«

Elisabeth erschrak, und das schlechte Gewissen stand ihr offen ins Gesicht geschrieben, als sie den Medikus in die Wohnstube führte. Das blanke Entsetzen stieg aber in ihr auf, als sie feststellte, dass der Raum nicht leer war, wie sie es erwartet hatte, sondern Leopold am Tische saß und mit verdrießlichem Gesicht eine Pfeife rauchte.

Da es natürlich unmöglich war, den Arzt nun in einen anderen Raum zu führen, bot sie auch ihm einen Stuhl an und schickte ein Stoßgebet gen Himmel. Hoffentlich war de Castro Friedrich und ihr nicht auf die Schliche gekommen. Denn wenn er doch etwas ahnte und das nun zur Sprache bringen wollte, würde auch Leopold zwangsläufig davon erfahren. Und welche Schlüsse er daraus ziehen würde, dass sie ihren eigenen Sohn vergiftete, das wagte sie sich noch nicht einmal auszumalen.

Der Medikus hatte inzwischen den Herrn des Hauses begrüßt und wandte sich dann wieder zu Elisabeth.

»Ich bin mit meinem Latein am Ende, Frau Claen«, begann der Doktor mit gedämpfter Stimme. »Und habe nur noch eine Erklärung für den Zustand Eures Sohnes: Er wird vergiftet – und zwar von Euch. Allerdings glaube ich langsam zu begreifen, warum Ihr ihm diesen Schaden zufügt, den er offensichtlich freiwillig auf sich nimmt. Doch darüber möchte ich nicht mit Euch reden. Im Gegenteil, mir ist es lieber, so wenig wie möglich zu wissen. Seid beruhigt. Ich habe lange darüber nachgedacht und mich entschieden, keine Anzeige gegen Euch, Euren Mann und Euren Sohn zu erstatten. Immerhin kenne ich Anneke von klein auf und bin mir sicher, dass sie keine Teufelsbuhlin ist. Also will ich Euch auch keine weiteren Scherereien machen.«

Elisabeth erschrak zutiefst. Unsicher sah sie zu ihrem Ehemann hinüber, der den Medikus fassungslos anstarrte. Doch der Arzt war noch nicht am Ende mit seiner Rede.

»Was ich Euch sagen will, Frau Claen, ist Folgendes: Ihr müsst sofort aufhören, Eurem Sohn das Gift zu verabreichen. Ich vermute, es ist Efeu? Nein, antwortet nicht. Wie gesagt, ich will es nicht wissen. Aber gleichgültig, ob es Efeu oder ein ähnlich wirkendes Gift ist – würdet Ihr Eurem Sohn weiterhin davon einflößen, würdet Ihr ihn umbringen. Habt Ihr das verstanden?«

Elisabeth nickte mit gesenktem Kopf.

»Vielen Dank, Herr Doktor«, flüsterte sie und hätte sich am liebsten sofort auf die Zunge gebissen. Aber nun war es zu spät. Sie hatte ihre Schuld bereits gestanden. Der Himmel mochte wissen, wie Leopold darauf reagieren würde …

*

Die Nacht brach bereits herein, als ein Trupp Berittener vor der Herberge in Buxtehude die Pferde zügelte. Steifbeinig stiegen die Männer aus den Sätteln und betraten das Gasthaus. Ihr Anführer stellte sich dem Schankmädchen, das gerade mit zwei gefüllten Bierkrügen vorbeikam, in den Weg.

»Wir wollen den Wirt sprechen. Wo finden wir ihn?«

Sie wies mit dem Kopf auf eine Tür.

»Im Keller, Herr. Ein neues Fass Bier holen.«

Der Hauptmann nickte.

»Wir werden auf ihn warten. Bring uns einstweilen auch einen Humpen und tüchtig Brot und Speck. Wir haben den ganzen Tag im Sattel gesessen und sind rechtschaffend hungrig.«

Freundlich lächelte sie ihm zu.

»Setzt Euch nieder, Ihr Herren. Ich werde mich sogleich darum kümmern.«

Die Männer nahmen müde an einem der roh gezimmerten Tische Platz und sahen sich um. Außer ihnen gab es noch andere Gäste in der Herberge, die es sich bei einem guten Essen wohl sein ließen und froh waren, für die Nacht ein Dach über dem Kopf gefunden zu haben.

Wenig später kam der Wirt polternd die Kellertreppe herauf und stellte mit vor Anstrengung rotem Kopf das frische Bierfass auf einen hölzernen Hocker.

Der Hauptmann rief ihn sogleich mit befehlsgewohnter Stimme an seinen Tisch.

»Wir sind auf der Suche nach zwei Frauen, die der Hexerei überführt und entlaufen sind. Die eine blond, die andere dunkelhaarig. Sind sie Euch unter Euren Gästen aufgefallen?«

Der Wirt schüttelte den Kopf.

»Nein, zwei allein reisende Frauen sind nicht bei mir abgestiegen – allerdings …«

»Allerdings? Nun sprecht schon, Mann. Wir sind müde und erschöpft, und unsere Geduld hält sich wahrlich in Grenzen.«

»Nun, erst vor wenigen Stunden ist eine Reisegruppe aufgebrochen«, erklärte der Wirt nachdenklich. »Ein junger Edelmann mit seinen beiden Dienern. Sein Knecht nannte ihn nur ›den Baron‹ und war in großer Sorge um seinen Herrn, der offensichtlich unter einer Krankheit …«

»Zur Sache Wirt«, unterbrach der Hauptmann barsch. »Wir suchen zwei Weiber. An jungen Edelleuten haben wir kein Interesse.«

»Ja, das habe ich durchaus verstanden«, versichert der Gasthausinhaber. »Und ich will Euch auch nur erklären, was mir Eigentümliches aufgefallen ist. Die Magd nämlich, die dritte im Bunde, kam mit mir zum Brunnen, um Wasser zu holen. Und als ihr Mantel aufschlug, konnte ich sehen, dass sie nur ein Hemd trug und frische Wunden an ihren Beinen hatte, Wunden, die nur von Spanischen Stiefeln aus einem hochnotpeinlichen Verhör herrühren können.«

Interessiert sah der Hauptmann auf.

»Seid Ihr sicher?«

Der Wirt nickte entschieden.

»Oh ja, ganz gewiss. Ich habe früher als Bader gearbeitet und weiß daher, wie derartige Verletzungen aussehen.«

»Trotzdem.« Der Hauptmann runzelte unwillig die Stirn. »Wir suchen nicht eine, sondern zwei Malefizpersonen. Es ist unwahrscheinlich, dass sich die beiden getrennt haben. Und auch der Edelmann und der Knecht passen nicht ins Bild.« Nachdenklich ergriff er seinen Bierhumpen, den das Schankmädchen gerade vor ihn hingestellt hatte, und nahm einen tiefen Schluck. »Wobei es natürlich sehr wohl sein kann, dass die beiden Hexen in Begleitung eines Mannes sind, des Mannes nämlich, der ihnen bei ihrer Flucht geholfen hat.« Grübelnd kratzte er sich am Kopf. »Und Ihr wisst genau, dass keine zweite Frau dabei war?«

Der Wirt zuckte unschlüssig mit den Schultern.

»Eine zweite Frau habe ich nicht gesehen. Sie sind zu dritt gekommen und zu dritt wieder abgereist. Und es waren zwei Männer und eine Frau.« Unwillkürlich musste er lachen. »Na ja, das ist vielleicht auch nicht ganz richtig. Eigentlich kann man den jungen Baron nicht als Mann bezeichnen. Er ist nicht groß, ein schmales Hemd zudem, und als sie ankamen musste ihn sein Diener sogar ins Bett tragen, weil er sich nicht wohlfühlte.« In Erinnerung daran schüttelte der Wirt noch immer belustigt den Kopf. »Dabei habe ich einen kurzen Blick unter seinen großen prächtigen Hut werfen können. Ein wahres Milchgesicht, sage ich Euch.«

Die Soldaten schmunzelten amüsiert. Oh ja, sie wussten, wovon der Wirt sprach. Diese verzärtelten Adelsjünglinge waren schon immer eine Zielscheibe ihres Spottes. In ihren Augen verhielten sie sich nicht wie richtige Kerle, sondern wie verwöhnte Memmen.

»Und wenn so ein Jüngelchen denn auch noch den Mund aufmacht«, grinste der Hauptmann und fuhr mit hohem Piepsstimmchen fort: »O Graus, ich habe mich an meinem Säbelchen geschnitten – ich blute!«

Die Soldaten lachten grölend auf, und auch der Wirt schlug sich vor Vergnügen auf die Schenkel.

»Der Baron, von dem ich sprach, hat noch nicht einmal das gekonnt. Der war auch noch stumm.«

Die Soldaten brachen in erneutes Gelächter aus. Und einer von ihnen, der nach dem Schankmädchen winkte und es mit eindeutigen Zeichen aufforderte, die Krüge noch einmal zu füllen, meinte kopfschüttelnd:

»In dem Dorf, aus dem ich stamme, gibt es auch so einen verwöhnten Adelsspross. Wenn man den in Weiberröcke stecken würde, könnte er glatt als Frau durchgehen. Niemand würde einen Unterschied bemerken.«

Wieder lachten die Männer dröhnend auf. Doch während nun auch die anderen über ihre diesbezüglichen Erlebnisse berichteten, wurde der Hauptmann immer nachdenklicher.

»Ruhe!«, donnerte er plötzlich. »Haltet mal für einen Augenblick eure Mäuler.«

Die Soldaten verstummten erstaunt und sahen ihren Anführer fragend an. Doch der beachtete sie gar nicht, sondern wandte sich erneut an den Wirt:

»Vielleicht ist das ja des Rätsels Lösung. Vielleicht ist dieser junge Edelmann gar kein Mann gewesen, sondern die verkleidete zweite Hexe. Haltet Ihr das für möglich?«

Bedächtig wiegte der Wirt seinen Kopf.

»Hm, lasst mich nachdenken, Herr. Also ausschließen kann ich das nicht. Er hat schon sehr weibisch gewirkt, der junge Baron. Ja tatsächlich. Es könnte möglich sein.«

Der Hauptmann nickte.

»Trinkt aus, Männer«, sagte er entschlossen. »Es ist zwar eine ungewisse Spur, aber die einzige, die wir haben. Und bevor wir noch länger ziellos durch die Gegend reiten, werden wir die Fährte aufnehmen und uns Gewissheit verschaffen.«

*

Intrigen und Eitelkeiten, religiöse Verblendungen und eiskaltes politisches Kalkül sorgten dafür, dass der »Große Krieg« immer weiter vorangetrieben wurde. Zwar tobten die Kämpfe derzeit vorrangig im östlichen Westfalen, doch Söldnerheere zogen fortwährend kreuz und quer durch das deutsche Reichsgebiet, hinterließen verbrannte Dörfer und Städte, ermordete, gequälte und geschändete Menschen, verwüstetes Land, Seuchen und Hungersnöte.

Auch die drei Reisenden stießen immer wieder auf Landstriche, die heimgesucht worden waren und wo es schwerfiel, eine intakte Herberge zu finden. Die wenigen Gasthäuser, die nicht in Trümmern lagen, waren dann hoffnungslos überfüllt und Reisende gezwungen, in den Schankstuben auf harten Bänken zu schlafen. Aus Angst vor Entdeckung traute sich Anneke in solchen Nächten kaum, die Augen zu schließen.

Kurz vor Osnabrück durchritten sie jedoch ein Gebiet, das ein gnädiges Geschick vor den Zerstörungen der Söldner bewahrt hatte. Hier waren die Dörfer unversehrt, und sie mussten nicht in stickigen, von Schweiß- und Essensdunst geschwängerten Spelunken nächtigen, sondern konnten es sich in sauberen und geräumigen Zimmern bequem machen.

Eines Abends erreichten sie wieder so eine friedliche Herberge. Vor der Tür spielten Kinder, die lauthals sangen:

»Bet', Kindlein, bet',
morgen kommt der Schwed',
morgen kommt der Oxenstjern,
der wird die Kindlein beten lehrn.«

Halb bestürzt, halb belustigt über diese Worte betrat Maarten die Gaststube, um nach freien Zimmern zu fragen. Und sie hatten Glück, zwei saubere Räume wurden ihnen zur Verfügung gestellt.

Nach einem kurzen Abendmahl – sie waren alle drei zu müde, um ausgiebig zu tafeln – kroch Anneke erschöpft in ihr Bett und fiel sofort in tiefen Schlaf.

Und dann sah sie die glühende Fackel, die den Holzstoß entzündete. Beobachtete, wie das Feuer sich hungrig durch das trockene Reisig fraß. Angstzitternd wartete sie darauf, den Hexentod zu sterben – das Brennen bei lebendigem Leibe. Sie spürte, wie der Gluthauch sie umfing, wie die Flammen sich näherten und, flinken Zungen gleich, an ihren Kleidern leckten, ihr Gesicht versengten …

Anneke Claen erwachte mit einem Schrei und betastete ihre Wangen, ihre Stirn, den Hals.

Angsterfüllt schlug sie die Augen auf und sah in Maartens Gesicht, das sich über sie beugte.

»Was ist dir, Liebes?«, fragte er besorgt. »Ich habe deine Rufe bis in meine Schlafkammer gehört. Was ist geschehen?«

Sie stöhnte leise.

»Ich … ich habe wohl geträumt«, murmelte sie benommen.

Mitfühlend und zärtlich zugleich nahm er sie in seine Arme.

»Es ist alles gut«, raunte er dicht an ihrem Ohr. »Dir wird nichts geschehen. Das verspreche ich. Bald sind wir in den Niederlanden und werden dich wiegen lassen. Und dann hat alle Not ein Ende.«

Anneke legte ihren Kopf vertrauensvoll an seine Schulter. Wie unendlich geborgen sie sich in seinen Armen fühlte, so als könne ihr in seiner Nähe tatsächlich nichts geschehen.

Unwillkürlich zog er sie enger an sich.

»Wir haben noch nie über die Zukunft gesprochen, Liebste«, flüsterte er ihr zu. »Und ich weiß, dass ich nur ein einfacher Baumeistergehilfe bin und deine Eltern bestimmt andere Pläne mit dir haben …« Er zögerte und schüttelte dann den Kopf. »Nein, es ist nicht der richtige Augenblick.« Widerstrebend löste er sich von ihr. »Ich werde jetzt hinunter in die Gaststube gehen und dafür sorgen, dass der Wirt uns ein Frühmahl richtet. Und ihr, Marie und du, beeilt euch bitte mit dem Ankleiden. Wir müssen bald aufbrechen.«

Anneke nickte, doch bevor er ihre Schlafkammer verlassen hatte, hielt sie ihn noch einmal zurück.

»Maarten?«

Er wandte sich um.

»Ja, Liebste?«

Sie lächelte ihn an.

»Wenn der richtige Augenblick gekommen ist, hast du jedes Recht der Welt, mich zu fragen, was immer dir beliebt.«

Ein Leuchten ging über sein Gesicht.

»Ich danke dir«, entgegnete er schlicht. »Du machst mich

mit deinen Worten sehr, sehr glücklich.« Dann zog er endgültig die Tür hinter sich ins Schloss.

Wenig später betraten Marie und Anneke, die wie üblich die Rolle des stummen Barons spielte und den großen Hut mit dem üppigen Federbusch tief ins Gesicht gezogen hatte, die Gaststube. Der Wirt stellte gerade köstlich duftende Omelettes auf den Tisch. Dazu gab es Warmbier mit Zimt. Er verbeugte sich tief vor dem jungen Edelmann.

»Guten Morgen, Herr. Ich hoffe, Ihr habt wohl geruht in meinem einfachen Hause.«

Anneke nickte hochmütig und setzte sich, ohne ihn eines weiteren Blickes zu würdigen, an den Tisch. Marie folgte ihr, stieß jedoch beim Hinsetzen mit ihrem Arm gegen den bereits gefüllten Becher, der auch sogleich umstürzte. Ein brauner Sturzbach ergoss sich über Annekes Beinkleider.

Geistesgegenwärtig sprang sie auf, um das Schlimmste zu verhüten. Doch bevor sie beginnen konnte, das Warmbier aufzuwischen, fing sie einen warnenden Blick von Maarten auf.

»Man beobachtet uns«, raunte er ihr zu. »Du musst deine Dienerin strafen, sonst fallen wir nur unnötig auf.«

Anneke wusste, dass er recht hatte. Dennoch fiel es ihr unendlich schwer, Marie so zu behandeln, wie es ein Mann ihres Standes zu handhaben pflegte. Der amüsierte Blick des Wirtes, der ohne Zweifel auf die fällige Züchtigung wartete, bewies ihr jedoch, dass sie keine Wahl hatte. Also biss sie die Zähne zusammen, holte aus und verpasste Marie eine schallende Ohrfeige, die allerdings weitaus heftiger ausfiel, als eigentlich erforderlich gewesen wäre. Die Gevatterin zeigte jedoch keinerlei Überraschung. Sie verbeugte sich mehrmals untertänig und wandte sich dann um. Ihre tiefrote Wange haltend und mit Tränen in den Augen bat sie den

Wirt um Wasser und Tücher, um den Schaden zu beseitigen. Der Mann nickte und händigte ihr das Gewünschte aus.

»Er ist sehr hart, Euer Herr«, murmelte er mitleidig. »Eine Ohrfeige hattet Ihr wegen Eurer Ungeschicklichkeit wohl verdient, aber doch nicht so einen kräftigen Schlag.«

Marie blinzelt mit den Augen, bis ihr eine Träne wirkungsvoll über die Wange rann.

»Und dabei habe ich noch Glück gehabt«, schluchzte sie leise. »Wären wir allein gewesen, hätte er gewiss wieder einen Stock genommen, um mich zu prügeln.«

Dann eilte sie davon, um das vergossene Warmbier aufzuwischen. Der Wirt sah ihr teilnahmsvoll nach.

Ach ja, es war ein hartverdientes Brot, als Magd oder Knecht bei einem gestrengen Herrn zu dienen.

Anneke stocherte derweil auf ihrem Teller herum. Ihre Hand schmerzte von dem heftigen Hieb, und ihr Gewissen drückte außerdem. Warum habe ich Marie so heftig geschlagen?, fragte sie sich selbst erschrocken. Habe ich ihr doch noch nicht verziehen, dass es letztlich ihre Aussage war, die mich in die Fronerey gebracht hat? Aber sie konnte doch nichts dafür. Man hat die Worte durch Folter aus ihr herausgepresst.

Leise seufzte sie auf und legte den Löffel beiseite. Es war das erste Mal in ihrem Leben, dass sie die Hand gegen einen Menschen erhoben hatte, und sie schwor sich, dass es auch das letzte Mal gewesen sein sollte.

Mahnend sah Maarten sie an.

»Du musst essen«, sagte sein Blick. »Du brauchst deine Kräfte. Vor uns liegt wieder ein anstrengender Tag.«

Widerstrebend griff Anneke wieder nach dem Löffel, aber der Appetit war ihr wirklich gründlich vergangen.

In diesem Augenblick betraten drei in ein angeregtes Gespräch vertiefte Reisende die Gaststube – ein Mann und zwei Frauen. Auch sie hatten in der Herberge genächtigt, wollten jetzt eine Mahlzeit einnehmen und dann weiter ziehen.

Die drei unterbrachen ihre Unterhaltung, setzten sich an den Nebentisch und gaben ihre Bestellung auf. Dann nahmen sie ihr Gespräch wieder auf, gedämpft zwar, aber dennoch gut verständlich.

»Es ist ein Wahnwitz«, wetterte der Mann. »Drei Frauen haben sie gefoltert, bis sie endlich gestanden, dass sie gemeinsam ein vor Kurzem verstorbenes Kind auf dem Friedhof ausgegraben und zu Hexenbrei verkocht haben.«

Eine der Frauen, die ein sittsames Häubchen als verheiratete Gevatterin auswies, berichtete weiter:

»Dann haben die Ehemänner der Angeklagten gefordert, dass jenes Grab geöffnet wurde. Tatsächlich lag das Kind unversehrt in seinem Sag«, fuhr sie entrüstet fort. »Dennoch wurden die Frauen als Hexen verbrannt. Der blindwütige Richter war nämlich der Überzeugung, dass dieses Kind im Sarg nur ein Scheinbild des Teufels gewesen sei.«

Die andere Frau, die ihre langen dunklen Haare als Zeichen ihrer Ehelosigkeit unverhüllt trug und im Nacken zu einem Zopf zusammengenommen hatte, schüttelte verständnislos den Kopf.

»Handelte es sich dabei um wohlhabende Familien?«

Der Mann nickte bitter.

»Oh ja. Die drei Frauen gehörten reichen Kaufmannsfamilien an. Sie als Hexen zu verurteilen, war ein einträgliches Geschäft für die Stadt Osnabrück, da die Männer die gesamte Habe der Toten abführen mussten.«

Die Frau lachte verächtlich auf.

»Da sieht man es doch wieder. Es sind nicht nur die Hexen, auf die die hohen Herren ein Auge geworfen haben, sondern vielmehr das Geld, das sie besitzen. Und bald muss man sich wirklich fragen, ob es überhaupt Hexen gibt. Ich für meinen Teil …«

Der Mann bedeutete ihr, leiser zu sprechen.

»Das ist Ketzerei«, erklärte er warnend. »Wenn Euch jemand hört …«

Dann wurde auch seine Stimme so leise, dass außer aufgeregtem Getuschel nichts mehr zu vernehmen war.

Aber Anneke hatte auch so genug gehört. Weiß wie eine Wand war sie geworden. Immer deutlicher wurde ihr bewusst, dass die Hexenprozesse nichts mit Recht oder Unrecht, Schuld oder Unschuld zu tun hatten, sondern von einigen Eiferern gnadenlos betrieben wurden – teils aus religiösen Gründen, teils aus materieller Gier. Geriet man in die Hände dieser scheinheiligen Ankläger, war man ihnen auf Gedeih und Verderb ausgeliefert – und verloren. Denn gewiss hatten nur wenige dieser armen gequälten Seelen das Glück, entfliehen zu können.

Anneke war so aufgewühlt, dass sie sich beinahe vergessen und gesprochen hätte. Um ihr zuvorzukommen, erhob sich Maarten abrupt.

»Wie Ihr befehlt, Herr«, sagte er laut und erinnerte sie damit, welche Rolle sie spielte. Dann ging er zum Wirt, um die Zeche zu begleichen und den bestellten Reiseproviant in Empfang zu nehmen.

Wenig später konnte die kleine Reisegruppe aufbrechen. Sie schnallten ihre Bündel auf die Pferde, verteilten die Mundvorräte und stiegen in die Sättel. Dann verließen sie den Hof der Herberge und bogen wieder auf die Landstraße.

Der Morgen war klar und sonnig und die Pferde ausgeruht. Sie würden heute gut vorankommen.

*

Vier Stunden später – die Sonne stand schon hoch am Himmel – kam der Trupp Soldaten auf die Herberge zugeritten.

Der Wirt, der gerade die gepflasterten Wege fegte, legte die Hand schützend über die Augen und sah den Männern entgegen.

»Womit kann ich dienen, meine Herren?«

Der Hauptmann rutschte erschöpft aus dem Sattel.

»Mit einem guten Essen, einem kühlen Bier und einigen Antworten auf meine Fragen«, gab er barsch zurück.

Der Wirt nickte eilfertig.

»Wenn Ihr mir bitte folgen wollt.«

Er ging in die Gaststube voran, wies den Soldaten einen großen Tisch zu und steckte schnell den Kopf in die Küche, um seiner Frau die nötigen Anweisungen zu geben. Dann füllte er seine größten Humpen mit Bier und trug das schwere Tablett an den Tisch.

Nachdem jeder der Hamburger Schergen einen Krug vor sich stehen hatte, wollte er wissen:

»Und welche Auskünfte wünscht Ihr bei mir einzuholen?«

Der Hauptmann nahm einen tiefen Zug aus seinem Humpen und wischte sich anschließend mit dem Handrücken den Schaum vom Mund.

»Wir sind auf der Suche nach drei Reisenden«, antwortete er dann auf die Frage des Wirts. »Einem jungen Baron mit zwei seiner Bediensteten. Sind sie bei Euch eingekehrt, letzte Nacht?«

»Ja«, antwortete der Gefragte prompt. »Und heute Morgen wieder abgereist.«

»Schön, schön«, nickte der Hauptmann zufrieden. »Dann sind wir Ihnen also unmittelbar auf den Fersen. Haben sie verlauten lassen, was das Ziel ihrer Reise ist?«

»Nein.« Der Wirt schüttelte den Kopf. »Darüber haben wir nicht gesprochen.«

»Das ist bedauerlich«, gab der Hauptmann zurück und wiegte nachdenklich seinen Kopf. »Aber vielleicht könnt Ihr uns noch auf eine andere Frage Auskunft geben: Haltet Ihr es für möglich, dass der junge Baron gar kein Mann, sondern eine Frau war, die sich lediglich verkleidet hatte?«

Der Wirt schüttelte den Kopf.

»Nein, das kann ich mir nicht vorstellen. Sicher, der junge Edelmann ist noch ein bartloses Jüngelchen, aber er schrieb eine zu deutliche Handschrift. Nein, eine Frau ist er gewiss nicht.«

Verständnislos sah der Hauptmann ihn an.

»Eine zu deutliche Handschrift? Wie meint Ihr das?«

Schnell erzählte der Wirt die Geschichte von dem verschütteten Warmbier. »Der Baron hat seine Magd daraufhin gezüchtigt, wovon sie eine deutliche Schwellung auf ihrer Wange davontrug. Ich kann mir kaum vorstellen, dass eine Frau, mit nur einem Schlag diese Verletzung hervorrufen kann.«

Bestürzt sah der Hauptmann ihn an.

»Sollten wir am Ende doch hinter dem falschen Wild herjagen?«, murmelte er ärgerlich.

Der Wirt zuckte mit den Schultern.

»Diese Frage kann ich Euch natürlich nicht beantworten, solange ich nicht weiß, wem Ihr eigentlich auf der Spur seid.«

Der Hauptmann nickte und berichtete nun von den beiden, aus der Hamburger Fronerey entflohenen Frauen. »Um sie geht es uns eigentlich. Und möglicherweise um einen jungen Mann, einen Holländer, der ihnen bei ihrer Flucht behilflich war.«

»Und die beiden Teufelsbuhlinnen – ist eine von ihnen dunkel und unvermählt und die andere blond und verheiratet?«

»Ja genau«, bestätigte der Hauptmann erstaunt. »Wie könnt Ihr das wissen?«

»Nun«, entgegnete der Wirt. »Ich hatte in der vergangenen Nacht noch weitere Gäste. Zwei Frauen und ein Mann, auf die diese Beschreibung durchaus zutrifft. Aber mehr noch. Sie haben sich nicht eben leise unterhalten, und wenn ich an ihrem Tisch vorbeiging, schnappte ich immer ein paar Gesprächsfetzen auf. Tatsächlich unterhielten sie sich genau über dieses Thema: über Inquisition und Hexenprozesse. Um ehrlich zu sein, waren sie mir nicht ganz geheuer. Meiner Meinung nach sind diese drei viel eher die von Euch Gesuchten als der junge Baron mit seinem Gesinde. Und von ihnen ist mir auch das Ziel der Reise bekannt. Wenn ich mich recht erinnere, wollten sie nach Hannover.«

Nachdenklich kratzte sich der Hauptmann den massigen Schädel.

»Ja, da ist nun guter Rat teuer«, meinte er verdrossen. »Wann ist die verdächtige Reisegruppe denn aufgebrochen?«

»Erst vor einer Stunde«, entgegnete der Wirt. »Wenn Ihr Euch beeilt, habt Ihr sie noch vor der Dämmerung eingeholt.«

*

Maarten, Anneke und Marie ahnten nicht einmal, dass sie dem Verderben um Haaresbreite entkommen waren. Hamburg lag bereits weit zurück, und sie fühlten sich vor Entdeckungen einigermaßen sicher. Dennoch blieb Maarten vorsichtig. Und als sie am späten Abend in der Schankstube der nächsten Herberge mit anhören mussten, dass auf der vor ihnen liegenden Strecke Wegelagerer ihr Unwesen trieben, holte er sogleich beim Wirt nähere Erkundungen ein:

»Es wird erzählt, dass die Landstraße in Kürze ein großes Waldgebiet kreuzt, das nicht ganz geheuer sein soll. Wisst Ihr etwas darüber?«

Der Gasthausbesitzer nickte düster.

»Das ist wohl wahr. Räuberbanden treiben dort ihr Unwesen. Im Grunde arme Kerle, Landsknechte, die ihre Heimat verloren haben und ihr Leben nun als Schnapphähne fristen. Früher oder später werden sie alle am Galgen landen. Doch solange sie lebendig sind, ist es besser, ihnen aus dem Wege zu gehen.«

Maarten nickte. Die Worte des Wirtes bestätigten, was er bereits gehört hatte.

»Gibt es einen Umweg, der nicht allzu weit ist und den ihr empfehlen könnt?«

»Aber ja«, entgegnete der Wirt sofort und begann nun mit der langatmigen Beschreibung einer Strecke, die bedeutend sicherer sein sollte.

Maarten hörte ihm geduldig zu, bat anschließend noch für den nächsten Tag um Wegzehrung und stieg dann die Treppe hinauf zu den Schlafräumen. Die beiden Frauen hatten bereits ihre Kammer aufgesucht. Sie waren erschöpft gewesen nach einem langen Tag im Sattel, und Anneke war auch noch immer nicht ganz fieberfrei.

Maarten schaute kurz in ihr Zimmer. Die junge Frau schlief bereits und atmete tief und gleichmäßig, und auch Marie wollte sich gerade niederlegen.

»Gute Nacht«, flüsterte Maarten.

»Gute Nacht«, kam es schlaftrunken zurück. Dann rollte

sich die Gevatterin auf ihrem Lager zusammen. Wenige Augenblicke später folgt Maarten ihrem Beispiel.

Es war bereits heller Tag, als die Reisenden zum Aufbruch bereit waren. Anneke sah heute erholter aus als sonst, und auch ihre beiden Gefährten hatten genug Schlaf gefunden.

Doch nun gab es ein neues Hindernis. Von Westen her zogen grauschwarze regenschwere Wolken heran, und ein dumpfes Grollen war zu vernehmen, das fernem Kanonendonner glich. Dann und wann zuckte ein greller Blitz über den dunklen Himmel.

»Mir gefällt das nicht«, erklärte Maarten besorgt. »Vielleicht ist es klüger, das Unwetter abzuwarten.«

Die beiden Frauen mussten ihm recht geben. Natürlich hatten sie es eilig, und, da sie heute alle ein wenig länger geschlafen hatten, bereits genug Zeit verloren. Aber es machte auch keinen Sinn, vom Regen überrascht zu werden, stundenlang durchnässt dahin zu reiten und damit erneut Krankheit und Schwäche zu riskieren. Also beschlossen sie zu bleiben und trösteten sich damit, dass auch ihre eventuellen Verfolger durch das Unwetter aufgehalten wurden.

Tatsächlich öffnete der Himmel wenig später seine Schleusen. Wahre Sturzbäche ergossen sich über das Land, während ein gewaltiger Sturm lautstark an den Fenstern rüttelte und ganze Strohbündel vom Dach der Herberge fegte.

Volle zwei Stunden schien die Erde untergehen zu wollen, dann ließen Sturm und Regen langsam nach, und der Himmel begann sich wieder aufzuhellen.

Maarten drängte zum Aufbruch.

»Wenn wir zügig reiten, müssten wir die nächste Herberge bis Mitternacht erreicht haben.«

Allerdings war nun keine Zeit mehr dafür, der Räuberbanden wegen einen Umweg zu machen. Zwar hatte der junge Holländer die Warnung des Wirts durchaus ernst genommen, glaubte jedoch, mit den beiden geladenen und gespannten Pistolen, die er unter seinem Umhang trug, sich und die Seinen ausreichend schützen zu können.

Also machten sie sich schleunigst auf den Weg und erreichten rund zwei Stunden später das düstere regenfeuchte Waldgebiet, vor dem man sie so eindringlich gewarnt hatte.

Zügig und ohne sich aufzuhalten folgten sie der Landstraße. Maarten erhöhte das Tempo und ließ das dichte Unterholz, das tausendfach Verstecke bot und ihm nicht geheuer erschien, nicht aus den Augen. Schon bald bedauerte er, überhaupt diesen Weg eingeschlagen zu haben.

»Mir wäre wohler, wenn wir in einer größeren Gruppe reisen würden«, murmelte er, als das Unheil auch schon geschah: Drei verwegene und zerlumpte Gestalten sprangen ihnen in den Weg, von denen einer seine gespannte Armbrust auf sie richtete.

Maartens Pferd scheute, doch er selbst behielt einen kühlen Kopf und forderte seine Begleiterinnen leise auf, sich hinter ihm zu halten.

Einer der Wegelagerer befahl ihnen, von den Pferden zu steigen, und schwenkte dabei drohend eine verrostete Hellebarde. Doch der junge Holländer ließ sich auch dadurch nicht beeindrucken, schüttelte entschieden den Kopf und fragte in scharfem Ton:

»Was wollt ihr von uns?«

Die Männer lachten verächtlich auf.

»Wegzoll fordern wir«, erklärte der eine, und ein anderer fügte hinzu:

»Und der ist hoch, kostet alles, was Ihr habt – wenn Ihr nicht pariert, sogar das Leben.«

Maarten grinste belustigt.

»Na, ihr nehmt den Mund ja ganz schön voll.«

Er griff in den Beutel, zog ein Geldstück heraus und warf es dem Wegelagerer, der noch immer mit der Armbrust im Anschlag vor ihm stand, vor die Füße.

»Da habt ihr. Mehr bekommt ihr nicht. Also lasst uns lieber weiterziehen.«

Gierig bückten sich alle drei Gauner zugleich nach dem Geldstück. Die Gelegenheit nutzend griff Maarten sofort nach seiner Pistole, zog sie hervor und schoss auf den Armbrustschützen. Mit einem jämmerlichen Schrei ging der Wegelagerer zu Boden. Und noch ehe die beiden anderen wussten, wie sie reagieren sollten, richtete Maarten auch schon die zweite Waffe auf sie.

»Wer will als Nächster niedergestreckt werden?«

Der Hellebardenträger drehte sich sofort um und lief davon, während der andere noch hastig das Geldstück aufsammelte und dann gleichfalls die Beine in die Hand nahm. Zurück blieb nur der dritte Schnapphahn, der sich stöhnend am Boden wälzte.

Maarten stieg vom Pferd und musterte den Mann kurz.

»Ein Bauchschuss«, murmelte er. »Das ist unangenehm.«

Der Verletzte stöhnte.

»Helft mir! Bitte helft mir doch. Ich werde sonst verbluten!«

»Was sollen wir tun?«, wollte Anneke zaghaft wissen.

»Wir werden natürlich weiterreiten«, antwortete Maarten, lud seine Pistolen neu und stieg wieder aufs Pferd. »Sollen sich doch seine Kumpane um ihn kümmern. Wir können ihm ohnehin nicht helfen.«

»Aber die sind doch fortgelaufen«, gab das junge Mädchen zu bedenken. »Wer weiß, ob die zurückkehren. Nein, wir können ihn nicht so einfach seinem Schicksal überlassen.«

»Oh doch«, widersprach Maarten mit aller Entschiedenheit. »Glaubst du, er hätte sich um uns gekümmert? Nein, wenn wir uns nicht gewehrt hätten, hätten sie uns Pferde, Gepäck, Geld und Kleider geraubt und möglicherweise sogar das Leben. Und sei gewiss, keiner von ihnen hätte deswegen in der kommenden Nacht schlechter geschlafen.«

Zögernd wollten nun auch Anneke und Marie wieder in die Sättel steigen, als ein eigentümliches Schwirren sie aufhorchen ließ. Gleich darauf stürzte Maarten, von mehreren Pfeilen getroffen, vom Pferd. Anneke schrie entsetzt auf, wollte dem geliebten Mann, der sich stöhnend auf der Erde wand, zur Seite eilen, als ein ganzer Trupp Marodeure johlend auf die Landstraße stürmte. Offensichtlich hatten die beiden Wegelagerer, denen die Flucht gelungen war, ihre Kumpane geholt.

Zwei von ihnen schnappten sich ihren verletzten Kameraden, weitere zwei Maarten. Die übrigen ergriffen Anneke, Marie und die Pferde.

Binnen Kurzem war der Landstraße nicht mehr anzusehen, was für ein Unheil sich hier gerade zugetragen hatte. Nachfolgende Reisende würden sie ahnungslos passieren.

Anneke wurde von zwei Schnapphähnen durch das Unterholz gezerrt. Sie war starr vor Angst, weniger um sich – soweit vermochte sie noch gar nicht zu denken – als um Maarten.

Was hatten die Wegelagerer mit ihm vor? Würde er jetzt und hier dafür bezahlen müssen, dass er sie und Marie aus der Fronerey befreit hatte?

Tränen rannen ihr über die Wangen. Dass ihr Federhut in dem dichten Buschwerk hängen blieb, ihr vom Kopf gerissen wurde und die langen dunklen Locken freigab, bemerkte sie nicht einmal.

Nach etwa 200 Schritten stießen die beiden Wegelagerer sie auf eine Lichtung, zerrten sie an einen Baum und banden sie daran fest.

Ängstlich suchten ihre Augen nach Maarten und fanden ihn. Er lag auf dem Waldboden. Zwei Männer begannen damit, ihn zu entkleiden. Sie hörte seine Rufe:

»Anneke! Ihr müsst fliehen!«

Da zog einer seiner Peiniger kurzerhand ein Messer, riss ihm den Kopf an den langen, blonden Haaren zurück und schnitt ihm die Kehle durch.

Anneke ächzte, als hätte sie einen schweren Schlag erhalten. Sie konnte nicht glauben, dass das, was sie gerade gesehen hatte, wirklich passiert war. Als sie jedoch das Blut sah, das nun aus seiner Wunde quoll, schrie sie entsetzt auf. Dann sackte sie ohnmächtig zusammen.

Als sie wieder zu sich kam, zitterte sie am ganzen Körper, ob vor Kälte, Angst oder Schmerzen, war ihr selbst nicht bewusst. Sie saß auf dem Waldboden, ihr Rücken lehnte an dem Stamm des Baumes, an dem sie gefesselt war. Neben sich hörte sie Maries Schreie. Sie wandte den Kopf und erblickte ihre Leidensgenossin. Sie lag auf der Erde und war völlig nackt. Zwei Männer hielten ihre Arme, zwei ihre Beine, die sie weit gespreizt hatten. Alle vier feuerten einen fünften an, der sich an ihr verging. Ein weiterer Marodeur, der sich offensichtlich von ihren Schmerzensschreien gestört fühlte, ging zu ihr und trat ihr mit seinem Stiefel heftig gegen den Kopf.

»Halt endlich die Gosche, du Metze«, brummte er.

Marie verstummte.

Voll Grauen schloss Anneke die Augen.

Als sie näherkommende Schritte hörte, öffnete sie sie jedoch wieder und glaubte für einen Augenblick, Maarten vor sich zu sehen. Doch dann erkannte sie, dass es nur ein Schnapphahn war, der sich die Kleider des jungen Holländers übergestreift hatte.

»Und nun zu dir«, sagte er und grinste breit. »Wollen wir doch einmal nachsehen, was du wirklich bist – Mann oder Weib.«

Mit einem schnellen Schnitt seines scharfen Messers durchtrennte er ihr Wams und legte ihre Brüste bloß.

»Sieh an, sieh an.«

Genießerisch schnalzte er mit der Zunge und kniff ihr mit groben Fingern fest in die Brustwarzen.

Bevor er jedoch beginnen konnte, ihr die Beinkleider vom Körper zu zerren, wurde er durch seine schimpfenden Kameraden abgelenkt.

»Du hast sie umgebracht, du Narr«, knurrten sie und gingen drohend auf den Gefährten los, der Marie kurz zuvor getreten hatte. »Sollen wir etwa ein totes Weib vögeln?«

Marie war auch tot?

Anneke rannen die Tränen unaufhaltsam über die Wangen. Nein, das alles passierte nicht wirklich. Das musste ein Albtraum sein. Gleich würde sie erwachen und in Maartens liebes Gesicht blicken. Stattdessen hörte sie jedoch wieder die Stimme ihres Peinigers:

»Streitet euch nicht«, beruhigte er seine Spießgesellen. »Wir haben hier noch ein zweites Hühnchen. Und was für eins! So einen Leckerbissen bekommt unsereins wahrlich nicht jeden Tag zu kosten. Kommt her und helft mir, sie zu halten. Aber ich will der Erste sein, verstanden?«

Die Männer ließen von Maries Mörder ab und eilten herbei. Sie johlten vor Freude, als sie das halbnackte Mädchen betrachteten, banden es vom Baum, warfen es zu Boden und rissen ihm die Kleider vollends vom Leib.

Um die hungrigen Gesichter mit den aufgerissenen feixenden Mündern nicht sehen zu müssen, schloss sie erneut die Augen. Die Todesangst befahl ihr, stumm zu bleiben, doch als sie auf ihrem ganzen Körper gierige Hände spürte, die sie kniffen, gierige Lippen, die an ihr saugten, Zähne, die sie bissen, konnte sie kaum noch an sich halten. Und als der Mann, der Maartens Kleider trug, tief in sie hineinstieß und ihr die Jungfernschaft nahm, schrie sie gellend auf.

»Haltet ihr den Mund zu«, schnauzte einer der Männer. »Das fehlt noch, das Reisende sie auf der Landstraße hören, ihr zu Hilfe eilen wollen und uns hier mit heruntergelassenen Hosen zum Kampf fordern.«

Gleich darauf spürte Anneke eine grobe schwielige Hand, die sich über ihre Lippen schob. Unwillkürlich biss sie zu – so fest sie konnte.

»Na warte, du Satansbraten.«

Sie erhielt eine schallende Ohrfeige, dann presste sich die Hand wieder fest auf ihren Mund.

Wie oft sie geschändet und geschlagen wurde, wusste Anneke nicht zu sagen. Als die Männer irgendwann von ihr abließen, war sie blutüberströmt, schmerzte sie jeder Fingerbreit ihres Körpers.

Es dunkelte bereits, als dic Wegelagerer ihre Beute zusammenrafften. Sogar das zerschnittene Wams packten sie ein und gingen dann, ohne die drei Menschen, über die sie so viel Leid gebracht hatten, auch nur eines Blickes zu würdigen, ihres Weges.

Anneke glaubte sich bereits allein, als einer von ihnen noch einmal zurückkehrte.

»Das ist für den Biss, du Kanaille«, knurrte er und trat ihr derb in die Seite. Dann öffnete er seinen Hosenlatz, urinierte über ihren geschundenen Körper und verschwand ebenfalls.

Nur mit Mühe konnte Anneke ein jähes Aufschluchzen unterdrücken. Nur keinen Laut von sich geben, der einen der tollwütigen Hunden veranlassen könnte, noch einmal zurückzukehren.

Atemlos lauschte sie den sich entfernenden Schritten, und auch als längst alles still war, wartete sie noch eine Weile. Erst dann drehte sie sich leise wimmernd auf den Bauch und kroch auf allen vieren zu Marie hinüber.

Der Körper der Gevatterin war bereits erkaltet, und Annekes winziges Fünkchen Hoffnung, dass sie doch noch am Leben sein könnte, erlosch.

Dann kroch sie zu Maarten und kniete sich neben ihn.

Wenn es einen gnädigen Gott gab, würde er sie hier und jetzt sterben lassen. Stunde um Stunde betete sie um ihren eigenen Tod. Doch er kam nicht. Stattdessen kam die Kälte und die erweckte neuen Lebenswillen in ihr.

Einen letzten Kuss hauchte Anneke auf Maartens kalte bleiche Lippen. Dann machte sie sich kriechend auf den langen, beschwerlichen Weg zurück zur Landstraße.

*

Der Abend war für Ende September außergewöhnlich mild. Die Sonne schickte sich an unterzugehen, und die Freie Reichs- und Hansestadt Hamburg würde gleich ihre Tore schließen.

Eilig näherte sich ein Reitertrupp im gestreckten Galopp. Gleich darauf konnte man das Hufgeklapper der Pferde auf der neuen Steinbrücke hören, die über den Stadtgraben führte. Da die Torwächter die Reiter erkannten, ließen sie sie ungehindert passieren.

»Ihr seid allein?«, rief einer der Wächter. »Also habt auch ihr die Hexen nicht dingfest machen können?«

Der Hauptmann warf dem Vorwitzigen einen vernichtenden Blick zu. Einer Antwort würdigte er ihn nicht. Natürlich, vor dem Hexenkommissar würde er sein Versagen verantworten müssen, aber diesem unverschämt kecken Wachsoldaten gegenüber? Nein, ganz gewiss nicht.

»Grämt euch nicht«, rief der Soldat ihm nach. »Auch die anderen Trupps mussten unverrichteter Dinge zurückkehren.«

Der Hauptmann sah sich jedoch nicht mehr um und ritt mit seinen Männern in Hamburg ein.

Friedrich Claen, der schon seit Tagen in der Nähe des Stadttores herumlungerte, sah den Schergen triumphierend nach. Dann verließ er eilig seinen Beobachtungsposten und lief, so schnell ihn seine Füße tragen wollten, heim, um der Mutter die frohe Botschaft zu überbringen.

»Der letzte Suchtrupp ist nun auch zurückgekehrt. Und sie waren allein!«

Elisabeth Claen atmete erleichtert auf.

»Dann haben sie Anneke nicht aufspüren können. Dem Himmel sei Dank.«

»Ja.« Erschöpft ließ Friedrich sich auf einen Stuhl fallen. Er war noch schwach, hatte sich noch immer nicht ganz von seiner mysteriösen Krankheit erholt. »Maartens Plan war zu gut für die Suchhunde der hamburgischen Gerichtsbarkeit.«

Leopold Claen blickte verdrossen auf Frau und Sohn.

»Wisst ihr eigentlich, dass man Anneke inzwischen noch zwei weitere Morde zur Last legt?«

Friedrich winkte ärgerlich ab.

»Ich habe gehört, dass es zwei Todesfälle gegeben hat – Ratsherr Stoltow und sein Schreiber sollen das Zeitliche gesegnet haben. Aber es ist einfach lächerlich, Anneke dafür verantwortlich machen zu wollen. Sie hält sich ja nicht einmal in Hamburg auf.«

»Sie nicht«, gab der Vater zu. »Ihr teuflisches Amulett hingegen sehr wohl. Und eben dieses hielt Ratsherr Stoltow in den Händen, als man ihn sterbend fand. Seitdem geht die Angst um in Hamburg. Und ich werde auf der Straße geschnitten, wo immer ich mich blicken lasse.«

»Du versündigst dich, Mann«, ließ sich Elisabeth bitter vernehmen. »Wenn man dir zuhört, könnte man wirklich glauben, dass selbst du, der leibliche Vater, von Annekes Schuld überzeugt bist.«

Böse blitzte Leopold Frau und Sohn an.

»Und ihr denkt wirklich noch immer, dass Anneke unschuldig ist und schon bald zurückkehrt – mit einem dubiosen Wiegeschein in den Händen, der beweisen soll, dass sie keine Hexe ist?«

Während Elisabeth es nicht einmal der Mühe erachtete, auf diese Frage zu antworten, nickte Friedrich gereizt.

Leopold lehnte sich auf seinem Stuhl zurück.

»Ich für meinen Teil glaube weder an ihre Rückkehr noch an ihre Unschuld«, verkündete er nun in aller Deutlichkeit. »Und ihr werdet sehen, dass ich recht habe …«

Kapitel 14

Ein Paradies mit Namen Strongoli

»Die Malteser sind wieder in Konstantinopel.«

Die Sklaven Sultan Mustafas I. saßen in der Zisterne beim Abendessen und löffelten ihre unvermeidliche Linsensuppe, als Cryso mit der Neuigkeit herausplatzte.

Einstweilen wusste jedoch keiner von ihnen etwas mit dieser Information anzufangen. Fragend sahen sie ihn an, und José wollte wissen:

»Und was sagt uns das?«

Der Hüne grinste und lüftete das Geheimnis.

»Die Malteserritter kommen mehr oder weniger regelmäßig nach Konstantinopel, um Christensklaven freizukaufen.«

Nun hatte er die ungeteilte Aufmerksamkeit seiner Leute, und José hakte auch sofort nach:

»Du meinst, wir haben die Chance, hier rauszukommen?«

Der Schwarzgekleidete zuckte mit den Schultern.

»Wer vermag das zu sagen? Eine große sicher nicht. Mustafa nimmt zwar gern das Geld der Malteser, benötigt seine Sklaven derzeit aber dringend selbst. Die Preise werden daher gewiss hoch sein, und die Mittel der Ritter, die auf Spenden angewiesen sind, in der Regel beschränkt. Vielleicht können sie 20 Männer freikaufen. In Konstantinopel gibt es derzeit nahezu 30 000 Sklaven, etwa die Hälfte davon sind Christen. Rechnet euch eure Chance selbst aus.«

Die Männer ließen ihre Köpfe enttäuscht wieder sinken. Die Möglichkeit, auf diesem Wege freizukommen, war zu gering, um überhaupt darüber nachzudenken.

Philipp musterte seinen Vorabeiter nachdenklich. Es war nicht Crysos Art, eine nutzlose Information preiszugeben. Was also mochte er bezwecken?

Doch dann schalt er sich selbst einen Narren. Seitdem er die geheime Nachricht erhalten hatte, die besagte, dass es sehr wohl einen Fluchtweg aus der Zisterne gab, und einzig Cryso der Absender dieser Botschaft sein konnte, vermutete er hinter jedem Wort des Kalabresen eine besondere Bedeutung.

Als Cryso, der seinen Blick aufgefangen hatte, ihm jedoch plötzlich verschwörerisch zuzwinkerte, war er sich wieder sicher: Der Vorarbeiter wollte fliehen. Und die Anwesenheit der Malteser spielte bei diesem Plan eine besondere Rolle.

»Bleiben die Ritter lange in Konstantinopel?«, fragte Philipp leichthin, so als würde er lediglich Konversationen betreiben.

Cryso grinste erneut, es war fast, als würde er in Philipps Kopf wie in einem offenen Buch lesen.

»Nun, eine Woche vielleicht. Erfahrungsgemäß ziehen sich die Verhandlungen immer ein paar Tage hin.«

Fieberhaft suchte Philipp nach weiteren Fragen, um das Gespräch nicht einschlafen zu lassen und vielleicht noch weitere Anhaltspunkte für Crysos Vorhaben zu gewinnen. Doch bevor ihm noch etwas Sinnvolles eingefallen war, verkündete der Kalabrese:

»Ich brauche heute Abend noch drei Freiwillige, die mir helfen, ein Gerüst zu errichten, das wir demnächst benötigen. Wer ist dazu bereit?«

In diesem Augenblick begriff Philipp: Cryso hatte einen Fluchtplan und war offensichtlich bereit, ihn und seine Freunde mitzunehmen. Bei der Umsetzung seines Vorhabens ließ er jedoch Vorsicht walten. So war die geheime Nachricht vermutlich eine Prüfung gewesen, die er bestanden hatte, weil er den anderen gegenüber nichts darüber verlauten ließ. Und nun forderte der Kalabrese ausgerechnet drei Männer für eine Nachtarbeit ein? Warum? Würden alle mit anpacken, wäre die Aufgabe viel schneller bewältigt. Nein, Cryso wollte mit ihm, José und Lorenz alleine sein – und zwar so, dass es niemandem verdächtig erschien und die übrigen Männer sogar froh waren, nicht dabei sein zu müssen.

Aufmerksam sah er sich um. Crysos Rechnung schien aufzugehen. Keiner der Sklaven war freiwillig bereit, zusätzliche Arbeiten zu übernehmen, und alle wichen den fragenden Blicken ihres Vorarbeiters geflissentlich aus.

Scheinbar widerstrebend meldete Philipp sich nun.

»Nun gut, irgendjemand muss es ja machen«, brummte er. »Ich bin dabei. Und ich schätze, José und Lorenz werden sich gleichfalls bereit erklären.«

Der Spanier sah überrascht auf. Bevor er jedoch protestieren konnte, warf Philipp ihm einen warnenden Blick zu. Also zuckte er mit den Schultern und murmelte unwillig:

»Wenn es denn sein muss …«

Da auch Lorenz keinerlei Einspruch erhob – der Junge fügte sich wie gewöhnlich in alles, was Philipp anordnete – war die Verabredung damit getroffen. Erleichtert erhoben sich die übrigen Männer und zogen sich auf ihre Strohsäcke zurück, während Cryso mit seinen Helfern von dannen zog.

Er führte sie über den Mauerabsatz, der sich die dunkle Hallenwand entlang zog, stieg mit ihnen die lange steile

Treppe bis zu dem inzwischen trockengelegten aber noch immer verschlammten Boden der Zisterne hinab und ging dort weiter bis zur Mitte der nördlichen Wand.

»Hier muss das Gerüst aufgebaut werden«, sagte er.

»Warum gerade hier?«, wollte Philipp wissen.

»Weil ich es sage«, gab Cryso ungerührt zurück.

»Ich finde, es ist an der Zeit, uns reinen Wein einzuschenken«, forderte Philipp.

Der Kalabrese grinste.

»Schau die Wand hinauf. Was siehst du?«

Philipp tat, wie ihm geheißen, konnte aber nichts Auffälliges entdecken.

»Was ich meine, findet sich auf dem obersten Absatz«, half Cryso. »Im Schein der Fackel ist es allerdings tatsächlich von hier schwer zu erkennen.«

»Um was geht es hier überhaupt?«, wollte José verständnislos wissen.

Cryso sah Philipp an. Obwohl sich die beiden Männer erst so kurze Zeit kannten, verstanden sie sich ohne Worte.

»Bist du wirklich sicher, dass du ihnen vertrauen kannst?«

Philipp nickte und wandte sich nun mit leiser Stimme an José und Lorenz.

»Es geht um unsere Flucht. Cryso kennt einen Weg. Und ihr müsst entscheiden, ob ihr euch uns anschließen wollt trotz der Gefahr, die das Unterfangen zweifellos in sich birgt.«

»Ganz gewiss«, gab der Spanier, ohne zu zögern, ebenso leise zurück. »Lieber komme ich bei einer Flucht ums Leben, als hier den Rest meines Daseins dahin zu vegetieren.«

»Und du, Lorenz?«

»Für mich gilt das Gleiche«, erklärte der Gefragte prompt, und auf seinem sonst so verschlossenen, ernsten Jungengesicht erschien ein hoffnungsvolles Lächeln.

»Du hast es gehört, Cryso«, meinte Philipp. »Nun verrate uns deinen Plan. Er hat etwas mit den Malteserrittern zu tun, nicht wahr?«

Der Kalabrese nickte lächelnd.

*

Zwei Tage später stand das Gerüst. Und in weiteren drei Tagen würde der Kul Kâhyasi erscheinen, um sich zu vergewissern, dass sie fleißig ihre Arbeit verrichtet hatten. Dabei würde er sich allerdings über das neue Gestell wundern, das an einer Stelle stand, an der es nicht hingehörte. Also würden sie vor dem Eintreffen des Sklavenaufsehers fliehen müssen. Die Sache hatte nur einen Haken: José war erkrankt. Und solange es ihm nicht besser ging, würde er sie nicht begleiten können.

Der Spanier hatte sich bereits vor ein paar Tagen an der Schulter verletzt, und die Wunde sich nun böse entzündet. Er lag auf seinem Strohsack mit grauem Gesicht, hohem Fieber, rasendem Puls, und schien kaum noch ansprechbar.

»Ich fürchte«, erklärte Cryso ernst, »dass José sich einen Wundbrand zugezogen hat. Sieh nur.« Er entblößte die Schulter des Spaniers, sodass die Wunde sichtbar wurde. Sie eiterte, und ihre Ränder waren tiefrot und geschwollen.

»Was können wir dagegen tun?«, wollte Philipp erschrocken wissen. »Sollten wir nicht einen Medikus rufen?«

»Einen Medikus für Sklaven?« Cryso lachte bitter auf. »Nein, mein Freund. So etwas gibt es nicht in Konstantinopel. Alles was wir tun können, ist die Wunde kühlen und mit Kamillenöl einreiben. Etwas anderes haben wir nicht zur Verfügung. Aber ob das hilft?«

Josés Zustand verschlechterte sich zusehends. Obwohl Philipp, Lorenz und Cryso die ganze Nacht über abwechselnd bei ihm Wache hielten und seine Wunde und die Stirn kühlten, war das Fieber noch gestiegen. Sein ganzer Körper glühte, dennoch war seine Haut von kaltem Schweiß bedeckt.

»Ich fürchte, er ist nicht mehr zu retten«, erklärte der Kalabrese bedrückt. »Ja, wenn er sich an der Hand verletzt hätte, wäre vielleicht noch eine Amputation möglich gewesen, aber an der Schulter?« Düster schüttelte er den Kopf. »Und wir können nur noch bis morgen warten«, fügte er flüsternd hinzu. »Wie es aussieht, werden wir ihn zurücklassen müssen.«

»Niemals«, gab Philipp entschieden zurück. »Er ist unser Freund. Wir können ihn nicht einfach seinem Schicksal überlassen.«

Cryso zuckte mit den Schultern.

»Deine Entscheidung. Ich jedenfalls werde morgen Abend verschwinden – zur Not auch allein.«

Am nächsten Morgen hatte sich Josés Zustand noch weiter verschlechtert. Er atmete schnell und flach und schien zudem starke Schmerzen zu haben. Stöhnend wälzte er sich auf seinem Lager hin und her.

Als Philipp am Mittag nach ihm sah, war er jedoch bei Bewusstsein.

»Wann wollt ihr fliehen?«, fragte er leise.

»Cryso will heute Abend gehen«, erwiderte Philipp ebenso leise. Zwar waren sie allein auf der Plattform, aber bei der ständig wechselnden Akustik in der Zisterne war Vorsicht immer angebracht. »Lorenz und ich warten auf dich. Sobald es dir besser geht, gehen wir gemeinsam.«

»Das wäre Torheit. Und das weißt du auch«, gab José mit heiserer Stimme zurück. Es war offensichtlich, dass ihm das Sprechen schwer viel. »Wenn es Cryso gelingt, zu entkommen, wird man den Fluchtweg sofort verschließen. Abgesehen davon werde ich nicht wieder gesund. Ich sterbe Philipp. Und ich möchte dich bitten, falls du deine Freiheit erlangst, meine Familie in Cádiz zu benachrichtigen.«

»Ich werde auf gar keinen Fall ohne dich gehen«, wehrte Philipp entschieden ab. »Und nun muss ich weiterarbeiten. Sobald ich kann, werde ich wieder nach dir sehen.«

Als Philipp das nächste Mal kam, war José wieder bewusstlos. Also erneuerte er nur die Kompressen und ging wieder. Auch am Abend, als das Tagwerk verrichtet war und die Sklaven auf die Plattform zurückkehrten, war der Spanier nicht bei Sinnen. Aber nun bedeckten rote Pusteln sein Gesicht und seinen ganzen Körper. Prompt wurden die ersten Stimmen besorgter Männer laut, die fürchteten, José könne eine ansteckende Krankheit haben. Aufgeregt forderten sie, dass der Schlafplatz des Spaniers verlegt werden sollte.

Cryso hörte sich das ängstliche Lamentieren der Männer an und zog dann Philipp beiseite.

»Ich verstehe dich jetzt. Wenn wir fort sind, würden sie José aus Angst um ihr eigenes bisschen Leben ans andere Ende der Zisterne verbannen und ihn dort verhungern und verdursten lassen. Wenn wir also hierbleiben und unsere Flucht verschieben, bis die Malteser das nächste Mal wiederkehren, ist unsere einzige Chance, das Gerüst wieder abzubauen. Das schaffen wir aber nicht zu dritt in einer Nacht.«

Philipp nickte.

»Ich weiß. Du könnest den anderen befehlen, mitzuhelfen. Dabei müssten wir allerdings die oberste Etage selbst abbauen, damit sie das Rohr nicht zu Gesicht …«

Ein lauter Schrei unterbrach ihn.

»Philipp!«

Es war Josés Stimme, und sofort eilte der Gerufene an die Seite seines kranken Freundes.

»Ich … ich bekomme keine Luft«, stieß der Spanier mühsam hervor. »Hilf mir. Ich muss zum Rand der Plattform.«

Philipp wollte widersprechen, wollte José veranlassen, liegen zu bleiben, doch der war wie besessen von seinem Wunsch und mühte sich mit letzter Kraft, auf die Füße zu kommen.

Also gab Philipp seinen Widerstand auf, stützte den Gefährten, führte ihn zum Rand der Plattform und half ihm, sich dort niederzulassen.

»Danke dir, Freund«, flüsterte José erschöpft und fügte dann mit müder, aber dennoch eindringlicher Stimme hinzu: »Ich werde sterben, Philipp. Das ist sicher. Ich will aber nicht auf meinen Tod warten. Und auch du sollst es nicht und damit eine einmalige Chance vergeben. Verzeih mir, grüß meine Familie, und vergesst mich nicht.«

Bevor Philipp den Sinn der Worte begreifen konnte, beugte sich José über den Rand der Plattform, so weit, bis das Gewicht seines Körpers ihn nicht mehr zu halten vermochte und er kopfüber hinunter auf den Boden der Zisterne stürzte.

Wie erstarrt blickte Philipp hinab. Es war jedoch zu dunkel, um von hier oben etwas erkennen zu können. Ungläubig sah er sich zu den anderen um, so, als sollten sie ihm sagen, dass der Sturz des Spaniers nur in seiner Einbildung geschehen war. Doch die eilten nun erschrocken herbei, um gleichfalls in die dunkle Tiefe zu blicken.

»José?«

Es war Philipp, der den Ruf ausgestoßen hatte. Und dann griff er auch bereits nach der Fackel und lief den Mauerabsatz entlang, so schnell er es vermochte. Auf der steilen Treppe geriet er ins Straucheln, konnte sich aber fangen und hastete mit unverminderter Geschwindigkeit weiter.

Als er endlich den Freund erreicht hatte, konnte er nur noch den Tod des Spaniers feststellen. Fassungslos setzte er sich neben den Leichnam. Dass er weinte und ihm die Tränen dabei unaufhaltsam über die Wangen rannen, bemerkte er nicht einmal.

*

Die Sklaven auf der Plattform legten sich erst spät zur Nacht nieder. Das schreckliche Ende ihres Gefährten hatte alle sehr aufgewühlt. Und die, die seine Isolierung gefordert hatten und glaubten, dass dies der Anlass für seinen Freitod gewesen war, wurden von Gewissensbissen geplagt.

Dass Philipp noch nicht zu ihnen auf die Plattform zurückgekehrt war, wunderte sie nicht. Und als Cryso und Lorenz sich ebenfalls wieder auf den Weg nach unten machten, schliefen sie bereits.

Als der Kalabrese und der Junge zu ihrem Gefährten stießen, wechselten sie kein Wort. Stumm verabschiedeten sich alle drei ein letztes Mal von dem Toten und machten sich dann auf den Weg.

Das Gerüst zu erklimmen, war kein Problem, schließlich hatten sie es erbaut. Wesentlich schwieriger war es allerdings, lautlos hinaufzusteigen. Immer wieder hielten sie inne und lauschten zu der Plattform hinüber. Dort blieb jedoch alles ruhig, und so gelang es schließlich allen dreien, die oberste Etage zu erreichen.

Cryso war der Erste, der in die tönerne, etwa zwei Fuß im Durchmesser starke Wasserzuleitung der Zisterne kroch und sich mühsam nach oben hangelte. Der Weg durch das Rohr war zwar steil, aber nicht weit, und der hölzerne Deckel, der es an seinem Ende verschloss, ließ sich leicht anheben.

Gleich darauf standen alle drei in der kleinen Halle, in die das Rohr mündete.

»Und nun?«

Philipp sah sich um und stellte fest, dass hier insgesamt fünf Tonrohrenden aus dem Boden ragten. Ein weiteres Rohr hatte man durch die Wand verlegt. Hier kam das Wasser an, das über Aquädukte nach Konstantinopel geleitet wurde, und hier wurde es mithilfe eines Schwenkarmes aus Holz in diejenige Röhre geleitet, deren System gerade Frischwasser benötigte.

Obwohl Philipp keine Frage gestellt hatte, nickte Cryso.

»Hier wird das Wasser für diesen Bezirk verteilt«, erklärte er, als draußen auf der Straße Rufe laut wurden. Er trat an eines der mit Gitter gesicherten Fenster, blickte hinaus und fuhr indessen fort: »Es gibt in der Stadt mehrere dieser Hallen. Wie viele, weiß ich nicht genau. Aber ich weiß, dass man sorgfältig auf sie achtet und vor der Tür mindestens drei Wachsoldaten stehen.«

Philipp war derzeit jedoch weniger an dem Wassersystem Konstantinopels interessiert als an dem Lärm draußen, der ständig anschwoll. Zahlreiche Männer mit Fackeln liefen nun an dem Verteilergebäude vorbei.

»Was ist geschehen?«, wollte er aufgeregt wissen. »Hat man unsere Flucht bereits entdeckt?«

Obwohl auch Cryso offensichtlich besorgt war, musste er grinsen.

»Nein, nein. Das hat gewiss nicht mit uns zu tun. Wegen dreier entlaufener Sklaven wird hier nicht so ein Aufsehen gemacht. Ich vermute eher ...« Er unterbrach sich bestürzt. »Das ist ein Aufstand der Janitscharen«, stieß er hervor. »Wir müssen hier schnellstens verschwinden.«

Doch es war bereits zu spät. Vor der Halle kam es zu einem Tumult. Und dann sprang auch schon die Tür auf. Blau uniformierte Janitscharen, denen der Nackenschutz ihrer naturfarbenen Kappen bis auf die Schulter fiel, rangen mit der Wachmannschaft des Verteilergebäudes.

Cryso zögerte keine Sekunde.

»Raus hier«, befahl er. »Lauft um euer Leben.«

Er trieb seine Gefährten, an den kämpfenden Männern vorbei, auf die Straße und dort in Richtung der Ruinen des Hippodroms.

Die Janitscharen waren überall und metzelten alles nieder, was sich ihnen in den Weg stellte. Der Schein der Fackeln tanzte flackernd auf ihren dunklen unbewegten Gesichtern.

Philipp schauderte es, obwohl er und die beiden anderen Flüchtlinge von den Elitetruppen des Sultans überhaupt nicht beachtet wurden.

Unbehelligt gelangten sie zu dem alten Sophia-Hafen an der Küste des Marmarameeres, tauchten in die kleinen Gassen, in denen sich Kaschemme an Spelunke reihte, die in dieser Nacht wegen des Aufstands jedoch menschenleer dalagen, und hasteten weiter den Hügel hinab, bis sie die Stadtmauer und das Meer sehen konnten. Dann hielt Cryso inne und trat in eine schmale Nische zwischen zwei Häusern.

»Das Tor dort unten«, wisperte er leise, »nennt sich Kumkapi. Wir müssen es passieren, um in den Hafen Kontoskalion zu gelangen, in dem die Galeere der Malteser liegt. Ihr könnte sie sogar von hier sehen.«

Philipp und Lorenz schauten in die von Cryso gewiesene Richtung, erkannten die Galeere, die mit den Flügeln ihrer gesenkten Ruder von hier oben wie ein großer Nachtvogel anmutete, und das geschlossene Tor, vor dem eine Wachmannschaft stand und aufgeregt miteinander debattierte.

»Wie, um des Himmels willen, sollen wir an denen vorbeikommen?«, ließ sich der Junge furchtsam vernehmen.

»Mithilfe der aufständischen Janitscharen, hoffe ich«, gab der Kalabrese mit ruhiger Stimme zurück. »Ihr müsst wissen, Mustafa I. ist kein beliebter Sultan. Im Gegenteil, man hält ihn allgemein für geistesschwach. In schöner Regelmäßigkeit proben die Janitscharen daher den Aufstand und fordern seine Absetzung. Zumeist bringen sie dabei zuerst die Wasserverteilung und die Stadttore in ihre Gewalt – denn wer über beides befehlen kann, besitzt die Macht in Konstantinopel. Bisher hat der Sultan sich jedoch immer mit einer fetten Solderhöhung für seine Elitetruppen freikaufen können. Ich bin gespannt, wie es diesmal ausgeht.«

Philipp und Lorenz hingegen war das Schicksal Mustafas I. ziemlich gleichgültig. Beide waren mehr an ihrem eigenen interessiert.

»Selbst wenn die Janitscharen die Wachen ausschalten, werden sie das Tor doch gewiss nicht öffnen.«

»Stimmt«, gab Cryso in aller Seelenruhe zurück. »Aber uns reicht die kleine Pforte neben dem Tor, die die Seeleute nehmen, die sich des Nachts in der Stadt amüsiert haben und danach irgendwann auf ihre Schiffe zurückkehren. Die Pforte gibt es auch nur hier am Kumkapi. Und das auch nur, weil der Kontoskalion Hafen als einziger in Konstantinopel nicht innerhalb, sondern außerhalb der Stadtmauer liegt. Das wiederum ist der Grund, warum die Malteser ihn nutzen. Sie trauen den Osmanen nicht und fühlen sich wohler, wenn ihre Schiffe jederzeit das offene Meer erreichen können. Ihr seht also, es fügt sich für uns alles auf das Wunderbarste zusammen, und wir sollten auf die Knie sinken und unserem Schöpfer für diese wundersame Befreiung danken.«

»Nun ja«, warf Philipp ein, »noch sind wir nicht frei.« Trotz dieser Feststellung entspannte er sich ein wenig. »Etwas anderes würde mich allerdings noch interessieren: Wusstest du von dem Aufstand?«

Cryso schüttelte den Kopf.

»Nein, natürlich nicht.«

»Wie hätte also unser Fluchtweg ausgesehen, wenn wir nicht diese unerwartete Unterstützung der Janitscharen erfahren hätten?«

»Wesentlich unangenehmer«, grinste Cryso. »Wir wären durch einen Zugang in der Wasserverteilungsstelle in die Unterwelt Konstantinopels hinabgestiegen und durch einen Abwasserkanal mit vermutlich hüfthoch stehender Kloake gewatet. Am Ende des Kanals hätten wir uns durch ein Rohr voller Unrat zwängen müssen, um ins Meer gespült zu werden. Dann wären wir an der Küste entlang bis zum Kontoskalion Hafen geschwommen, was bei dem stets unruhigen Marmarameer eine ziemlich kräftezehrende Angelegenheit gewesen wäre …«

Er unterbrach sich.

»Seht ihr, die Wachen ziehen ab. Darauf habe ich gewartet. Vermutlich hatten die Männer keine Lust, blutige Bekanntschaft mit den Krummsäbeln der Janitscharen zu machen. Eilt euch. Es sind gewiss nur wenige Augenblicke, die das Tor unbewacht ist.«

So schnell sie es vermochten, liefen die Männer nun den Rest des Hügels hinab. Zu ihrer Rechten konnten sie noch die abziehenden Wachsoldaten sehen, zu ihrer Linken die herannahenden Janitscharen. Es war also keine Zeit zu verlieren.

Dem Himmel sei Dank, die kleine Pforte in der Stadtmauer war unverschlossen und ließ sich ohne Probleme öffnen. Die Flüchtlinge stürzten hindurch, schlugen das Türchen hastig hinter sich zu und eilten zu den Kais hinab. Dort wählte Cryso ein kleines Ruderboot und sprang hinein.

»Philipp! An die Riemen. Schnell«, gab er atemlos seine Anweisungen, um dann, am Bug des Bootes stehend, angestrengt zu der im Hafenbecken ankernden Galeere hinüberzublicken.

Auf dem Schiff, das die rot-weiße Flagge der Malteser führte, herrschte reges Treiben. Vermutlich hatten auch die Ritter mitbekommen, dass es in der Stadt einen Aufstand gab, und zogen es nun vor, Konstantinopel zu verlassen.

Der Wind trug Kommandofetzen herüber, und Matrosen schickten sich an, die Anker zu lichten.

Leise fluchte Cryso vor sich hin. Dann ruderte er mit den Armen und brüllte immer wieder die gleichen Worte:

»Asyl! Wir bitten um Asyl!«

*

Wohlig lehnte sich Philipp zurück und schloss die Augen. Die immer noch warme Oktobersonne vertrieb den letzten Rest Zisternen-Feuchtigkeit aus seinen Knochen. Das Meer war ruhig, ein stetiger Wind blähte die Segel, die kleine Galiote kam schnell voran. Selten hatte er sich so wohl gefühlt – so warm, so satt, so frei!

Der einzige Wermutstropfen in dem großen Glücksgefühl war die Abwesenheit Josés. Philipp vermisste den Freund und trauerte aufrichtig um ihn. Und Lorenz, der ebenfalls mit geschlossenen Augen neben ihm saß, schien ähnlich zu empfinden:

»So sehr ich mich auch auf zu Hause und die Meinen freue, habe ich doch ein schlechtes Gewissen José gegenüber. Nur damit wir fliehen konnten, hat er seinem Leben ein Ende gesetzt.«

»So darfst du nicht denken«, gab Philipp zurück. »Er hat es ja nicht nur für uns, sondern auch für sich selbst getan, um einem qualvollen sicheren Tod zu entgehen. Doch wenn ich mir überlege, wie leicht sich unsere Flucht bewerkstelligen ließ, frage ich mich, ob wir ihn nicht vielleicht sogar hätten mitnehmen können. Der Feldscher auf der Malteser-Galeere hätte ihn möglicherweise geheilt, oder ein Medikus, später, als wir auf Malta angelangt waren.«

»Nein, Philipp«, widersprach der Junge. »In seinem Zustand hätte er niemals durch das Rohr kriechen können. Und auch der Weg durch die Stadt …«

Die aufgeregte Stimme Crysos, der am Bug der Galiote stand und Ausschau hielt, unterbrach ihn.

»Phillipp, Lorenz! Schnell, kommt her. Der Hafen von Strongoli ist in Sicht.«

Die beiden Gerufenen gesellten sich zu ihrem Freund, der, die Hand schützend über die Augen haltend, zur Küste Kalabriens hinüberblickte.

Auch Philipp konnte nun die von kanonenbewehrten Türmen geschützte Hafenmauer erkennen.

»Hier scheint man ja bis an die Zähne bewaffnet zu sein«, stellte er fest.

Cryso nickte.

»Ja, und das ist auch dringend erforderlich. Die Barbaresken würden sich den fetten Happen sicherlich gerne schmecken lassen, wenn er so einfach zu haben wäre. Doch wir wissen uns zu wehren. Es stehen ständig Wächter auf den Türmen, die die Kanoniere, die in einer Kaserne im Hafen hausen, sofort benachrichtigen, wenn ein feindliches Segel am Horizont erscheint. Und wie die Zufahrt des Goldenen Horns in Konstantinopel wird auch unser Hafen des Nachts mit dicken Eisenketten gesichert.«

»In Hamburg verwenden wir Baumstämme, um die Hafeneinfahrt nach Sonnenuntergang zu schützen«, wusste Philipp zu berichten.

Cryso zuckte mit den Schultern.

»Euer Baumwall wird gewiss den gleichen Effekt haben wie unsere Eisenketten und Unbefugten die Hafeneinfahrt verwehren.«

Wenig später glitt die schnelle Galiote durch das Hafentor und legte sich an die Kaimauer. Das Fallreep wurde ausgelegt und Cryso sprang an Land. Er konnte es kaum erwarten, seine Heimat und seine Familie wiederzusehen.

Philipp und Lorenz, die sich noch einmal bei dem Kapitän der Galiote für die kostenlose Passage von Malta hierher an die kalabresische Küste bedankten, folgten ihm.

Als sie den Kai verlassen hatten, kamen sie auf eine landeinwärts führende Straße, an der rechts und links steinerne Lagerhäuser standen. Vor einem der stattlichsten Gebäude blieb Cryso stehen. Über dem Tor prangte in großen Lettern der Name »Crisopulli«.

»Das ist meine Familie«, sagte er, wies auf den Namenszug und beobachtete zufrieden, wie zwei mit Weinfässern beladene Eselgespanne entladen wurden. So lange, mehr als drei Jahre, hatte er auf diesen Anblick verzichten müssen.

»Ich habe mich schon oft gefragt, warum man dich eigentlich Cryso nennt«, meinte Philipp lachend. »Nun weiß ich es. Es ist also eine Kurzform von Crisopulli.«

»Das ist aber nicht die ganze Geschichte«, gab Cryso schmunzelnd zurück. »Gegenüber von Konstantinopel, auf der anderen Seite des Bosporus, gab es einmal eine alte, von den Griechen gegründete Stadt: Chrysopolis. Heute sind davon nur die Ruinen eines Klosters erhalten, das den gleichen Namen trug. Und die Ähnlichkeit zwischen Crisopulli und Chrysopolis brachte die Osmanen auf Cryso.«

»Du heißt aber in Wahrheit …?«, wollte nun auch Lorenz wissen.

Cryso verneigte sich lachend.

»Darf ich mich vorstellen? Mein Name ist Crisopulli, Luigi Giuseppe Crisopulli.«

»Da müssen wir ja jetzt richtig umlernen«, stellte Philipp grinsend fest, doch der Kalabrese winkte ab:

»Bleibt nur ruhig bei Cryso. Ich hatte ja lange genug Zeit, mich an diesen Namen zu gewöhnen.«

In dem Hafen von Strongoli herrschte emsiges Treiben. Neben der kleinen Galiote, mit der sie gekommen waren, lagen noch drei große Handelsschiffe an den Kais, die mit allerlei Waren beladen wurden – in der Hauptsache mit Fässern, die Wein, Weizen und Olivenöl enthielten. Mit Eseln bespannte Fuhrwerke brachten immer neue Fässer an die Kais.

Nur wenige Schritte von dem quirligen Trubel entfernt – rechts und links von der Hafenanlage – befand sich weißer Sandstrand, der von der einen Seite durch das offene Meer, zur anderen von Weinfeldern begrenzt wurde. Weinfelder so weit das Auge reichte.

Philipp betrachtete das alles und wunderte sich.

»Aber wo ist die Stadt?«

»Von hier aus kann man Strongoli nicht sehen«, erklärte Cryso. »Es liegt etwa viereinhalb Meilen entfernt. Aber sobald eines der Eselgespanne entladen ist und wieder zur Stadt hinauffährt, wird es uns mitnehmen.«

Da bereits manch misstrauischer Blick die drei Männer in osmanischer Tracht gemustert hatte, atmete Cryso tief durch:

»Es wird Zeit, dass sich der verlorene Sohn zu erkennen gibt«, sagte er und betrat nun die große Lagerhalle.

Vom Tor aus beobachteten Lorenz und Philipp, wie er sofort von den Stauern und Karrenkutschern umringt und auf das Herzlichste begrüßt wurde. Alle schienen ihn zu kennen, hatten ihn schmerzlich vermisst und waren nun heilfroh, dass er den Weg nach Hause gefunden hatte. Ihre neugierigen Fragen wehrte er jedoch lachend ab. Die Aufklärung über sein jahrelanges geheimnisvolles Fernbleiben gebührte zuerst seinen Eltern.

Philipp verstand kein Wort von dem, was sie alle durcheinanderriefen, aber es war offensichtlich, dass sich die Hafenarbeiter freuten, seinen Freund wiederzusehen.

Schon bald war eines der Eselgefährte entladen und schickte sich an, zurück in die Stadt zu fahren.

Cryso, Philipp und Lorenz stiegen auf die Ladefläche und machten es sich dort so bequem, wie es auf dem hölzernen Gefährt möglich war. Und dann ging es auch schon los, rumpelnd setzte sich der Lastkarren in Bewegung.

Sie fuhren durch flaches Land, überquerten eine Landstraße, die zur linken Seite nach Crotone, zur rechten nach Torre Melissa führte, und rollten dann durch weite Weinfelder. In der Ferne wurde eine Hügelkette sichtbar.

»Alle Anpflanzungen rechts des Weges gehören meiner Familie«, erklärte Cryso stolz und mit weit ausholender Handbewegung. »Wir verkaufen unseren Wein sogar an den Hof von Neapel und bis in die Niederlande, zumindest in den Teil, der dabei ist, sich von den Spaniern zu befreien und der lieber ganz auf Wein verzichten würde, als ihn den Spaniern abzukaufen. Tatsächlich steht die Qualität unseres Weines dem spanischen und auch dem französischen in nichts nach. Kalabrien ist von der Sonne gesegnet, und das macht sich auch in den Weinen bemerkbar. Sie sind süß und fruchtig und voller Aroma. Ihr werdet sie ja bald selbst kosten können.«

Im Anschluss an die Weinfelder folgten Weizen- und Gemüseäcker, auf denen alle möglichen Früchte wuchsen wie Auberginen, Zwiebeln, Paprika und Artischocken.

Sie passierten kleine wilde Wälder aus Pinien und Eichenbäumen, in deren dichtem Grün blühende Oleanderbüsche rote und weiße Farbtupfer setzten. Darauf folgten Orangen- und Zitronenhaine.

Als die ersten Olivenbäume auftauchten, begann der Weg anzusteigen und sich um die Hügel herum zu winden. Schon bald mussten die Esel kräftiger ziehen, um den steiler werdenden Weg hinaufzugelangen.

»Und das dort oben«, sagte Cryso, und seine sonst so ruhige Stimme klang plötzlich sehr aufgeregt. »Das dort oben ist Strongoli, meine Heimatstadt.«

Er wies auf ein hohes Felsplateau, auf dem man nun die trutzigen Mauern einer Stadt, die sie überragenden Kirchtürme und einen viereckigen Bergfried erkennen konnte.

»Wie alt Strongoli ist, weiß keiner so genau«, erklärte Cryso den Freunden. »Es wurde einst von den Griechen erbaut und etwa 200 Jahre vor der Geburt unseres Heilands von den Karthagern zerstört. Die Griechen haben die Stadt wieder aufgebaut, Römer, Byzantiner, Sarazenen und Normannen um sie gestritten. Letztere erbauten das Castello mit dem viereckigen Bergfried, den ihr von hier aus sehen könnt. Heute ist Strongoli eine durch den Handel blühende Stadt, die zum Königreich Neapel gehört. Verwaltet wird sie von dem Grafen Giovan Battista Campitello, der Strongoli 1605 für 70 000 Dukaten gekauft hat.« Schmunzelnd und nicht ohne Stolz fügte er hinzu: »Das Geld lieh sich der Graf bei meiner Familie.«

Immer steiler stieg der Weg nun bergan. Doch auch an den Hängen waren Olivenbäume gepflanzt, alte knorrige Gewächse, von denen keiner wusste, wie alt sie wirklich waren. Dazwischen immer wieder Felder:

»Melonen wachsen hier«, erläuterte Cryso. »Zudem macht meine Familie Versuche mit den ›Pomi d'oro‹, die man in eurer Heimat lediglich als Zierpflanze kennt. Die reifen Früchte sind tiefrot, essbar und sehr aromatisch. Und die Bäume dort drüben«, er wies ihnen die Richtung mit der Hand, »sind wilde Birnen. Die Früchte sind nur klein, aber süß und saftig.«

Mit leuchtenden Augen sah Philipp sich um. Er fühlte sich wie berauscht. Die üppigen Farben, die Sonne. Alles wuchs und gedieh. Nach dem langen Aufenthalt in der unterirdischen Zisterne, in der es kaum Tageslicht gegeben hatte, fühlte er sich hier fast wie im Paradies.

Der Weg schlängelte sich nun steil über Serpentinen bis zum Stadttor empor. Kaum hatten sie es passiert, hieß Cryso den Wagenlenker, anzuhalten.

»Kommt«, forderte er die Freunde auf und kletterte vom Karren herab. »Das letzte Stück gehen wir zu Fuß. Ich möchte das Heimkommen so richtig genießen.«

Strongoli war größer und prächtiger, als Philipp es erwartet hatte, und die Stadtvilla der Crisopullis eines der imposantesten Gebäude, das er jemals gesehen hatte.

Das Wiedersehen zwischen Cryso und seiner Familie war sehr ergreifend. Und auch Philipp und Lorenz wurden auf das Herzlichste von den Crisopullis willkommen geheißen.

Zur Feier der Rückkehr ihres tot geglaubten Sohnes wurde ein großes Fest veranstaltet. Musiker spielten auf ihren Flöten, Gamben und Mandolinen zum wilden Tanz »Tarantella« auf, und die Tische bogen sich unter den köstlichsten Speisen und Getränken. Angesichts dieser Leckereien schien die karge Linsensuppe, von welcher sich die Freunde in Konstantinopel ernähren mussten, schon fast unwirklich.

Vier Wochen der Erholung gönnten sich die ehemaligen Sklaven des Sultans, dann waren Philipp und Lorenz nicht länger zu halten. Nun wollten auch sie endlich zu ihren Familien heimkehren.

Zwar ließen die Crisopullis sie ungern ziehen, waren aber dennoch bereit, den Freunden ihres Sohnes zumindest einen Teil der Reise so sicher und komfortabel wie möglich zu gestalten: Sie sollten mit einer Flotte von drei Handels-Galeonen segeln, die zudem von einem bis an die Zähne bewaffneten Linienschiff begleitet wurde. Die erste Station sollte Cádiz sein, wo sie die Gelegenheit haben würden, die Familie Josés aufzusuchen. Von dort aus sollte es dann über Lissabon nach Rotterdam gehen. Den Rest der Strecke nach Bremen und Hamburg würden die Reisenden auf dem Landwege zurücklegen müssen, per Pferd, aber in der sicheren Obhut eines Händlertrosses.

Die ganze Familie Crisopulli begleitete Philipp und Lorenz zum Hafen von Strongoli, um sie dort feierlich zu verabschieden. Die beiden bedankten sich herzlich für die erwiesene Gastfreundschaft und gingen an Bord der ihnen zugewiesenen Galeone.

Der Abschied, vor allem von Cryso, fiel ihnen nicht leicht. Umso mehr staunten sie als der Freund, kurz bevor das Fallreep eingezogen wurde, gleichfalls an Bord sprang.

»Ich habe beschlossen, euch zu begleiten«, verkündete er feixend. »Einer muss ja auf euch aufpassen, damit ihr nicht wieder in gefährliche Situationen geratet. Abgesehen davon kenne ich weder Hamburg noch Bremen. Und wer weiß, vielleicht findet man ja auch dort Gefallen an unseren guten, kalabresischen Weinen.«

Kapitel 15

Das Kloster der Benediktinerinnen

»Hüllt sie in eine Decke und legt sie vorsichtig auf den Wagen. So übel zugerichtet, wie sie ist, werden wir sie mit nach Hause nehmen müssen, um sie dort zu behandeln.«

Die alte Äbtissin des Benediktinerklosters Gertrudenberg gab mit ruhiger Stimme ihre Anweisungen, und die drei Nonnen in ihrer Begleitung befolgten sie sogleich. Dennoch stand allen Vieren das Erbarmen um die Verletzte, die sie soeben völlig unbekleidet und leblos am Straßenrand gefunden hatten, ins Gesicht geschrieben.

Anneke stöhnte leise auf, als die Nonnen sie hochnahmen, erlangte aber noch nicht ihr Bewusstsein.

Behutsam wollten die Benediktinerinnen die Geschundene auf die hintere Bank des Einspänners betten, doch die Äbtissin wehrte ab.

»Legt sie auf den Boden«, ordnete sie an. »Nicht, dass sie uns während der Fahrt von der Bank stürzt und sich wohlmöglich noch weitere Verletzungen zuzieht.«

»Wir setzen unseren Weg nach Schloss Iburg also nicht fort?«, vergewisserte sich die Nonne, die am heutigen Tag den Kutscherdienst zu versehen hatte.

»Nein, natürlich nicht«, erwiderte die Äbtissin. »Der Herr Fürstbischof kann warten, die Versorgung ihrer …«, sie wies mit dem Kopf in Richtung der Verletzten, »… Wunden aber nicht.«

Die Nonne nickte, ergriff die Zügel des Pferdes und wendete das Gefährt. Dann stiegen sie, die Äbtissin und die übrigen Schwestern wieder auf den Wagen.

Anneke kam erst wieder zu sich, als der Einspänner das Klostertor, dessen Flügel von der Pförtnerin weit geöffnet worden waren, passierte. Erschrocken versuchte sie sich aufzurichten, sank aber, leise vor Schmerz wimmernd, wieder zurück auf die hölzernen Bodenbretter des Wagens.

»Bleib ruhig, mein Kind«, richtete die Äbtissin mitfühlend das Wort an sie. »Du bist im Kloster Gertrudenberg und in Sicherheit. Gleich werden wir es dir bequemer machen und deine Wunden versorgen.«

Anneke nickte zum Zeichen, dass sie verstanden hatte, und schloss erneut die Augen.

Wenig später hielt das Gefährt vor dem Hauptgebäude.

»Tragt sie ins Infirmarium«, ordnete die Äbtissin an. »Dann ruft Schwester Ursula und bringt warmes Wasser, Tücher, Arnika- und Johanniskrauttinkturen. Außerdem gebt in der Küche Bescheid, dass ein Tee aus Frauenmantel und Baldrian benötigt wird.«

Wie üblich waren die Anweisungen der Äbtissin kurz und präzise, und die Nonnen beeilten sich, sie auszuführen.

Anneke wurde in das leere Krankenzimmer gebracht und auf ein Bett gelegt. Gleich darauf erschien die Nonne, die für die Versorgung der Kranken zuständig war. Zart wusch sie den geschundenen Körper ihrer Patientin, versorgte die Wunden und tastete sie nach weiteren Verletzungen vorsichtig ab.

Als die Äbtissin erschien, schlief Anneke. Sie trug nun

ein weiches Leinenhemd und hatte den Tee, der ihre Verletzungen vor Entzündungen bewahren und sie zugleich beruhigen sollte, getrunken.

»Wie geht es ihr?«, wollte die Äbtissin leise wissen.

Die Infirmaria, die die Kranke gerade mit einer wollenen Decke zugedeckt hatte, wandte sich um.

»Man hat ihr übel mitgespielt«, entgegnete sie flüsternd. »Sie ist am ganzen Körper mit Verletzungen übersät – Quetschungen, Kratzer, Abschürfungen, ja sogar Bisswunden. Das müssen Tiere gewesen sein, die über sie hergefallen sind.«

»Tiere also?«, vergewisserte sich die Äbtissin erstaunt.

Die Nonne nickte bitter.

»Allerdings zweibeinige. Richtige Tiere hätten sie kaum entkleidet und mehrfach geschändet.«

»Das arme Kind«, murmelte die Äbtissin erschüttert und fragte weiter: »Hat sie innere Verletzungen, Knochenbrüche?«

»Zwei Rippen sind gebrochen. Weitere dürften geprellt sein«, entgegnete die Infirmaria. »Mehr kann ich noch nicht sagen. Zumindest macht sie mir jedoch nicht den Eindruck, als hätte sie sehr viel Blut verloren.«

»Wir werden für sie beten«, erklärte die Ältere mit noch immer leiser Stimme. »Wissen wir schon ihren Namen?«

Die Nonne schüttelte den Kopf.

»Sie hat während der Behandlung kein Wort gesagt, nur leise geweint. Danach ist sie sofort eingeschlafen. Aber ich werde sie fragen, sobald sie wieder erwacht. Dann können wir auch ihre Familie benachrichtigen. Da ist jedoch noch etwas …«

Die Nonne schlug die Decke zurück und wies auf die Verletzungen an Annekes Beinen.

»Diese Wunden sind schon älter und ihr, wie es scheint, während eines hochnotpeinlichen Verhörs zugefügt worden. Wer weiß, wen wir uns da ins Haus geholt haben.«

Nachdenklich betrachtete die Äbtissin die kaum vernarbten Verletzungen. Dann ordnete sie an:

»Ruf mich, wenn sie erwacht ist. Ich will sie selbst dazu befragen. Im Übrigen denke ich aber, dass sie derzeit zu schwach ist, um uns zu schaden. Vorsichtshalber solltest du jedoch nicht alleine an ihrem Bett Wache halten. Ich schicke dir Schwester Christiane zu deiner Unterstützung.«

Mit diesen Worten schickte sich die Äbtissin an, das Krankenzimmer zu verlassen. An der Tür wandte sie sich jedoch noch einmal um:

»Ach ja«, sagte sie, »kocht ihr eine kräftige Rindsbrühe. Sie wird Hunger haben und etwas Stärkendes brauchen, wenn sie erwacht.«

Als Anneke die Augen aufschlug, dunkelte es bereits. Verwirrt sah sie sich um: weiße bis zur halben Höhe mit dunklem Holz getäfelte Wände, eine hohe kreuzgewölbte Decke, ein schlichtes Kreuz an der Wand und das Fresko eines Heiligen.

Wo bin ich?, fragte sie sich verstört.

Nur langsam setzte die Erinnerung ein, so, als wolle ihr Hirn sie schonen, sie nicht auf einmal mit den schrecklichen Ereignissen überfallen.

Maarten! Marie!

Anneke schluchzte jäh auf.

Sofort war eine der Nonnen an ihrer Seite, gab ihrer Gehilfin einen Wink, die Äbtissin zu verständigen, und beugte sich dann über die Erwachte:

»Ich bin Schwester Ursula. Ich habe Euch gewaschen und Eure Wunden versorgt. Wie geht es Euch? Habt Ihr Hunger?«

Anneke schüttelte den Kopf.

Wie sollte sie essen und es sich wohl gehen lassen, wenn Maarten und Marie …

Schwester Ursula nahm ihre Ablehnung jedoch nicht hin, sondern holte ein Schüsselchen mit Brühe aus der kleinen Küche des Infirmariums und schob ihrer Patientin freundlich aber bestimmt Löffel um Löffel zwischen die geschlossenen Lippen.

Und Anneke schluckte die Suppe. Sie war zu erschöpft, um sich gegen die Schwester aufzulehnen. Und zu hungrig.

Als die Äbtissin eintrat, war sie bereits wieder eingeschlafen.

»Sie hat Fieber«, berichtete Ursula ihrer Klostervorsteherin. »Aber sie hat ein wenig gegessen und schläft nun ruhig. Ich denke, ihr Körper wird sich von den erlittenen Qualen erholen. Ihr Geist hingegen … Sie muss Schreckliches durchlitten haben.«

»Es ist gut«, entschied die Äbtissin. »Ich werde mit meiner Befragung bis morgen warten. Aber dann muss sie reden. Zum einen, weil es für uns wichtig ist, zu wissen, wen wir aufgenommen haben, zum anderen aber auch, weil man schlimme Erlebnisse nicht in sich verschließen darf. Man muss darüber sprechen, um das Grauen besiegen zu können.«

Als Anneke das nächste Mal erwachte, dämmerte bereits der Morgen. Sie fühlte sich durch den Schlaf erfrischt, spürte aber noch immer jeden Knochen ihres misshandelten Körpers.

Und wieder saß eine Nonne in der schwarzen Ordenstracht der Benediktinerinnen an ihrem Bett.

»Wie fühlt Ihr Euch?«

»Das Atmen schmerzt so sehr«, gab Anneke mühsam zurück.

Schwester Christiane nickte.

»Das kommt von den gebrochenen und geprellten Rippen«, erklärte sie mit sanfter, ruhiger Stimme. »Versucht trotzdem, so tief wie möglich zu atmen.«

Christiane flößte der Patientin Kräutertee und Brühe ein. Dann ging sie die Äbtissin benachrichtigen und kehrte gleich darauf mit Schwester Ursula zurück. Die beiden Nonnen wuschen Anneke, wechselten die Verbände und hatten gerade wieder die Decke über sie gebreitet, als die Klostervorsteherin den Raum betrat.

»Guten Morgen, mein Kind. Wie geht es dir heute?«

»Danke, ehrwürdige Mutter. Es geht mir gut«, gab Anneke leise zurück.

Die Äbtissin lächelte.

»Wir wissen beide, dass das nicht stimmt, nicht wahr. Aber es zu behaupten, ist tapfer von dir. Willst du mir deinen Namen nennen, Kind?«

»Ich heiße Anneke Claen.«

Die Äbtissin musterte sie aufmerksam und nickte dann.

»Du bist hier im Kloster Gertrudenberg der Benediktinerinnen. Wir haben dich gestern Morgen verletzt und ohnmächtig am Rande der Landstraße gefunden, dich in unser Haus genommen, dich gepflegt und dir zu essen und zu trinken gegeben. Ob du auch weiterhin bei uns bleiben kannst, bis du wieder völlig gesundet bist, hängt von deiner Geschichte ab, die du uns jetzt erzählen wirst, Anneke Claen.«

Die Verletzte zögerte kurz. Die Wahrheit zu erzählen, konnte gefährlich sein. Möglicherweise würde die Äbtissin einen Boten nach Hamburg schicken und sie von den Schergen der Stadt abholen lassen, damit der Prozess gegen sie fortgesetzt werden konnte. Andererseits brachte sie es auch nicht über sich, die Benediktinerinnen, die ihr das Leben gerettet und Obdach gewährt hatten, anzulügen.

Sollen sie mich doch zurückschicken, entschied sie dann. Was ist mein Leben denn noch wert ohne Maarten und geschändet, wie ich bin?

Also erzählte sie ihre Geschichte von Anfang an, erzählte von dem Amulett und den unerklärlichen Todesfällen, von ihrer Verhaftung, der Flucht und ihrem Plan, sich auf der Hexenwaage in Oudewater wiegen zu lassen, um ihre Unschuld zu beweisen. Zwischendurch musste sie immer wieder erschöpft innehalten. Die Nonnen warteten jedoch geduldig und drängten sie nicht. Sie trank ein wenig Tee, der ihr wohltat und sie beruhigte, und berichtete weiter. Erst als sie zu dem Überfall kam, stockte sie und sah hilflos auf.

»Ich … ich kann … darüber kann ich nicht …«, stammelte sie, während ihr wieder die Tränen über das Gesicht liefen.

»Es ist gut«, beruhigte sie die Äbtissin. »Ich danke dir für deine Offenheit und hege keinen Zweifel an deinen Worten. Wir werden dich nicht verraten, sondern dir Asyl gewähren, bis deine Gesundheit wieder völlig hergestellt ist. Aber wohin willst du dich dann wenden? Und wo sind überhaupt deine Reisegefährten?«

Anneke schluchzte leise. Doch der Tee, der beruhigende Kräuter enthielt, tat langsam seine Wirkung.

»Sie sind tot«, flüsterte sie mühsam. »Die Straßenräuber haben sie beide umgebracht.«

Betroffen sahen die Nonnen sich an. Diese Gaunerbande hatte sich wirklich zu einer gefährlichen Plage entwickelt. Auch sie mussten die durch den dichten Wald führende Landstraße hin und wieder benutzen, taten dies aber ausschließlich am frühen Morgen, wenn die Schnapphähne noch ihren Rausch vom Abend vorher ausschliefen. Doch immer öfter hörte man von Reisenden, die blutig zu Schaden kamen.

»Ich werde mit dem Fürstbischof über diese Unmenschen reden«, sagte die Äbtissin. »Er wird seine berittenen Söldner losschicken müssen, um den Wald zu säubern. Sorge dich nicht, mein Kind, diese Mörder werden sich für das, was sie dir und den Deinen angetan haben, vor einem Gericht verantworten müssen. Das verspreche ich dir.«

*

Die gleiche Sonne, die nun über dem Kloster Gertrudenberg aufstieg, ließ auch in Hamburg einen neuen Tag beginnen. Dort war sie hinter den grauen tief hängenden Wolken allerdings kaum zu erkennen. In der Stadt an Alster und Elbe herrschte Schmuddelwetter, und hartnäckiger Sprühregen belästigte die Bürger, die nach der Frühmesse eilig nach Hause oder zu ihrem Tagwerk hasteten.

Auch Doktor Matthäus Meyfart war von dem feinen, bis auf die Haut gehenden Regen völlig durchnässt, als er das Rathaus betrat. Er hatte den Bürgermeister um ein Gespräch gebeten, um seinen Dienst als »Hexenadvokat« aufzukündigen. Gewiss würde es nur eine kurze Unterredung werden, da es seit der Flucht der beiden angeblichen Maleficiatrix keine weiteren Verhaftungen und demzufolge auch keine anstehenden Prozesse gab. Außerdem hatte man von

Anfang an verabredet, dass er den Dienst quittieren könne, sobald er nach Coburg zurückgerufen wurde. Und eben das war geschehen. Man beabsichtigte, ihm an dem Akademischen Gymnasium, an dem er bisher dem Lehrkörper angehört hatte, die Position des Rektors zu übertragen. Und diese neue Aufgabe war nun wahrlich Grund genug, Hamburg zu verlassen.

Auf dem Weg in das Amtszimmer des Bürgermeisters stieß Meyfart mit einem Büttel zusammen, der es eilig zu haben schien. Jedenfalls entschuldigte er sich nur sehr knapp und hastete weiter, um gleich darauf an die Tür mit der Aufschrift »Hexenkommissariat« zu klopfen.

Kopfschüttelnd blickte Meyfart ihm nach.

Etwas Gutes hat diese Eile gewiss nicht zu bedeuten, dachte er und ging seiner Wege, während der Büttel in das Amtszimmer des Hamburger Hexenkommissars Doktor Richard Holler trat.

»Ich hätte etwas Dringendes mit Euch zu bereden, Herr Doktor Holler.«

Der Hexenkommissar sah auf. Er kannte den Büttel, der an Stelle des toten Georg Wetter eingestellt worden war, als ehrgeizigen Mann, der vorankommen wollte.

»Was gibt es, Schroeder?«

»Es geht um die mysteriösen Todesfälle des Ratsherrn Stoltow und seines Sekretärs, die ja, wie es scheint, gleichfalls dem teuflischen Zauberamulett zum Opfer gefallen sind.«

Holler machte eine ungeduldige Handbewegung.

»Weiter …«

»Nun ja …«, meinte der Büttel gedehnt. »Ich habe mir überlegt … Eigentlich könnte es doch sein, dass sich die Hexe Claen noch in der Gegend aufhält. Schließlich ist es kaum vorstellbar, dass sie ihre verderbliche Macht über das Amulett aus weiter Ferne ausüben kann.«

Nachdenklich kniff Holler die Augen zusammen.

»Die Idee ist gar nicht so dumm«, stellte er dann fest. »Wir haben zwar die Stadt und die umliegenden Dörfer gründlich durchsucht, aber das ist ein paar Tage her. Sie könnte immerhin zurückgekehrt sein.«

»Das meine ich auch«, erwiderte der Büttel. »Auf jeden Fall müssen wir versuchen, das herauszufinden. Soll ich einen Trupp zusammenstellen und zunächst einmal ihr Elternhaus durchsuchen?«

Holler nickte zustimmend.

»Aber gründlich, wenn ich bitten darf.«

Im Hause der Claens war es ruhig in diesen Tagen. An der Wasserseite des Gebäudes legte kaum noch ein Ewer an, um Waren zu bringen oder abzuholen. Die Geschäfte liefen miserabel, und Leopold saß von morgens bis abends allein und untätig in seinem Kontor.

Seine Laune war denkbar schlecht und wurde mit jedem Tag, an dem seine Tochter nicht mit dem Beweis ihrer Unschuld heimkehrte, schlechter.

Er für seinen Teil glaubte mittlerweile überhaupt nicht mehr an ihre Rückkehr und war entsetzt und fassungslos zugleich, dass er in seinem Hause eine Zauberin großgezogen hatte. Wann nur, zermarterte er sich den Kopf, war aus seiner gottesfürchtigen, braven und freundlichen Tochter eine Teufelsbuhlin geworden? Hatte es Anzeichen dafür gegeben? Und konnte es weiterhin sein, dass Anneke am Ende nicht nur für die Morde verantwortlich war, die man ihr zur Last legte, sondern auch für den mysteriösen Tod ihres Bruders Philipp?

Fragen über Fragen, auf die er keine Antwort fand. Und

noch etwas quälte ihn: Konnte er seiner eigenen Ehefrau und dem einzigen ihm verblieben Kind noch vertrauen? Immerhin hatten sie der Hexe zur Flucht verholfen. Steckten sie wohlmöglich mit ihr unter einer Decke? War vielleicht sogar sein eigenes Leben in Gefahr?

Misstrauisch blickte Leopold durch die Fenster seines Kontors auf die Diele hinab. Dort saßen sie schon wieder, tuschelten und steckten die Köpfe zusammen. Gleich würde Friedrich gewiss gehen. Er hielt sich nur noch selten zu Hause auf. Wer vermochte zu sagen, was er und seine Mutter für eine Teufelei ausheckten?

Der Türklopfer, energisch betätigt, riss ihn aus seinen finsteren Überlegungen.

Wer mochte das sein? Es betrat doch kaum noch jemand dieses verfluchte Hexenhaus.

Hinnerk, neben Gertrude der einzige Bedienstete, der den Claens noch die Treue hielt, öffnete die Tür und wurde sogleich von einer Horde Schergen beiseite gedrängt.

»Wir haben den Auftrag, das Anwesen zu durchsuchen«, erklärte ein Büttel wichtig. Eine Reaktion auf seine Anmeldung schien er nicht zu erwarten. Ohne zu zögern, gab er seinen Männern ein Zeichen, den Auftrag auszuführen.

Verzweifelt vergrub Leopold das Gesicht in seinen Händen.

Geschah das alles wirklich ihm, dem vor Kurzem noch hoch angesehenen Kaufmann der Stadt Hamburg? Ja, war denn die ganze Welt verrückt geworden?

Eine Stunde lang durchsuchten die Schergen das Haus, kehrten das Unterste zuoberst. Dann zogen sie wieder von dannen. Was sie eigentlich suchten, hatten sie nicht gesagt, aber auch offensichtlich nicht gefunden.

Kaum hatten die Schergen das Haus verlassen, als der Türklopfer erneut betätigt wurde. Wieder war es Hinnerk, der öffnen ging. Und auch diesmal wartete der Besucher nicht darauf, hereingebeten zu werden, sondern stürmte an ihm vorbei in die Diele.

Es war die ganz in Schwarz gekleidete Gevatterin Martha, die Ehefrau des unlängst verstorbenen Ratsherrn Erich Stoltow, bis vor Kurzem noch eine enge Freundin der Familie Claen.

Völlig aufgelöst, mit aschfahlem Gesicht und rotgeweinten Augen ging sie auf Elisabeth los, die gemeinsam mit ihrem Sohn am großen Dielentisch gesessen und sich nun erhoben hatte.

»Ihr seid schuldig am Tod meines Mannes!«, rief sie aus und rang wie von Sinnen ihre Hände. »Ihr und Eure Brut.«

Dann brach die Verzweifelte in Tränen aus, sackte förmlich in sich zusammen.

Elisabeth trat mitleidig zu ihr und wollte sie stützen, doch die entsetzte Gevatterin hob abwehrend die Hände.

»Rührt mich nicht an, ihr Hexengelichter. Kein gottesfürchtiger Mensch sollte mehr mit euch Umgang hegen.«

Sie stürzte zurück zur Eingangstür und drohte mit der erhobenen Faust:

»Ich verfluche euch, eure gesamte Familie und dieses Haus!«

Dann lief sie davon.

Und während Hinnerk die Tür hinter ihr schloss und Mutter und Sohn sich noch bestürzt ansahen, trat Leopold aus seinem Kontor.

»Auf keinen Fall werde ich länger dulden, dass das Handelshaus Claen mit Schmutz beworfen wird. Das muss ein Ende haben. Und darum habe ich beschlossen, mich noch heute öffentlich von Anneke loszusagen. Sie wird nicht länger ein Mitglied dieses Hauses sein. Und ich erwarte von euch, dass ihr dabei an meiner Seite steht.«

Elisabeth war blass geworden.

»Niemals«, rief sie aus. »Und du kannst mich nicht zwingen, mein eigen Fleisch und Blut zu verleugnen.«

Auch Friedrich, der neben seine Mutter getreten war und tröstend ihre Hand ergriffen hatte, widersprach dem Vater:

»Ich stimme Mutter zu. Auch ich werde mich nicht von meiner Schwester abwenden, die immerhin jeden Augenblick mit dem Beweis ihrer Unschuld zur Tür hereinkommen kann und …«

»Dann …«, unterbrach Leopold ihn herrisch und mit lauter Stimme, »… ist eures Bleibens hier nicht länger. Verlasst mein Haus, alle beide. Ich werde jetzt zum Rat der Stadt gehen und dort meinen Entschluss bekunden. Und wenn ich zurückkomme, will ich euch hier nicht mehr sehen.«

Als Leopold Frau und Sohn den Rücken zuwandte, um das Haus zu verlassen, spürte er Furcht in sich aufsteigen. Ja bei Gott, er hatte plötzlich eine fast panische Angst vor seiner eigenen Familie. Besorgt blickte er sich um, aber sie hatten ihren Platz nicht verlassen. Schnell trat er ins Freie und schlug erleichtert die Tür hinter sich ins Schloss. Nur fort von hier. Wenn es nach ihm ging, wollte er keine dieser unheimlichen Gestalten jemals wiedersehen.

Für einen Augenblick blickten Mutter und Sohn dem flüchtenden Herrn des Hauses bestürzt hinterdrein.

Doch dann kam Leben in Friedrich.

»Komm, Mutter. Wir sollten unsere Sachen packen. Wir müssen wirklich verschwunden sein, wenn Vater zurückkehrt. Wenn wir ihm jetzt nicht gehorchen, zeigt er uns am

Ende noch beim Hexenkommissar an, weil wir Anneke zur Flucht verholfen haben.«

Elisabeth nickte. Anstatt aber nun tätig zu werden, ließ sie sich kraftlos auf einen Stuhl sinken. Sie schien wie erstarrt.

Friedrich ließ seine Mutter gewähren, rief Gertrude und bat sie, für ihre Herrin alles Erforderliche zusammenzupacken.

Die Magd nickte. Den Grund für den plötzlichen Aufbruch kannte sie. Schließlich hatte Leopold Claen laut genug gesprochen. Einen Augenblick war sie versucht, Friedrich zu bitten, mit ihm und seiner Mutter gehen zu dürfen. Dann verzichtete sie jedoch darauf. Einer musste schließlich im Haus die Stellung halten – wenn Anneke zurückkehrte.

Eine gute halbe Stunde später verließen Elisabeth und Friedrich Claen das Haus an der Deichstraße. Die Kutsche, die Hinnerk bereits mit ihrem Gepäck beladen hatte, wartete vor der Tür – ebenso wie die Magd und der Hausknecht, die sich von ihrer Herrin verabschieden wollten.

»Wir sehen uns wieder«, versprach Friedrich. »Und ich lasse euch wissen, wo wir abgestiegen sind. Schließlich muss Anneke bei ihrer Rückkehr erfahren, wo sie uns finden kann.«

Dann half er seiner Mutter in die Kutsche, stieg selbst auf den Bock und schnalzte mit der Zunge. Gehorsam zogen die beiden Pferde an.

Auf dem kürzesten Weg lenkte Friedrich die Kutsche zum Millerntor. Es schien ihm sicherer, zunächst einmal die Stadt zu verlassen und abzuwarten, was sein Vater nun unternahm. Wenn Anneke erst zurück war, mussten sie zumindest keine Angst mehr vor Verfolgung haben. Allerdings zweifelte er inzwischen daran, dass die Familie dann wieder zusammenfinden würde. Der Bruch, den sein Vater heute vollzogen hatte, war zu tief und zu schmerzhaft.

Nachdem die Kutsche das Tor passiert hatte, schlug Friedrich den Weg nach Altona ein. Es war der nächstgelegene Ort, an dem sie sich sicher fühlen durften.

Ein Gasthaus zu finden, war nicht schwer. Zwar mussten Mutter und Sohn mit nur einer Kammer vorliebnehmen, aber die war groß, hell und sauber. Hier würden sie es ohne große Entbehrung ein paar Tage aushalten.

Gleich, nachdem sie sich eingerichtet hatten, schickte Friedrich einen Boten in die Deichstraße, der Gertrude ihre Adresse mitteilen sollte. Und dann begann das Warten – das Warten auf Annekes Rückkehr und das Ende dieses Albtraums.

*

Zwei Wochen hielt Anneke sich nun bereits im Kloster der Benediktinerinnen auf dem Gertrudenberg auf, zwei Wochen, in denen ihre Wunden recht gut verheilt waren. Nur die gebrochenen und geprellten Rippen verursachten ihr noch Beschwerden – und die Erinnerungen.

Trotz des trüben Wetters – der November hatte inzwischen seinen Einzug gehalten – hielt sie sich gerne im Kreuzgarten auf. Er lag geschützt im Innenhof des Klostergebäudes und wurde an allen vier Seiten vom Kreuzgang begrenzt. In der Mitte des Gartens standen ein Brunnen und daneben eine Bank, auf der sich Anneke auch heute niedergelassen hatte.

Sie dachte an daheim, an ihre Familie, die sich gewiss bereits große Sorgen um sie machte. Dabei würde noch viel Zeit vergehen, bis sie wieder nach Hause zurückkehren konnte. Die Voraussetzung dafür war schließlich das Wiegezertifikat von Oudewater. Und einstweilen wusste sie nicht einmal, wie sie die niederländische Stadt alleine und ohne Barmittel erreichen sollte. Sobald sie vollkommen genesen war, würde sie sich eine Anstellung suchen müssen, um ihr Reisegeld zu verdienen.

Anneke war so tief in ihre Gedanken versunken, dass sie die herannahenden Schritte nicht bemerkte. Erst als Schwester Christiane neben ihr stand, schrak sie auf.

Freundlich lächelte die Nonne sie an.

»Ihr müsst keine Angst haben. Hier im Kloster seid Ihr völlig sicher.«

»Ich weiß«, gab Anneke, nun gleichfalls um ein Lächeln bemüht, zurück. »Aber Furcht und Schreckhaftigkeit haben mich noch immer nicht ganz aus ihren Klauen entlassen.«

Mitfühlend legte die Nonne den Arm um ihre Schulter.

»Das ist ja auch nicht verwunderlich, bei dem, was Ihr erlebt habt. Doch nun kommt mit mir. Die Ehrwürdige Mutter will Euch sprechen.«

Anneke folgte der Nonne ins Äbtissinnenhaus und wurde gleich darauf von der Klosterleiterin empfangen.

»Nun, mein Kind, wie geht es dir heute?«

»Meine Genesung macht gute Fortschritte«, erwiderte Anneke. »Und ich fühle mit jedem Tag, wie meine Kraft zurückkehrt.«

»Das höre ich gern«, entgegnete die Äbtissin mit einem wohlwollenden Lächeln. »Glaubst du, dass du in einer Woche stark genug sein wirst, deine Reise fortzusetzen?«

Anneke erschrak.

»Ich soll das Kloster verlassen, Ehrwürdige Mutter?«

»Nun, auch mir wäre es lieber, wenn dir noch mehr Zeit bliebe, um ganz zu genesen«, kam es zurück. »Aber wie der Zufall es will, bricht in einer Woche ein Handelskonvoi in Richtung der Vereinigten Niederlande auf. Du könntest auf dem Wagen des Fischhändlers Cornelis Noort mitfahren, der in Utrecht zu Hause ist. Der Mann ist vertrauenswürdig. Wir kennen ihn schon lange, weil er auch uns beliefert. Wenn du noch nach Oudewater willst, wäre es mit Noort und dem Konvoi gewiss die sicherste Art, dort hinzugelangen.«

Kapitel 16

Von Waagen und Mühlen

Zu Martini tobte ein heftiger Sturm über Hamburg, der die Wassermassen der Nordsee unerbittlich die Elbe hinauftrieb. Tagelang fürchteten die Menschen am Strom um ihre Deiche. Dann schlief der Sturm ebenso unvermittelt ein, wie er losgebrochen war.

Später konnte sich niemand mehr daran erinnern, dass es zuerst Büttel Schroeder war, der hinter dem plötzlichen Unwetter Teufelswerk vermutete, doch das böse Gerücht breitete sich unter den durch die vielen unerklärlichen Todesfälle ohnehin verängstigten Hamburgern schnell aus. Offensichtlich war Anneke Claen trotz ihrer Abwesenheit in der Lage, mithilfe des diabolischen Amuletts ihr Unwesen zu treiben.

Immer lauter wurden die Rufe der Bürger, die Teufelsfratze zu vernichten, und schließlich gab der Rat der Stadt nach.

Während einer mehrstündigen Sitzung beschloss man also, das Amulett einschmelzen zu lassen und der Elbe zu übergeben.

Endlich fand sich in Eppendorf, einer kleinen Gemeinde nordwestlich von Hamburg, die zwar auf Holsteinischem Gebiet lag, aber dem Kloster St. Johannis angehörte, ein

Hufschmied, der sich gegen ein hohes Handgeld bereit erklärte, die gefährliche Goldfigur einzuschmelzen.

Büttel Schroeder wurde damit beauftragt, das Amulett zu überbringen. Um nach Eppendorf zu gelangen, lenkte er sein Pferd also in Richtung Dammtor und ritt über den Reesendamm am Alstersee entlang. Auf der hölzernen Alsterbrücke packte ihn jedoch die Neugier. Er zügelte sein Pferd, zog das Kästchen aus seinem Beutel und öffnete es, um sich das Amulett anzusehen. Die Figur war jedoch unter einem blauen Sisalband verborgen.

Vorsichtig sah Schroeder sich um. Da weit und breit keine Menschenseele auszumachen war, griff er nach dem Band und zog die Figur daran heraus. Als er der Teufelsfratze ansichtig wurde, erschrak er über den schrecklichen Anblick so sehr, dass er fast vom Pferd gerutscht wäre. Dabei glitten ihm Kästchen und Amulett aus der Hand und fielen in den Alstersee.

Schroeder machte sich nun bittere Vorwürfe. Was würde der Hexenkommissar, was der Hamburger Rat sagen, wenn er sein Missgeschick eingestand? All seine hochfliegenden Pläne, einmal der Vize Hollers zu werden, konnte er nun begraben. Niedergeschlagen und verbittert ritt der Büttel nach Hause. Schließlich war es einerlei, ob er sein Geständnis heute oder morgen ablegte.

Am nächsten Tag fand ihn seine Zimmerwirtin jedoch tot und seltsam verkrümmt in seinem Bett liegend vor.

Das unerwartete Ableben des Büttels warf neue Rätsel auf. Hatte sich das Amulett der geplanten Zerstörung widersetzt? Und vor allem: Wo befand es sich? Es schien sich buchstäblich in Luft aufgelöst zu haben.

Die Hamburger reagierten darauf mit Angst und Sorge. Zum ersten Mal fühlten sie sich in ihrer eigenen Stadt, die als eine der sichersten des ganzen Reiches galt, nicht mehr vor Heimsuchungen gefeit.

*

»Siehst du den hohen schlanken Turm dort in der Ferne, Meisje? Das ist die St. Maartens Kathedrale. Vor uns liegt Utrecht. Nun ist es bis Oudewater auch nicht mehr weit.«

Aufmunternd lächelte Fischhändler Cornelis Noort Anneke zu, die neben ihm auf dem Kutschbock seines Planwagens saß.

Das junge Mädchen erwiderte sein Lächeln, so gut es ging. Zwar hatte es den stets heiteren Fischhändler, der sich auf der Reise ihr gegenüber als väterlicher Freund erwiesen hatte, durchaus lieb gewonnen. Aber warum musste die Kathedrale Utrechts ausgerechnet den Namen St. Maarten tragen? Der Verlust des jungen Holländers, der ihre erste zarte Liebe gewesen und auf so schreckliche Weise ums Leben gekommen war, schmerzte noch viel zu sehr.

Wenig später fuhren die Reisenden durch das Stadttor Utrechts. Da Noort den Wächtern bekannt war, erfolgte keine Kontrolle, sondern nur ein freundlicher Gruß. Und so konnten sie ohne Aufenthalt weiterfahren, bis sie das Haus des Fischhändlers erreicht hatten.

Dort wurde Noort auf das Herzlichste von seinem Eheweib und seinem Sohn Dries begrüßt. Er war diesmal lange von zu Hause fortgewesen, und seine Familie freute sich sehr über seine Rückkehr.

Zwar hatte die Äbtissin des Klosters Gertrudenberg den Fischhändler in Annekes Schicksal eingeweiht, doch als er sie nun den Seinen vorstellte, gab er nur das Notwendigste davon preis:

»Dieses kleine Meisje hier habe ich unter meine Fittiche genommen. Sie war auf dem Weg nach Oudewater, als sie von Wegelagerern überfallen wurde. Nonnen hatten sie vorübergehend aufgenommen, bis sich eine sichere Reisegelegenheit bot. Ja und nun ist sie hier und wird eine Weile unser Gast sein.«

Seine Frau musterte Anneke fragend.

»Nach Oudewater? Zur Hexenwaage?«

Das Mädchen nickte.

»Ach du armes Kind«, sagte die Fischhändlerin nur und ohne Neugier. Menschen, die von weither kamen, um das kleine Städtchen mit der schicksalsträchtigen Waage aufzusuchen, waren immer in einer Notsituation. Da musste man keine Fragen stellen.

Freundlich legte sie einen Arm um Annekes Schulter.

»Komm mit mir, Kind. Ich zeige dir deine Kammer. Du bist uns herzlich willkommen, und wir freuen uns, wenn wir ein bisschen helfen können.«

Fast wäre Anneke vor Erleichterung über den herzlichen Empfang wieder in Tränen ausgebrochen. Während der ganzen Reise hatte sie sich gefragt, wie die Familie des Fischhändlers wohl auf sie, den Eindringling, reagieren würde. Dankbar lächelte sie Noort an. Er verstand auch ohne Worte und zwinkerte ihr lustig zu.

»Geh nur, Meisje. Für die Waage ist es heute ohnehin zu spät. Aber gleich morgen früh werde ich dich nach Oudewater bringen. Und sobald du das Zertifikat in den Händen hältst, suchen wir dir eine sichere Reisemöglichkeit. Dann kannst du in Frieden heimkehren.«

Anneke ging also mit der Fischhändlerin eine steile Stiege empor und wurde in eine kleine, aber blitzsaubere Kammer geführt. Dries war ihnen mit einem Kübel Wasser gefolgt, den er nun in eine Waschschüssel goss. Dann zog er sich wieder zurück.

»Hier kannst du dich ein wenig frisch machen«, erklärte die Gevatterin Noort. »Und danach kommst du wieder zu uns hinunter in die Küche. Dort gibt es ein gutes Abendessen. Einverstanden?«

Anneke nickte und ergriff die Hand der guten Frau.

»Vielen, vielen Dank für Eure Gastfreundschaft. Leider habe ich zurzeit kein Geld, um mich erkenntlich zu zeigen. Die Nonnen haben mir zwar freundlicherweise ein paar Taler mitgegeben, aber das wird gerade für das Wiegezertifikat und meine Heimkehr reichen. Vielleicht …«

Entrüstet wehrte die Fischhändlerin ab.

»Du bist in Not mein Kind und wir helfen dir um Gotteslohn. Da muss man nicht um Geld feilschen.«

Ein freundliches Nicken noch, dann verließ auch sie die Kammer.

Rasch wusch Anneke sich Gesicht und Hände und wollte sich dann wieder auf den Weg nach unten machen, als ihr Blick auf den Alkoven fiel. Ach, wie lange hatte sie nicht mehr in einer so behüteten Butze schlafen dürfen. Wie einladend und gemütlich sie aussah.

Anneke konnte nicht widerstehen, sich wenigstens für einen Augenblick niederzulegen. Und dann forderten Erschöpfung und Müdigkeit ihr Recht. Kaum hatte sie ihren Kopf auf die Kissen gebettet, als sie auch schon tief und fest eingeschlafen war.

Wenig später sah die Gevatterin noch einmal nach ihr und überlegte, ob sie die Jungfer wecken sollte. Sie entschied dann aber, sie schlafen zu lassen, breitete eine Decke über ihren Gast und verließ leise die Kammer.

Am nächsten Morgen klopfte es schon früh an Annekes Tür. Es war die Fischhändlerin, die ihren Kopf ins Zimmer steckte.

»Aufwachen, Kind. Das Frühstück ist bereitet, und Cornelis, was mein Mann ist, spannt bereits den Wagen an.«

Anneke fuhr auf und rieb sich die Augen.

»Entschuldigung«, murmelte sie. »Ich muss wohl eingeschlafen sein.«

Die Gevatterin lachte.

»Das will ich gern glauben. Doch nun heißt es aufstehen. Heute ist dein großer Tag, heute geht es auf die Waage nach Oudewater.«

Mit beiden Beinen zugleich sprang Anneke aus der Butze. Zwar nahmen ihre Rippen die rasche Bewegung übel und zwickten unangenehm, doch den heutigen Tag ließ sich die Claen-Tochter von solchen Nebensächlichkeiten nicht verderben.

Es war ein milder Herbsttag mit einem blauen Himmel und einer schon ziemlich fahlen Sonne, die das weitfortgeschrittene Jahr nicht verleugnen konnte. Auf den Wiesen hinter kahlen Bäumen graste das Vieh: Rinder, Schafe, dann und wann ein paar Pferde – ein Bild tiefen Friedens.

»Der Große Krieg scheint diese Gegend verschont zu haben«, stellte Anneke erstaunt fest.

Noort nickte.

»Ja, so sieht es aus. Dafür haben die Spanier hier gehaust. Es ist schon einige Jahre her, und heute erinnert nicht mehr viel daran, aber für unseren Landstrich ist es eine schreckliche Zeit gewesen.« Schweigend fuhren sie weiter und erreichten bald darauf einen schmalen trägen Fluss, dem sie nun folgten.

Anneke war sehr nachdenklich geworden. Ein wenig unbehaglich fühlte sie sich schon, wenn sie an die bevorstehende Prozedur dachte. Ob auf der Waage auch wirklich alles mit rechten Dingen zuging?

»Und wenn die Oudewater Waage inzwischen das Wiegen eingestellt hat?«, fragte sie besorgt.

Noort lachte amüsiert.

»Keine Sorge, Meisje. Das Geschäft mit den Zertifikaten soll angeblich gut laufen, und außerdem ist diese Waage eine äußerst nützliche Einrichtung. Warum also sollte man etwas abschaffen, was lukrativ und zudem noch sinnvoll ist?«

Anneke war ein wenig beruhigt, und nun stellte sich auch ein Gefühl der Vorfreude bei ihr ein. Wenn sie erst einmal die amtliche Beglaubigung in den Händen hielt, keine Hexe zu sein, würde sie endlich in das Haus in der Deichstraße zurückkehren und ihr bisheriges Leben wieder aufnehmen können. Dann hatte alle Not ein Ende. Ach ja, sie war fest davon überzeugt, schon bald für das Leid der vergangenen Monate entschädigt zu werden.

In diesem Augenblick zügelte der Fischhändler die Pferde und wies in die Ferne, wo jetzt ein wuchtiger Turm auftauchte: die Kirche von Oudewater. Sie hatten ihr Ziel fast erreicht.

Als sie in die Stadt einfuhren, bat Anneke:

»Bitte, ich möchte als Erstes in die Kirche und ein kurzes Gebet sprechen.«

Noort nickte verständnisvoll.

»Soll ich dich begleiten?«

Statt einer Antwort lächelte sie nur. Es war offensichtlich, dass sie allein sein wollte.

Anneke betrat das kühle, dämmrige Gotteshaus, ging den schmalen Mittelgang bis zum Altar hinauf und kniete auf dem steinernen Boden nieder.

»Ich danke dir, allmächtiger Gott, dass du mich in diese Stadt geführt hast. Bitte lass die Reise auch ein gutes Ende nehmen und mich wohlbehalten heimkehren.« Dann betete sie drei Vaterunser und verließ die Kirche. Ihr war so leicht ums Herz wie seit Monaten nicht mehr.

Das »Waaghuis« war ein kleines Backsteinhaus, behäbig und solide. Die beiden großen Fenster im ersten Stock beherrschten die mit einem Treppengiebel geschmückte Fassade. Darüber wölbten sich zwei mit Ziegelwerk verzierte Rundgiebel. Über dem Portal stand in einer Nische eine lebensgroße Figur.

»Welche Heilige mag das wohl sein?«, fragte Anneke mit leiser Stimme.

»Es ist keine Heilige«, entgegnete der Fischhändler. »Zumindest nicht für uns. Die alten Römer haben sie angebetet. Sie heißt Fortuna und ist die Göttin des Schicksals – und dem sind wir schließlich alle unterworfen, egal welcher Konfession wir anhängen.«

»Nein«, widersprach Anneke leise. »Wir sind dem Willen Gottes unterworfen.«

Noort zuckte mit den Schultern.

»Ist das nicht im Grunde ein und dasselbe?«

Gemeinsam betraten sie das Wiegehaus.

Im Erdgeschoss gab es nur einen Raum, in dem sich die gewaltige Waage befand. Links davon führte eine schmale Treppe in das obere Stockwerk. Ein Mann, ein wahrer Hüne von Gestalt, kam ihnen entgegen.

»Ich bin der Wiegemeister«, stellte er sich vor. »Womit kann ich Euch zu Diensten sein?«

»Wir wollen uns wiegen lassen«, erklärte Noort. »Alle beide.« Erstaunt sah Anneke zu ihm auf. Alle beide?

Er schmunzelte.

»Ich bin oft genug auf den Landstraßen unterwegs. Wer weiß schon, welchen Vorwürfen ich mal ausgesetzt sein werde. Sicher ist sicher. Und da ich grad einmal hier bin …«

Der Wiegemeister nickte.

»Selbstverständlich. Meine Waage und ich stehen zu Eurer Verfügung.«

Auf seinen Wink kam eine kleine zierliche Frau und bat Anneke, ihr nach oben zu folgen.

»Ihr müsst untersucht werden«, erklärte der Wiegemeister. »Schließlich müssen wir uns davon überzeugen, dass alles mit rechten Dingen zugeht und ihr keine versteckten Gewichte am Körper tragt.«

Nachdem Anneke die schmale Treppe erklommen hatte, wurde sie in eine kleine Kammer geführt. Die Frau in ihrer Begleitung, die sich nun als Hebamme vorstellte, wies sie an, ihre Kleider abzulegen. Rasch zog sich Anneke bis aufs Hemd aus und wurde dann von der Hebamme am ganzen Körper sorgfältig untersucht.

Endlich nickte sie zufrieden.

»Es hat alles seine Ordnung«, erklärte sie. »Und nun müssen wir noch die Größe ermitteln.«

Sie führte Anneke unter eine hölzerne Messlatte, prüfte sorgfältig und notierte dann die Zahlen in einem dicken Buch. Dann entnahm sie einer Truhe ein großes weiches Tuch.

»Hüllt euch darin ein. Wir werden jetzt wieder nach unten steigen.«

Im Erdgeschoss stand der Wiegemeister neben seiner Waage und war damit beschäftigt, Cornelis Noorts Gewicht zu ermitteln. Zwei Schöffen schauten aufmerksam zu und achteten streng darauf, dass alles nach den Vorschriften gehandhabt wurde. Sorgfältig notierte man das ermittelte Gewicht.

Dann war die Reihe an Anneke. Zuerst teilte die Hebamme den Schöffen und dem Wiegemeister ihre Größe mit. Anschließend bedeutete man ihr, auf die Waage zu steigen. Vor Aufregung zitterte sie am ganzen Körper. Wenn hier wirklich ehrlich gewogen würde, müsste sie gleich den Beweis ihrer Unschuld in Händen halten. Und wenn nicht? Was geschah dann? Würde man sie in Eisen gelegt nach Hamburg zurückschicken?

Mit unsicheren Händen ergriff Anneke die dicken Halteseile und stieg auf das Brett. Bedächtig stellte der Wiegemeister Gewicht neben Gewicht auf das zweite Brett der Waage, prüfte jedes Mal sorgfältig die eiserne Zunge, bis das Gleichgewicht erreicht war. Dann addierte er die Gewichte und notierte das Resultat.

Die beiden Schöffen und die Hebamme prüften das Ergebnis und notierten es ebenfalls. Dann wurde Anneke wieder nach oben geschickt.

»Ihr dürft Euch ankleiden. Es ist alles vorbei.«

Als sie wieder in den Wiegeraum zurückkehrte, wurde sie bereits von dem Fischhändler erwartet.

»Man bittet uns um einen Augenblick Geduld«, erklärte er ihr leise.

Anneke nickte als Zeichen, dass sie verstanden hatte. Ängstlich beobachtete sie die Herren, die bei der Wiegeprobe anwesend waren und nun eifrig die Köpfe zusammensteckten. Wie würden sie entscheiden?

Die Wartezeit schien ihr endlos und die Minuten dehnten sich zu Stunden. Wäre Maarten jetzt hier, hätte er gewiss Worte gefunden, ihr die Angst zu nehmen. Maarten … Ihm hatte sie es zu verdanken, dass sie überhaupt hier war. Und diese ihre Chance hatte er mit seinem Leben bezahlt.

Das Urteil schien gefallen, und der Wiegemeister kam zu ihnen herüber, zwei Dokumente in seinen Händen haltend.

In diesem Augenblick begriff Anneke, warum es gerade die Schicksalsgöttin war, die das Portal des Wiegehauses schmückte. Denn hier und jetzt würde sich ihr eigenes Schicksal entscheiden.

Lächelnd überreichte ihnen der Waagemeister die Zertifikate, die von ihm und allen anwesenden Zeugen unterschrieben waren. Sie mussten nur noch die fälligen Gebühren entrichten, dann wurden sie zur Tür geleitet. Auf der Straße studierte Anneke die Urkunde, die sie von aller Schuld freisprach. Die Überschrift lautete in großen altertümlichen Buchstaben:

Certificaet van Weghinge

Und dann folgten die Worte:

Wir, der Wiegemeister der Stadtwaage zu Oudewater tun jedermann kund und zu wissen, dass das Gewicht der Jungfer Anneke Claen aus Hamburg 114 Pfund gemessen wurde, festgestellt mit allhier üblichen Gewichten. Dieses Gewicht entspricht der natürlichen Körpergestalt der Gewogenen.

Diese Urkunde trägt das Stadtsiegel ohne Vorbehalt.

Anneke sah auf und lächelte ihren väterlichen Freund zaghaft an. Sie konnte es noch immer kaum glauben, dass sie nun keine Angst mehr haben musste, verfolgt zu werden und auf einem Scheiterhaufen zu enden.

Der Fischhändler nickte zufrieden.

»Dieses Ereignis hat eine kleine Feier verdient. Komm, Meisje. Ich möchte mit dir anstoßen, auf den Wiegemeister von Oudewater.«

*

Auch in Altona war die Situation höchst angespannt. Neben der großen Sorge um die noch immer abwesende Anneke bekamen Mutter und Sohn nämlich ein weiteres Problem: Ihnen ging die Barschaft aus.

Zwar zögerte Friedrich, diese Schwierigkeit seiner Mutter gegenüber zu erwähnen – sie war ohnehin halb verrückt vor Angst um ihre Tochter. Doch irgendwann musste er mit der Sprache heraus.

»Mein Beutel ist leer, Mutter. Für eine Nacht können wir uns diese Herberge noch leisten, aber dann müssen wir uns etwas anderes einfallen lassen.«

Erschrocken sah Elisabeth auf.

Sie hatte nicht damit gerechnet, dass es zu einem derartigen Engpass kommen könnte, ja, nicht einmal darüber nachgedacht. In ihrem ganzen bisherigen Leben hatte es keine Not ums Geld gegeben. Erst war ihr Vater für ihren Unterhalt aufgekommen und dann Leopold. Doch nun war sie eine Frau, die der Ehegatte verstoßen hatte …

»Entschuldige, Friedrich«, murmelte sie, ärgerlich über sich selbst. »Ich hätte auch daran denken und sparsamer leben müssen …« Dann hellte sich ihr Gesicht aber auf.

»Wir könnten die Kutsche und die Pferde verkaufen.«

»Ja, das könnten wir«, gab Friedrich zu. »Aber irgendwann wird auch das Geld aufgebraucht sein. Außerdem müssen wir auch an Anneke denken. Sie wird ein Zuhause benötigen, wenn sie zurückkommt. Und ich glaube nicht, dass sie in die Deichstraße zurück will, wenn sie erfährt, was sich ereignet hat.«

Elisabeth nickte entschieden.

»Auch ich habe nicht die Absicht, in das Haus deines Vaters zurückzukehren«, sagte sie mit fester Stimme. »Denn ich werde niemals vergessen können, wie schändlich er uns verraten hat.« Sie senkte bekümmert den Kopf, richtete sich dann aber schnell wieder auf und fuhr fort:

»Sobald Anneke zurück ist, kann ich meine Forderungen an ihn stellen. Zumindest das Erbe meiner Eltern wird er mir auszahlen müssen. Doch solange Annekes Unschuld nicht erwiesen ist, werde ich das nicht durchsetzen können, und …« Sie stockte und sah hilflos zu ihrem Sohn auf. »Wo bleibt deine Schwester nur? Sie müsste doch schon lange zurück sein. Ob ihr etwas geschehen ist, Friedrich? Eine so weite Reise ist schließlich heutzutage nicht ganz ungefährlich und …«

Ihr Sohn ließ sie nicht aussprechen.

»Wir werden erfahren, was ihre Rückkehr verzögert hat, sobald sie da ist«, beruhigte er seine Mutter. »Der Maarten ist ein guter, besonnener Mann, der zur Not auch mit der Waffe umzugehen weiß. Er wird gut auf sie achtgeben. Macht Euch keine Sorgen, Mutter.«

Elisabeth nickte tapfer.

»Gewiss hast du recht. Wir müssen noch ein wenig Geduld haben. Alles wird sich klären.« Leise und wie zu sich selbst fügte sie hinzu: »Aber wo bleiben wir bis dahin? Schließlich brauchen wir ein Dach über dem Kopf.«

»Es gäbe einen Ausweg«, ließ sich Friedrich nun zögernd vernehmen. »Um davon zu berichten, müsste ich aber erst ein Geständnis ablegen.«

»Du hast ein Geheimnis?«

Ihr Sohn nickte.

»Ja, seit fast zwei Jahren. Habt Ihr Euch nie gefragt, Mutter, warum ich so oft unterwegs bin?«

»Gewiss«, gab sie zurück. »Aber ich habe stets vermutet, dass eine Frau dahinter steckt.«

Sie sah ihn an und begriff.

»Es steckt eine Freu dahinter.«

Friedrich lächelte unsicher.

»Ja, das stimmt. Allerdings nicht irgendeine Frau, sondern meine Zukünftige.«

»Du willst heiraten?« Elisabeth war nun aufrichtig erstaunt. »Und warum ist das ein Geheimnis?«

»Weil meine Wahl weder Vater noch Euch gefallen wird«, gab Friedrich zu. »Die Frau, die ich über alles liebe, ist nämlich keine Tochter aus wohlhabendem Kaufmannshaus, wie Vater es für mich bestimmt hat, sondern eine einfache Müllertochter. Sie heißt Katharina Rist, und ihr Vater führt eine Wassermühle am Reesendamm.«

Elisabeth nickte nachdenklich. Friedrich hatte nicht unrecht. Vor ein paar Wochen wäre eine Verbindung zwischen ihm und der Tochter eines Müllers tatsächlich noch undenkbar gewesen. Aber nun? Alles hatte sich verändert. Er war nicht mehr der Sohn aus reicher, angesehener Familie, der einmal ein florierendes Handelshaus übernehmen würde, sondern der Bruder einer vermeintlichen Hexe, und das Unternehmen, das er einmal erben sollte, stand kurz vor dem Bankrott.

»Ich verstehe«, sagte sie. »Aber warum lüftest du dein Geheimnis gerade jetzt?«

»Weil Katharinas Vater uns in der Not die Hand gereicht hat«, antwortete Friedrich schlicht. »Er wäre bereit, uns Obdach und mir Arbeit zu geben.«

*

Obwohl Anneke im Hause Noort freundliche Aufnahme gefunden hatte, konnte sie es kaum erwarten, nun, da sie ihre Unschuld beweisen konnte, heimzukehren. Ungeduldig wartete sie darauf, dass der Fischhändler einen Handelstross ausfindig machte, dem sie sich anschließen konnte. In der Zwischenzeit machte sie sich im Hause Noort nützlich, half bei häuslichen Verrichtungen und an den Markttagen sogar beim Fischverkauf.

Doch eines Tages war es endlich so weit:

»An die 20 Wagen sollen es sein – alles Lübecker Kaufleute, die noch vor dem Christfest zu Hause sein wollen«, wusste der Fischhändler zu berichten. »Besser kannst du es wahrlich nicht treffen, Meisje.«

Anneke freute sich sehr und konnte es kaum erwarten, dass die Planwagenkolonne endlich in Utrecht einfuhr. Zwar würde Meister Noort sich dem Tross nicht selbst anschließen, aber er hatte den einen oder anderen Bekannten unter den Händlern, in dessen Obhut er die Jungfer getrost geben konnte.

Die nächsten drei Tage wurde Annekes Geduld noch einmal auf eine harte Probe gestellt, doch dann erreichte der Tross der Lübecker Kaufleute endlich die Stadt, in der er so sehnlichst erwartet wurde.

Sogleich machte sich der Fischhändler auf den Weg, um eine Mitfahrgelegenheit für die Jungfer Claen auszuhandeln. Anneke begleitete ihn.

Der erste Kaufmann, den Noort ansprach, war der alte Weinhändler Rickers, ein breitschultriger starker Mann mit einem seinem Beruf entsprechenden weingeröteten Gesicht und derben Fäusten.

In kurzen Worten berichtete Noort dem Händler von Annekes Schicksal – nicht zu viel, um die Jungfer nicht in Verlegenheit zu bringen, aber doch genug, um Mitleid und Beschützerinstinkt des Mannes zu erwecken.

Rickers war über Noorts Erzählungen dann auch ausreichend bestürzt und guten Willens, die Jungfer unbeschadet nach Hamburg zu bringen.

Da der Tross bis zum nächsten Morgen auf dem Marktplatz von Utrecht lagern wollte, kam man überein, dass Anneke die Nacht noch im Hause des Fischhändlers bleiben konnte, sich aber am nächsten Morgen in aller Frühe bei Rickers einfinden sollte.

Zu guter Letzt lud Noort den Weinhändler noch zu einem kräftigen Abendessen in sein Haus. Der versprach auch zu kommen, und so trennte man sich einstweilen in bestem Einvernehmen.

Anneke hätte jubeln mögen und wollte in aller Eile zurück, um ihre Sachen zu packen. In ihrer großen Freude und Aufregung wurde sie jedoch unachtsam. Blindlinks überquerte sie die Straße und kam dabei einem Reiter in die Quere. Der kräftige Fuchshengst scheute und bäumte sich wiehernd auf. Anneke erschrak und strauchelte.

Noch bevor Noort an ihre Seite eilen konnte, war der Reiter aus dem Sattel gesprungen und beugte sich besorgt zu Anneke hinab.

»Seid Ihr verletzt, Jungfer?«

Ein wenig benommen schüttelte sie den Kopf und ergriff dann die Hand, die sich ihr entgegen streckte, um ihr aufzuhelfen.

Erst als sie wieder auf ihren Füßen stand, bemerkte sie, wie groß der Fremde war. Sie musste ihren Kopf weit in den Nacken legen, um zu ihm aufzusehen.

»Bitte entschuldigt«, stammelte sie. »Ich habe nicht …«

Sie brach ab. Die blitzenden schwarzen Augen des fremden Hünen, die sie unverwandt musterten, machten sie eigentümlich verlegen. Sie senkte den Blick.

»Oh nein, Jungfer«, gab der Mann mit ruhiger Stimme zurück. »Es ist an mir, mich zu entschuldigen.«

Endlich hatte sich Noort durch die Menge auf dem Marktplatz gedrängt und eilte nun an Annekes Seite.

»Was ist mit dir, Meisje?«, wollte er erschrocken wissen. »Bist du wohlauf?«

Die junge Frau nickte beruhigend, wollte etwas entgegen, doch dann blieben ihr die Worte buchstäblich im Halse stecken. Stumm starrte sie auf einen Mann, der nun neben den Hünen getreten war.

»Was ist geschehen, Cryso?«, wollte der Neuankömmling grinsend wissen. »Hast du dir mal wieder Scherereien eingehandelt?«

Dann fiel sein Blick jedoch auf Anneke. Ungläubig sah er sie an, musste aber sogleich zugreifen, um zu verhindern, dass seine Schwester, einer Ohnmacht nah, erneut auf die Straße sank.

Zum ersten Mal in seinem Leben hielt Philipp sich selbst für einen Taugenichts. Mit seinem unbedachten Handeln hatte er seine ganze Familie in Gefahr und seine Schwester fast auf den Scheiterhaufen gebracht. Er war so bestürzt über sich selbst, dass das unverhoffte Wiedersehen und die Freude darüber ganz in den Hintergrund traten.

Anneke hingegen war überglücklich. Philipp lebte! War das nicht das Einzige, das zählte? Wie konnte sie ihm da gram sein?

Die ganze Nacht lang tauschten die Geschwister ihre Erlebnisse aus. Und wieder und wieder fiel Anneke ihrem Bruder dabei um den Hals, strich ihm über die Wangen oder hielt seine Hand. Ständig hatte sie das Bedürfnis, ihn zu berühren, um ganz sicher zu sein, dass er auch wirklich und leibhaftig vor ihr saß.

Am nächsten Morgen hieß es für Anneke, den Noorts Lebewohl zu sagen. Trotz der Vorfreude auf ihr Zuhause fiel ihr der Abschied nicht leicht. Dazu war ihr die ganze

Familie, der sie so viel zu danken hatte, zu sehr ans Herz gewachsen.

Nur das Versprechen des Fischhändlers, sie bei seiner nächsten Hamburg-Reise ganz gewiss in der Deichstraße aufzusuchen, tröstete sie ein wenig über den Schmerz hinweg.

Und dann saß sie endlich auf dem Kutschbock des Planwagens neben dem vierschrötigen Weinhändler Rickers und winkte den Noorts, die mit der ganzen Familie auf den Marktplatz gekommen waren, mit Tränen in den Augen zum Abschied.

Auch Philipp verabschiedete sich herzlich von der Sippe des Fischhändlers, zog jedoch Noort ein wenig beiseite, um ihn zu fragen, welche Auslagen ihm für die Aufnahme seine Schwester zu erstatten wären.

Der gute Mann wehrte jedoch entrüstet ab.

»Wir wollen kein Geld«, sagte er. »Es war uns eine aufrichtige Freude, einem ohne Schuld in Not geratenen Menschenkind zu helfen. Nur um eines bitte ich: Gebt uns Bescheid, wenn Ihr und Eure Schwester Hamburg wohlbehalten erreicht habt.«

Dieses Versprechen gab Philipp gerne. Noch einmal drückte er herzlich und fest die Hand des Fischhändlers und stieg dann in den Sattel. Mit einem letzten Gruß trabte er davon, um seinen Platz im Tross einzunehmen.

Kapitel 17

Itzamná – ein Ende mit Schrecken

Eigentlich hatte man es sich in dem Haus des Müllers Rist, das gleich hinter seiner Wassermühle am Reesendamm lag, ganz bequem eingerichtet.

Es war ein großes Fachwerkgebäude, das Wohnung und Lager unter einem Dach vereinte, mit einem hohen Giebel und einer breiten Deeleneinfahrt, durch die sogar Pferd und Wagen zum Be- und Entladen gelangen konnten. Auf dem geschnitzten Schwellbalken über dem Tor stand der Sinnspruch: *LOB UND FRIEDE SEI DIESEM HAUS.* Und dahinter »*MDLV*«, die römischen Ziffern für das Baujahr 1555.

Rechts und links von der Deele befanden sich die Lagerräume für Mehl und Korn, die Ställe der Pferde und die Kammern der Müllergehilfen. Gleich vorne am Einfahrtstor hatten ein paar Hühner ihren Platz zugewiesen bekommen.

Im gesamten Erdgeschoss bestand der Fußboden aus gestampftem Lehm, auch im hinteren Hausbereich, dem Ende der Deele, der als Wohnküche diente. Hier war die Balkendecke niedriger und die Wände mit dunklem Holz getäfelt. Die große mit Feldsteinen eingefasste Feuerstelle, an der auch gekocht wurde, befand sich in der Mitte der Stirnseite des Hauses. Darüber der Rauchabzug, »Eulenloch« genannt. Von einem gemauerten Schwibbogen über der Feuerstelle hingen die Kesselhaken und allerlei Kochgeschirr herab. An der linken Seite des Hauses führte eine einfache Stiege in die oben gelegenen Schlafkammern, rechts standen roh gezimmerte Stühle um einen ebensolchen Tisch.

Nichts, rein gar nichts, erinnerte in dieser Häuslichkeit an den gediegenen Wohlstand ihres eigenen Heims, dennoch fühlte sich Elisabeth recht wohl in dem Müllerhaus, in dem der Witwer Rist und seine Tochter sie so hilfsbereit und freundlich aufgenommen hatten.

Ein Grund dafür mochte das innige und herzerwärmende Verhältnis zwischen Friedrich und seiner Katharina sein. Die Augen der beiden jungen Menschen leuchteten so sehr vor Glück, nun, da sie beieinander sein durften, dass Elisabeth der festen Überzeugung war: Diese Verbindung hatte Gott gesegnet. Außerdem war sie ehrlich genug, zuzugeben, dass Katharina auch ihr in den wenigen Tagen, die sie einander kannten, eine Freude und Stütze geworden war, die sich ständig bemühte, ihre Sorge über das Fernbleiben der Tochter zu zerstreuen. Und Anneke war auch ein weiterer Grund, warum sich Elisabeth so schnell im Müllerhaus heimisch gefühlt hatte: Seitdem die Stolten-Brüder ihre Tochter beim Niedergericht angezeigt hatten, und erste Gerüchte über die Hexenkünste der Jungfer Claen durch Hamburg zu schwirren begannen, hatte man ihr, der Mutter, sehr viel Bösartigkeit und Argwohn entgegengebracht. Ganz anders der Müller und seine Tochter. Obwohl sie Anneke niemals persönlich begegnet waren und nur aus den Erzählungen Friedrichs kannten, waren beide von ihrer Unschuld überzeugt. Und eben das empfand Elisabeth nach den enttäuschenden Erfahrungen mit ihrem Ehemann wahrlich als Wohltat.

Es war ein dunkler Tag Ende November, als die Bewohner des Müllerhauses des Abends noch einträchtig um den Tisch herum saßen. Draußen war es bereits empfindlich kalt, doch hier, neben dem prasselnden Feuer, ließ es sich gut aushalten.

Um auch für die innere Wärme zu sorgen, braute Elisabeth ein Eierbier. Dazu gab sie ausreichend Gerstensaft in einen kleinen Kochkessel, rührte Eidotter und Zucker hinein und ließ alles gut aufkochen.

Währenddessen besserte Katharina, deren fleißige Hände stets in Bewegung waren, ein Hemd ihres Vaters aus. Friedrich, der Meister Rist in der Mühle zur Hand ging und von der ungewohnten körperlichen Arbeit am Abend rechtschaffen müde war, beobachtete sie schläfrig, aber zufrieden.

Auch der Müller genoss die Mußestunde nach einem harten Arbeitstag. Und während er Elisabeth zuschaute, die das dampfende Eierbier nun in die irdenen Becher schöpfte, genehmigte er sich ein Pfeifchen Tobak.

Als Elisabeth das heiße Getränk vor ihn auf den Tisch stellte, dankte er ihr freundlich und schnalzte, nachdem er gekostet hatte, genüsslich mit der Zunge.

»Das hat meine gute Emma, Gott hab sie selig, auch nicht besser zustande gebracht«, lobte er und begann in seinem Pfeifchen zu stochern. Offensichtlich hatte er etwas auf dem Herzen.

»Die Leute beginnen sich die Mäuler zu zerreißen«, bemerkte er dann auch unvermittelt.

»Worüber reden die Leute, Vater?«, wollte Katharina wissen.

Meister Rist erhob sich, ging zum Feuer, klaubte sich einen Span heraus und entzündete seine Pfeife aufs Neue.

»Über euch«, gab er dann Auskunft. »Über Friedrich und dich. Und wenn ich auch normalerweise nicht viel darauf gebe, was die Leute sagen – in diesem Fall haben sie recht. Es schickt sich nicht, dass ihr beide ein Paar seid, unter einem Dach zusammenlebt und nicht vor den Altar tretet. Die Hinderungsgründe für eine Hochzeit sind doch beiseite geräumt, wie ich meine. Oder?«

Fragend sah er Elisabeth an.

»Von meiner Seite aus gewiss«, beeilte sie sich, zu versichern. »Ich könnte mir keine bessere Schwiegertochter als Eure Katharina wünschen, Meister Rist.«

Der Müller nickte zufrieden und hefte seine fragenden Blicke nun auf Friedrich.

Der zuckte mit den Schultern.

»Ich würde ja wollen. Morgen schon, wenn es nach mir ginge. Aber Katharina will noch warten.«

Der Müller runzelte die Stirn.

»Und warum, wenn ich fragen darf?«

»Weil ich gern die Anneke bei unserer Hochzeit dabei hätte, Vater«, erklärte Katharina freimütig. »Und wer weiß«, lächelte sie verschmitzt, während sie das ausgebesserte Hemd sorgfältig zusammenlegte. »Vielleicht können wir ja sogar Doppelhochzeit feiern. Denn dass die Jungfer Claen ihren Herrn van Aelst gleich nach ihrer Rückkehr heiraten wird, steht ja wohl außer Frage.«

Elisabeth erhob sich, um das junge Mädchen dankbar zu umarmen. Katharinas Zuversicht war für sie immer aufs Neue ansteckend und wohltuend.

Auch Meister Rist musste nun schmunzeln, wollte die Angelegenheit aber andererseits ein für alle Mal geregelt haben:

»Ihr werdet in den nächsten Tagen zum Herrn Pfarrer unserer Gemeinde St. Petri gehen und euer Aufgebot bestellen«, ordnete er an. »Das wird den Schwätzern einstweilen das Maul stopfen. Und geheiratet wird spätestens an Weihnachten. Punktum. Wenn die Jungfer Claen bis dahin nicht nach Hamburg zurückgekehrt ist, wird sie gewiss auch erst im Frühjahr eintreffen. Kein vernünftiger Mensch reist im Winter eine so weite Strecke über Land.«

*

Das Wetter war dem Tross der Lübecker Händler hold. Es zeigte sich kühl, aber trocken, und kein behindernder Schnee bedeckte die Straßen. So war der Planwagenzug gut vorangekommen, und die Händler hofften, wenn die Reise auch weiterhin so reibungslos verlief, um den 20. Dezember ihr Ziel zu erreichen.

In Hamburg würde man voraussichtlich drei Tage früher ankommen. Doch je näher sie ihrer Heimatstadt kamen, umso unruhiger wurden die Geschwister.

Philipp, weil er absolut nicht abschätzen konnte, wie die Eltern auf seine wundersame »Wiederauferstehung« reagieren würden, und Anneke, weil sie sich nun doch sorgte, ob ihr Zertifikat der Oudewater-Waage vor dem Hamburger Niedergericht Anerkennung fand.

Als tröstender und Mut spendender Beistand erwies sich Cryso in diesen Tagen. Wann auch immer Anneke verzagt dreinblickte, war er an ihrer Seite, um ihr Zuversicht und Hoffnung zu geben.

Philipp beobachtete sein Treiben eine Weile. Und eines Tages, als sie beide nebeneinander und allein an der Spitze des Trosses ritten, sprach er den Kalabresen offen darauf an:

»Du magst zwar vor Anneke den guten Freund mimen, aber mir machst du nichts vor. Du hast dich in meine Schwester verguckt, Cryso. Gib es zu.«

»Und wenn es so wäre?«

Offen sah der Hüne seinen Gefährten an.

Philipp seufzte.

»Dann käme es natürlich auf deine Absichten an.«

»Absichten?« Cryso runzelte nachdenklich die Stirn. »Absichten verfolge ich nur die ehrbarsten. Was denkst du von mir? Und ich will auch nicht verhehlen, dass deine Schwester in mir eine Seite zum Klingen gebracht hat, die ich bisher selbst noch nicht kannte. Ich möchte sie behüten und beschützen, vor allem Unbill bewahren …«

Philipp verzog das Gesicht.

»Das hört sich alles sehr edel an. Aber du weißt schon, dass ihr Herz noch immer diesem toten Holländer gehört?«

Cryso nickte ernst.

»Du sagst es. Dem *toten* Holländer. Sie ist zu jung, als dass sie über diese Tragödie nicht irgendwann hinwegkäme. Und dann wäre auch ihr Herz wieder frei. Ich muss nur Geduld haben, Philipp. Dann wird deine Schwester schließlich auch begreifen, dass wir zueinander gehören. Und was spricht dagegen, dass ich ihr bis dahin ein guter Freund bin?«

»Nichts, mein lieber Cryso«, entgegnete Philipp herzlich. »Wenn du es so siehst – absolut überhaupt nichts.«

Drei Tage nach Mariä Empfängnis und dem 14. Geburtstag des ehemaligen Schiffsjungen Lorenz hatte der Tross die Hansestadt Bremen erreicht. Da man hier, auf der Großen Weserbrücke, den Strom überqueren wollte, würde man mit den Planwagen quer durch die Stadt fahren müssen. Das erschien den Händlern aber immer noch bequemer, als sich Wagen für Wagen von einem Fährmann auf die andere Weserseite übersetzen zu lassen.

Grundsätzlich waren die Bremer den Lübeckern wohlgesonnen, und daher erhielten die Kaufleute auch wie gewöhnlich die Genehmigung, für eine Nacht auf dem Marktplatz zu biwakieren – direkt vor dem prächtigen Rathaus der Stadt.

Als Anneke steifbeinig vom Kutschbock stieg, stand sie unmittelbar vor der hohen Statue Rolands, die von den Bremern bereits vor Menschengedenken hier errichtet worden war – gewissermaßen als Repräsentant des Kaisers und als Mahnung, die ihnen garantierten Rechte einzuhalten.

Mühsam entzifferte Anneke die Worte, die auf dem Schild des ehemaligen Heerführers Karls des Großen zu lesen waren:

Freiheit tu ich euch öffentlich kund, die Karl und mancher Fürst fürwahr, dieser Stätte gegeben hat, dafür danket Gott, das ist mein Rat!

Anneke zeigte sich beeindruckt von Statue und Inschrift, wurde in ihrer Betrachtung jedoch unterbrochen:

»Ich möchte Abschied nehmen, Jungfer Claen.«

Als sie sich umwandte, stand der junge Lorenz vor ihr.

Anneke lächelte.

»Du hast dein Ziel nun erreicht. Wie sehr werden sich deine Eltern freuen, dich wiederzusehen.«

»Und ich sie«, grinste Lorenz. »Doch ohne Euren Bruder und Cryso hätte ich niemals heimkehren können. Das weiß ich wohl.«

Herzlich drückte Anneke dem jungen Mann, der fast noch ein Knabe war und trotzdem schon so viel Schreckliches hatte erdulden müssen, die Hand.

»Gott möge dich schützen, Lorenz. Und wenn dich deine Wege einmal nach Hamburg führen …«

»Werde ich ganz gewiss in die Deichstraße kommen«, nickte der Junge. »Mein Lebtag werde ich diese Adresse nicht vergessen.«

Anneke sah ihm nach, beobachtete, wie er zu Philipp und Cryso trat, und die drei gemeinsam davon gingen. Natürlich beabsichtigten die beiden Männer, ihren Schützling heimzubegleiten.

Als sie den Marktplatz verließen und im Gewirr der Gassen verschwanden, beschlich Anneke ein seltsames Gefühl des Alleinseins. Es bereitete ihr tatsächlich Unbehagen, Cryso außer Sichtweite zu wissen, obwohl er doch noch am gleichen Abend zurückkehren würde.

Verwirrt schüttelte sie über sich selbst den Kopf und fand schnell eine Erklärung: Er war ihr auf der gemeinsamen Reise wirklich ein guter Freund geworden.

Sieben Tage später hatte der Tross endlich die Wälle Hamburgs erreicht. Kurz vor ihrem Ziel – in Altona – blieben Cryso und Anneke zurück, während Philipp allein in die Stadt ritt.

Sein erster Weg führte ihn zum Bürgermeister, seinem Großonkel. Joachim Claen war zunächst sprachlos, als er den tot geglaubten Neffen vor sich sah, und machte ihm dann bittere Vorwürfe:

»Du hast schwere Schuld auf dich geladen, Philipp. Ist dir überhaupt bewusst, dass du deine Familie in den Ruin getrieben hast?«

»Eure Schuld möchte ich meinen, lieber Onkel, ist kaum geringer als meine. Ihr habt es zugelassen, dass meine Schwester eingekerkert und gemartert wurde.«

»Auch als Bürgermeister kann ich mich nicht über das Gesetz stellen«, begehrte Joachim Claen auf.

»Natürlich nicht«, gab Philipp zu. »Aber als Bürgermeister und als Oberhaupt der Familie habt Ihr Pflichten. Anneke eine Hexe? Erscheint Euch das nicht selbst irrwitzig?«

Kummervoll zuckte Claen mit den Schultern.

»Was soll ich machen? Alle Beweise sprechen gegen sie.«

»Beweise?« Philipp spuckte verächtlich aus. »Hier seht, was von Euren Beweisen zu halten ist.«

Er zog Annekes Zertifikat aus seinem Beutel und warf es auf den Schreibtisch.

»Dieses Dokument wurde in der niederländischen Stadt Oudewater ausgestellt. Es beweist, dass meine Schwester keine Zauberin ist. Und da die dortige Waage von keinem Geringeren als dem Kaiser ermächtigt wurde, die Hexenprobe vorzunehmen, ist auch die Reichsstadt Hamburg gehalten, das Zertifikat anzuerkennen und Anneke Claen umgehend von allen Anklagen freizusprechen.«

Verständnislos musterte der Bürgermeister zunächst seinen Neffen und dann das ihm vorgelegte Schriftstück.

Eine Hexenwaage in Oudewater? Davon hatte er noch niemals gehört. Erstaunt las er das Zertifikat wieder und wieder.

»Ich werde deine Angaben überprüfen lassen«, erklärte er schließlich und wollte dann wissen: »Wo hält sich deine Schwester auf.«

»Was interessiert es Euch?«, antwortete Philipp mit einer Gegenfrage.

»Nun ja«, gab sein Großonkel fast entschuldigend zurück, »wenn sie in der Stadt ist, werde ich sie bis zur endgültigen Klärung der Angelegenheit wieder in die Fronerey schließen müssen. Schon zu ihrer eigenen Sicherheit. Es hat sich viel ereignet während eurer Abwesenheit, und wenn Anneke erkannt wird, würde sich der Pöbel unweigerlich auf sie stürzen.«

Philipp schüttelte den Kopf.

»Anneke ist nicht in der Stadt. Aber sie ist unschuldig, und der Beweis liegt nun vor. Eure Unwissenheit gibt Euch nicht das Recht, sie wieder einzusperren und in die Gewalt dieser Unmenschen zu geben. Was die Rechtmäßigkeit des Zertifikates angeht – erkundigt Euch bei Doktor Meyfart. Er wird die Richtigkeit bestätigen.«

»Meyfart hält sich nicht mehr in Hamburg auf«, wandte Claen ein.

»Dann sprecht mit Mijnheer van Valckenburgh oder besser noch mit den Professoren der Gelehrtenschule des Johanneums. Einer von ihnen wird die Gültigkeit des Dokuments schon bestätigen können. Und danach fordern wir eine öffentliche Rehabilitation Annekes. Und zwar dergestalt, dass auch wirklich jeder Bürger der Stadt von ihrer Unschuld unterrichtet wird. Das seid ihr Eurer Nichte und Eurer Familie bei Gott schuldig, Onkel.«

Unschlüssig sah Claen seinen Neffen an. Doch dann nickte er, erhob sich, trat hinter seinem Schreibtisch hervor und reichte Philipp die Hand.

Der weigerte sich jedoch, sie zu ergreifen.

»Ich will erst wieder zu Eurer Familie gehören, wenn meine Schwester offiziell von jeder Schande reingewaschen ist und die wahrhaft Schuldigen an den begangenen Verbrechen, einschließlich des Mordes an meinem Großvater, Eures Bruders, gefunden und abgeurteilt worden sind«, sagte er, wandte sich ab und verließ das bürgermeisterliche Amtszimmer.

Er hatte das Rathaus noch nicht verlassen, als er seinen Onkel mit donnernder Stimme brüllen hörte: »Holler! Zu mir! Sofort!«

Der nächste Weg führte Philipp in die Deichstraße.

Als er den Türklopfer betätigte, hatte er ein eigentümliches Gefühl in der Magengegend. Wie würden die Eltern auf seine Rückkehr reagieren? Und warum wirkte das Haus, das stets so voll Leben und Geschäftigkeit gewesen war, wie ausgestorben?

Es dauerte lange, bis ihm endlich von Gertrude geöffnet wurde. Wie eine Geistererscheinung sah sie ihn ungläubig an. Doch Philipp hielt sich nicht lange mit Formalitäten auf und ergriff die alte Magd lachend an den Schultern.

»Ich bin es wirklich, Gertrude, wahr- und leibhaftig.«

»Philipp?« Sie konnte es nicht glauben, rieb sich die Augen und berührte verwirrt sein Gesicht mit ihren Händen. »Aber du bist doch tot. Wir haben dich zu Grabe …«

»Nein, nein«, schmunzelte Philipp. »Sieh doch, Gertrude, ich bin quicklebendig. Aber das ist eine lange Geschichte, die ich zuerst gern meinen Eltern erzählen würde.« Suchend blickte er über ihre Schulter. »Sind sie daheim?«

Gertrude begann zu weinen.

»Dein Vater ist zugegen«, erklärte sie leise schluchzend und sich ängstlich umblickend. »Deine Mutter lebt nicht mehr hier. Sie ist mit Friedrich in die Wassermühle am Reesendamm gezogen.« Noch immer weinend ergriff sie ihren Schürzenzipfel, um sich zu schnäuzen. »Aber auch das ist eine längere Geschichte«, stieß sie dann mühsam hervor.

Bevor Gertrude weiter sprechen konnte, wurde sie von rüder Hand beiseitegeschoben.

»Du schwafelst, Weib«, wies Leopold Claen seine Magd unfreundlich zurecht. Dann musterte er seinen Sohn mit zusammengekniffenen Augen.

Philipp, der nicht recht wusste, was er von dem Gerede Gertrudes halten sollte, erkannte seinen Vater kaum wieder. Er schien um Jahre gealtert, wirkte ungepflegt und nachlässig gekleidet und hatte dunkle Ringe unter den Augen.

»Guten Tag, Vater.«

»Du lebst? Was für ein Schabernack soll das nun wieder sein?«, wollte Leopold verbittert wissen.

»Lasst Euch erklären, Vater …«, begann Philipp, doch Leopold unterbrach ihn sofort.

»Geh!«, rief er wie von Sinnen aus. »Lass mich in Ruhe und verschwinde wieder in dem Schlupfloch, aus dem du hervorgekrochen bist. Ich will weder mit den toten noch den lebenden Mitgliedern dieser Hexenfamilie etwas zu tun haben.«

Leopold gab seinem Sohn einen kräftigen Stoß, sodass dieser über die Schwelle hinaus taumelte, und warf ihm die Tür vor der Nase zu.

Bestürzt wandte Philipp sich ab. Natürlich hatte er es als Möglichkeit in Betracht gezogen, dass die Eltern ihm kein herzliches Willkommen bieten würden, aber dass sein Vater ihm derart rüde die Tür wies – damit hatte er doch nicht gerechnet.

Als Philipp nach Altona zurückkehrte, fand er Anneke und Cryso in trauter Eintracht in der Gaststube der Herberge vor. Er hätte schwören können, dass die Schwester bei seinem Eintreten die Hand des Freundes gehalten und dann schnell fortgezogen hatte. Da derzeit jedoch andere Sorgen weitaus schwerer auf ihm lasteten, ging er darüber hinweg und berichtete in kurzen Worten von seinem Besuch beim Bürgermeister.

»Ein wenig Zeit werden wir dem Onkel lassen müssen, dem Niedergericht, dem Hexenkommissar und den Bürgern Hamburgs kundzutun, dass du unschuldig bist. Aber in zwei Tagen werden wir gewiss alle drei gefahrlos in die Stadt reiten können. Allerdings …« Er stockte. Es fiel ihm schwer, der Schwester, nach allem was sie hatte erdulden müssen, nun auch noch die Hoffnung auf eine glückliche Heimkehr zu nehmen. Doch als er ihre ängstlich fragenden Augen sah, wusste er, dass er keine Wahl hatte. Also fuhr er unglücklich fort: »Allerdings werden wir dennoch nicht in die Deichstraße zurückkehren können. Dort sind wir nicht mehr erwünscht.«

Mit leiser bekümmerter Stimme erzählte er nun von dem Zusammentreffen mit dem Vater und dass er danach nicht mehr den Mut aufgebrachte hätte, die Mutter aufzusuchen. Als er endete, fügte er mit reumütig gesenktem Kopf hinzu:

»Bitte verzeih mir, Anneke. Es ist alles meine Schuld. Wäre ich damals nicht so feige verschwunden, wäre dieses ganze Leid nicht über dich und unsere gesamte Familie gekommen.«

Betroffen lauschte Anneke seinen Worten nach, doch dann widersprach sie.

»Das ist nicht wahr, Philipp. Sicher, du hast nicht recht gehandelt, aber das Unglück haben die Stoltens über uns gebracht. Sie allein sind für alles verantwortlich – für die Anklage gegen mich, für meine Verhaftung, für die Schmerzen, die mir zugefügt wurden und letztendlich auch für Maries und Maartens Tod.« Sie verstummte kurz, um dann hasserfüllt hervorzustoßen: »Diese hinterhältige, teuflische Brut – bis zu meinem letzten Atemzug werde ich sie verfluchen.«

Philipp sah auf.

»Die teuflische Stoltenbrut? Ja natürlich. Das ist des Rätsels Lösung.«

Er sprang von seinem Stuhl auf, stürmte ohne ein weiteres Wort aus der Herberge und ritt so schnell er konnte nach Hamburg zurück.

Ärgerlich saß Hexenkommissarius Holler an seinem Schreibtisch und blätterte in der Akte Anneke Claen. Sie war also tatsächlich unschuldig, diese verwöhnte Jungfer? Was für ein Jammer. Aber das Zertifikat aus Oudewater war ohne Zweifel bindend und rechtskräftig. Und das Schlimmste: Bis heute Abend würde ganz Hamburg wissen, dass er gefehlt und eine Unschuldige hochnotpeinlich verhört hatte. In diesem Augenblick liefen bereits die Ausrufer mit ihren Glocken durch die Straßen der Stadt und verkündeten offiziell die Unschuld der Claen-Tochter. Da war es doch nur noch eine Frage der Zeit, dass Notwendigkeit und Sachverstand seines Kommissariats angezweifelt werden würden – zumal es in der Stadt keine weiteren Anzeigen wegen Zauberei gegeben hatte.

Gereizt schlug er die Akte zu.

Andererseits stand für ihn fest, dass es in Hamburg eine Teufelsbuhlin geben musste. Wie sonst sollten die vielen Menschen so plötzlich und ohne ersichtlichen Grund ums Leben gekommen sein, wenn nicht durch Hexenwerk? Ganz zu schweigen davon, dass man auch die Existenz des teuflischen Amuletts nicht abstreiten konnte. Wo immer es jetzt auch stecken mochte – es hatte es tatsächlich gegeben und …

Das plötzliche Aufspringen der Tür unterbrach seine Gedanken. Ein Mann stürmte herein, ohne dass er vorher höflich geklopft hätte.

Holler wollte den Eindringling bereits scharf zurechtweisen, als dieser völlig außer Atem hervorstieß:

»Mein Name ist Philipp Claen, und ich möchte Anzeige erstatten – Anzeige gegen die Brüder Stolten, wegen vielfachen Mordes durch Teufelskunst.«

Misstrauisch kniff Holler die Augen zusammen. Natürlich konnte ihm zum gegenwärtigen Zeitpunkt nichts Besseres geschehen als eine Anschuldigung gegen neue Verdächtige. Dass diese Anzeige von einem Mann erstattet wurde, der angeblich bei der Auffliegung der spanischen Galeone im letzten Sommer ums Leben gekommen sein sollte, interessierte ihn dabei nur am Rande. Immerhin war sein Besucher sehr lebendig – wie immer er auch heißen mochte.

»Habt Ihr einen stichhaltigen Beweis für diese Anklage?«, wollte Holler argwöhnisch wissen. »Schließlich darf man nicht vergessen, dass einer der Brüder selbst durch Teufelswerk ums Leben gekommen ist.«

Philipp wischte den Einwand beiseite.

»Mit welcher Begründung haben die Stoltens Anzeige gegen meine Schwester erhoben? Es wird doch gewiss ein Protokoll geben, in dem das vermerkt ist.«

»Natürlich gibt es das«, bestätigte Holler. »Die Brüder erklärten übereinstimmend, dass die Jungfer Claen sie mithilfe eines Angst einflößenden goldenen Amuletts verflucht habe und sie sich seitdem alle drei an Körper und Geist elend fühlten.«

Philipp stutzte.

»Ihr kennt das Protokoll auswendig?«

Holler ignorierte die Frage.

»Wo ist der Beweis für die Schuld der Brüder?«

»Den bekommt Ihr sofort«, gab sein Besucher zurück. »Sagt mir zuvor noch, was meine Schwester laut Protokoll zu dem Amulett erklärt hat – als man es bei ihr fand und später in den hochnotpeinlichen Verhören.«

»Sie hat angegeben, dass diese Teufelsfratze nicht ihr Eigentum sei, sie es niemals zuvor gesehen habe und keine Erklärung dafür hätte, wie es in ihren Alkoven gekommen wäre.«

»Da meine Schwester erwiesenermaßen unschuldig ist

und die Wahrheit gesprochen hat, muss ihr also jemand das Amulett in die Kammer geschmuggelt haben. Richtig?«

Holler nickte, wusste jedoch noch immer nicht, worauf Philipp hinauswollte.

»Ich nehme an, dass es unsere Hilfsmagd Hanna war, die ja anschließend auch verstorben ist.«

»Gut. Und weiter?«

Philipp verzog das Gesicht. War dieser Hexenkommissarius wirklich so dumm, oder tat er nur so?

»Wer hat Hanna den Auftrag dafür erteilt und ihr das Amulett übergeben?«

»Woher soll ich das wissen?«

»Mein Gott, Mann. Denkt doch nach. Als die Brüder Stolten meine Schwester anzeigten, erwähnten sie das Amulett. Und genau damit haben sie sich verraten.«

Dem Kommissar dämmerte es langsam.

»Weil sie die Einzigen waren, die von der Existenz wussten – im Gegensatz zu Eurer Schwester, die ja erwiesenermaßen unschuldig ist?«

Philipp nickte.

»Nur die Stoltens können die eigentlichen Besitzer des Amuletts sein. Und damit ist ihre Schuld erwiesen. Warum Peter Stolten ums Leben gekommen ist, müsst Ihr selbst herausfinden. Vielleicht war es ein Unfall, vielleicht hat es unter den Brüdern Streit gegeben. Ich weiß es nicht.«

Holler nickte nachdenklich.

»Eine wirklich interessante Theorie. Die Sache hat nur einen Haken.«

»Und der wäre?«

»Ich kann nicht einfach meine Büttel nach Altona senden und dort eine Verhaftung vornehmen lassen. Es gibt bereits genug Grenzstreitigkeiten zwischen Hamburg und dem Grafen von Holstein-Pinneberg, der sich entschieden gegen einen weiteren Übergriff verwehren würde. Wir werden daher warten müssen, bis die Stoltens von alleine nach Hamburg kommen.«

»Dem kann nachgeholfen werden«, entgegnete Philipp. »Ich werde den Brüdern eine Nachricht senden, dass ich am Leben und bereit bin, meine Schulden bei ihnen zu begleichen. Sie werden sich umgehend auf den Weg nach Hamburg machen. Verlasst euch drauf. Sagt mir nur, wo und wann Ihr sie gefangen nehmen wollt. Ich werde sie dann pünktlich dorthin bestellen.«

*

»Ihr müsst Elisabeth und Friedrich unbedingt zurückholen, Nepote. Nun, da erwiesen ist, dass Anneke keine Schuld trägt und zu Unrecht angeklagt wurde, gibt es keinen Grund mehr, ihnen Euer Haus zu verweigern.«

Störrisch schüttelte Leopold den Kopf und wich dem besorgten Blick seines Onkels, des Hamburger Bürgermeisters Joachim Claen, aus.

»Ich glaube nicht an dieses ominöse Zertifikat. Wer hätte schon jemals von einer Hexenwaage im Holländischen gehört? Nein, nein. Das ist nur eine neuerliche List.« Vorsichtig sah er sich um, bevor er ängstlich weitersprach: »Sie wollen mich nämlich vernichten, Onkel. Ich weiß es genau.«

Ungläubig sah Joachim seinen Neffen an.

»Wer will Euch vernichten?«

»Mein Weib Elisabeth und meine Kinder«, gab Leopold flüsternd zurück. »Friedrich und Anneke. Und dann ist da noch einer, der vorgibt, der Sohn zu sein, den ich selbst zu Grabe getragen habe, und der Philipp zum Verwechseln ähnlich sieht. Aber ich falle nicht herein auf die durchtriebenen Irreführungen des Hexenpacks, ich nicht!«

»Was redet Ihr, Leopold? Seid Ihr von Sinnen? Eure Frau ist ebenso wenig eine Zauberin wie die meine.«

»Da irrt Ihr Euch aber gewaltig, Onkel«, widersprach der Neffe. »Ich war schließlich dabei, als sie Friedrich krank gehext hat. Und wenn ich sie wieder in meinem Haus aufnehme, bin ich der Nächste, der dran glauben muss. Das ist so gewiss wie das Amen in der Kirche.«

»Nein, Ihr seid es, der irrt«, fuhr Joachim den Neffen an. »Und wenn Ihr Euch nicht besinnt, wird Eure Ehefrau zu Recht das Erbe ihrer verstorbenen Eltern einfordern. Dann seid Ihr endgültig bankrott. Und noch eins: Wusstet Ihr, dass Friedrich beabsichtigt, die Tochter eines Müllers zu heiraten? Das müsst Ihr verhindern. Es wäre eine Schande für die gesamte Familie Claen.«

»Ich werde nichts dergleichen tun«, begehrte Leopold auf. »Aber Euch als meinem Onkel will ich gern erzählen, was ich vorhabe. Ich werde mein gesamtes Hab und Gut verkaufen und für das Heil meiner Seele auf Pilgerreise ins Heilige Land gehen.«

Joachim Claen reagierte entsetzt.

»Ihr könnt jetzt nicht fort, Nepote. Nun, da die Unschuld Eurer Tochter erwiesen ist, müsst Ihr das Handelshaus Claen, das an der ganzen leidigen Geschichte so viel Schaden genommen hat, wieder aufbauen.«

Leopold zuckte gleichgültig mit den Schultern.

»Für wen denn noch? Ich habe keine Familie mehr, die mich unterstützen und die Firma nach meinem Tode weiterführen könnte. Nein, ich werde nach Jerusalem reisen. Das ist beschlossene Sache.«

*

Die Ausrufer, die die erwiesene Unschuld der Jungfer Claen offiziell verkündeten, verursachten im Müllerhaus große Aufregung.

»Das kann doch nur eines bedeuten«, jubelte Elisabeth, »nämlich die Rückkehr Annekes.«

Friedrich stimmte seiner Mutter zu.

»Wahrscheinlich hat sie einen Boten mit dem Zertifikat der Hexenwaage zum Bürgermeister geschickt«, vermutete er. »Eine kluge Entscheidung. Hätte sie das Dokument selbst übergeben, hätte sie sich nur unnötig in Gefahr gebracht.«

Elisabeth lachte und weinte zugleich.

»Aber warum hat sie nicht auch einen Boten zu uns gesandt? Sie muss doch wissen, wie sehr wir in Sorge um sie sind.«

»Gewiss wird sie eine Nachricht geschickt haben«, vermutete Katharina. »Aber die wird, da sie von Eurem Aufenthalt hier nichts ahnen kann, natürlich in die Deichstraße gegangen sein.«

Das leuchtete auch Elisabeth ein.

»Wie lange meint ihr, werden wir uns noch gedulden müssen, bis wir sie endlich in die Arme schließen können?«

Aufmunternd lächelte Friedrich ihr zu.

»Nur noch ein wenig Geduld, Mutter. Gewiss wird Anneke morgen oder übermorgen vor unserer Tür stehen.«

Der nächste Tag verging ohne die ersehnte Heimkehr. Und am Tag darauf war Elisabeth kaum noch zu bewegen, ihre Kammer zu verlassen. Von dort aus hatte sie nämlich einen guten Blick über den Damm, der nach einem Vorgänger Meister Rists, dem längst verstorbenen Müller Rese, benannt war und die Alster zu einem See anstaute. Diesen Damm musste jeder nehmen, der zur Mühle gelangen wollte. Also auch Anneke.

Elisabeths Geduld wurde jedoch auf eine harte Probe gestellt. Und dann war es nicht die Tochter, die den Damm beschritt, sondern der Baumeister Johan van Valckenburgh. Da Meister Rist in Geschäften in der Stadt war, Friedrich in der Mühle arbeitete und Katharina im kleinen Gärtchen den letzten Krauskohl erntete, musste sie den Besucher empfangen und dafür wohl oder übel ihren Ausguck verlassen.

»Ich kam, um mich zu erkundigen, ob Ihr etwas von unseren beiden Reisenden gehört habt?«, wollte der Niederländer wissen. »Jeden Tag, den sie fort waren, habe ich mich um Eure Tochter und meinen tüchtigen Gehilfen gesorgt. Doch die Bekanntmachung der Ausrufer lässt ja nun vermuten, dass sie wohlbehalten zurückgekehrt sind.«

»Auch wir sind dieser Überzeugung«, entgegnete Elisabeth, »haben aber bisher nichts von den beiden gehört. Ich erwarte selbst sehnsüchtig eine Nachricht.«

Unschlüssig drehte van Valckenburgh seinen Hut in den Händen. »Wäre es recht, Gevatterin, wenn ich Euch eine Weile beim Warten Gesellschaft leiste?«

Elisabeth nickte freundlich und besann sich nun auch auf ihre Pflichten als Gastgeberin:

»Nehmt doch Platz, Herr Baumeister. Kann ich Euch etwas anbieten? Einen guten Rheinwein vielleicht?«

»Da sag ich nicht Nein«, dankte van Valckenburgh und setzte sich.

Elisabeth ging zu einem Regal und entnahm ihm zwei Becher. Als sie sich wieder umwandte, sah sie ihre Tochter. Katharina hatte ihr gerade das große Tor geöffnet, um dann eilig zur Mühle hinüber zu laufen und Friedrich zu verständigen.

Anneke hingegen kam mit schnellen Schritten die lange Deele herauf, sodass die Hühner, die friedlich ihre Getreidekörner pickten, gackernd auseinander stoben.

Elisabeth traute ihren Augen kaum und ließ achtlos die Becher fallen. Dann stürzte sie der Tochter mit weit ausgebreiteten Armen entgegen,

»Mein Kind«, schluchzte sie. »Mein geliebtes Kind. Dass du wieder da bist.«

Die beiden hielten sich umarmt, als wollten sie einander nie wieder loslassen. Tränen der Wiedersehensfreude rannen ihnen über die Gesichter.

»Du warst so lange fort, und ich habe mich so unendlich um dich gesorgt«, stammelte Elisabeth. »Und nun hat endlich alle Not ein Ende.«

Anneke machte sich sanft aus den Armen der Mutter frei, doch ihre Augen hielten sie noch fest.

»Ich bin Eure Tochter und wie Ihr wisst ausgezogen, um meine Unschuld zu beweisen. Heute kehre ich zurück, frei von jedem Verdacht.«

»Ja«, rief Elisabeth aus. »Das weiß ich wohl. Die Ausrufer …«

Anneke ließ die Mutter nicht zu Wort kommen.

»Doch ich bin nicht Euer einziges Kind, das heute heimkehrt«, erklärte sie mit leiser eindringlicher Stimme. »Es gibt noch einen Sohn, den wir alle für tot hielten und zu Grabe trugen, der in Wahrheit aber lebt und heute reumütig Eure Verzeihung erbittet, Mutter.«

Bestürzt erwiderte Elisabeth den Blick ihrer Tochter und presste die Hand auf ihren Mund, so als wolle sie einen Schrei unterdrücken.

»Philipp?«, flüsterte sie ungläubig.

Anneke nickte und sah in Richtung ihres Bruders, der

gemeinsam mit Cryso dem Wiedersehen zwischen Mutter und Tochter bisher schweigend beigewohnt hatte.

»Ja, Frau Mutter. Auch ich würde heute gerne heimkehren, wenn Ihr es mir gestattet.« Nur mühsam brachte er die Worte hervor, und in seiner Stimme schwangen die Tränen mit, die er sich zu vergießen nicht gestattete.

Langsam wandte sich Elisabeth um. Sie schwankte, griff nach dem stützenden Arm ihrer Tochter und blickte dann, am ganzen Körper zitternd, in das Gesicht ihres Sohnes.

»Philipp?«, wiederholte sie ihre Frage halb erstickt.

Er nickte und senkte demütig den Kopf, das Urteil seiner Mutter erwartend.

Stumm sah Elisabeth ihn für einen Augenblick an, dann stürzte sich die sonst stets beherrschte Frau wie eine Furie auf ihren Sohn und schlug mit geballten Fäusten gegen seine Brust.

»Wie konntest du mir das antun?«, stieß sie dabei laut schluchzend hervor. »So viel Schmerz, so viel Leid …«

Mit hängenden Armen stand Philipp vor ihr, ohne die Hiebe abzuwehren.

Genauso unvermittelt, wie sie mit den Schlägen begonnen hatte, hielt Elisabeth jedoch inne und sank auf die Knie.

Noch immer liefen ihr die Tränen über die Wangen, doch voller Inbrunst dankte sie dem Herrn im Himmel, der ihr beide Kinder zurückgegeben hatte, für dieses kostbarste aller Geschenke.

Nur langsam gelang es Elisabeth, die Fassung wieder zu erlangen. Endlich erhob sie sich jedoch und sah zu ihrem Sohn auf:

»Du wirst mir sehr viel erklären müssen«, sagte sie. »Aber natürlich heiße ich auch dich willkommen, Philipp. Und bin überglücklich …«

Jäh wurde sie von der verzweifelten Stimme Katharinas unterbrochen.

»Zu Hilfe. So helft mir doch!«

Alle fuhren herum und sahen die Müllertochter, die im geöffneten Deelentor stand. Neben ihr taumelte Friedrich, den sie mit Mühe zu stützen suchte. Bevor Philipp und Cryso herbeieilen konnten, sank er darnieder. Das goldene Amulett, dessen blaues Sisalband sich um seine Hand gewickelt hatte, klirrte leise, als es auf den gestampften Lehmboden aufschlug.

*

Rasch bereitete man Friedrich ein Lager in der Küche und bettete ihn darauf. Er hatte hohes Fieber und war bewusstlos. Der eilends herbeigeholte Doktor de Castro zuckte ratlos mit den Schultern. Schließlich wusste er bereits aus Erfahrung, dass seine ganze ärztliche Kunst es nicht mit der Macht des Amuletts aufnehmen konnte. Ihm blieb nur, kalte Kompressen und einen fiebersenkenden Sud aus getrockneten Lindenblüten und zerstoßener Weidenrinde zu verordnen.

Die Menschen in dem Müllerhaus waren wie betäubt. Gerade hatten sie gehofft, dass das Schlimmste überstanden sei, und sie wieder ein ordentliches, geordnetes Leben führen konnten, als das Schicksal erneut zuschlug – hart und erbarmungslos.

Die ganze Nacht über wachten die Claens und die Rists am Krankenlager Friedrichs. Verzweifelt fragten sie sich, wo dieses Amulett, das so viel Unheil gebracht hatte und noch immer Angst und Schrecken verbreitete, so plötzlich hergekommen war.

»Nach dem Tod des Büttels, der es zum Einschmelzen bringen sollte, war es spurlos verschwunden«, erklärte Elisabeth den Heimgekehrten. »Und es ist fürwahr unheimlich, dass es nun wieder aufgetaucht ist, um erneut einem Mitglied unserer Familie Schaden zuzufügen.«

Die Stunden verrannen, während Friedrich mit dem Tod kämpfte. Verzweifelt sahen ihm die Seinen dabei zu und verwünschten ihre Hilflosigkeit, die ihnen keine anderen Möglichkeiten bot, als kühle Kompressen zu wechseln und hin und wieder zu versuchen, Friedrich den von Doktor de Castro verordneten Sud einzuflößen.

Irgendwann, spät in der Nacht, verabschiedete sich van Valckenburgh. Da Anneke aus Sorge um ihren Bruder nicht selbst in der Lage gewesen war, ihm von dem Schicksal Maartens zu berichten, hatte Cryso das übernommen. Tief erschüttert verließ der Baumeister das Müllerhaus. Bei Gott, es fiel nicht immer leicht, die Wege des Herrn hinzunehmen, ohne ihre Sinnhaftigkeit zu hinterfragen.

Gegen Morgen des aufsteigenden Tages schien es, als wäre das Fieber ein wenig gesunken, und der Kranke, der zu Anfang von bösen Krämpfen geschüttelt worden war, ruhiger geworden.

Da weder Elisabeth noch Anneke und Katharina bereit waren, auch nur für einen Augenblick von Friedrichs Lager zu weichen, bereitete Cryso das Morgenbrot, das er mit Speck und Warmbier auf den Tisch brachte.

Während der Mahlzeit sprach er leise mit dem Müller und bat um Rat, wo sich für Anneke, Philipp und ihn eine Unterkunft finden ließ. Meister Rist wehrte jedoch sogleich und ohne zu zögern ab:

»Natürlich bleibt Ihr hier«, sagte er mit einer Stimme,

die keinen Widerspruch duldete. »Mein Haus ist schließlich groß genug für uns alle. Wir sind fast eine Familie, da ist es doch eine Selbstverständlichkeit, sich gegenseitig zu helfen.«

Cryso dankte ihm herzlich für seine Gastfreundschaft und versprach, sie nicht auszunutzen, sondern so bald wie möglich eine andere Lösung für seine Freunde und sich zu finden.

Nach dem Frühstück verabschiedete sich Philipp. Er habe eine Besorgung zu machen, sagte er, würde aber so schnell wie möglich zurückkehren. Tatsächlich traf er knappe zwei Stunden später wieder im Müllerhaus ein. Anneke saß gerade am Tisch und schrieb, um überhaupt etwas Nützliches zu tun, Briefe an die Familie des Fischhändlers Noort und die Nonnen des Klosters Gertrudenberg, um ihre wohlbehaltene Heimkehr zu vermelden.

Fragend sah sie ihrem Bruder entgegen.

»Wo bist du gewesen?«

»Ich habe dafür gesorgt, dass die Stolten-Brüder dingfest gemacht werden konnten«, erklärte Philipp. »Auch wenn es Friedrich nicht hilft – aber nun werden sie ihrer gerechten Strafe nicht mehr entgehen.«

Anneke nickte nachdenklich.

Was den Stoltens nun bevorstand, wusste sie, und dass sie bei den Verhörmethoden der Fronerey alles gestehen würden, was man ihnen zur Last legte, ebenfalls. Die Pein, die sie selbst an diesem finsteren Ort erlitten hatte, wünschte sie zwar nicht einmal ihrem ärgsten Feind, fand andererseits aber schon, dass die Stoltens für ihre Verbrechen zur Rechenschaft gezogen werden mussten.

Sie seufzte leise und sah sich nach Friedrich um.

Ihre Mutter, die wie sie alle die ganze Nacht an seinem Lager geblieben war, war vor Erschöpfung auf ihrem Stuhl eingenickt, während Katharina ihm gerade wieder eine kühle Kompresse auf die Stirn legte. Ihre Hände zitterten.

Anneke trat zu ihr und legte ihr besorgt einen Arm um die Schulter. Obwohl sie eigentlich nichts über die junge Müllertochter wusste, fühlte sie sich mit ihr durch die gemeinsame Sorge um Friedrich tief verbunden.

»Soll ich dich ablösen? Willst du dich ein wenig niederlegen?«

Katharina schüttelte entschieden den Kopf.

»Nein danke. Ich würde ja doch keine Ruhe finden«, erwiderte sie. Und obwohl sie leise gesprochen hatte, erwachte Elisabeth aus ihrem leichten Schlaf. Sofort legte sie ihre Hand an die Wange ihres Sohnes.

»Das Fieber sinkt. Also besteht Hoffnung, dass Gott uns gnädig ist.«

Katharina nickte erschöpft.

»Es muss so sein«, sagte sie. »Denn all die anderen, die dieses teuflische Amulett heimgesucht hat, waren am nächsten Morgen tot.«

Cryso, den Meister Rist in das Unheil eingeweiht hatte, das von der Teufelsfratze in den letzten Monaten ausgegangen war, wollte es nun genauer wissen. Er suchte und fand das Amulett, das noch immer auf dem Deelenboden lag und nur durch einen Fußtritt Philipps zur Seite befördert worden war, nahm es mit Hilfe eines Jutesacks auf und trug es hinaus, um es bei Tageslicht betrachten zu können.

Irgendwo, da war er sich ganz sicher, hatte er dieses hässliche Ding schon einmal gesehen. Und dann fiel es ihm wieder ein: Es war in Barcelona gewesen, kurz bevor die Barbaresken ihn in die Sklaverei verschleppt hatten. Ein Handelspartner seiner Familie hatte ihm ein Buch gezeigt, eine Reisebeschreibung über das Vizekönigreich Neuspanien. Darin hatte sich unter anderem ein Holzschnitt befunden, der eben diese Figur darstellte und als Abbild einer Gottheit der dortigen Ureinwohner, Maya geheißen, beschrieben wurde. Zwar erinnerte er sich im Augenblick nicht an den Namen, aber doch deutlich an die hervorstechende Adlernase, den zahnlosen Mund und die sich windenden Schlangen auf dem Kopf der Gottheit.

Cryso ging zu den anderen zurück und legte den Sack samt Amulett auf den Tisch.

»Diese Figur ist kein Teufelswerk«, erklärte er. »Ganz im Gegenteil. Es ist die Nachbildung eines Gottes der Ureinwohner des Teils der Neuen Welt, den man Mexiko heißt und den die Spanier unterworfen haben. Die dortigen Maya verehren diesen Gott als allgütigen Vater, der für sie als Schöpfer von Himmel und Erde gilt. Es kann also weder Satan noch Hexenwerk dahinterstecken, wenn jeder, der die Figur berührt, des Todes ist, sondern vielmehr …«

Er trat zu Friedrich und ergriff seine Hand. Deutlichen waren rote Striemen daran zu erkennen.

»Das ist der Beweis«, sagte er. »Es ist nicht das Amulett selbst, es ist das Band, das mit einem tödlichen und uns offensichtlich unbekannten Gift präpariert wurde.«

Anneke, keineswegs beruhigt durch diese Erkenntnis, sprang erschrocken auf.

»Hast du …« Sie verbesserte sich rasch: »Habt Ihr das Amulett ebenfalls berührt?«

Cryso lächelte sie zärtlich an und nahm bereitwillig die vertraute Anrede auf, die sie ihm in ihrem Erschrecken gerade angeboten hatte:

»Nein, Anneke. Aber ich gestehe gern, dass mich deine Sorge um mich sehr glücklich macht. Nun, da das Rätsel gelöst ist, kann man das Amulett jedoch getrost berühren. Und das werde ich jetzt auch tun – als Beweis für die Richtigkeit meiner Schlussfolgerung.«

Bevor Anneke oder Philipp es verhindern konnten, hatte Cryso die goldene Figur aufgenommen, vermied jedoch sorgsam eine Berührung des blauen Bandes.

»Ihr werdet sehen«, sagte er dabei, »dass mir dieses Amulett des Gottes …«, plötzlich fiel ihm der Name wieder ein, »Itzamná kein Leid zufügen wird.«

Tatsächlich erkrankte Cryso nicht.

Und auch Friedrich erlangte das Bewusstsein wieder. Er erzählte, die goldene Figur in einem der Schaufelräder der Wassermühle gefunden zu haben. Da Amulett und Band eine Weile im Alstersee gelegen haben mussten, war die Wirkung des tödlichen Giftes vermindert. Ein Umstand, der Friedrich das Leben gerettet hatte.

*

Schon bald war die Gesundheit des ältesten Claen-Sohns wieder völlig hergestellt, und so konnten Katharina und er wie geplant zu Weihnachten Hochzeit halten. Es wurde ein ausgelassenes Fest, auf dem sich sogar, wenn auch nur kurz, Bürgermeister Joachim Claen mit seiner Familie blicken ließ. Als er sich verabschiedete, war auch Philipp wieder bereit, dem Großonkel die Hand zu reichen.

Nur einer blieb dem Müllerhaus fern: Vater Leopold. Obwohl das Rätsel des Amuletts inzwischen gelöst war und sich herausgestellt hatte, dass kein Teufelswerk für die vielen Todesfälle verantwortlich war, hielt ihn die Angst vor seiner eigenen Familie noch immer fest in ihren Klauen. Daher führte er sein Vorhaben, sich auf eine Pilgerreise ins Heilige Land zu begeben, auch unbeirrt durch. Zwar gelang es ihm nicht auf die Schnelle, das Haus in der Deichstraße zu verkaufen, aber er übertrug Magister Hardkopf, dem Hauptpastor von St. Nikolai, alle Vollmachten. Dieser sollte das Anwesen meistbietend veräußern und Elisabeth das Erbe ihrer Eltern auszahlen. Nachdem alles geregelt war, erstand Leopold eine Schiffspassage nach Venedig – dem Ausgangspunkt aller Pilgerreisen, die der »Ritterorden vom Heiligen Grab zu Jerusalem« durchführte. Der einstige Herr des Handelshauses Claen verließ Hamburg ohne ein Wort des Abschieds.

Thomas und Simon Stolten erhielten ihre gerechte Strafe. Nachdem das Geheimnis des Amuletts gelöst war, wurde die Anklage der Zauberei gegen sie fallengelassen. Nun überlegte man, ihnen den Prozess wegen mehrfachen Giftmordes zu machen, nahm davon aber wieder Abstand, weil selbst die fähigsten Wissenschaftler Hamburgs von keinem Gift wussten, das durch bloße Berührung tödlich wirkte. Wie also hätten die Stolten-Brüder, die keine akademische Ausbildung hatten und kaum zu schreiben und rechnen verstanden, davon Kenntnis haben sollen? Auch der Tod Peter Stoltens war ein Beweis für ihre Ahnungslosigkeit. Immerhin reichten ihre übrigen Verfehlungen aus, sie in das neue Arbeits- und Zuchthaus zu bringen. Und so viel stand fest: Das Tor der Anstalt, über dem in Stein gemeißelt die Worte standen »LABORE NUTRIOR, LABORE PLECTOR«, würden sie erst in vielen Jahren wieder durchschreiten dürfen.

Auf das persönliche Betreiben Bürgermeister Joachim Claens wurde das Hexenkommissariat des Hamburger Niedergerichts aufgelöst. Claen sah es als erwiesen an, dass die Hetzereien des Kommissarius' gegen Hexen, Zauberer und Teufelsbuhlen verhindert hatten, dass eine wissenschaftliche Untersuchung für die Todesfälle eingeleitet wurde.

Doktor Richard Holler wurde aus städtischen Diensten entlassen. Er verließ Hamburg und ging ins Fränkische. In der Stadt Bamberg, einer Hochburg der Hexenverfolgung, fand er eine neue Anstellung als Schreiber im Hexenkommissariat des Fürstbischofs Johann Georg II. Fuchs von Dornheim.

In Hamburg hingegen sollte es nie wieder ein solches Amt und während der Regierungszeit Joachim Claens auch keine weiteren Hexenprozesse geben. Erst 1642, zehn Jahre nach seinem Tod, kam es noch einmal zu zwei Verurteilungen: Gretje Wevers wurde wegen angeblicher Zauberei und Cillie Hemels wegen »Abfalß von Gott und Zauberey« schuldig gesprochen. Beide Frauen wurden auf dem Richtplatz von St. Georg verbrannt. Sie waren in der Freien Reichs- und Hansestadt Hamburg die letzten Opfer der Hexenverfolgung.

Ja, vieles hatte sich gefügt, seitdem das Rätsel um das Amulett gelöst und das vergiftete Sisalband dem Feuer übergeben worden war. Da niemand Anspruch auf die goldene Figur erhob, händigte man sie Cryso aus. Zwar überkam die Claens immer noch ein grausiges Gefühl beim Anblick des fremden Mayagottes, doch der Kalabrese lachte nur und erklärte Itzamná zu seinem Glücksbringer.

Abgesehen davon waren im Müllerhaus endlich wieder Ruhe und Frieden eingekehrt. Man war noch ein wenig mehr zusammengerückt, um den beiden treuen Dienstboten aus der Deichstraße, Gertrude und Hinnerk, Obdach zu gewähren, und ging ansonsten seinem Tagwerk nach.

Nun fand Anneke auch endlich die Zeit, einen Gang zu erledigen, der ihr schon lange auf der Seele brannte: einen Besuch bei Schreinermeister Kessler, dem Ehemann ihrer ermordeten Freundin Marie.

Als sie den Türklopfer am Haus des Schreiners betätigte, wusste sie nicht, was sie erwartete. Doch mit dem, was sie vorfand, hatte sie gewiss nicht gerechnet.

Meister Kessler, der von offizieller Seite vom Tod seiner Frau unterrichtet worden war, öffnete selbst die Tür. Er schien um Jahre gealtert und stand vor seiner Besucherin als gebrochener Mann, dem die drückenden Schuldgefühle jede Lebensfreude geraubt hatten.

Anneke gab sich zu erkennen, schilderte in knappen Worten, wo Marie und sie einander begegnet waren, berichtete von der gemeinsamen Flucht und dem schrecklichen Tod der Freundin.

»Ich bin hier, um einen letzten Gruß an Maries Tochter zu überbringen«, sagte sie abschließend und ohne Mitleid. Nein, sie konnte kein Erbarmen haben mit diesem Mann, der seine Frau aus den niedrigsten Beweggründen dem schlimmsten Schicksal ausgeliefert hatte, das sich denken ließ.

Wie ein geprügelter Hund ging Kessler davon, um seine Tochter zu holen.

Wenig später kniete Anneke vor dem Kind nieder und sah ihm freundlich lächelnd ins Gesicht.

»Ich soll dir Grüße von deiner lieben Mutter überbringen«, sagte sie herzlich und bemerkte sofort, wie die traurigen Augen des Mädchens zu neuem Leben erwachten.

»Aber meine Mutter ist tot«, sagte es. »Wie kann sie mir Grüße senden?«

»Das ist leider richtig«, gab Anneke zu. »Doch bevor sie starb, hat sie mich gebeten, dir zu sagen, dass sie dich über alles liebt und du nicht traurig sein sollst. Sie ist jetzt im Himmel, aber im Herzen wird sie immer bei dir sein.«

Das Mädchen nickte zum Zeichen, dass es verstanden hatte, und legte die eigene kleine Hand auf sein Herz.

Liebevoll strich Anneke ihm über das Haar und wandte sich dann zum Gehen.

Als die Claen-Tochter in das Müllerhaus zurückkehrte, herrschte dort freudige Erregung.

»Denk dir, Kind«, erzählte die Mutter aufgeregt, »Magister Hardkopf war gerade hier, um zu berichten, dass er das Haus verkauft hat. Und zwar zu einem vorzüglichen Preis. Nun werden wir endlich eigenes Geld haben und dem Müller nicht mehr auf der Tasche liegen müssen. Ist das nicht eine gute Nachricht?«

Anneke war bemüht, sich nicht anmerken zu lassen, dass sie die Mitteilung nicht als reine Freude empfand. Auch wenn sie einsah, dass der Verkauf vonnöten gewesen war, betrübte sie der Verlust ihres Elternhauses doch sehr.

Auch Elisabeth ließ sich nicht anmerken, wie sehr sie der Verkauf des Anwesens, in dem sie so viel glückliche Jahre verlebt und immerhin drei Kinder aufgezogen hatte, schmerzte. Sie zwang sich jedoch, nur noch nach vorne zu blicken, und begann ohne Verzögerung damit, für sich und die Ihren ein neues Heim zu suchen.

Während Friedrich sich als zukünftiger Müller, der fleißig bei Meister Rist in die Lehre ging, wohlzufühlen schien, plante Philipp, das Handelshaus Claen wieder aufzubauen. Cryso stand ihm dabei mit Rat und Tat zur Seite. Eine Partnerschaft mit dem Hause Crisopulli und die damit verbundene Vertretung für kalabresische Waren sollten der Grundstock des neuen Unternehmens werden.

Die beiden Freunde arbeiteten hart an ihrem Vorhaben, und plötzlich schien ihnen alles, was sie anfassten, zu gelingen. Sogar alte Kunden des Hauses Claen setzten sich mit ihnen in Verbindung, um die Geschäftsbeziehungen wieder aufzunehmen.

Schon bald konnte Cryso verkünden, dass seine Aufgabe in Hamburg erfüllt sei. Nun könne er getrost heimkehren, um auch dort alles für die neue Zusammenarbeit auf den Weg zu bringen.

Die Vorstellung, dem Kalabresen schon bald Adieu sagen zu müssen – für lange Zeit, wenn nicht für immer – behagte Anneke überhaupt nicht. Zwar hatte sie sich im Gedenken an Maarten bisher selbst nicht eingestanden, dass sie tiefere Gefühle für Cryso hegte, wusste aber dennoch, dass sie ihn, sobald er Hamburg den Rücken gekehrt hatte, auf das Schmerzlichste vermissen würde. Dennoch hatte sie alle vorsichtigen Annäherungsversuche des Kalabresen bisher entschieden zurückgewiesen. Es wäre ihr wie ein Verrat an dem Mann vorgekommen, der ihr Leben gerettet und das seine dafür geopfert hatte, wenn sie nun einem anderen die Hand fürs Leben reichen würde.

Ohne dass es zu einer offenen Aussprache zwischen Anneke und ihm gekommen wäre, verstand Cryso ihre Gefühle. Er begriff, dass eine nachdrücklichere Werbung sie nur weiter von ihm forttreiben würde. Also hielt er sich zurück. Und der Tag seiner Abreise rückte unaufhaltsam näher, ohne dass die beiden jungen Menschen, die einander aufrichtig liebten, sich einig geworden wären.

Nur wenige Tage vor seinem Aufbruch verkündete der Kalabrese, dass er ein Gebäude gekauft habe, das wie geschaffen dafür sei, der Sitz der neugegründeten Handelsfirma Claen & Crisopulli zu werden. Mehr wollte er nicht verraten, doch er lud sämtliche Bewohner des Müllerhauses zu einer feierlichen Besichtigung ein.

Obwohl die Straßen Hamburgs noch mit Schnee bedeckt waren, lag in diesem letzten Februartag des Jahres 1623 bereits ein leiser Hauch von Frühlingserwachen. Die Temperaturen wurden milder, die Haselsträucher zeigten ihre Kätzchen, und in den Gärten des Klosterhospitals zum Heiligen Geist blühten Schneeglöckchen und Winterlinge.

Da Cryso behauptete, dass der Weg zu weit wäre, um ihn zu Fuß zurückzulegen, spannte man für die Damen die Kutsche an und sattelte die Pferde für die Herren.

Der Kalabrese übernahm die Führung, den Reesendamm entlang, am Blauen Turm, dem »Isern Hinnerk«, vorbei zum Dammtor.

Schon befürchtete Philipp, dass der neue Firmensitz außerhalb der Stadtwälle lag und damit denkbar ungeeignet war. Überhaupt war er ein wenig verschnupft, weil Cryso den Kauf allein und ohne Abstimmung mit ihm getätigt hatte. Er zwang sich jedoch, den Mund zu halten, und konnte bald erleichtert feststellen, dass der Freund gar nicht daran dachte, die Stadt zu verlassen. Stattdessen bog er am Dammtor links ab und ritt den inneren Wall entlang am Millerntor vorbei bis zur Bastion Albertus.

Seine Begleiter waren sichtlich verwirrt. Cryso kannte sich in Hamburg inzwischen sehr gut aus – warum um alles in der Welt machte er diese Umwege?

Nur Anneke war mit ihren Gedanken nicht ganz bei der Sache. Als die Bastion in Sicht kam, fühlte sie sich nämlich unwillkürlich an die Nacht ihrer Flucht erinnert. Hier hatten sie das sich noch im Bau befindliche Hornwerk betreten und die Stadt ungesehen verlassen können. Waren seitdem wirklich erst fünf Monate vergangen? Heute erschien ihr die Flucht so unwirklich, als hätte sie in einem anderen Leben stattgefunden.

Cryso bog nun in den Eichholz ein, gleichfalls ein Teil ihres Fluchtweges. Anneke erinnerte sich noch gut, wie sie hier im Schutz der Bäume auf den Wachwechsel vor der Albertusbastion gewartet hatten.

Als sie den Schaarmarkt überquerten und in den Steinweg in Richtung Schaartor einbogen, begriff Anneke: Auf genau diesem Weg war sie mit Maarten und Marie aus der Stadt geflohen – und nun führte Cryso sie eben diesen Weg wieder zurück. Eigentlich konnte das nichts anderes bedeuten, als …

Sie schlug die Hand vor den Mund und verbot sich energisch die jäh aufkeimende Hoffnung.

Doch Cryso enttäuschte sie nicht. Er führte seine Begleiter weiter über Rödingsmarkt und Steintwiete in die Deichstraße. Vor dem ehemaligen Anwesen der Claens stoppte er. In der weit geöffneten und mit Tannengrün geschmückten Haustür standen Gertrude und Hinnerk. Beide strahlten über das ganze Gesicht.

Natürlich konnte Cryso das Grauenvolle nicht ungeschehen machen, das Anneke widerfahren war, und die exakt abgerittene Umkehr ihrer Fluchtroute konnte höchstens symbolisch die Zeit zurückdrehen. Doch diesmal stand am Ende des Weges für Anneke nicht der Beginn einer gefährlichen Reise, sondern die Heimkehr in ihr Vaterhaus. Und dafür war sie Cryso so dankbar, dass sie es kaum in Worte fassen konnte.

*

Die Stunde des Abschieds war gekommen.

Cryso hatte sein Bündel gepackt und den Bewohnern des Müllerhauses – Friedrich, Katharina und Meister Rist – auch bereits Lebewohl gesagt.

Ein letztes Mal kam er nun in das Haus an der Deichstraße, um sich von Elisabeth und Anneke zu verabschieden.

Als er der Gevatterin jedoch die Hand reichen wollte, nahm sie den Freund ihres Sohnes ohne Umstände in ihre Arme.

»Ich lasse Euch nur ungern ziehen, Don Luigi«, sagte sie unter Tränen. »Denn Ihr seid mir liebgeworden wie ein Sohn. Stets werde ich Euch für das, was Ihr uns getan habt, dankbar sein, Euch niemals vergessen und dafür beten, dass wir uns eines fernen Tages wiedersehen. Einstweilen bleibt mir nur, Euch eine gute Reise und eine gesunde Heimkehr zu wünschen.«

Cryso erwiderte die Umarmung Elisabeths auf das Herzlichste. Dann wandte er sich Anneke zu.

»Lebewohl, mein Lieb«, sagt er. »Ich wünsche dir von ganzem Herzen, dass du eines Tages so glücklich werden mögest, wie du es verdienst.«

Anneke nickte nur. Sie konnte nicht sprechen. Der Abschiedsschmerz schnürte ihr die Kehle zu.

Cryso wandte sich ab und trat zu Philipp, der ihn bereits erwartete. Natürlich würde er den Freund zum Hafen begleiten, wo die Handelsflotte, mit der der Kalabrese die Heimreise antreten wollte, bereits auslaufbereit wartete.

Ein letzter Gruß, dann verließen die beiden Männer das Haus.

Kaum hatte sich die Tür hinter ihnen geschlossen, schluchzte Anneke verzweifelt auf.

Tröstend legte Elisabeth einen Arm um die zuckenden Schultern ihrer Tochter.

»Was ist dir, Kind?«

»Er … er darf nicht gehen«, stieß Anneke mit tränenerstickter Stimme hervor. »Ich liebe ihn doch.«

»Er muss gehen«, erwiderte die Mutter. »Seine Heimat ist nun einmal Kalabrien. Und seine Geschäfte, die er zu führen hat, liegen gleichfalls dort.«

»Dann hätte ich ihn begleiten müssen«, schluchzte Anneke. »Wie soll ich denn ohne ihn sein, ohne ihn jemals glücklich werden können?«

»Dann hättest du ihm deine Gefühle offenbaren müssen«, gab Elisabeth leise zurück. »Er hat so sehr darauf gewartet.«

»Aber das konnte ich doch nicht«, gab Anneke unglücklich zurück. »Ich muss doch Maartens Andenken bewahren und …« Sie brach ab und weinte zum Steinerweichen.

»Glaubst du wirklich, der gute Maarten würde dieses Opfer von dir verlangen?«

Hilflos zuckte Anneke mit den Schultern.

»Ich weiß nicht mehr, was richtig und was falsch ist. Ich weiß nur, dass ich Cryso liebe und nicht den Rest meines Lebens ohne ihn sein will.«

»Dann lauf ihm nach, Anneke«, drängte die Mutter. »Noch ist es nicht zu spät. Noch kannst du ihn einholen.«

Einen Augenblick zögerte die Claen-Tochter, sah vor ihrem geistigen Auge das liebe Gesicht Maartens vor sich, das ihr aufmunternd zulächelte, so wie er es während ihrer gemeinsamen Flucht unzählige Male getan hatte, um ihr Mut und Zuversicht zu geben. Dann nickte sie.

»Ihr habt recht, Mutter. Er würde wollen, dass ich glücklich bin.« Ihre Tränen versiegten, als sie leise wie zu sich selbst sagte: »Mein Lebtag werde ich Maarten nicht vergessen und ihn bis zu meinem letzten Atemzug lieben. Aber er ist tot – und ich lebe.«

Elisabeth nickte ihr ermunternd zu.

»Lauf, Liebes. Hol' dir dein Glück, bevor es zu spät ist.«

Gertrude öffnete bereits die Tür, in den Händen ein wollenes Tuch haltend, das sie der an ihr vorbeistürmenden Anneke rasch um die Schultern legte.

Dann blickten beide Frauen der Davoneilenden nach und lächelten einander, als sie außer Sichtweite war, verschwörerisch zu.

»Glaubst du, dass sie es übel nehmen wird, wenn sie erfährt, dass sein Schiff erst in zwei Wochen abfährt?«, wollte Elisabeth schmunzelnd wissen.

Gertrude lachte leise.

»Am Ende wird sie froh sein, dass wir dieses kleine Theater spielten. So bleibt jedenfalls genug Zeit für die beiden, das Aufgebot zu bestellen und zu heiraten. Manche Menschen müssen eben zu ihrem Glück gezwungen werden.«

ENDE

Epilog

Es war im Jahr 1923, als die Leitung des Hamburger Klosters St. Johannis aus wirtschaftlichen Gründen beschloss, das Gebäude seiner Unterrichtsanstalten am Holzdamm – eine Mädchenschule und ein Lehrerinnenseminar – der Hamburger Oberschulbehörde zu übergeben.

Unter den Fuhrmännern, die damit beauftragt wurden, das Gebäude zu räumen, befand sich der junge Heinrich Logemann, stolzer Besitzer eines der im Hamburger Straßenverkehr noch selten anzutreffenden motorisierten Lastkraftwagens – und außerdem mein Großvater.

Im Keller des Gebäudes fand er in einer alten Kiste einen Stapel vergilbter und mit Stockflecken übersäter Papiere. Auf der ersten Seite stand geschrieben:

Familiengeschichte des Philipp Claen von 1664 – kopiert von Gretje Petersen im Jahr 1865

Und auf der zweiten:

Aufgeschrieben von Philipp Claen, Kaufmann in Hamburg. Anno Domini Nostri Iesu Christi 1664.

Der Text setzte sich fort:

Alles was ich selbst erlebt habe, im Großen Krieg, mit meinem Geschlecht und Stamm, meinen Eltern, meinen Geschwistern und Freunden.

Das Original des handschriftlichen Familienbuchs des Philipp Claen ist, wie ich vermute, nicht erhalten geblieben.

Vielleicht geriet es im Lauf der Zeit in Vergessenheit, und es gab niemanden mehr, der sich dafür interessierte.

Dennoch stellte die Handschrift natürlich ein Dokument längst vergangener Tage dar, und das könnte auch der Grund für Gretje Petersen gewesen sein, den Inhalt vor seiner endgültigen Auflösung durch eine Abschrift zu retten.

Ist sie eine Nachfahrin der Claens? Ich weiß es nicht.

Hat sie ihre Abschrift sorgfältig vorgenommen, etwas dazu gedichtet oder fortgelassen? Auch das entzieht sich meiner Kenntnis.

Fest steht nur, dass sich ihre Abschrift in einem jämmerlichen, nur noch schwer entzifferbaren Zustand befand, und es niemanden gab, der darauf Anspruch erhob.

Also nahm Heinrich Logemann das Familienbuch mit nach Hause, las es und begann, um den Inhalt zu erhalten, nun seinerseits mit einer Abschrift.

Doch bei allem Interesse für die Geschichte, mein Großvater war ein hart arbeitender Mann, und das Schreiben gehörte nicht gerade zu seinen Lieblingsbeschäftigungen. Also stellte er das mühsame Geschäft bald wieder ein. Um die alten Schriften so lange wie möglich zu erhalten, verpackte er sie sorgfältig. Während des Zweiten Weltkrieges sind sie jedoch endgültig verloren gegangen.

Alles, was blieb, waren die Anfangszeilen, die er selbst abgeschrieben hatte, und sein Wissen um die Geschichte, die er mir, seiner Enkelin, Jahre später erzählte.

Inwieweit sie sich also tatsächlich zugetragen hat, lässt sich heute nur noch vermuten.

Vor etwa acht Jahren begann ich daher zu recherchieren. Immerhin, es gab ein paar Ansatzpunkte:

Obwohl der Terminus »Hexe« in der Hamburger Stadtgeschichte nirgendwo auftaucht, hat es dennoch Hexenverfolgungen, Prozesse und Hinrichtungen gegeben.

Diese Frauen und Männer wurden entweder Zauberinnen und Zauberer (Incantatrix) oder Übeltäterinnen bzw. Übeltäter (Maleficiatrix) genannt, und ihnen wurden Schadenzauber und Teufelspakte vorgeworfen.

Zuverlässig überliefert ist die Verurteilung und Verbrennung von mindestens 40 Frauen und Männern zwischen 1444 und 1642.

Im 17. Jahrhundert war der Höhepunkt der Hexenverfolgung in Hamburg bereits überschritten, und es gab nur noch wenige Verurteilungen.

Eine Anneke Claen habe ich in diesem Zusammenhang nicht gefunden, was nicht viel bedeutet, da zumeist nur die verurteilten und hingerichteten Delinquentinnen namentlich in den alten Stadtdokumenten erfasst wurden.

Doch an anderer Stelle wurde ich fündig. Joachim Claen war tatsächlich von 1622 bis zu seinem Tode im Jahre 1632 Bürgermeister in Hamburg.

Auch der niederländische Baumeister Johan van Valckenburgh, der die Hamburger Wallanlagen erbaute, hielt sich zu dieser Zeit in der Stadt auf. Er starb 1625. In Hamburgs Parkanlage »Planten un Blomen«, in den Wallanlagen gelegen, erinnert noch heute eine Johan-van-Valckenburgh-Brücke an ihn.

Die Hexenwaage von Oudewater hat es seinerzeit ebenfalls gegeben. Oudewater war eine kleine befestigte Stadt bei Utrecht, die ihre Berühmtheit eben dieser Waage verdankte. Seit 1482 wurden dort Wiegeproben durchgeführt, ein Privileg, das Kaiser Karl V. der Stadt 1545 verlieh, und das bis heute von keinem nachfolgenden Herrscher widerrufen wurde.

Die Hexenwaage ist noch immer, größtenteils im originalen Zustand, erhalten. Touristen können sich dort gegen eine kleine Gebühr wiegen lassen und bekommen eine Bescheinigung ausgehändigt, wonach sie »die normalen Proportionen des Körpers haben und keine Hexen sind«.

Die Explosion eines Schiffes vor Neumühlen ist für den 2. Juli 1622 urkundlich belegt. Der Fall versetzte damals ganz Norddeutschland in Aufregung. Auffällig war nämlich, dass das explodierte Schiff eine unter normalem Frachtgut versteckte Waffenladung und viele Kupferbarren an Bord hatte. Diese wirbelten bei der sogenannten »Auffliegung« durch die Luft.

Mustafa I. war in der fraglichen Zeit Sultan des Osmanischen Reiches und ließ tatsächlich die Renovierung und Erweiterung der unterirdischen Bewässerungsanlagen im damaligen Konstantinopel durchführen, die sein Neffe Osman II. begonnen hatte. Wegen seiner angeblichen Regierungsunfähigkeit kam es häufiger zu Unruhen. 1623 wurde Mustafa endgültig abgesetzt.

Und zuletzt: Am Reesendamm, den schon zur damaligen Zeit der Volksmund Jungfernstieg nannte, gab es bereits ab dem 13. Jahrhundert eine bzw. mehrere Mühlen.

Bedingt durch diese Übereinstimmungen mit den Angaben, die mein Großvater über das »Claen'sche Familienbuch« machte, bin ich der festen Überzeugung, dass sich die Geschichte der »Hexe von Hamburg« so – oder zumindest sehr ähnlich – zugetragen haben muss.

Glossar und kleine ›Hamburgensien‹

Actuarius: Gerichtsschreiber – die im Hamburg des 17. Jahrhunderts »Doctores Jures«, also Rechtsgelehrte sein mussten und vom Senat gewählt wurden.

Amidam: Stärkemehl. Es wurde u.a. als Klebstoff, aber auch als Haarpuder verwendet.

Ausliegerschiffe: Polizei- und Zollschiffe, die den Schiffsverkehr auf den Gewässern beobachteten, verdächtige Schiffe kontrollierten und gegen Piraten und Schmuggler vorgingen.

Bäcker: Sie buken nicht nur das Brot. Vorzugsweise gab man ihnen auch das Bratenfleisch, um es in einem geschlossenen Backofen zu garen. In den Küchen gab es nur offene Herde, sodass der abziehende Rauch in die Töpfe schlug und das Fleisch geräuchert hätte.

Barbareskenstaaten: So werden die nordafrikanischen Piratenstädte zwischen Ägypten und dem Atlantik genannt, insbesondere Tunis, Tripolis, Algier, Constantine und Barka. Haupteinnahmequelle der Barbaresken – (das Wort leitet sich von »Barbar« ab – waren die Piraterie und damit einhergehend Menschenraub, Sklavenhandel und Lösegelderpressung. Schätzungen zufolge wurden in den Barbareskenstaaten zwischen 1530 und 1780 etwa 1,25 Millionen Menschen versklavt, die meisten davon durch Raubzüge an den Küsten Italiens, Spaniens und Portugals.

Bastionen: Mit Kanonen bestückte Verteidigungsstellungen, die zudem mit Wachhäusern und Pulvermagazinen ausgestattet waren.

Butze: Ein niederdeutscher Begriff für Bettnische, Alkoven.

Castro, Rodrigo de: Der jüdische Portugiese wurde 1550 in Lissabon geboren und studierte Medizin in Kastilien. Um den Verfolgungen der Inquisition zu entkommen, ließ sich Castro mit seiner Familie in Hamburg nieder. Als 1596 eine große Pestepidemie ausbrach, verhielt sich Castro aufopfernd. Er schrieb eine Abhandlung über die Seuche und widmete sie dem Senat. Obwohl er nicht das Amt eines städtischen Arztes innehatte, war er ein sehr beliebter und aktiver Arzt und wurde oft von den Fürsten der benachbarten Länder konsultiert. Doktor de Castro starb 1630. Fast 50 Jahre lang, darunter 35 in Hamburg, war Castro ein Freund und Helfer der leidenden Menschheit, der als »Meister seiner Kunst«, »berühmter Arzt« und »Fürst der Medizin« bezeichnet wurde. Castro wurde auf dem jüdischen Friedhof in Altona beigesetzt.

Christian IV., König von Dänemark und Norwegen (1577–1648): Zu jener Zeit gehörte Schleswig Holstein zu Dänemark und Hamburg, nach Meinung Christians IV., zu Schleswig Holstein. Die Stadt zog es jedoch vor, sich lieber einem weit entfernten Kaiser zu unterwerfen als einem Dänenkönig, und beantragte 1584 die Reichsunmittelbarkeit, die 1618 auch gewährt wurde. Obwohl Hamburg bereit war, dem Dänenkönig Schulden in Höhe von 1,3 Millionen Reichstaler zu erlassen (heute etwa 26 Millionen Euro), weigerte sich Christian IV., das Urteil anzuerkennen. Erst mit dem Gottorper Vertrag von 1768 akzeptierte Dänemark Hamburg als Freie Reichsstadt.

Claen, Joachim: (1566–1632) In Hamburg geboren, studierte Rechtswissenschaften u.a. an den Universitäten Wittenberg und Basel. 1601 kehrte Claen (später auch Clan) nach Hamburg zurück, wurde 1616 in den Rat der Stadt und 1622 zum Bürgermeister gewählt.

Duckdalben: In den Flussboden eingerammte Pfähle zum Anleinen von auf Reede liegenden Schiffen. Duckdalben wurden aber auch zum Abweisen von Schiffen und zur Markierung der Fahrrinne benutzt.

Ebbstrom: Der Strom, der bei einsetzender Ebbe und dem damit verbundenen ablaufenden Wasser entsteht. Im Gegensatz zum Flutstrom, der bei auflaufendem Wasser einsetzt.

Efendi: Eine türkische Form der Anrede, die so viel bedeutet wie »Herr«, »Gebieter«.

Elle: Ein Längenmaß, das den Abstand zwischen Ellenbogen und Mittelfingerspitze eines ausgewachsenen Mannes darstellt. Im Heiligen Römischen Reich waren die Ellenmaße sehr unterschiedlich. So entsprach eine »lange Hamburger Elle« 68,71 cm, eine »Frankfurter Elle« 54,73 cm und eine »Bayrische Elle« 83,30 cm.

Ewer: Ein kleines Küstensegelschiff mit Flachkiel und einem oder zwei Masten, die in Hamburg wegen der zahlreichen Brücken oft umlegbar waren. Der platte Boden des Ewers hatte zum einen den Vorteil des geringen Tiefgangs und ermöglichte zum anderen, wichtig in Tidengewässern, das unbeschadete Trockenfallen. Als Antrieb dienten natürlich die Segel, aber auch die Strömung. Und wenn der Wind nachließ oder es zum Segeln zu eng wurde, wie zum Beispiel in den Hamburger Fleeten, konnte der Ewer mit langen Holzstangen, den Schiebebäumen, durch das Wasser gestakt werden.

Feldscher: Ein ausgebildeter Wundarzt bewaffneter Streitkräfte.

Fleute: Ein ursprünglich aus den Niederlanden stammendes dreimastiges Handelsschiff mit großer Ladefähigkeit und geringem Tiefgang. Das auffälligste Merkmal einer Fleute war die eigenwillige Bauweise aus bauchigem Laderaum mit Rundgatt (rundem Heck). Vermutlich war die Fleute der erste Schiffstyp, auf dem die Ruderpinne durch ein Steuerrad ersetzt wurde.

Fronerey: Eine Art Untersuchungsgefängnis, das direkt dem Scharfrichter unterstellt war. Die »Marterkammer« befand sich im Keller. Bis zum Hamburger Brand von 1842 stand die Fronerey schräg gegenüber dem Hauptportal der St. Petri Kirche an einem großen Platz, der »Berg« genannt wurde. Neben der Fronerey befand sich der Pranger mit dem »Brautstuhl«, einem Käfig, in dem Prostituierte zur Schau gestellt wurden. Die Hamburger Fronerey war eine gefragte Lehrstätte für zukünftige Henker und ständig mit Auszubildenden und Gesellen besetzt.

Fuß: Altes, bereits in vorgeschichtlicher Zeit genutztes Längenmaß, das je nach Region zumeist zwischen 28 und 32 cm maß. Ein Hamburger Fuß entsprach heutigen 28,66 cm. Übrigens: Auf ein Fuß gingen 16 Fingerbreit – in Hamburg jeweils 1,79 cm. Das einzige heute noch übliche Fußmaß, der Englische Fuß, beträgt 30,48 cm – was einer Schuhgröße von mehr als 48 entspricht. International wird die Einheit Fuß vor allem noch in der See- und Luftfahrt angewandt.

Gänsemarkt: Zu der Zeit, in der die Geschichte spielt, hieß er »Camp hinterm Blauen Turm«. Mit diesem Namen war der alte Festungsturm am nordwestlichen Ende des Jungfernstiegs, damals Reesendamm, gemeint, der 1488 gebaut und 1727 abgebrochen wurde. Gänse wurden auf diesem Platz, der ab 1723 »Gosemarkt« hieß, allerdings niemals gehandelt. Der Name geht vielmehr zurück auf einen Mann namens Ambrosius Gosen, der dort im 17. Jahrhundert lebte und Grundbesitz hatte. Da der plattdeutsche Begriff »Gos« im hochdeutschen »Gans« heißt, und sich die Silbe »markt« in diesem Fall von der »Gemark«, dem Grenzgebiet also, ableitet, wurde daraus der Gänsemarkt.

Galeere: Ein gerudertes Kriegsschiff mit den typischen Kennzeichen eines schlanken Rumpfes und einer Reihe Riemen (Ruder), einer Hilfsbesegelung und einem Überwasserrammsporn am Bug. Der Vorteil der Galeeren: Sie waren vom Wind unabhängig. Der Nachteil: Es konnten nicht viele Kanonen platziert werden, weil ihre Breitseiten ja mit Riemen und Ruderern besetzt waren. Dennoch waren Galeeren bis ins 18. Jahrhundert hinein im Mittelmeerraum die gebräuchlichsten Kriegsschiffe.

Galiote: Ein schmales, leichtes, wendiges und schnelles Schiff mit geringem Tiefgang, das sowohl mit Rudern als auch mit Segeln angetrieben werden konnte.

Gassenkummerplatz: Eine Art Mülldeponie, auf die der Straßenunrat, der Gassenkummer also, mit einem Dreckwagen transportiert wurde.

Geest: Eine während der Eiszeit durch Sandablagerungen entstandene höher gelegene Ebene. Der Begriff leitet sich von dem niederdeutschen Wort »gest« ab, das »trocken« bzw. »unfruchtbar« bedeutet.

Glacis: Eine im neuzeitlichen Festungsbau leicht ansteigende Erdanschüttung vor dem Graben, die den Verteidigern auf den Wällen als freies Schussfeld diente, und den Angreifern durch die Vermeidung toter Winkel möglichst wenig Deckung bot. Die Glacischaussee im Hamburger Stadtteil Neustadt, die einst über das freie Feld vor der Stadtbefestigung führte, erinnert noch heute an diese Bezeichnung.

Glasen: Durch halbstündliches Anschlagen an die Schiffsglocke wurde bekannt gegeben, wie viel halbe Stunden einer vierstündigen Wache vergangen waren, da die Seeleute noch nicht über eigene Uhren verfügten. Das Wort wurde von den gläsernen Sanduhren abgeleitet, die an Bord zur Zeiterfassung verwendet wurden. Mit jeweils einer Halbstunden- und einer Vierstundensanduhr konnte die aktuelle Zeit bestimmt werden.

Hamburger Berg: Seit 1833 wurde der ehemalige Hamburger Vorort in St. Pauli umbenannt – nach der auf dem Pinnasberg gelegenen Kirche, die man dem Apostel Paulus weihte. Die Seilmacher (Reepschläger), die 1830 der Reeperbahn ihren Namen gaben, zogen bereits 1633 hierher, weil sie in den Mauern der Stadt nicht mehr den nötigen Platz für ihr Gewerbe fanden. Etwa um diese Zeit begann auch die Tradition der Amüsierbetriebe in diesem Gebiet, und es wurde eine Art Jahrmarkt durch reisende Händler und Schausteller ansässig. 1840 wurde dieser Ort zum Spielbudenplatz ernannt.

Hamburger Schwäne: Im Mittelalter war das Halten von Schwänen nur dem Hochadel vorbehalten. Als sich Hamburg im 15. Jahrhundert zu einer unabhängigen Stadt entwickelte, nahm die Bürgerschaft dieses Recht für sich in Anspruch. Seither wurden die stolzen Vögel in den Wintermonaten mit Getreide gefüttert und galten als Symbol für Freiheit. 1664 wurden sie vom Hamburger Rat sogar unter besonderen Schutz gestellt.

Fortan sah man die Schwäne nicht mehr als wilde, sondern als zahme Tiere an, die »zu beleidigen, verletzen oder töten« bei Strafe verboten war.

Seit 1818 sorgt ein von der Stadt besoldeter »Schwanenvater« für die Tiere. Er versorgt sie mit Futter, kümmert sich um Verletzungen und bringt sie im Winter auf den eigens für sie eisfrei gehaltenen Mühlenteich.

Hanseaten: In Hamburg gab es kein Patriziat und keine Aristokratie – und war auch nicht erwünscht. Schon 1276 wurde Rittern das Wohnen innerhalb der Wälle Hamburgs untersagt, und bis 1860 war der Erwerb von innerstädtischen Grundstücken durch Adelige verboten. Die Hamburger Oberschicht, die Hanseaten also, setzten sich zusammen aus Bürgermeistern und Ratsherren, Großkaufleuten und Reedern, Rechtsgelehrten und Hauptpastoren. Sie zeichneten sich aus durch kaufmännischen Wagemut, Gediegenheit, Verlässlichkeit (»Handschlag genügt«), Zurückhaltung sowie die Fähigkeit zur Selbstironie. Sie verstanden sich als »freie Bürger« und waren nicht weniger stolz darauf als die hochmütigsten Aristokraten. Getragen wurden sie und ihr großer Wohlstand – wie üblich – durch die in ärmlichsten Verhältnissen hausenden und lebenden Arbeiterinnen und Arbeiter. Bezeichnend für die Hanseaten war jedoch die stete Erneuerung ihrer Klasse, die mit ihrem unternehmerischen Erfolg zusammenhing – frei nach dem Motto: *Kaufmannsgut ist wie Ebbe und Flut.*

Hardkopf, Nicolaus: (*1582 – †1650) In Osten bei Cuxhaven geboren, erwarb sich der lutherische Theologe seinen akademischen Grad eines Magisters an der Universität Wittenberg. Am 29. Januar 1615 wurde er als Hauptpastor an die St. Nikolaikirche in Hamburg berufen.

Hexenmal: Ein angebliches Zeichen, das der Teufel nach Abschluss eines Bündnisses (Teufelspakt) vermeintlichen Hexen gleich einem Stempel auf die Haut drückte. Da Muttermale, Leberflecken und dergleichen Hautunregelmäßigkeiten auf dem Körper nahezu jedes Menschen zu finden sind, konnte dieses Indiz fast immer angeführt werden.

Hexenwaage von Oudewater: Seit 1482 wurden hier im Rahmen der Hexenprozesse »ehrliche« Wiegeproben durchgeführt. Zuerst im Rathaus, ab 1595 auf der Stadtwaage. Eine offizielle Autorisierung für diese Beweisfindung erhielt die Stadt 1545 von Kaiser Karl V. Bis heute wurde dieses Privileg von keinem nachfolgenden Herrscher widerrufen.

Infirmarium: Zum Baubestand eines Klosters gehörte ein in der Klausur gelegener Krankensaal. Ihm waren üblicherweise Kammern für Schwerkranke, eine Kapelle, eine eigene Küche, Speiseraum, Wärmestube, Bade-, Laxier- und Aderlassraum, eine gesonderte Latrine sowie Apotheke und Heilkräutergarten zugeordnet. Die Nonne, die für die Versorgung der Kranken verantwortlich war, wurde »Infirmaria« genannt.

Jungfernstieg: Er war nicht immer Hamburgs schönste Flaniermeile. Um das Jahr 1235 wurde er als Damm gebaut, um die Alster zu einem Mühlenteich für das Betreiben von Kornmühlen aufzustauen. Die Binnenalster, wie wir sie heute kennen, entstand dagegen erst im 17. Jahrhundert. Von 1615 bis 1626 bauten die Hamburger den Wallring, der den See in Binnen- und Außenalster trennte. Damals hieß der Jungfernstieg noch »Der Damm« und wurde später zum »Reesendamm«, benannt nach dem Müller Reese, der dort eine der Wassermühlen betrieb.

Im Jahr 1665 wurde der heutige Jungfernstieg mit Linden (oder waren es Ulmen?, da scheiden sich die Geister) bepflanzt und zum bei den Hamburgern höchst beliebten Boulevard. Auf dieser Flaniermeile am Alstersee führten sonntags Familien ihre unverheirateten Damen, also die Jungfern, spazieren.

Im Lauf der Zeit machte der Volksmund deshalb daraus den Jungfernstieg, ein Name der 1678 offiziell übernommen wurde.

Karacke: Ein Segelschifftyp, der erstmals in der ersten Hälfte des 14. Jahrhunderts in Genua als Carraca auftauchte und bis Anfang des 17. Jahrhunderts weit verbreitet war. Es wurde sowohl als Handels- wie auch als Kriegsschiff genutzt.

Klafter: Eine Längeneinheit, die dem Maß zwischen den ausgestreckten Armen eines erwachsenen Mannes entspricht – traditionell sechs Fuß, also etwa 1,80 m.

Klönschnack: Schwätzchen, Plauderei.

Küterhaus: Schlachthof.

Kreuzen: Beim Segeln bedeutet es, ein Ziel im Zickzackkurs anzulaufen, welches im Wind liegt, also in der Richtung, aus der der Wind weht, und deshalb nicht gerade angelaufen werden kann.

Lohmühle: Sie diente zur Zerkleinerung der für das Gerben notwendigen pflanzlichen Gerbmittel wie die gerbsäurehaltigen Fichten- und Eichenrinden. Sie wurden zur sogenannten »Lohe« zermahlen, die zum Gerben von Leder benötigt, aber auch zur Konservierung von Fischernetzen,

Tauen und Segeln verwendet wurde. Lohe war – nicht nur in Hamburg – ein wichtiges Handelsgut, das dem »Stapelrecht« unterworfen war. Aufgrund dieses Rechtes konnte die Stadt von durchziehenden Kaufleuten verlangen, ihre Lohe für einen bestimmten Zeitraum abzuladen, zu stapeln und zum Verkauf anzubieten.

Maleficae: Plural für Hexen, Übeltäterinnen. Einzahl: Malefica.

Meyfart, Johann Matthäus: (1590–1642) In Jena geboren, war er lutherischer Theologe, Pädagoge, Dichter, Schriftsteller und aktiver Kämpfer gegen die Hexenverfolgung.

Moses: So wurden die Jüngsten der Mannschaft bezeichnet, die Schiffsjungen, da man den biblischen Moses, der das Volk Israel aus der ägyptischen Sklaverei in das Land Kanaan führte, als Kind in einem Binsenkorb ausgesetzt hatte.

Millerntor: Das erste Millerntor – ursprünglich noch »Mildradis« oder »Milderdor« – lag nördlich des heutigen Rödingsmarktes im Gebiet der Straße Graskeller. Im 16. Jahrhundert wurde es nach Nordwesten verlegt, in die Nähe der heutigen Ellerntorbrücke. 1621 wurde das Tor im Zuge des Baus der Wallanlagen für die Neustadt dann noch weiter nach Westen, nahe den heutigen Millerntorplatz verlegt. Die letzte Toranlage wurde dort 1819 erbaut. Als einziges Überbleibsel ist jedoch nur das nördliche Wachhaus bis heute erhalten geblieben. Die Herkunft des Namens ist umstritten. Während die einen behaupten, dass sich der Name des Tores von einer im Mittelalter sehr angesehenen und sogar heiliggesprochenen englischen Prinzessin

Miltratis ableitet, behaupten andere, dass die lateinische Bezeichnung »porta militis«, Soldatentor also, namensgebend gewesen wäre. Wieder andere glauben, dass das Tor nach dem Ratsherrn Enno Miles aus dem 13. Jahrhundert benannt wurde. Am wahrscheinlichsten ist jedoch die einfachste Version: Millerntor bedeutet schlicht und einfach »Mittleres Tor«, da es vor dem Bau der Wallanlagen (1615–1626), als es noch am Rödingsmarkt stand, drei Tore an der westlichen Stadtbefestigung gab – im Süden das Schaartor und im Norden das Dammtor.

Nepote: Neffe

Neunschwänzige Katze: Eine Riemenpeitsche mit neun geflochtenen Tauenden.

Ochsensteertsuppe: Eine Suppe der bürgerlichen Küche, die auf einem in Madeira Wein eingelegten Ochsenschwanz basiert. Das Rezept ist auf den Hamburger Handel mit Portugal zurückzuführen.

Otto II., Graf von Holstein Pinneberg (1400–1464): Er regierte seine Grafschaft von 1426 bis zu seinem Tode und schenkte der Stadt Hamburg 1429 »dat lütte Rümeken« – das Gebiet zwischen dem Millerntor und dem Bach Altenau (heute Pepermölenbek). Damals wurde die Vorstadt »Hamburger Berg« genannt, seit 1894 ist es ein Stadtteil Hamburgs und trägt den Namen »St. Pauli«.

Pomi d'oro: Übersetzt bedeutet das Wort »Goldener Apfel«. Gemeint ist die Tomate.

Pfeffersack: Verächtliche Bezeichnung für einen reichen Kaufmann. Das Wort entstand, als der Wohlstand der Kaufleute vielfach auf dem Handel mit überseeischen Gewürzen beruhte, für die im Mittelalter zusammenfassend der Begriff Pfeffer stand.

Pramfähre: Ursprünglich eine flache Fähre mit geringem Tiefgang, mit der Menschen, Vieh und Wagen über Flüsse transportiert wurden. Prähme besaßen keinen eigenen Antrieb, sondern wurden gerudert oder gestakt.

Pulvermühle: Auch Pulverstampfe genannt. Hier wurde nach Erfindung bzw. Verbreitung des Schwarzpulvers die zur Herstellung notwendigen Zutaten Holzkohle, Schwefel und Salpeter gemahlen oder zerkleinert und zur explosiven Mischung zusammengestellt.

Pullen: Rudern. Die Fortbewegung eines Wasserfahrzeugs durch menschliche Kraft mittels Ruderblättern.

Rappelgatt: Plaudertasche, Schwätzer.

Ravelings: Wallschilder, die den Grabenabschnitt zwischen zwei Bastionen schützten.

Reichstaler: Eine vom 16. bis zum 19. Jahrhundert im Heiligen Römischen Reich deutscher Nation verbreitete Silberwährung mit einem Gewicht von 29,23 g, einem Feingehalt von 889/1000 und einem Feingewicht von 25,98 g. In Hamburg war die Hamburgische Münze, die seit dem 9. Jahrhundert Zahlungsmittel herstellte und somit zu den ältesten Münzstätten Norddeutschlands gehörte, für die Prägung zuständig. Vereinfacht ausgedrückt gingen in jener Zeit, in der die Geschichte spielt, auf einen Reichstaler, der nach heutigen Maßstäben eine Kaufkraft von ungefähr 20 Euro besaß, etwa 40 Schillinge.

Rödingsmarkt: Eine Straße im Hamburger Stadtteil Altstadt. Ein Markt ist hier allerdings niemals abgehalten worden. Die seit dem 13. Jahrhundert bestehende Straße hieß ursprünglich »Rodigesmarke« nach dem Anwohner Rodiger Witte, der sein Anwesen an der damaligen Westgrenze der Stadt, der Marke (Grenzland), besaß. Bis 1886 führte durch die Mitte der Straße ein Fleet, dort, wo heute der Viadukt der U-Bahn verläuft.

Schaarmarkt: Der Begriff »Schaar« bedeutet »hohes Ufer«. Der in Elbnähe gelegene Schaarmarkt, der seinen Platzcharakter heute völlig verloren hat, ist also ein Markt am Ufer gewesen.

Schauerleute: Männer, deren Aufgabe im Stauen, also im Be- und Entladen von Schiffen bestand. Das Wort leitet sich vom niederländischen »sjouwen« ab, was so viel bedeutet wie »schleppen, hart arbeiten«.

Schrangen: Marktstände, Verkaufsbuden. Der niederdeutsche Begriff leitet sich eigentlich von dem Wort »Schranken« ab – im Sinne von Tischen oder Tresen.

Schritt: Längenmaß. Im deutschsprachigen Raum entsprach der Schritt meist zwischen 71 und 75 Zentimetern. Eine genaue Definition gab es nicht mehr, da derartige Maße zum Teil von der Fußgröße des jeweils herrschenden Fürsten abgeleitet wurden. Innerhalb des Heiligen Römischen Reiches waren Maßeinheiten daher regional unterschiedlich. In Hamburg entsprach 1 Schritt heutigen 75 cm.

Smut: Auch **Schmutt** oder **Smutje** nennt man den (meist unausgebildeten) Koch auf Schiffen.

Sola fide, sola gratia, solus Christus: lat. für: Allein durch den Glauben, allein durch Gnade, allein durch Christus – drei der fünf reformatorischen Prinzipien Martin Luthers.

Speigatt: Eine unverschlossene Abflussöffnung im Schanzkleid von Schiffen, durch die Regenwasser oder übergekommene Gischt wieder ins Meer abgeleitet wird. Das Wort setzt sich aus den niederdeutschen Begriffen speien = spucken, sich erbrechen und Gatt = Loch, Öffnung, zusammen.

Stäupen: Prügel mit zumeist aus Birkenreisern gefertigten Ruten, in die mitunter scharfkantige Metallsplitter oder Steine eingearbeitet waren.

Stagen und Wanten: Teile des Tauwerks von Segelschiffen, das zur Sicherung von Masten und Segel diente.

Steven: Sie sind Bestandteile des »Gerüstes« des Schiffsrumpfes und stellen die vordere (Vordersteven) bzw. hintere (Achtersteven) nach oben gezogene Verlängerung des Kiels eines Schiffes dar.

Stubenküken: Eine typische Hamburger Spezialität. Die Bauern des Umlandes fütterten ihre Hühner im Winter mit den Überschüssen aus dem Fischfang, was dazu führte, dass sie ein weiteres Mal brüteten. Um die geschlüpften Küken vor der Kälte zu schützen, zog man sie in der eigenen Stube in einem unter der Sitzfläche einer Bank versteckten Holzverschlag auf, der sogenannten Hühnerbank. Die Tiere wurden gut gefüttert und waren nach zirka fünf Wochen zwar immer noch klein, hatten aber reichlich Fleisch auf den Rippen, das besonders zart und gelblich gefärbt war.

Töversche: Plattdeutscher Begriff für Zauberin. Der männliche Zauberer wurde »Töverer« genannt.

Uhl: Plattdeutscher Ausdruck für Eule.

Valckenburgh, Johan van (um1575–1625): Ein niederländischer Ingenieur, der vor allem durch den Festungsbau bekannt wurde. Stadtbefestigungen hat er u.a. in Lübeck, Bremen, Emden, Rostock, Lüneburg und Hamburg gebaut.

Warmbier: In der »Oeconomischen Encyclopädie« von Johann Georg Krünitz aus dem 18. Jahrhundert heißt es: *Warmbier ist ein Getränk, dessen sich unsere Großältern im vorigen Jahrhundert, und zu Anfange des jetzigen, fast auf eben die Art, wie wir itzt des Caffee, und mit besserm Nutzen für ihre Gesundheit, bedienten. Hin und wieder trinkt man auch noch heut zu Tage, besonders auf Reisen und in Wirthshäusern auf dem Lande, wo man auf keinen guten Caffee hoffen darf…* Bei der Zubereitung wurde Bier erwärmt, Ei, Mehl, Butter, Salz und Zucker hinein gerührt und, je nach Geschmack und Geldbeutel, Ingwer oder Muskat hinzugegeben. Warmbier – ebenso wie Biersuppe und Bierbrei, galten als nahrhafte und stärkende Lebensmittel und wurden auch Kindern verabreicht.

Alle Bücher von Antje Windgassen:

Die Hexe von Hamburg
ISBN 978-3-8392-1734-4

Die Hexe von Hamburg und der König der Diebe
ISBN 978-3-8392-2432-8

Von der Elbe in die Neue Welt
ISBN 978-3-8392-2769-5

Die Zeppelin-Verschwörung
ISBN 978-3-8392-2019-1

Die Akte Mata Hari
ISBN 978-3-8392-2163-1

Anastasia – das zweite Leben der Zarentochter
ISBN 978-3-8392-2272-0

SPANNUNG

WWW.GMEINER-VERLAG.DE
Wir machen's spannend